I0631986

COLLECTION C. DEJOB

L'ARIOSTE

TEXTE ANNOTÉ

PAR R. BONAFOUS

GARNIER FRÈRES, ÉDITEURS

DÉPÔT LÉGAL
Seine
N° 228
1901

BIBLIOTHÈQUE NATIONALE
R.F.
IMPRIMÉS

L'ARIOSTE

COLLECTION PUBLIÉE SOUS LA DIRECTION DE

M· CH. DEJOB

Maître de conférences à la Faculté des Lettres de Paris.

L'ARIOSTE

EXTRAITS

Avec une Introduction et des Notes explicatives

PAR

Raymond BONAFOUS

Professeur de littérature italienne à la Faculté des Lettres
de l'Université d'Aix.

PARIS

GARNIER FRÈRES, LIBRAIRES-ÉDITEURS

6, RUE DES SAINTS-PÈRES, 6

AVERTISSEMENT

La place occupée par l'italien dans le monde de l'enseignement s'est singulièrement accrue depuis quelques années : il figure aujourd'hui aux programmes des divers baccalauréats, du brevet supérieur, du certificat d'aptitude et de l'agrégation des jeunes filles, des concours d'admission à l'École Polytechnique, aux Écoles de Saint-Cyr, Sèvres, Fontenay, au professorat dans les écoles normales primaires et primaires supérieures. Outre la licence avec mention spéciale, trois examens lui sont consacrés : les deux certificats, l'un pour l'enseignement secondaire, l'autre pour l'enseignement primaire, et l'agrégation qu'on vient de fonder.

La maison Garnier a donc estimé que le moment était venu de rendre à l'italien le service qu'elle rend à l'espagnol par la remarquable collection scolaire que dirige pour elle le savant professeur de la Faculté de Toulouse, M. Ernest Mérimée. Chargé de diriger une collection de classiques italiens, j'ai eu la bonne fortune d'obtenir pour les trois premiers volumes le concours de trois professeurs qui enseignent la littérature italienne dans nos Facultés du Midi : M. Eugène Bouvy, de Bordeaux, nous donne un Dante ; M. Henri Hauvette, de Grenoble, un Boccace ; M. Raymond Bonafous, d'Aix, un Arioste. C'est

dire que, si nous l'avions voulu, nous aurions pu viser
à faire des éditions savantes. Nous nous en sommes
gardés. On s'apercevra de reste, à tel rapprochement,
à tel renvoi, de l'étendue des connaissances de nos
annotateurs ; on s'en apercevra surtout à leurs préfaces
où l'on trouvera la substance de toute la science contem-
poraine, quelquefois fort éloignée, dans ses conclusions,
de la science d'hier. Mais, si l'on n'est jamais trop
savant pour faire une bonne édition classique, c'est
à condition de ne montrer qu'à demi son savoir et
d'indiquer seulement les routes au bout desquelles on
est soi-même allé. Tel est le principe adopté pour notre
collection. Nous essayons de nous représenter les besoins
des écoliers et d'y satisfaire. La tâche est encore suffisamment compliquée. Il ne suffit pas, en effet, d'expliquer
les passages malaisés ; il faut incidemment faciliter à
l'élève l'intelligence générale de l'italien d'autrefois, la
possession de l'italien contemporain ; car l'explication
d'un texte de langue vivante ne doit pas être entendue
comme celle d'un texte de langue morte ; il faut que la
pratique de nos éditions aide à mieux entendre d'autres
auteurs, à mieux parler, à mieux écrire dans le style
d'à présent. Ensuite, il importe de ne jamais perdre de
vue qu'un rhétoricien même, et un rhétoricien intelli-
gent, s'avise difficilement de la plupart des beautés qu'on
lui met sous les yeux ; ce n'est pas encore tant de commentaires historiques qu'il a besoin ; il faut en peu de
mots l'avertir de lire moins vite, de réfléchir, lui signaler les bons endroits et lui suggérer les réflexions qui
s'offriraient d'elles-mêmes à un lecteur plus mûr. Ces
notes sont tout aussi nécessaires pour des auteurs de
langue vivante que pour nos classiques ou pour les
textes anciens ; car nos élèves ne doivent pas seulement
étudier la littérature italienne pour connaître une langue
de plus, mais pour connaître un peuple de plus, et l'on
ne connaît un peuple que quand on admire son génie,

c'est-à-dire quand on saisit son tour d'esprit, son goût, son âme.

L'application de ces principes varie naturellement d'un texte à un autre. Des génies d'époques, de caractères très différents, n'appellent pas exactement le même commentaire, mais dans la variété de l'exécution on reconnaîtra l'unité de nos vues.

Nous osons d'ailleurs espérer que notre modeste collection n'aura pas seulement pour lecteurs les écoliers à qui elle s'adresse tout d'abord. Certains indices annoncent que les gens du monde, les lettrés, seraient disposés à revenir, pour leur agrément, à une littérature qui a tant charmé chez nous le grand public durant trois siècles; et, d'autre part, les professeurs de nos lycées cherchent assez souvent, depuis une dizaine d'années, la matière de leurs thèses dans les classiques italiens. Les uns et les autres trouveront, je crois, plaisir et profit dans nos éditions. Un commentaire judicieux des difficultés fait entrer bien plus avant dans l'intelligence d'un idiome qu'une traduction même soignée; car le traducteur résout les difficultés, tandis que le commentateur enseigne à les résoudre. Ajoutez que nos commentateurs ne sont pas seulement familiers avec les grands auteurs de l'Italie; ils parlent sa langue, ils l'ont souvent visitée et y retournent à tous leurs moments de loisir : il serait bien surprenant qu'on ne s'en aperçût pas.

CHARLES DEJOB.

PRÉFACE

I. — VIE DE L'ARIOSTE.

La famille d'Este. — La vie de l'Arioste, ou plutôt
la vie de la famille des Arioste, est étroitement liée à
celle de la maison d'Este qui régna sur Ferrare pendant
des siècles. Notre auteur, dans son *Roland furieux*, donne
à cette maison une généalogie fabuleuse qui n'a d'intérêt que comme fiction poétique. Historiquement, la
famille d'Este, qui doit son nom au château d'Este, situé à peu près à mi-chemin entre Padoue et Rovigo,
remonte à l'époque des Carolingiens. La puissance de la
famille alla grandissant d'âge en âge, avec alternatives
de succès et de revers. Au XIVᵉ siècle régna Obizzo III
d'Este, et c'est avec lui que commencent les relations de
la maison princière et de la famille du poète.

Lippa. — Originaire de Bologne, comme l'auteur
le déclare dans la septième de ses satires (v. 227-228),
la famille des Arioste était noble et devait probablement son nom à une localité voisine de Bologne et
nommée Riosto. A l'époque d'Obizzo III, une femme
de cette famille, la belle Lippa, que notre auteur men-
tionne au chant XIII de son *Roland furieux* (octave 73),
fut vue et aimée de ce prince qui séjournait alors à Bo-

logne à cause de ses différends avec le pape. Elle devint
sa maîtresse. Quand, ayant fait sa paix avec le pape en
1329, Obizzo III retourna à Ferrare, il emmena avec lui
la belle Lippa que suivirent ses frères et son cousin, et
la famille des Arioste se trouva transplantée à Ferrare.
Obizzo III eut douze enfants de Lippa, mais ne l'épousa
qu'au moment où elle allait mourir, en 1347, ce qui
légitima les enfants qu'il avait eus d'elle. Lui-même
mourut cinq ans après en 1352. (¹)

Les Arioste. — A partir de cette époque, les Arioste
occupèrent fréquemment des postes importants auprès
des Este. C'étaient des fonctionnaires dévoués. Quelques-
uns d'entre eux furent nommés chevaliers. En 1469,
l'empereur Frédéric III, se trouvant à Ferrare, donna le
titre de comte aux trois frères Francesco, Lodovico et
Nicolò Ariosti et à leurs descendants. — Francesco fut
maître d'hôtel *(scalco)* de Borso d'Este, puis ambassadeur et aussi capitaine de Modène. Quand il mourut en
1505, le futur auteur du *Roland furieux*, son neveu,
composa en son honneur une épitaphe latine. — Lodovico fut d'abord docteur et chanoine, puis archiprêtre
de la cathédrale de Ferrare. Le duc Hercule Ier voulut
même faire de lui un évêque de Reggio, mais le pape n'y
consentit pas. — Nicolò, le plus jeune des frères, fut le
père du poète. Mais, pour bien comprendre sa carrière,
il nous faut d'abord dire quelques mots de l'histoire politique de la famille princière à cette époque.

Lionel et Borso. — Nicolas III, marquis d'Este, seigneur de Ferrare, de Modène, de Parme et de Reggio,
était mort en 1441 laissant deux fils naturels Lionel et
Borso, et deux fils légitimes en bas âge Hercule et Si-
gismond. Lionel, qui lui succéda en vertu des disposi-

---

1. Voir Antonio Cappelli, *Lettere di Lodovico Ariosto*, 3e édition,
Hoepli, Milano, 1887. **Nous faisons à cet ouvrage solide de fréquents
emprunts.**

tions qu'il avait prises, régna de 1441 à 1450, un court
règne de neuf années dans lequel il eut le temps de
favoriser le commerce, l'industrie, les lettres. Bien qu'en
mourant il laissât un fils tout jeune, nommé Nicolas,
son frère Borso lui succéda, et, suivant la même ligne
de conduite, accorda des faveurs aux lettrés, fit pros-
pérer dans ses États l'agriculture, l'industrie et le commerce, évita la guerre et eut une des cours les plus bril-
lantes de l'Italie. L'empereur Frédéric III fut si heureux
de l'accueil que Borso lui fit lors de son passage à Ferrare qu'il lui accorda les titres de duc de Modène et de
Reggio, de comte de Rovigo et de Comacchio. Borso
n'avait pu faire ériger l'état de Ferrare en duché parce que
ce duché dépendait de l'Eglise. Enfin, après de longues
négociations, Paul II lui accorda, en avril 1471, l'inves-
titure qu'il désirait. Le nouveau duc revenait de Rome
où il avait été couronné par le pape, quand il mourut
le 20 août de la même année.

Hercule Ier. — Hercule Ier lui succéda. C'était l'aîné
des fils légitimes de Nicolas III. Pendant que régnaient
les deux fils naturels de ce prince, Lionel et Borso, Hercule avait mené une vie de condottiere, servant tour à
tour, dans le royaume de Naples, le roi Ferdinand et le
duc d'Anjou, accompagnant les Vénitiens dans une expédition contre Florence où il fut blessé de façon à demeurer boiteux toute sa vie. Il était de retour à Ferrare
en 1471, au moment où mourut son frère Borso. Nicolas, le fils de Lionel, avait grandi pendant le règne de
son oncle Borso. Il prétendait à sa succession. Mais Hercule le prévint et s'empara du pouvoir. C'est à cette
occasion que nous voyons apparaître, sous un jour du
reste peu favorable, le père de notre auteur.

Nicolò empoisonneur. — Nicolò Arioste, très en faveur auprès de Borso d'Este, était devenu le majordome
du nouveau duc Hercule Ier. Nicolas, frustré dans ses
espérances, s'était réfugié auprès de son oncle Frédéric,

marquis de Mantoue. Hercule Ier, voulant se débarrasser
de son compétiteur, chargea Nicolò d'aller empoisonner
Nicolas. Le majordome se mit en route dans les premiers
jours de décembre 1471. Mais son projet fut découvert.
Il dut se sauver précipitamment de Mantoue où ses complices furent mis à mort. Du reste Hercule Ier ne s'en
défit pas moins de Nicolas, mais quelques années plus
tard. En effet, ce dernier ayant, cinq ans après, excité quelques mouvements à Ferrare, Hercule le fit décapiter et
fit pendre la plupart de ses adhérents. Beau début pour
un prince et son serviteur, et singulier jour jeté sur les
mœurs d'alors !

Règne d'Hercule Ier. — Hercule Ier continua d'abord
sur le trône la vie de condottiere qu'il avait menée
jusqu'alors. Bien qu'il eût épousé en 1473 Léonora d'Aragon, fille de Ferdinand roi de Naples, il ne s'en mit pas
moins en 1478 à la solde des Florentins pour combattre
son beau-frère. Il entretenait une forte armée. Mais, en
1482, les Vénitiens se liguèrent avec Sixte IV pour le
dépouiller de ses États. Le duc de Milan, les Florentins
et le roi de Naples prirent sa défense. L'Italie entière fut
partagée en deux ligues hostiles. Des défections se pro-
duisirent dans chacune d'elles. Sixte IV abandonna les
Vénitiens et s'allia à Hercule. En revanche, Ludovic le
Maure, régent du Milanais, abandonna la cause d'Hercule, et ce dernier, après avoir vu ses États ravagés,
dut conclure, en 1484, une paix désavantageuse par
laquelle il cédait aux Vénitiens la Polésine de Rovigo.
Désormais guéri de ses fantaisies guerrières, il observa
la neutralité pendant le reste de son règne, même pendant la descente de Charles VIII en Italie, et reprit la
tradition de ses frères, s'occupant de faire fleurir ses
États, d'orner sa capitale Ferrare, et appelant à sa cour
les gens lettrés de l'époque, Boiardo, l'auteur de l'*Orlando Innamorato*, les deux Strozzi émigrés de Florence,
François Bello, dit l'Aveugle de Ferrare, Nicolas Lelio

Cosmico et d'autre poètes encore. Notre auteur grandit
sous son règne et fut reçu à sa cour. En mourant (1505),
Hercule laissa cinq enfants légitimes (trois fils et deux
filles), parmi lesquels il faut distinguer Alphonse, qui
lui succéda sous le nom d'Alphonse Ier, et le cardinal
Hippolyte.

Nous aurons à revenir sur ces deux princes, contemporains et protecteurs peu généreux de l'auteur du
Roland furieux.

Carrière de Nicolò. — Son père Nicolò fit sa carrière
sous Hercule Ier. Nous avons vu comment il avait essayé
de se faire empoisonneur à son avantage. En 1472,
quelques mois après ce crime avorté, il fut nommé capitaine de la citadelle de Reggio, mais non de la ville
elle-même, comme on l'a dit en confondant deux
charges qui étaient distinctes. C'était un poste uniquement militaire. En 1473, il épousa une certaine Daria,
fille de Gabriel Malaguzzi (ou Malegucci) Valeri, qui
appartenait à une illustre famille de Reggio. Plusieurs
des satires de Messer Lodovico sont adressées à des cousins de ce nom. Nicolò eut de Daria dix enfants, cinq
fils et cinq filles. L'aîné de tous fut notre auteur qui
naquit le 8 septembre 1474 dans la citadelle de Reggio.
Elle était alors en réparation ; mais les logements étaient
assez vastes pour qu'on pût habiter dans une partie
pendant qu'on réparait l'autre.

Vers le milieu de 1481, Nicolò quitta Reggio pour
Rovigo où il fut nommé capitaine. On se trouvait à un
moment critique ; car les Vénitiens menaçaient de s'emparer de toute la Polésine. En juillet 1482, Nicolò écrivait
au duc qu'il disposait d'une garnison insuffisante ; et, de
fait, le mois suivant, les troupes vénitiennes s'emparèrent
de Rovigo au nom de la République. Nicolò dut se sauver
précipitamment de la ville sans avoir le temps de
prendre ses effets, et se retira d'abord à Masi, puis à
Reggio avec sa nombreuse famille. Trotti, commissaire

général de Reggio, dans une lettre adressée par lui au
duc en mai 1483, attirait son attention sur la situation
besogneuse de Nicolò, dont les services avaient mérité
mieux. Le duc ne put rien faire pour le moment, mais,
en 1486, il affranchit de tout impôt les terres acquises
par Nicolò dans le comté de Reggio. La même année, il
le nomma juge au tribunal des Douze Sages, le tribunal le plus important de Ferrare, emploi que Nicolò occupa trois ans. De 1489 à 1492, Nicolò fut capitaine de
Modène.

Enfin, en 1496, il devint commissaire ducal à Lugo de
Romagne. Là, il attira sur lui la colère du duc par un
acte inutile de brutalité, en faisant mettre à la torture
un mari qui, pour sauver l'honneur de sa famille,
niait ce qu'il savait être vrai. Le duc le priva immédiatement de son emploi (novembre 1496), le condamna à
une amende de 500 ducats d'or et ne l'employa plus à
son service. Nicolò mourut en 1500. C'était un homme
dur qui avait plusieurs fois encouru les réprimandes du
duc à cause de la raideur qu'il montrait vis-à-vis de ses
subordonnés. Si nous ajoutons à ces faits la tentative
d'empoisonnement commise en 1471, ce père de notre
auteur nous apparaîtra comme une physionomie peu
sympathique, quels qu'aient été du reste les services
qu'il ait rendus à son souverain, avant et après la
lettre de Trotti.

Etudes de l'Arioste. — En 1500, année de la mort de
son père, Lodovico Ariosto, l'auteur du *Roland*, dont
il est temps de nous occuper, avait 26 ans, puisqu'il
était né en 1474.

En 1486, lorsque son père avait été nommé juge au
tribunal des Douze Sages, à Ferrare, il avait douze ans.
Nicolò envoya son fils au collège de Ferrare. Lodovico
était, dès cette époque, comme on peut le supposer,
fort bien doué. Il paraît qu'il composait des espèces de
tragédies qu'il représentait avec ses frères et sœurs, et

qu'il en fit une sur le sujet de Pyrame et Thisbé. On rapporte même que l'auteur était déjà tellement développé dans l'enfant qu'un jour que son père le réprimandait, il ne répondit rien à ses injures, afin de mieux étudier sur le vif les gestes et le langage de la colère. Avec de pareilles dispositions, il fit de rapides progrès au collège ; et, à peine adolescent, il y prononça, pour l'ouverture des cours, une harangue latine qui fut fort appréciée. Les études de collège terminées, son père, qui visait à faire de lui un fonctionnaire, voulut qu'il apprît le droit, et le poussa, non seulement à coups d'éperon, mais encore à coups de broche et de lance, dans les officines où on retournait textes et gloses (satire VII, v. 157-159). Après avoir consacré cinq ans à ces niaiseries (*ciancie*), Lodovico finit par vaincre les résistances de Nicolò, qui avait vu avec dépit un poète naître dans la poudre du greffe, et le père laissa le fils étudier à sa guise. Cette mise en liberté du futur poète eut lieu vers 1494. Lodovico se livra alors entièrement aux lettres en compagnie d'Alberto Pio, prince de Carpi, et de son cher cousin, Pandolfo Ariosto. Il avait surtout besoin d'un bon maître. Il le trouva dans Grégoire de Spolète, helléniste et latiniste distingué, qui lui apprit à lire Horace et les classiques latins. En même temps, excité par le succès qu'obtenait le *Roland amoureux* de Boiardo, il lisait plusieurs romans chevaleresques espagnols ou français, les traduisait même en partie, comme pour s'exercer à en composer pour son propre compte.

Malheurs. — Malheureusement pour lui, il perdit son père en 1500, et, devenu chef de famille, il dut changer en livres de comptes Homère qu'il commençait à expliquer. Il perdit presque à la même époque son professeur, Grégoire de Spolète, qui, devenu précepteur de François Sforza, dut se rendre à Milan et de là en France ; et c'est pourquoi il n'apprit pas le grec. Il

perdit aussi son cousin Pandolfo, qu'il aimait comme
un frère et qui partageait ses études.

Arioste soutien de famille. — Tant de coups
presque simultanés l'abattirent un moment. Mais il
releva la tête et se mit à lutter hardiment contre l'ad-
versité. Nicolò laissait un avoir d'une certaine importance. Mais, comme il fallait le partager en dix, il res-
tait peu de chose pour chacun, d'autant que les filles
n'étaient pas mariées, et que les frères, plus jeunes que
l'Arioste, qui n'avait alors que 26 ans, n'étaient pas encore en situation de gagner leur vie. Le jeune chef de
famille pourvut à tout et parvint à marier ses sœurs et
à caser ses frères.

Canossa. — Il commença par se mettre lui-même en
état d'augmenter un peu les ressources du patrimoine
commun. Il s'adressa au duc Hercule qui, en 1502, le
nomma capitaine du château de Canossa. Canossa n'é-
tant pas loin de Reggio, son pays natal, il se rendait
souvent dans cette ville qu'habitaient ses cousins Malaguzzi, et où il s'énamoura d'une dame nommée Lidia.
Il retourna à Ferrare en 1503, et, oubliant Lidia, il y
eut d'une autre femme un fils naturel nommé Jean-
Baptiste, qu'il fit élever chez ses parents maternels.
Jean-Baptiste s'adonna, plus tard au métier des armes
où il réussit.

Vers la fin de 1503, l'Arioste renonça à ses fonctions
de capitaine de Canossa et passa au service du cardinal
Hippolyte d'Este, croyant y trouver plus de profit. A ce
moment, le duc Hercule, père du cardinal, régnait encore.

Alphonse Ier. — Quand le duc Hercule mourut, en
janvier 1505, son fils aîné, Alphonse lui succéda. Le
nouveau duc, Alphonse Ier, était né en 1476 (il avait
donc deux ans de moins que l'Arioste). En 1491, il
avait épousé Anna Sforza, sœur du duc de Milan, qui
mourut de couches, en 1497. Il pouvait donc se rema-

rier. C'est à quoi pensa le pape Alexandre VI, vers la
fin de 1500. Alexandre VI était père de la fameuse Lucrèce Borgia. Celle-ci avait déjà eu deux époux. Après
l'avoir mariée, en 1493, à Jean Sforza, seigneur de Pe-
saro, son père en 1497, avait déclaré nul ce mariage, et
en 1498, l'avait mariée à Alphonse, duc de Biseglia, fils
naturel d'Alphonse II d'Aragon. Deux ans après, César
Borgia fit assassiner ce nouvel époux presque sous les
yeux de sa femme, qui n'eut pas le courage de s'y opposer. Ces deux unions malheureuses n'étaient pas
faites pour encourager le duc Hercule à accéder à la
demande du pape qui, en février 1501, lui fit offrir la
main de Lucrèce pour son fils Alphonse. Mais le pape
obtint l'appui de la France, et Hercule, après bien des
hésitations, se décida. Les noces eurent lieu en février
1502. Elles furent froides, d'après ce qu'Isabelle, sœur
d'Alphonse, écrivit à son époux, le duc de Mantoue.
Toutefois cette union devait être plus heureuse que les
précédentes. Lucrèce Borgia fut honorée à la cour de
Ferrare où elle protégea les poètes et les savants,
surtout Bembo.

En 1505, Alphonse, qui avait visité les cours de
France et d'Espagne, apprit en Angleterre la maladie
de son père et ne put arriver à Ferrare qu'après sa
mort. Il recueillit toutefois sa succession sans difficultés. Il avait deux sœurs mariées, l'une au duc de
Milan, l'autre au duc de Mantoue, et deux frères, Ferdinand, dont nous aurons à nous occuper, et Hippolyte, à qui l'Arioste s'était attaché depuis deux ans,
et sur lequel il importe d'insister un peu à cause de
ses rapports avec le poète.

Le cardinal Hippolyte. — Hippolyte d'Este était né
en 1479 (il avait donc cinq années de moins que
l'Arioste). Destiné à l'Eglise, il revêtit l'habit ecclésiastique dès l'âge de six ans. Un an après, Mathias Corvin,
roi de Hongrie, qui avait épousé sa tante maternelle, le

nommait archevêque de *Strigonium*[1]. Le minuscule archevêque partit pour la Hongrie, et les marques de respect que lui valait prématurément sa dignité l'infatuèrent bien vite de sa petite personne, tandis que l'amour aveugle de ses parents, qui déféraient à toutes ses fantaisies, laissait se développer en lui les germes d'un caractère altier, ambitieux et cruel. Il échangea bientôt l'archevêché de Strigonium contre l'évêché d'Agram qui ne l'obligeait pas à la résidence, et, retourné à Ferrare, il obtint, en 1497, l'archevêché de Milan, auquel s'ajoutèrent, en 1499 celui de Narbonne, en 1502 celui de Capoue. Il devint aussi évêque de Ferrare en 1503, de Modène en 1507. Alexandre VI l'avait nommé cardinal en 1493, alors qu'il n'avait encore que quatorze ans. Toutes ces dignités, auxquelles il en faudrait ajouter d'autres, lui constituaient des revenus magnifiques et une situation privilégiée dans le clergé.

Il n'en était nullement digne. C'était l'âme du monde la moins ecclésiastique. En 1504, sous le terrible Jules II, il fit bâtonner un messager du pape qui lui apportait un ordre déplaisant. Il aimait les gens de guerre et les choses de guerre, passant des revues, prenant même part en personne aux opérations militaires. Il se livrait avec passion à la chasse. Sans doute, il n'était pas alors le seul homme d'Église qui eût des goûts de ce genre ; mais il les possédait à un haut degré. C'était moins un prêtre qu'un seigneur mondain, et même galant. Car ses intrigues amoureuses furent nombreuses ; il eut même des enfants naturels ; et c'est justement à propos d'une affaire d'amour que nous allons voir se révéler le côté le plus fâcheux, on peut dire le plus odieux, de son caractère et de celui du duc son frère, la cruauté.

Don Jules et don Ferdinand. — Le cardinal était de-

---

1. En allemand Gran, en hongrois Estergom, en slavo Ostrihom, en italien Strigonia.

venu éperdument amoureux d'une dame de la cour de
Ferrare, probablement une certaine Angiola Borgia venue à Ferrare avec Lucrèce Borgia, sa parente. Cette
dame eut le malheur d'accueillir trop favorablement les
hommages de don Jules, un fils naturel d'Hercule Ier et,
par conséquent, un frère du cardinal. Celui-ci, s'en
étant aperçu, demanda à la belle la raison de ce nouveau caprice ; et la dame ne lui cacha pas que ce qui
l'attirait surtout vers don Jules, c'était la beauté de ses
yeux. Hippolyte, furieux, s'en alla, accompagné d'un
certain nombre de gens à tout faire, attendre don Jules
au moment où il rentrait à Ferrare, et lui fit crever les
yeux en sa présence ; puis il courut informer Alphonse,
depuis peu souverain, d'un crime qu'il disait avoir appris de la rumeur publique. À cette nouvelle, Alphonse
fut très irrité ; et, comprenant vite quel était l'auteur
de cet attentat, il ordonna au cardinal de sortir du ter-
ritoire (1505). Mais sa colère se calma vite. Le crime
demeura impuni et le cardinal rentra en faveur.

Alors don Jules, auquel on avait sauvé en partie un
œil, désireux de se venger du cardinal, conspira avec
don Ferdinand, l'autre frère d'Alphonse, qui visait à
s'emparer du pouvoir (1506). La conspiration fut dé-
couverte. Don Ferdinand se reconnut coupable ; don
Jules fut livré par le duc de Mantoue, près duquel il
s'était réfugié. Leurs complices furent mis à mort, et
ils furent condamnés à la même peine. Mais, au moment où la hache des bourreaux était suspendue sur
leur tête, Alphonse commua leur peine en une prison
perpétuelle. Par la suite, il se refusa toujours à les
mettre en liberté. Ferdinand mourut en prison. Don
Jules n'en sortit que très vieux sous un souverain moins
barbare. Tels étaient les hommes auxquels messer Lodovico allait être successivement attaché.

Travaux littéraires de l'Arioste. — Lorsque, vers la
fin de 1503, l'Arioste était entré au service du cardinal

Hippolyte, celui-ci lui avait alloué un modeste traitement de 1200 livres. C'était peu, vu ses charges de famille ; c'était pourtant assez pour lui permettre de se consacrer à ses travaux littéraires. A ce moment, il avait déjà composé la plupart de ses œuvres latines, beaucoup de ses *rime* en italien, ébauché des comédies; et c'est en partie ce qui avait déterminé le cardinal à se l'attacher pour se donner à peu de frais un air de Mécène. Mais Arioste visait plus haut, à la poésie épique. Les lauriers de Boiardo l'empêchaient de dormir. Après avoir songé à chanter les exploits d'Obizzo d'Este, il mit la main, vers 1505 ou 1506, à l'œuvre capitale de sa vie, le *Roland furieux,* qui est comme une continuation de l'œuvre de Boiardo. En 1507, il avait déjà fort avancé son poème. Car le cardinal l'ayant alors expédié à Mantoue pour féliciter la marquise Isabelle, sa sœur, de son heureuse délivrance, il lui en lut une partie qui « lui fit passer deux jours, non seulement sans ennui, mais avec un très grand plaisir ». Peu après, il obtenait des succès comme auteur comique. Sa *Cassaria* était représentée en 1508, ses *Suppositi* en 1509, et le duc le chargeait de présider aux représentations dramatiques de la cour. Mais il allait bientôt avoir à rendre à ses maîtres des services d'une autre nature.

Quatre ambassades. — Au commencement de l'année 1509, le pape Jules II s'allia avec le roi de France Louis XII, l'empereur Maximilien, le roi Ferdinand d'Aragon. Cette ligue, dite de Cambrai, était dirigée contre la république de Venise. On y fit entrer le duc Alphonse, voisin et rival des Vénitiens, qui s'était créé une artillerie de premier ordre. Le pape le nomma gonfalonier de l'Eglise. Alphonse crut devoir demander au roi de France s'il ne voyait pas d'un mauvais œil la dignité qu'on venait de lui conférer. Louis XII répondit qu'il s'en accommodait fort bien. Mais le pape vit dans cette déférence excessive du duc de Ferrare un attentat contre son autorité, dont il était fort jaloux. Pour apaiser le courroux du pontife, le duc envoya Arioste à Rome. Ce fut la première ambassade de notre auteur dans la cité papale. Arioste écrivit de Rome que le duc devait s'y rendre en personne. Nous ignorons si Alphonse se conforma au désir exprimé par son ambassadeur. Il est probable que la victoire remportée par les Français sur les Vénitiens à Ghiaradadda (mai 1509) détourna sur d'autres objets l'esprit de Jules II.

C'est en 1509 qu'Arioste eut un nouveau fils naturel, Virginio, celui dont il est question dans la satire VII. Il le légitima plus tard, en 1520 et en 1530. Il le fit fort bien élever, et, après sa mort, Virginio acheva la *Scolastica*.

Dans le mois de décembre de cette même année 1509, Arioste fut de nouveau envoyé à Rome en toute hâte. Il s'agissait de demander des secours au pape. Car les Vénitiens avaient mis en mer une flotte qui, après avoir pillé Comacchio, remontait le Pô en semant l'épouvante. Mais Arioste n'eut pas à achever son ambassade. Car il apprit en route la victoire remportée par le duc. Celui-ci, avec son frère Hippolyte, avait réussi à enfermer la flotte vénitienne entre de puissantes batteries établies sur les digues du Pô, et l'avait prise ou brûlée presque en entier.

Quelques mois plus tard, Arioste fut expédié une troisième fois vers Rome, cette fois par le cardinal. Celui-ci, à la mort de l'abbé de Nonantola (février 1510), s'était fait nommer abbé par les moines. Mais le pape, à qui appartenait la collation de ce bénéfice, s'irrita fort contre le cardinal, qui envoya Arioste pour arranger les choses. Le poète ne réussit pas dans sa mission, et le pape nomma un autre abbé.

Sur ces entrefaites, Jules II, effrayé des succès des Français en Italie, fit la paix avec les Vénitiens, contracta même une alliance avec eux et déclara qu'il vou-

R F

lait délivrer l'Italie du joug étranger. En juin 1510, il intima au duc Alphonse l'ordre de se séparer des Français ; et, comme le duc s'y refusa, il l'excommunia le 9 août, le déclarant déchu de la souveraineté de Ferrare et de tous les fiefs qu'il tenait de l'Eglise. En même temps, le cardinal Hippolyte reçut l'ordre de se rendre immédiatement à Rome sous peine de perdre ses bénéfices ecclésiastiques. Redoutant les foudres de Jules II, le cardinal prit le chemin de Rome, mais à petites journées, prétextant le mauvais état de sa santé, et il crut devoir se faire précéder par Arioste qui, dit Baruffaldi dans sa *Vita di Lod. Ariosto*, plaida la cause de son maître avec tant d'ardeur, que l'irascible pontife menaça de le faire jeter dans le Tibre. Le cardinal, après s'être arrêté à Modène et avoir fait à Florence une chute de cheval opportune, revint à Parme d'où il alla plusieurs fois visiter, Alphonse, revêtu d'une armure.

Faits de guerre. — Cependant le pape avait commencé la guerre contre le duc. Il avait occupé Modène tandis que les Vénitiens menaçaient Ferrare par le nord. Les Ferrarais s'enrôlaient en foule ; Arioste fit comme ses concitoyens et notamment trois de ses cousins, et servit dans la compagnie du prince Enea Pio de Carpi. Le duc repoussa les Vénitiens à la Polesella (septembre), et c'est à cette occasion que, s'il faut en croire Baruffaldi, Arioste s'empara d'un riche navire ennemi sur le Pô. Mais l'armée pontificale n'en inquiétait pas moins Ferrare. On fortifia les remparts de la ville et on repoussa l'ennemi. Trivulce, avec l'armée française, occupait Mantoue. Le pape, après avoir pris la Mirandole (janvier 1511), se retira à Ravenne devant Trivulce qui approchait. La situation du duc était néanmoins difficile. Maximilien retirait ses troupes de l'Italie, et, pour complaire au pape, recevait en dépôt la ville de Modène. Les Espagnols s'étaient joints à Jules II. Seuls, les Français demeuraient fidèles au duc de Ferrare qui avait dû en-

gager ses joyaux chez les Strozzi de Florence. La bataille
de Ravenne (avril 1512) releva ses espérances. Les Espagnols alliés du pape y furent battus par les Français
commandés par Gaston de Foix qui y trouva la mort.
L'artillerie supérieure du duc ne contribua pas peu à la
victoire qui, du reste, fut chèrement achetée.

Voyage mouvementé. — Cette circonstance, jointe à
la mort des chefs de l'armée française, détermina Alphonse à écouter les conseils de Fabrizio Colonna, son
prisonnier de guerre, mais qu'il traitait en ami, et à
essayer de se réconcilier avec le pape. Après avoir obtenu
un sauf-conduit, il arriva à Rome en juillet 1512 accompagné ou suivi de près par Arioste. Le pape lui demanda
de céder Ferrare (il lui proposait Asti en échange!), et
de remettre en liberté ses deux frères don Jules et don
Ferdinand. Alphonse refusa sur l'un et l'autre point.
Alors le pape voulut le faire arrêter. Mais le duc se
sauva grâce à la connivence des Colonna, reconnaissants
de ce qu'il avait fait pour Fabrizio. Arioste parvint aussi
à se sauver. Prospero Colonna, qui se rendait en Lom-
bardie avec des hommes d'armes, emmena le duc sous
des déguisements divers. Près de Florence, Alphonse
en compagnie d'Arioste, reprit sa liberté et arriva à
sa capitale en octobre. Il y retrouva le cardinal, qui
avait dirigé l'État pendant son absence, et perdu, malgré ses efforts, Reggio et nombre d'autres places. Les
Lucquois s'étaient emparés de la Garfagnana. Mais dans
cette conjoncture malaisée la bonne étoile d'Alphonse
voulut que Jules II mourût (février 1513).

De 1513 à 1517. — Léon X lui succéda. Avant d'être
pape, Jean de Médicis, soit à Bologne, où il était Légat,
soit à Florence, avait témoigné à Arioste la plus vive
amitié, déclarant qu'il l'aimait comme un frère. Arioste,
à la nouvelle de son exaltation, s'empressa de partir une
sixième fois pour Rome. Le pape l'accueillit avec bien-
veillance, le baisa sur les deux joues, mais ne lui accor-

da, en fait de faveurs, que la remise de la moitié de la
taxe qu'il lui fallait payer pour succéder à son oncle
dans le bénéfice de Sainte-Agathe (Satire IV).

A son retour de Rome, Arioste, déçu dans son espoir, s'arrêta à Florence. Il y rencontra Alessandra
Benucci, veuve depuis peu de Tito Strozzi, et s'éprit
d'elle au plus haut degré. Alessandra s'éprit également
du poète qui passa deux mois avec elle à Florence.
Lorsque, vers la fin de 1513, Arioste dut revenir à Ferrare retrouver le cardinal, la Benucci ne tarda pas à l'y
suivre.

A Ferrare, notre auteur acheva de revoir son poème
(il paraît que la Benucci lui avait imposé d'en revoir un
chant par mois). On commença à l'imprimer en 1515,
et il parut en 40 chants, en avril 1516. Le cardinal et le
duc semblent lui être venus en aide pour les frais d'impression.

L'année suivante (1517), le cardinal demanda à Arioste
de l'accompagner en Hongrie. Arioste, qui aimait Ferrare parce qu'il aimait ses aises et encore plus la Benucci, prétexta sa mauvaise santé et refusa de partir.
(Satire II). Le cardinal, furieux, le congédia et le priva
même de deux bénéfices ecclésiastiques qu'il lui avait
procurés. Arioste, très peiné de ces procédés, chercha à
arranger les choses en faisant intervenir des amis, s'offrit à chanter encore plus haut le nom d'Hippolyte;
Hippolyte fut inflexible, et, à partir de ce moment,
Arioste ne reparut plus devant le cardinal, lequel mourut trois ans après, en septembre 1520, pour avoir
mangé trop d'écrevisses et bu trop de *vernaccia* (sorte
de vin blanc généreux), suivant de près dans la tombe
sa belle-sœur Lucrèce Borgia (morte en juin 1519).

Au service du duc. — Arioste, dans la situation pré-
caire où le mettait sa disgrâce, songeait à recourir au
pape ou à quelque souverain étranger, quand le duc Alphonse, ayant appris ses démarches, et réfléchissant

qu'il serait honteux pour lui de laisser à d'autres l'honneur de faire vivre un écrivain de ce talent, le prit dans
sa maison princière (avril 1518) avec des appointements
de huit écus par mois, et de plus les frais nécessaires
pour l'entretien de trois domestiques et de deux chevaux. Ce second maître ne valait pas moralement beaucoup mieux que le premier. Alphonse avait quelques
qualités comme prince, de l'énergie, une habileté d'ailleurs sans scrupule; il s'était, nous l'avons vu, créé une
bonne artillerie. Mais, au point de vue moral, il laissait
fort à désirer, malgré les éloges que lui a décernés son
secrétaire Pistofilo, qui a écrit son histoire; nous savons
qu'il était injuste, cruel, barbare même (il le montra par
son acharnement contre ses deux frères). Arioste allait-il
gagner beaucoup au change?

Le duc et Léon X. — A la mort de Jules II (1513), le
duc s'était empressé de reconquérir plusieurs des terri-
toires qui lui avaient été enlevés. Mais, en apprenant
que le nouveau pontife était Léon X, il cessa aussitôt
ses opérations pour ne pas l'indisposer. Il se rendit
même à son couronnement où le nouveau pape lui per-
mit d'exercer les fonctions de gonfalonnier de l'Église et
le déclara absous de l'excommunication lancée contre
lui par Jules II. Mais ces bons rapports ne durèrent pas
longtemps. Léon X refusa de rendre à Alphonse les villes de Modène et de Reggio, trouvant toujours de nouveaux prétextes. En 1518, le duc se rendit à Paris et in-
téressa François Ier à sa cause. Celui-ci força Léon X à
promettre la restitution de Modène. Mais le pape man-
qua à sa parole. Il alla même plus loin. Alphonse
s'étant trouvé gravement indisposé en 1519, Léon X,
escomptant sa mort, envoya 600 hommes près de la Mirandole pour s'emparer de Ferrare en cas de décès du
souverain. Le duc revenu à la santé, Léon X noua
des intrigues avec le capitaine des gardes d'Alphonse
pour s'emparer de sa personne en même temps que de

sa capitale (1520). On a même dit, et le duc contribua
sans doute à répandre ce bruit, que Léon X avait voulu
le faire assassiner. Quoi qu'il en soit, Alphonse n'avait
plus aucune raison de ménager le pape. Il recommença
la guerre en 1521 et délivra les Français assiégés dans
Parme. Le pape se vengea en l'excommuniant comme
l'avait fait Jules II, et bientôt les échecs éprouvés par
Lautrec exposèrent Alphonse aux plus grands dangers.
Il prépara sa défense avec intrépidité et adressa une
lettre en latin à l'empereur Charles-Quint et aux autres
princes chrétiens. Mais Léon X mourut encore opportu-
nément pour lui (décembre 1521), comme autrefois Jules II, et, pour rappeler cet heureux événement, Alphonse
fit frapper deux médailles où l'on voyait un homme arra-
chant un agneau des griffes d'un lion avec cette devise :
De manu leonis (Alphonse jouait sur le nom du pape).

Embarras pécuniaires d'Arioste. — Pendant ces événements pénibles pour son duc, l'Arioste avait, lui aussi,
ses ennuis. Son cousin Rinaldo, fils de Francesco
Ariosto, étant mort en juin 1519 sans héritiers mâles légitimes, le poète et ses frères crurent pouvoir prendre
possession de son riche domaine de Bagnolo, accordé
par le duc Hercule au père du défunt. Mais Trotti, sur-
intendant des domaines ducaux, les en dépouilla
presque aussitôt. Les frères Ariosto réclamèrent en vain
auprès du duc, et, grâce au mauvais vouloir de Trotti
contre le poète, le procès qui en résulta durait encore
sous Hercule II, en 1534. — Aux frais occasionnés par ce
procès s'ajoutèrent bientôt les frais d'une seconde
édition du *Roland* qui parut en février 1521. Le duc,
pressé d'argent par la guerre, ne lui accordait aucun
bénéfice lucratif; sa pension même était parfois suspendue; il ne percevait pas ses revenus de la chancellerie
de l'archevêché de Milan, à cause de la guerre. Dans
cette situation critique, il pria le duc de lui trouver
une situation qui lui permît de vivre honorablement.

Arioste nommé gouverneur. — Il se trouva que la Garfagnana, région montagneuse située dans les Apennins, après avoir subi le joug des Lucquois et des Florentins, venait de se soulever en faveur de la famille d'Este dont elle dépendait auparavant. Comme elle demandait avec instance un commissaire ducal, Alphonse nomma Arioste à ce poste le 7 février 1522. La Garfagnana était éloignée de Ferrare, que le poète n'aimait pas à quitter; mais il y avait des avantages pécuniaires sérieux. Il accepta, fit son testament, et, laissant Alessandra Benucci à Ferrare, se mit en route avec son fils Virginio. Selon la plupart des biographes de l'Arioste, il lui serait arrivé, au moment où il entrait dans ce pays infesté de brigands, une aventure étrange. Un bandit nommé Pacchione, l'ayant vu passer, et ayant su de quelqu'un de sa suite que c'était le fameux Arioste, serait venu en hâte le saluer, s'excuser de ne l'avoir pas fait à son passage, et lui aurait témoigné le plus grand respect et offert ses services. Mais rien n'est plus douteux que cette anecdote.

Dans la Garfagnana. — Arrivé à Castelnuovo, capitale de la Garfagnana, le poète se mit résolument à son métier de gouverneur (voir la Satire V). La tâche n'était pas commode. D'abord le pays se partageait en deux camps, ceux qui, amis des Français, tenaient pour le duc leur allié, et le parti dit italien qui tenait pour les Lucquois, les Florentins ou le pape. Mais la contrée souffrait plus encore de la rivalité des communes entre elles, et surtout du brigandage éhonté qui, dans ces montagnes perdues, s'était développé grâce à la persistance de la guerre et aux fréquents changements de maître. Les lois se taisaient depuis longtemps ou n'étaient plus respectées. Des violations de propriétés, des meurtres commis, naissaient des procès sans nombre. C'était le désordre sous toutes ses formes.

Arioste fit ce qu'il put, usant tantôt de la prière, tantôt de la menace, poursuivant les bandits de tout son pouvoir, et aussi ceux qui leur prêtaient assistance de plein gré ou par peur. Il écrivait au duc des lettres sur les cas difficiles. Il conclut, en juin 1523, un accord avec la République de Lucques, qui mit son barisel (*bargello*) au service du gouverneur ferrarais. Mais tous ses efforts furent vains. Il était assailli de réclamations. Il ne disposait que de dix arbalétriers pour faire respecter ses ordonnances, et ceux-ci n'osaient pas aller affronter les bandits qui étaient plus nombreux. A bout de ressources, insuffisamment soutenu par le duc qui avait d'autres soucis, il eut l'idée de se débarrasser des brigands au moyen des brigands eux-mêmes. Il publia des ordonnances assurant l'impunité pleine et entière à tout bandit qui aurait tué un autre bandit. Cela accrut le désordre. Il finit par se rebuter et demanda son rappel, d'autant qu'il tenait à se rapprocher de Ferrare où il faisait de fréquentes excursions. En avril 1525, le duc accéda à ses désirs et nomma pour le remplacer un certain Cesare Cattaneo. Arioste resta encore quelques mois dans la Garfagnana, jusqu'à l'arrivée de son successeur, qui se trouva aux prises avec les mêmes difficultés que lui et fut comme lui impuissant à les résoudre. Arioste était resté plus de trois ans dans la Garfagnana.

Dernières années du duc. — Pendant ce temps, le duc Alphonse luttait avec des difficultés non moins grandes et d'un ordre plus général, que son gouverneur de la Garfagnana. Le pape hollandais Adrien VI, qui avait succédé à Léon X en janvier 1522, l'avait bien absous de l'excommunication prononcée contre lui, mais s'était refusé à rendre Modène et Reggio. Lorsque, après un court pontificat, il mourut en septembre 1523, Alphonse s'empressa de reconquérir plusieurs des pays que lui retenait le Saint-Siège, notamment Reggio, mais ne put s'emparer de Modène.

Sur ces entrefaites, Jules de Médicis devint pape sous le
nom de Clément VII (novembre 1523). Pistofilo, secrétaire du duc, songea à envoyer auprès de lui, comme
ambassadeur, notre poète qui commençait à se plaindre
de la Garfagnana. Mais Arioste refusa, se méfiant autant de ce second Médicis que du premier (Satire VI).
Le duc s'en méfiait aussi, et avec raison, car, dès 1524,
Clément VII lui réclama la restitution de Reggio. Bientôt Alphonse ne put plus compter sur les Français défaits à Pavie, où François Ier fut fait prisonnier. Alors
il se tourna du côté de Charles-Quint, et lorqu'en 1527
le général impérial Frundsberg se présenta pour passer
le Pô (il marchait contre la Ligue Sainte que le pape
avait formée contre l'empereur, et dans laquelle était
entrée la France), Alphonse l'y aida en lui envoyant un
certain nombre de canons. Frundsberg rejoignit le con-
nétable de Bourbon, et c'est alors qu'eut lieu (mai 1527) le
terrible sac de Rome. Le duc en profita pour recouvrer
Modène dès le mois de juin de la même année, et enfin,
après une série interminable de négociations, lors que la
paix fut rétablie en Italie, Charles-Quint prononça (avril
1531) une sentence impériale qui confirma les droits de la
Maison d'Este sur Modène et Reggio. Ces villes, occu-
pées par des commissaires impériaux, furent rendues
au duc. Le pape n'avait pu, malgré ses intrigues, ses
complots, et, dit-on, ses tentatives d'assassinat sur le
duc, venir à bout d'un prince souple et retors qui
savait lui aussi se ménager des amis au bon moment. Les deux adversaires descendirent presque en
même temps dans la tombe, Clément VII en septembre,
Alphonse Ier en octobre 1534. Le duc mourut pour avoir
mangé trop de melons, comme jadis le cardinal pour
avoir mangé trop d'écrevisses. Son fils Hercule II lui
succéda.

Dernières années d'Arioste. — A ce moment, l'Arioste
était mort, mais depuis peu. Revenu de la Garfagnana

à Ferrare vers le milieu de 1525, il y avait retrouvé sa
chère Alessandra et avait pu reprendre ses promenades
sur la place du Dôme en compagnie de ses amis, auxquels s'ajouta alors Hercule Bentivoglio, entré au service du duc. Ils se moquaient souvent ensemble du
Mambriano de l'Aveugle de Ferrare et des autres
poèmes chevaleresques de second ordre. Le sien, qu'il
retouchait sans se lasser, réimprimé sans cesse à Venise
et à Milan, obtenait un succès toujours grandissant.

En 1526 et 1528, il acquit des lambeaux de terrain
dans la via Mirasole, assez distante du palais ducal, et
s'y fit construire une maison modeste, attenante à un
jardin. La rue Mirasole est devenue la *via dell' Ariosto*,
et la maison du poète y existe encore au n° 67. Elle est
actuellement la propriété de la ville. On y lit le dis-
tique suivant, composé par lui :

> *Parva, sed apta mihi, sed nulli obnoxia, sed non*
> *Sordida, parta meo sed tamen ære domus.*

(Maison petite, mais faite pour moi, mais libre de
charges, mais proprette, mais payée de mon argent.)
Quand on lui reprochait de n'avoir pas fait un plus
beau jardin, lui qui écrivait de si belles descriptions de
jardins, il répondait avec esprit que ces descriptions ne
lui coûtaient pas d'argent. Il paraît du reste, à en
croire son fils Virginio, que dans son jardin il dépla-
çait constamment les arbustes. Il aurait bien voulu
aussi modifier sa maison, et il regrettait que les murs
ne pussent pas se transformer aussi aisément que les
vers.

Ce n'était pas la richesse, mais c'était l'aisance. Il
épousait la Benucci, qu'il aimait tendrement, tout en
gardant le mariage secret, de peur de perdre ses bénéfices ecclésiastiques. Le duc, auquel il était toujours
attaché, le chargeait de missions honorables, peu fati-
gantes, ne l'éloignant pas trop de Ferrare; il l'envoyait,

par exemple, complimenter une cour voisine sur quelque heureux événement. Il se parait de lui comme du plus beau fleuron de sa couronne, dans ses entrevues avec d'autres princes, et c'est dans une de ces occasions, en 1532, qu'Arioste, à Mantoue, fut présenté à l'empereur Charles-Quint, qui déclara vouloir récompenser le poète en mettant sur sa tête une couronne de lauriers (la cérémonie n'eut du reste pas lieu, à cause du court séjour de l'empereur à Mantoue). En somme, estimé, honoré, possédant l'avoir qui suffisait à ses goûts modestes, aimé d'Alessandra, se voyant revivre dans deux fils, il jouissait presque du bonheur.

Les Mécènes. — Les historiens de la littérature ont dit, à son sujet, beaucoup de mal d'Hippolyte et d'Alphonse, pour avoir récompensé si peu généreusement les éloges qu'il leur a décernés. Il y a lieu, selon nous, de faire quelque distinction entre le cardinal et le duc. Le cardinal, quand il congédia le poète, se montra à la fois grossier et méchant, en lui retirant tout ce qu'il put des dons qu'il lui avait accordés. Le duc pécha seulement en ne faisant pas assez; mais il est juste de dire qu'il ne l'oublia jamais complètement. Sans doute Arioste aurait aimé, au début, des missions moins pénibles que celles qui lui furent confiées; mais on n'est pas seulement ambassadeur pour la parade. Sans doute encore, il aurait désiré gouverner une province moins éloignée et moins sauvage que la Garfagnana; mais c'est justement dans la Garfagnana qu'il gagna de quoi se faire construire sa maison de la rue Mirasole. Disons encore à la défense du duc qu'il fut presque toujours en guerre; qu'il dut payer soit à ses alliés, soit à l'empereur et au pape, à propos des villes qu'ils lui détenaient, des sommes importantes, et que ses coffres n'étaient pas toujours pleins. Il n'en reste pas moins vrai qu'aux heures de prospérité il aurait pu faire davantage pour Arioste et le récompenser comme poète.

après l'avoir payé comme serviteur. Il comprit du reste, vers la fin de son règne, que la gloire d'Arioste rejaillissait sur Ferrare; il est vrai que l'opinion publique le lui criait assez haut.

Mort d'Arioste. — En 1531, Arioste, ayant accompagné le duc aux bains d'Abano, fut atteint de la fièvre. Le chevalier Obici lui offrit l'hospitalité à Padoue. Là, sa maladie le reprit et on déclara qu'il avait la fièvre tierce. Sa santé, s'il faut croire ce qu'il nous dit dans la Satire II, n'avait jamais été très bonne. Il souffrait, paraît-il, d'un mal de vessie, et les médecins, par les eaux qu'ils lui firent prendre pour l'en guérir, délabrèrent son estomac. En décembre 1532, il dut se mettre au lit, et il rédigea alors un second testament où il faisait un legs à Alessandra *Strozzi* et instituait pour héritier son fils Virginio, qui devait fournir une pension viagère à Jean-Baptiste, son autre fils naturel. La nuit du 31 décembre, un incendie dévora une partie du palais ducal; la même nuit, le mal du poète s'aggrava. Il traîna encore jusqu'au 6 juin 1533, jour où il mourut. Il avait alors 59 ans.

La paix du tombeau. — Son corps fut porté nuitamment à la vieille église Saint-Benoît, accompagné des Bénédictins qu'avaient attirés, dit Garofalo dans sa *Vita di L. Ariosto*, les rares vertus du défunt. Il y fut enseveli simplement, comme il en avait exprimé le désir. En 1573, ses restes furent mis dans un beau tombeau de marbre placé dans la nouvelle église des Bénédictins. En 1612, on lui construisit un tombeau encore plus riche. Enfin, en 1801, sur l'initiative du général français Miollis, le corps d'Arioste fut placé dans la bibliothèque de Ferrare. C'est là qu'il repose aujourd'hui, à côté d'une riche collection des premières éditions du *Roland* et d'un manuscrit qui contient plusieurs chants du poème, avec de nombreuses corrections de sa main. Tout près dort le ghetto, où grouillait

au xviᵉ siècle un peuple de trafiquants, et qui est aujourd'hui désert. Là-bas, de l'autre côté de la ville,
dans la via dell' Ariosto où les touristes font un pieux
pèlerinage, dort aussi la maison qu'habita l'auteur. La
ville, qui autrefois compta 100 000 habitants, n'en possède guère que 30 000, trop à l'aise dans ses larges
rues. C'est à peine s'il y a quelque animation dans cette
partie de la cité où l'auteur du *Roland* aimait tant à
se promener, aux environs de la magnifique cathédrale
et du palais ducal. Celui-ci dresse encore sa masse im-
posante de briques rouges, restes d'une grandeur qui
n'est plus, et, en le regardant, le vulgaire ne songe pas
plus aux souverains puissants qui l'occupèrent jadis,
qu'aux deux grands poètes qui en franchirent si souvent le seuil, l'Arioste et le Tasse.

II. — OEUVRES DE L'ARIOSTE

Poésies latines. — Arioste débuta par la poésie latine. Les solides leçons de Grégoire de Spolète le mirent
bien vite en état de manier avec habileté la langue de
Virgile et d'Horace. Dès 1496, il écrivait son *Ode à Phi-
liroé,* où l'on retrouve l'inspiration épicurienne de ce
dernier. L'auteur échappe aux soucis du monde en
cherchant un refuge dans la nature, près de la source
qui murmure et de la femme aimée. Arioste sent très
vivement le charme de la campagne. On le voit dans
l'élégie qu'il adresse à son cousin Pandolfo, où, tout en
usant des éléments que lui fournit l'antiquité classique,
il sait trouver des images fraîches et neuves. Ce n'est
pas seulement un sentiment idyllique qui le porte vers
la nature, c'est aussi l'amour de l'indépendance, de la
liberté. En 1500, lors de l'invasion de Louis XII, il écrivait ces deux vers dans son élégie à Hercule Strozzi :

« Que nous importe de servir un roi gaulois ou un roi
italien, si, d'un côté comme de l'autre, c'est même
lourde servitude? »

> Quid nostra an Gallo regi, an servire Latino,
>   Si sit idem hinc atque hinc non leve servitium?

Et il appelait la colère des dieux sur les princes italiens
qui, en asservissant leur pays, l'avaient rendu indifférent au joug étranger. Mais, quand il fut entré au service de la maison d'Este, ces aspirations d'indépendance
firent promptement place aux flatteries que lui com-
mandait sa position. Dès 1502, le voilà qui écrit un
épithalame pour les noces d'Alphonse, l'héritier présomptif, et de Lucrèce Borgia. L'année suivante, le cardinal étant devenu évêque de Ferrare, il écrivit une
épigramme où il célébrait sa chasteté en l'opposant au
courage du duc son père : « Qui porte les armes avec
plus de courage qu'Hercule, son père invaincu? Qui
porte les armes mystiques avec plus de chasteté que le
chaste Hippolyte? »

> Quis patre invicto gerit Hercule fortius arma?
>   Mystica quis casto castius Hippolyto?

Ce dernier éloge était tellement peu mérité que l'on se
demande s'il ne contenait pas, dans la pensée de l'auteur, une légère nuance d'ironie.

Ces essais d'Arioste furent fort goûtés par Bembo, qui
lui conseillait de se consacrer à la poésie latine. Mais
Arioste ne suivit pas ce conseil; il renonça même de
bonne heure au latin, et, à part quelques épigrammes,
n'écrivit plus en cette langue que l'élégie *De sua ipsius
mobilitate*, qui est une de ses plus belles. Toutefois, cette
gymnastique du vers latin ne lui fut point inutile; elle
le mit en contact plus intime avec les modèles antiques,
forma son goût et assouplit sa plume.

Les poésies latines d'Arioste, en deux livres, furent

imprimées d'abord en 1553, à Venise, avec celles de
Pigna et de Celio Calcagnini : elles ont été réimprimées
ensuite dans presque toutes les éditions de ses œuvres.
On possède un excellent travail de M. Giosuè Carducci :
Delle poesie latine edite e inedite di L. Ariosto, 2ᵉ édit.,
Bologne, 1876.

Poésies italiennes. — Ariosto a été moins heureux
dans la poésie italienne, tant, bien entendu, qu'il s'est
exercé dans les petits genres. Nous avons d'abord de lui
des madrigaux, des sonnets et des *canzoni*. La plupart
se rapportent à la femme qu'il aima à partir de 1513,
Alessandra Benucci. Cette poésie amoureuse, qu'Ariosto
n'a du reste que médiocrement cultivée, avait des formes, des idées, des comparaisons consacrées. Il y fallait
pétrarquiser et chanter l'amour platonique, peu en har-
monie avec les goûts de l'auteur. Plusieurs de ces *rime*
sont d'ailleurs d'une authenticité douteuse. Ariosto a été
plus à son aise quand il s'est servi de la *terzina*, dans
ses trois *capitoli* et ses dix-sept élégies. Là, exprimant
des sentiments qui étaient bien les siens, il a fait œuvre
plus méritoire. L'élégie VI, notamment, est remarquable par la sincérité de l'accent. Il y célèbre, non
l'amour platonique comme Pétrarque, mais l'amour
sensuel comme Properce dont il s'inspire; ou bien il
nous émeut, lorsque, dans l'élégie III qu'il composa au
moment où il se dirigeait vers la Garfagnana, par de
mauvais temps,[1] sur de mauvaises routes, il songe à la
femme bien-aimée qu'il abandonne. Il a laissé aussi
deux églogues qui datent de 1506.

Lettres. — En prose, nous avons d'Ariosto des lettres
qui ont été recueillies par M. A. Cappelli. Quelques-
unes seulement ont un caractère familier. Toutes offrent

---

1. C'était en février. L'anecdote de Pacchione saluant Ariosto,
nous le montre assis avec les autres brigands sous des ombres diverses (*sotto diverse ombre*, Garofalo). A l'ombre, en février et dans
les montagnes! Cela éveille des doutes légitimes.

de l'intérêt, surtout quand les correspondants s'appellent Pierre Bembo ou le cardinal Jean de Médicis (plus tard Léon X). Beaucoup, comme de juste, sont adressées au cardinal Hippolyte, un plus grand nombre au duc de Ferrare. Ces dernières datent principalement de l'époque où le poète était gouverneur de la Garfagnana, et à ces fonctions se rattachent aussi les nombreuses missives écrites aux *Anziani* de la République de Lucques. Ces lettres, qui sont des lettres de service, nous montrent avec quel zèle et quelle conscience Arioste s'acquittait de sa tâche ingrate.

Erbolato. — C'est en prose aussi qu'est écrit *l'Erbolato,* une causerie de jeunesse où Arioste introduit un certain Antonio de Faenza, qui parle de la noblesse de l'homme et de l'art de la médecine. Cet ouvrage fut imprimé à Venise par Niccolini en 1545, avec un portrait d'Arioste qui a été ensuite reproduit plusieurs fois dans les éditions de ses œuvres. M. Cappelli révoque en doute l'authenticité de cet ouvrage, en s'appuyant sur le fait que la prose en est beaucoup trop fleurie et élégante.

Œuvre apocryphe. — Douteux aussi, mais pour la raison contraire, est le fragment épique intitulé : *Rinaldo ardito.* Le style en est beaucoup plus rude, beaucoup plus provincial que celui d'Arioste, même dans la première édition du *Roland.* On croit que c'est une œuvre de Virginio Arioste; le fait est que celui-ci n'en parle pas dans les Mémoires qu'il a laissés sur son père.

Les cinq chants. — En revanche, nous possédons un autre fragment épique qui appartient sûrement à notre auteur. C'est ce qu'on appelle les *Cinq Chants,* début d'un poème qui devait faire suite au *Roland furieux,* et qu'Arioste commença, puis abandonna. Le ton y est beaucoup plus grave, beaucoup plus sérieux que dans le *Roland.* Arioste s'y rapproche de la manière du Tasse

Arrivons aux œuvres les plus connues de l'auteur, celles dont nous donnons des extraits. Nous les étudierons suivant leur ordre de valeur croissante, de manière à terminer par l'examen du *Roland*, auquel Arioste doit surtout sa gloire.

Les Comédies. — Ferrare avant le règne de Lionel était très en retard sur les autres cités de l'Italie, en particulier sur Rome et Florence. Lionel, élève du célèbre Guarino qui alla étudier le grec dans la Grèce même sous Chrysoloras, introduisit la Renaissance dans la cité qu'il gouvernait, et les études allèrent se développant sous les règnes de Borso et d'Hercule Ier qui lui succédèrent, en même temps que, grâce à l'élan donné par ces princes à l'industrie et au commerce, l'aisance, puis la richesse, se répandaient parmi les citoyens et que Ferrare devenait une ville peuplée et somptueuse. Dès lors, riche et instruite, Ferrare ne pouvait plus se contenter des naïves *rappresentazioni* qui correspondent en Italie à nos *mystères* du moyen âge, jouées sur des scènes élevées à la hâte et grossièrement. Il lui fallait quelque chose de plus savant, qui eût comme un goût d'antiquité. Hercule Ier fit construire un théâtre où l'on représentait des pièces puisées aux sources grecques et latines, *Timon le Misanthrope*, emprunté par le comte Boiardo à Lucien (écrit en *terza rima*), et des traductions de Plaute et de Térence faites par l'historien Collenuccio et d'autres écrivains en renom. Nous savons que pour fêter l'arrivée à Ferrare de Lucrèce Borgia, qui épousait le prince héritier Alphonse (février 1502), on représenta cinq comédies traduites de Plaute. Les gentilshommes de la cour y jouaient parfois des rôles. La représentation de pareilles œuvres nous aide à comprendre le caractère des comédies d'Arioste.

Arioste semble avoir eu de bonne heure le goût du théâtre. Encore enfant, il s'amuse à jouer des pièces composées par lui, dont *Pyrame et Thisbé*, avec ses frères

et sœurs ; il observe, nous l'avons dit, la colère de son
père en futur auteur dramatique. Plus tard, il reçoit les
leçons de Grégoire de Spolète ; et Plaute et Térence,
qu'il explique, lui donnent l'idée de composer des comédies dans le goût latin. Entré au service de la maison
régnante, il sait que de pareilles pièces seront vues d'un
bon œil en haut lieu et contribueront à le mettre bien
en cour. Et il ébauche la *Cassaria* et les *Suppositi*, deux
pièces qu'il écrivit d'abord en prose. Nous ne savons pas
au juste quand cette première rédaction en fut terminée. Ce dont nous sommes sûrs, c'est que, sous cette
forme, elles furent représentées, la première dans le
carnaval de 1508, la seconde en 1509, avec des inter-
mèdes de musique, de chant et de danse, et qu'elles obtinrent le plus grand succès. L'auteur lui-même débita
le prologue des *Suppositi*. Le duc Alphonse ravi chargea Arioste de diriger dorénavant les représentations
théâtrales de la cour. En 1519, les *Suppositi* furent représentés à Rome au Vatican. C'est Raphaël qui avait
peint la scène ; le pape Léon X lui-même surveilla
l'entrée des invités. Léon X fut extrêmement satisfait,
et il pria Arioste de composer une nouvelle comédie.
Arioste lui envoya, en janvier 1520, le *Negromante*, qu'il
avait commencé dix années auparavant (le *Negromante*
était en vers). Toutefois cette pièce ne fut pas représentée
à Rome, mais seulement plus tard à Ferrare. C'est aussi
à Ferrare que fut représentée la quatrième comédie
d'Arioste, la *Lena*, à l'occasion des fêtes qui y furent
données en décembre 1528 pour célébrer l'arrivée à Ferrare de l'héritier présomptif Hercule (plus tard Hercule II) et de Renée de France qu'il venait d'épouser à
Paris. Le duc Alphonse avait fait construire dans son
palais un théâtre suivant les idées d'Arioste. La scène
représentait la grande place de Ferrare avec les rues qui
y débouchent. Un autre fils du duc débita le prologue
de la *Lena* et les différents rôles furent joués par des

gentilshommes de la Cour. Cette représentation fut suivie de celle de la *Cassaria* mise en vers (voir le prologue que nous donnons). La *Lena* fut encore jouée en 1531 avec l'adjonction de deux scènes et un nouveau prologue.

Arioste, en mourant, laissait une cinquième comédie inachevée, commencée en 1518, qu'il appelait *Gli Studenti*. Son frère Gabriel la termina et lui donna le nom de *La Scolastica*. Du travail de Virginio qui, lui aussi, on s'en souvient s'y employa, nous n'avons que le prologue.

Ce qui frappe dès l'abord, dans les quatre comédies écrites par Arioste, c'est la place qu'y occupe l'imitation de Plaute. Le titre de la *Cassaria* est forgé sur celui de *l'Aulularia*. Mais de plus toute la pièce, intrigue, personnages, dialogue même, dénote une imitation étroite du poète latin. L'action se passe à Sybaris. Il s'agit de jeunes filles esclaves que veut vendre un *leno*, de jeunes amoureux qui, pour se les procurer, ont recours aux ruses de leurs esclaves. C'est absolument le théâtre latin. L'intrigue des *Suppositi* est empruntée à l'*Eunuque* de Térence et aux *Captifs* de Plaute. C'est ce que Térence aurait appelé une *contamination*. Nous trouvons dans la pièce le personnage traditionnel du parasite. Dans la *Lena*, l'action, les personnages se ressentent encore des modèles latins. Même dans le *Negromante*, qui s'en écarte davantage, l'esclave (ici serviteur) occupe une place prépondérante. Cette imitation trop étroite des Latins, en particulier de Plaute, enlève aux comédies d'Arioste beaucoup de leur originalité.

Un autre défaut de ces comédies, c'est la marche trop lente de l'action. Il y a beaucoup trop de monologues où les personnages nous expliquent longuement ce qu'ils pensent et ce qu'ils comptent faire. De plus, toute la pièce se passe en un même lieu, une rue ou une place voisine des maisons des personnages (cela aussi est

un héritage de l'antiquité). Il en résulte des invraisem-
blances, et surtout cet inconvénient que beaucoup de
choses doivent être racontées; de plus ces longs récits
alanguissent l'action qui n'est animée qu'à moitié par
les jeux de mots de serviteurs moins vifs, moins re-
muants que les esclaves de Plaute.

Un troisième défaut de ces pièces, c'est l'immoralité.
Passe encore pour la *Cassaria* et les *Supposili*, bien que
tout n'y soit pas irréprochable. Mais *la Lena*, et surtout le *Negromante* sont d'une indécence peu commune. Cette immoralité, ou plutôt cette inconscience
en matière de morale, était du reste un défaut de l'époque. A Florence, Machiavel écrivait sa *Mandragore*, le
cardinal Bibbiena sa *Calandra*. Et qu'on songe que c'est
précisément le *Negromante* qui fut envoyé au pape
Léon X! Autres temps, autres mœurs.

Puis, ces pièces sont écrites en vers non rimés de douze
syllabes qui se terminent tous par des mots *sdruccioli*.
Ce vers paraissait peut-être à Arioste reproduire assez
fidèlement le trimètre iambique latin; mais le retour
périodique de mots *sdruccioli* à la fin de chaque vers
finit par être monotone et fatigant, malgré tout l'art dé-
ployé par l'auteur pour souder les vers ensemble par
des enjambements, et même parfois par des mots qui
sont à cheval sur deux vers.

Nous avons assez dit de mal du théâtre d'Arioste. Il
est temps d'en dire quelque bien. Arioste a suivi Plaute
de trop près. Mais il n'est que juste de dire que, plus il
a avancé dans sa carrière dramatique, plus il a fait
preuve d'originalité en modernisant son théâtre autant
qu'il l'a pu. Tandis que la scène de la *Cassaria* est à Sybaris, c'est à Ferrare qu'Arioste a placé celle des *Supposili*.
Le faux fils de marchand sicilien étudie à l'université de
cette ville. C'est à Ferrare aussi que se passe l'action de
la *Lena*, et le serviteur Corbolo, chargé d'acheter des
victuailles, n'oublie de nous parler ni de la place, ni de

la *loggia*, ni du *cortile*, ni de l'évêché, ni même de la statue du duc Borso (II, 3). La scène du *Negromante* se passe à Crémone. Mais c'est encore à Ferrare que devait se dénouer l'action des *Studenti* et à Ferrare que Gabriel Arioste a laissé celle de la *Scolastica*. Placer ainsi l'action dans l'Italie moderne, et de préférence à Ferrare même, citer des quartiers, des places, des rues connues de tous les spectateurs, c'était rendre la pièce plus vivante, plus intéressante.

Car les comédies d'Arioste, en dépit des défauts que nous avons signalés, sont intéressantes, et même amusantes. Les monologues sont trop longs; mais, pris en eux-mêmes, ils sont agréables à lire et devaient plaire à la représentation. Les serviteurs sont moins vifs que les esclaves de Plaute; il y a moins de verve dans leurs saillies. Mais ils ont encore assez d'esprit et de bonne humeur pour égayer l'auditoire. Ils ont des répliques heureuses, et le dialogue est par endroits lestement mené.

Ajoutons que, pour l'invention, Arioste s'est de plus en plus émancipé. Dans les *Suppositi* il ne s'agit plus d'esclaves qu'un *leno* veut vendre. Il s'agit d'une jeune fille dont deux prétendants, un jeune et un vieux, se disputent la main. Le *Negromante* attaque une croyance du temps, la croyance à l'astrologie et à la magie. Sans doute l'auteur a gardé, même dans ces deux pièces, les procédés antiques, notamment les reconnaissances d'enfants, et des caractères stéréotypés, comme le parasite, la *lena*; mais il ne saurait être là question de plagiat, et l'auteur a fait tous ses efforts pour produire des œuvres personnelles.

En effet, il a introduit ou développé dans ses pièces deux éléments importants : les réflexions morales et la satire. Dès l'époque de la *Cassaria*, Bernardino Prospéri, dans une lettre adressée à la marquise Isabelle Gonzague, en vantait les belles sentences. Ce sont ces réflexions qui font supporter les monologues, où elles abondent. Quant à la satire, elle est un peu partout, mais surtout dans les prologues, où l'auteur s'amuse aux dépens du public, et aussi, à l'occasion, de lui-même. Cette satire est parfois générale. Arioste parlera du temps que les femmes mettent à s'habiller; il raillera les vieux beaux, les vieilles belles, la bêtise humaine dans le *Negromante*. Parfois la satire vise des faits politiques et est par suite plus hardie. Dans un des prologues du *Negromante*, l'auteur se moque du bon marché des indulgences, qui coûtent moins que les artichauts au mois de mai. Dans les *Suppositi*, par la bouche du négociant sicilien, il attaque les vexations de la douane ferraraise. Tout cela, ajouté aux qualités que nous avons signalées, nous explique le succès qu'obtinrent alors ces comédies et l'intérêt qu'on éprouve encore aujourd'hui à les lire.

Les Satires. — Bien supérieures aux comédies comme valeur littéraire et comme intérêt, sont les satires que l'auteur nous a laissées. Elles sont au nombre de sept et ont été écrites de 1517 à 1524 [1], c'est-à-dire dans la pleine maturité d'Arioste.

Sont-ce vraiment des satires? On peut dire qu'elles ne méritent leur nom qu'imparfaitement. Car, nous allons le voir, leur principal charme ne consiste pas dans l'élément satirique qu'elles contiennent. Mais cet élément satirique existe; on ne saurait le nier. Il est vrai que la satire ne se présente pas toujours franchement. Elle arrive timidement, derrière autre chose, comme par une porte entrebâillée. Tel est le cas dans la Satire V, où, s'excusant de supporter difficilement à Castelnuovo l'absence de celle qu'il aime, il développe ce lieu commun que le vulgaire pardonne des fautes plus graves, qu'un amour un peu tardif; savoir la prodigalité, l'avidité,

---

1. Nous plaçons la Satire VII en 1521. Voir nos notes à cette satire.

l'ambition, ce qui lui permet d'attaquer ces vices. C'est
encore de cette façon que les attaques contre les humanistes sont introduites dans la Satire VII. Arioste charge
Bembo de lui trouver un précepteur pour Virginio.
C'est que, dit-il, il est rare de rencontrer un savant
qui n'ait pas de mauvaises mœurs ou des tendances
hérétiques ; et ces attaques sont si peu son sujet qu'au
vers 130 il déclare qu'il revient à son propos et recommence à parler des études de son fils.

Dans deux satires cependant, la Ire et la IIIe, la cen-
sure des mœurs est prépondérante. Dans la première,
sous le prétexte de donner des conseils à son cousin
qui va prendre femme, il décoche au sexe faible des
traits parfois terriblement acérés, et où il dépasse même
la mesure, soit pour le fond, soit pour la forme, gros-
sière à l'occasion. Dans la Satire III, c'est au monde
ecclésiastique qu'il en veut, et il ne le ménage pas.
Il avait déjà (satire I, 24) écrit à son sujet le mot de
canaglia. Ici il passe toute la caste en revue, depuis le
simple moine qui, plus rouge qu'une écrevisse cuite à
la suite des libations qu'il a faites, s'en va prêcher d'une
voix tonnante qui épouvante l'auditoire, jusqu'au pape
lui-même qui vend l'Italie à l'étranger, pour procurer
à ses neveux de riches bénéfices, en passant par les prélats qui se poussent à force de courbettes et de dons
pécuniaires, dont pâtissent leurs serviteurs. Ces attaques
ont leur intérêt quand on les voit se produire à l'aube
de la Réforme et dans une cour princière.

Il y a encore une autre satire dans les satires. C'est
celle que l'auteur fait du cardinal et du duc dont le service ne le satisfait pas (satires II et IV). Ces maîtres pri-
sent mieux les services d'un domestique, d'un décou-
peur, d'un veneur, de quelqu'un qui les aide à monter
à cheval, que les éloges d'un poète de sa valeur. Il se
plaint surtout amèrement du cardinal à la satire II. Ce
sont plutôt là, au reste, des épanchements faits dans le

sein d'un ami, le trop plein d'un cœur gros qui se dé-
verse ; et ceci nous amène à parler de ce qui constitue
vraiment l'intérêt des satires.

C'est que nous y voyons l'Arioste au naturel. Dans le
Roland, nous avons devant nous le poète ; dans les
lettres, surtout le fonctionnaire ; dans les poésies de
circonstance, le courtisan ; ici, nous voyons l'homme.
Les satires d'Arioste ressemblent surtout aux *Epîtres*
d'Horace, qu'il a imitées parfois ; et de même que c'est
par les *Epîtres* que nous connaissons surtout le caractère d'Horace, c'est dans les satires d'Arioste, dans ces
causeries franches avec des amis qui, quoiqu'en vers,
ont toute la simplicité de la prose, que nous voyons le
mieux sa physionomie ; c'est par elles que nous arrivons
à le connaître *intus et in cute.*

Comme tous les honnêtes gens, il ne perd rien à être
vu de près. Né d'un père dur et qui avait servi d'instru-
ment à une tentative d'assassinat, serviteur de princes
avides, fourbes et cruels, Arioste a été un homme paci-
fique, doux, et, qui plus est, un caractère droit, un
brave homme en un mot. C'est une physionomie sympathique, malgré ses faiblesses. Il n'a malheureusement
pas, en matière amoureuse, une sévérité de principes qui
n'est ni de son temps, ni de son pays, ni de son tempéra-
ment. Grandi au milieu des mœurs faciles d'une cité
riche, ayant sous les yeux les exemples de ses maîtres, il
s'est abandonné sans résistance à son caractère épicurien
au fond. Nous lui connaissons deux enfants naturels, Jean-
Baptiste et Virginio. Il a longtemps vécu avec la Benucci
sans l'épouser. Mais c'est précisément ici que nous apercevons le fond honnête de cette âme trop peu austère.
Ces deux fils, il les a reconnus ; il les a élevés avec soin ;
il a poussé le premier vers les armes et le second vers
les lettres, et tous les deux ont réussi, grâce sans doute
à l'œil vigilant de leur père. S'il a tant tardé à épouser
la Benucci, c'est simple raison d'argent ; il craignait de

perdre ses bénéfices ecclésiastiques. [1] Mais dès que, après les amours éphémères du jeune âge, il a eu fait sa rencontre à Florence, en 1513, il l'a aimée d'un amour durable, sincère, profond, qu'il n'osait pas trop avouer, mais qui nous touche, et il l'a épousée, secrètement sans doute pour la raison indiquée, mais épousée pour légitimer un attachement inviolablement fidèle.

Voilà pour le père et l'époux. Que dirons-nous maintenant de ce frère aîné qui, à 26 ans, était devenu chef de famille par la mort de son père Nicolò ? Il est parvenu à placer ses frères et à marier ses sœurs sans trop entamer l'héritage paternel. Mais il ne s'est pas occupé seulement de leurs intérêts matériels. Il s'est appliqué à ce que leur âme, encore tendre, ne se façonnât pas au vice et gardât l'empreinte de la vertu (satire VII). Il a fait pour eux ce qu'il fit plus tard pour Virginio : il leur a donné l'éducation morale, sans laquelle, il nous le dit, tout le savoir du monde ne vaut rien. Ame aimante, il a étendu son affection à son cousin Pandolfo, son compagnon d'études, qu'il perdit de bonne heure et dont il parle en des termes émus.

Les nécessités de la vie l'ont obligé de se faire courtisan. Là encore il a su se conduire, dans une position difficile, d'une façon qui, à certains égards du moins, commande l'estime. Sans doute il a dû, puisqu'il était poète, chanter les louanges de ses maîtres et pour cela passer l'éponge sur des crimes avérés. Mais ce courtisan poète a été un serviteur loyal. Il a couru à Rome plusieurs fois de suite, dans l'intérêt de ses maîtres, et il y a plaidé un jour, nous le rappelions plus haut, la cause du cardinal Hippolyte avec tant de chaleur que Jules II

---

1. Il est trop clair que nous n'entendons point absoudre cette liaison irrégulière ni même le motif qui en retarda si longtemps la régularisation. En ce siècle, Leopardi a été plus délicat : résolu à ne point entrer dans les Ordres, il a obstinément refusé d'acheter par le port de la soutane un bénéfice ecclésiastique.

voulait le faire jeter dans le Tibre. Devenu gouverneur
de la Garfagnana, il s'est acquitté de sa tâche ardue
avec tout le zèle d'un fonctionnaire dévoué et d'un bon
citoyen. Il a péché par indulgence (satire V). Mais cette
indulgence du fils ne vaut-elle pas mieux que l'excessive sévérité du père ?

Sans doute, doué d'une santé assez faible, il nous
semble la ménager un peu trop ; sans doute aussi, il a
gardé un souvenir amer de ses voyages précipités à
Rome, ce qui, rétrospectivement, en diminue un peu
le mérite. Il aime Ferrare et n'en voudrait plus partir, parce qu'il y a ses habitudes, parce que la Benucci y
est, parce qu'il s'y peut promener sur la place et devi-
ser avec quelques amis, en médisant un peu de ses confrères. Mais, tout en préférant le repos à l'agitation, il
avait travaillé pour aider les siens ; il s'était amassé
quelque avoir ; maintenant il veut vivre loin du souci,
tranquille, indépendant. Il y a de l'épicurisme là-dedans,
dira-t-on. Oui, mais un pareil épicurisme est si voisin de
la sagesse qu'on se demande s'il est blâmable. C'est
l'épicurisme d'Horace ; encore Arioste n'avait-il pas eu
sous les yeux l'exemple d'un Brutus et d'un Cicéron.
Aussi cet épicurisme ne l'a-t-il pas empêché d'être aimé
de tous les siens (en particulier de son fils Virginio et
de son frère Gabriel qui ont gardé le culte de sa mémoire), de jouir de l'estime de ses contemporains, et
de forcer même, vers la fin, à ce qu'il semble, le cœur
peu tendre de son duc.

Ajoutons, pour en finir avec les satires, qu'elles sont
agrémentées de fables que l'auteur raconte avec simplicité et bonhomie. Il en est qui dérivent de l'antiquité, comme celle de l'âne qui a mangé du blé (sat. II).
D'autres ont un caractère moderne, comme celle du
Vénitien à cheval (sat. V).

Nous voici arrivé au *Roland furieux*.

Le « Roland furieux ». — Arioste avait d'abord songé

à un poème dont l'action était placée au temps des
guerres entre Philippe le Bel et Edouard, roi d'Angleterre, et dont le héros était Obizzo d'Este, qui se fit
alors connaître par de brillants faits d'armes. Mais
Boiardo étant mort (en 1494) sans avoir achevé son *Roland amoureux*, Arioste s'arrêta à l'idée de faire un
poème qui en serait comme la continuation. Ce poème fut le *Roland furieux*. Il se mit à l'œuvre vers
1506, et, dès 1507, nous entendons parler de l'épopée
nouvelle dans une lettre écrite par Isabelle d'Este, du-
chesse de Mantoue, au cardinal Hippolyte. Elle était
presque terminée, du moins sous sa forme primitive,
dès l'année 1509. Car, parlant de la victoire remportée
alors par le duc et le cardinal sur les Vénitiens, Arioste
écrit à ce dernier (décembre 1509) qu'il aura une nouvelle histoire à dépeindre à sa louange dans le pavillon
où ont lieu les noces de Roger et de Bradamante. Or,
c'est tout à fait à la fin du poème qu'il est question de
ce pavillon. Toutefois Arioste consacra encore plusieurs
années à le compléter, à le revoir et n'en commença
l'impression qu'en 1515, chez Giovanni Mazzocco del
Bondeno, à Ferrare. Elle fut achevée le 22 avril 1516. Le
poème ne contenait que 40 chants. Le succès fut très
grand. Des libraires en profitèrent et commencèrent à
livrer au public des contrefaçons. Arioste donna alors
une nouvelle édition de son épopée, où il avait commencé à corriger quelques termes ou locutions contraires à l'usage toscan. Cette seconde édition donnée par
Arioste parut en février 1521, encore à Ferrare, mais
chez G. B. Dalla Pigna. Comme la première, elle ne comprenait que 40 chants. Le succès de l'œuvre allant toujours croissant, les libraires, soit à Venise, soit à Milan,
ne se gênèrent pas pour dérober encore son bien à l'auteur. De 1524 à 1527, il n'en parut pas moins de neuf
réimpressions dans ces deux villes, faites en dehors
d'Arioste. Celui-ci retouchait sans cesse son œuvre, sur-

tout pour la langue, qu'il rapprochait le plus qu'il pouvait du toscan. Il en donna une troisième édition, toujours à Ferrare, mais, cette fois encore chez un nouvel éditeur, Francesco Rosso de Valenza (1er octobre 1532). Le poème, dans cette troisième édition, avait sa forme définitive, c'est-à-dire comprenait 46 chants. Il paraît que le chagrin ressenti par Arioste des nombreuses fautes typographiques qu'elle contenait contribua à hâter sa fin. Malgré ces fautes, cette édition doit être considérée comme l'édition type, et, à cause de la langue plus pure, a été admise comme *testo di lingua* par la sévère Académie de la Crusca.

« *Messer Lodovico, dove mai avete pigliato tante coglionerie?* Messire Ludovic, où donc avez vous pris toutes ces sornettes? », disait le cardinal Hippolyte à Arioste après avoir reçu la première édition de son *Roland*. Là-dessus Ginguené s'indigne : « Si ce mot est vrai, que prouve-t-il, sinon qu'Hippolyte d'Este, quoique homme d'esprit, prince et cardinal, était plus capable de dire lui-même une sottise que d'apprécier le génie supérieur de l'Arioste, et qu'il était peu digne de le posséder auprès de lui ? » M. Cappelli, cherchant à excuser le cardinal, déclare qu'il a eu seulement l'intention de plaisanter sur les nombreuses flatteries qu'Arioste lui adressait dans son poème. Nous n'avons pas à défendre le cardinal, dont le goût était peut-être aussi peu sûr que l'âme peu noble. Mais nous remarquons que, dans le *Candide* de Voltaire, le sénateur vénitien Pococurante parle des « contes à dormir debout de l'Arioste ». C'est bien la même idée. Il est vrai que, ainsi que son nom l'indique, Pococurante est un grand contempteur des génies artistiques et littéraires; mais c'est Voltaire qui le fait parler, Voltaire qui, comme lettré, raffole d'Arioste, mais, comme penseur, ne peut s'empêcher de faire des réserves. Nous croyons donc que le cardinal a bien prononcé le propos dans le sens que lui attribue la tradition : et nous croyons de plus que, en le tenant, il n'a pas prononcé une énormité. Il connaissait déjà le poème ; mais il l'avait sans doute plutôt parcouru que lu, et il exprimait l'impression produite sur un lecteur moderne d'intelligence moyenne par une lecture incomplète et superficielle. Pour goûter vraiment le *Roland*, il faut le lire tout entier et avec soin, et on voit alors qu'il y a dans ces mille aventures extraordinaires qui s'enchevêtrent autre chose que *des contes à dormir debout*.

Le sujet du poème est triple. Il y a trois actions marchant parallèlement et rattachées ensemble par de nombreux liens. La première de ces actions est la folie de Roland, qui donne son nom au poème ; et toutefois, malgré ce nom de *Roland furieux*, cette folie de Roland est, parmi les trois actions, celle qui tient le moins de place dans l'épopée. Roland n'en occupe pas le cinquième, même en comptant le voyage qu'Astolphe fait dans la Lune pour lui rendre la raison qu'il a perdue. Il est juste de dire que cette action est peut-être la plus intéressante de l'œuvre, et que le moment où Roland devient fou en est le morceau le plus poignant.

Bien plus importante, dans l'ensemble de l'ouvrage, est la seconde action, celle qui a pour centre Roger et Bradamante, leur amour longtemps contrarié, leur union. La cause de cette importance s'aperçoit sans peine ; c'est qu'Arioste, attaché à Hippolyte d'Este, puis à Alphonse d'Este, voit dans Roger et Bradamante les ancêtres de la maison qui règne à Ferrare, et que le cardinal et le duc seront d'autant mieux disposés pour le poète (c'est du moins son espoir) qu'il aura dit plus de bien de leurs prétendus aïeux. N'oublions pas qu'Arioste avait d'abord songé à célébrer un membre historique de la famille, Obizzo. Ici ce sont des ancêtres légendaires, mais d'autant plus vénérables, puisqu'ils rattachent la famille à Renaud de Montauban, un des plus fameux

paladins de Charlemagne, et aussi à Hector, le plus
brave des héros troyens. Et voilà comment, dans un
poème appelé *Roland furieux*, et qui semblait originairement devoir continuer l'œuvre de Boiardo, Roger et
Bradamante ont fini par occuper la place d'honneur,
Roger remplissant même presque seul les deux derniers chants, à un moment où le poème semblait fini.

L'importance donnée à ce couple amoureux n'est pas
l'unique hommage rendu à la maison d'Este. Arioste ne
s'est pas contenté de louer ses maîtres indirectement,
en grandissant les actions de leurs prétendus ancêtres;
il les a loués directement, au moyen de prédictions de
tout genre; et on peut dire que ces prédictions sans
cesse renaissantes sont le principal, peut-être l'unique
défaut du poème, mais un défaut très sensible. Les prédictions sont faites parfois par des personnages, comme
la fée Mélisse, ou l'ermite qui convertit Roger; tantôt
au moyen de procédés divers, la fontaine de Merlin, les
tableaux d'une galerie, un pavillon dont les tentures
ont été brodées par Cassandre, qui savait à l'époque de
la guerre de Troie ce que le cardinal ferait à Ferrare au
XVIᵉ siècle. Le lecteur tremble toutes les fois qu'il se
trouve en présence de personnages lisant dans l'avenir
ou de dessins prophétiques. Il tremble avant la lecture
du passage, et, ajoutons-le, il est attristé, presque
écœuré après, quand il voit les plus fortes flagorneries
prodiguées à des personnages souvent indignes, en particulier à ce triste cardinal Hippolyte.

La troisième des actions du poème est la lutte de
Charlemagne contre les Sarrasins, qui constitue en outre le cadre du tout. Cette troisième action, qui occupe
moins de place que la seconde, mais plus que la première, nous fournit en quelque sorte la chronologie de
l'épopée. On y distingue trois moments, trois périodes:
d'abord le siège de Paris, puis les événements qui s'accomplissent autour d'Arles, enfin les événements d'Afrique

Mais le *Roland* contient encore autre chose que ces trois actions principales. Il y a de plus un bon nombre d'actions secondaires dont quelques-unes ont une réelle étendue, par exemple l'action qui se passe en Orient (Egypte, Palestine, Syrie), et dont les héros sont Astolphe, Griffon, Aquilant, Sansonnet, Marphise. Il y a enfin plusieurs récits intercalés, d'ordinaire dignes de Boccace, et qui remplissent chacun un nombre respectable d'octaves.

La source principale du *Roland furieux* a été le *Roland amoureux* de Boiardo. Boiardo, comte de Scandiano, est un Ferrarais comme Arioste; né vers 1434, il mourut en 1494 et fut une des gloires de la cour d'Hercule Ier. Il occupe dans l'histoire de l'épopée italienne une place à part, on peut dire de premier ordre puisque, sans lui, nous n'aurions pas eu l'Arioste. Son mérite consiste à avoir fondu ensemble, dans son œuvre, la matière de France et la matière de Bretagne. Ces deux matières, dont la première était originaire de France et dont la seconde s'y était développée, avaient passé les Alpes de bonne heure, grâce aux jongleurs errants, et s'étaient répandues dans la vallée du Pô, puis dans la Toscane où elles avaient donné naissance à une foule d'œuvres d'imitation. Ces œuvres, écrites d'abord en un jargon franco-italien, puis dans un des dialectes de l'Italie du nord ou même en pure langue toscane, étaient rédigées soit en vers, soit en prose. Mais, dans celles qui étaient écrites en vers, on avait substitué de bonne heure l'octave à la laisse assonancée, peu conforme au génie de la langue italienne. Ces productions épiques jouissaient depuis longtemps de la faveur publique, mais, suivant leur caractère, auprès de publics différents. La matière de France, plus simple, et qui roulait toute sur la religion et la guerre, était surtout écoutée avidement par les oreilles populaires. Plus raffinée dans les sentiments qu'elle exprimait, la matière de Bretagne,

qui parlait de mysticisme et plus souvent d'amour, et
narrait les aventures des Parcival ou des Tristan, était
fort goûtée des classes élevées, surtout depuis que l'en-
thousiasme des croisades avait disparu; et cela pendant
que les classes inférieures, qui se plaisent toujours aux
mêmes récits et gardent indéfiniment les mêmes goûts
littéraires, continuaient à aimer passionnément la matière de France.

L'idée géniale de Boiardo fut de comprendre qu'une
épopée doit plaire à tout le monde. Il fondit ensemble
les deux matières. Pour plaire au peuple, il prit les
personnages de son épopée dans la matière de France.
Ses héros furent des héros connus de tous, Charlemagne, le grand empereur, les grands chevaliers
de son entourage, Roland, Renaud, célèbres depuis des
siècles en Italie. Pour les Sarrasins aussi, il garda les
noms consacrés auxquels il en ajouta quelques autres de
son invention. Mais, pour satisfaire la société brillante et
polie de Ferrare et de l'Italie du XVe siècle, il prêta à ces
chevaliers de la matière de France les aventures des
chevaliers de la matière de Bretagne. L'amour devint la
chose importante du poème. Roland, le héros chrétien
et religieux par excellence, qui, dans la fameuse Chanson
française, s'intéresse plus à Durandal qu'à la belle Aude,
Roland devint amoureux d'une païenne, la belle Angélique, et tous comme lui devinrent amoureux d'elle, sauf
pourtant Renaud parce qu'il avait bu à la fontaine de la
Haine. Car, avec la matière de Bretagne, entrèrent dans
l'œuvre de Boiardo tous les éléments merveilleux du cycle;
anneaux, armures, lances enchantés; enchanteurs, fées,
magiciennes de toute espèce; monstres de toutes formes,
géants démesurés, etc. Tous ces produits d'une imagination si voisine, malgré la géographie, de l'imagination
orientale, Boiardo les exploita librement, à sa guise, les
enrichit des produits de la sienne; et, comme c'était en
outre un lettré, un savant (il entendait même le grec),

il s'inspira aussi des auteurs classiques, lus avec passion
dans cette première période de la Renaissance. Faisant un tout de ces éléments hétéroclytes, il écrivit une
œuvre variée, puissante, riche, dans le genre de celle
que devait écrire Arioste, mais avec moins d'art, de goût,
de style.

Arioste, voyant le succès obtenu par l'œuvre et en
comprenant la cause, résolut de faire quelque chose de
semblable en reprenant le poème, laissé inachevé. Il ne
le continua pas à proprement parler; car certains des
faits narrés par Arioste l'ont déjà été par Boiardo, notamment le siège de Paris. Mais il le supposa connu,
comme il l'était en effet de tout le monde; et il put ainsi
se dispenser de revenir sur certains faits, par exemple
sur le commencement de l'amour de Roger et de Bradamante, qui a dans son poème une si grande importance. Le *Roland amoureux* devint, par rapport à son
poème, ce que la tradition, la légende avait été pour les
poèmes homériques, le fond de connaissances présup-
posées chez l'auditeur et le lecteur et qui les mettent à
même de saisir, sans trop d'explications préliminaires,
les faits épiques qu'on leur raconte[1].

La principale source d'Arioste a donc été Boiardo,
dont il a emprunté la matière, la continuant à sa guise,
modifiant l'importance relative des éléments, notamment en ce qui concerne Roger et Bradamante. Mais
cette source n'a pas été la seule. Arioste a puisé large-
ment dans les chansons de gestes et les romans d'aventures, en vers ou en prose, en italien ou en français.
Sans doute il n'a pas lu tous ceux que l'érudition de
nos jours nous a fait connaître. Mais il en a lu un bon
nombre, et il est aisé de s'en convaincre en voyant les

---

1. Cette observation est de M. Pio Rajna qui a écrit un livre ma-
gistral sur les sources du *Roland furieux* : *Le Fonti dell' Orlando
furioso*, 2° édition, Florence, Sansoni, 1900. On verra dans nos notes
que nous l'avons souvent mis à contribution.

nombreux rapprochements que fait M. Pio Rajna avec des productions épiques antérieures.

En cela, il suivait son devancier et maître, Boiardo. Il l'imita encore sur un autre point. Il puisa abondamment aux sources classiques. Car, s'il était moins instruit que Boiardo, il était assurément plus lettré. Arioste prend surtout aux Latins, à Virgile, à Ovide, à Stace, à Catulle, à Horace; mais il emprunte même aux Grecs, surtout à Homère qu'il avait lu dans des traductions.

Et cela même ne lui suffit pas. Il fait œuvre vivante, et non purement livresque. Il prend son bien dans les événements qui s'accomplissent autour de lui, dans les observations personnelles que le cours de l'existence nous amène à faire. Quand il décrit les funérailles de Brandimart, il se rappelle les obsèques du duc Hercule; quand il dépeint une bataille navale, il a présents les souvenirs du combat livré par le duc Alphonse contre la flotte vénitienne; quand il raconte l'arrivée triomphale à Paris des paladins qui se sont signalés en Afrique, il se rappelle quelque entrée triomphale d'Alphonse Ier dans sa bonne ville de Ferrare après une victoire. De même pour les détails. Il tire ses comparaisons de la machine qui enfonce les pilotis dans le Pô, des procédés employés par les mineurs pour le boisage, de la manière dont pêchent les paysans de son époque. Tous ces souvenirs de choses récentes ou qui durent encore au moment où Arioste écrit son poème, le rapprochent de nous, le rajeunissent, et, le rendant par endroits contemporain de ses premiers lecteurs, devaient en augmenter singulièrement l'intérêt à leurs yeux.

Issue du *Roland amoureux*, l'œuvre d'Arioste ne pouvait pas avoir un caractère bien différent de celle de Boiardo. Ce n'est pas un poème religieux, bien qu'il y ait en présence des chrétiens et des infidèles. Il est vrai que Dieu vient au secours de Charlemagne assiégé en envoyant à son aide le Silence et la Discorde; que Ro-

land est frappé de folie pour avoir aimé une païenne ;
que Roger se fait chrétien après avoir reçu les enseignements d'un pieux ermite, et que Roland, revenu à la
raison, fait entendre sur le cercueil de Brandimart des
accents d'un spiritualisme élevé. Mais tout cela ne modifie pas dans son essence le caractère fondamental de
l'œuvre. La religion des héros d'Arioste, est une religion,
non hypocrite et de commande, comme on l'a dit à
tort, mais superficielle et extérieure. C'est surtout pour
l'auteur un ressort, une machine littéraire utile. Remarquons que le grand intermédiaire entre Dieu et
ses serviteurs est Astolphe, le sympathique hâbleur de
Boiardo. Il fait une excursion dans les trois séjours ul-
tra-terrestres, et ce voyage a tout l'air d'une discrète pa-
rodie du voyage dantesque. Muni des recettes que lui a
communiquées saint Jean, il rend la vue au roi Sénape ;
il se crée une cavalerie en jetant des pierres, une flotte
en jetant des feuilles, et le poète s'émerveille lui-même
des prodiges que peut accomplir la foi. On voit bien
que tout ce merveilleux chrétien est sorti du cerveau
d'un poète, et non de l'âme d'un croyant.

Du reste, il est loin d'être le seul merveilleux du
poème. Dieu y joue un rôle sans doute; mais les enchanteurs, les fées y tiennent encore plus de place.
Astolphe accomplit moins de prodiges avec les recettes
que lui a fournies saint Jean qu'avec le cor dont la fée
Logistille lui a fait cadeau. Il rend la raison à Roland
avec une fiole apportée du paradis; mais c'est la fée Mélisse qui sauve la vie à Roger, lequel, dans le poème, est
un personnage plus considérable encore que Roland. Le
poème fourmille d'enchantements et d'enchanteurs des
deux sexes et des deux religions. Ici c'est Maugis, là c'est
Atlant; ici Mélisse, là Alcine ou Logistille. Les armes
sont enchantées : ici c'est l'écu d'Atlante, là c'est la lance
d'Astolphe; ce qui explique, tout en les amoindrissant,
les exploits extraordinaires des chevaliers. Les chevaux

eux-mêmes sont doués de raison, comme Bayard, qui conduit son maître là où il croit bon de le mener. L'ensemble forme tout un paganisme nouveau, qu'on pourrait appeler le paganisme du moyen âge, beaucoup plus intéressant et même important pour l'auteur et ses lecteurs que le merveilleux chrétien.

L'épopée d'Arioste est une épopée non chrétienne, mais chevaleresque. La foi triomphe dans son œuvre ; mais, en cela, il se conforme à une tradition consacrée par cinq siècles de poésie épique sur ces matières. Ce qui l'intéresse plus que le succès d'une grande cause, d'une grande idée, ce sont les succès divers remportés par les chevaliers dont il fait ses héros. Ici le bien public est peu de chose; la gloire individuelle est tout. Les chevaliers, chrétiens ou païens, servent sans doute la religion qu'ils professent ; mais ils ne se font aucun scrupule d'abandonner leurs drapeaux pour courir les aventures. Se mesurer avec d'autres chevaliers, voire appartenant à la même religion, avec des monstres, des tyrans, des traîtres de toute espèce, même des enchanteurs à l'occasion, voilà leur grand souci; se couvrir de gloire par de beaux coups d'épée, voilà leur idéal. Et, quand l'ennemi manque, ils se provoquent entre eux, et se battent en tournois ou sur les grands chemins. La grande affaire de tout ce monde chevaleresque, c'est encore moins la guerre que les aventures.

C'est aussi l'amour. Le chevalier court les aventures ; mais il les court surtout à cause des dames, soit dans un but désintéressé, comme Roger et Roland délivrant Angélique ou Olympe, soit d'ordinaire pour s'assurer la possession de l'une d'elles; car bien souvent son amour n'a rien de mystique. Presque tous les héros de premier plan du poème, à part les chefs des deux nations occupés d'intérêts plus graves, sont amoureux. Chez les musulmans, Ferragus, Sacripant, Rodomont, Mandricard sont amoureux.

. Roger brûle pour Bradamante. Chez les chrétiens, Renaud et Roland sont amoureux d'Angélique quoique
mariés; Roland l'était déjà chez Boiardo, mais ici son
amour est trahi par Angélique qui épouse Médor, et il
en devient fou; et cet amour chez Boiardo, cette folie
amoureuse chez Arioste sont choses tellement importantes que les poèmes en tirent leur nom. Du reste,
le seul fait de rendre amoureux le paladin chrétien
par excellence marque la distance énorme qui sépare
les épopées de Boiardo et d'Arioste des vieilles chansons
de gestes pleines de foi.

Aventures et amour, tel est, au fond, l'élément essentiel du *Roland furieux*, et, si on lit attentivement les
trois premiers vers du poème, on verra bien qu'Arioste
l'entendait ainsi, et que, pour lui, la guerre religieuse
n'était que le cadre. Ces aventures qu'il doit décrire
mettent en mouvement sa riche imagination. Tantôt il
les tire de son propre fond qui déborde de réminis-
cences inconscientes, comme une source alimentée de
toutes parts; tantôt, et c'est le cas ordinaire, il imite
sciemment, mais avec tant d'indépendance, de mo-
difications, d'additions, d'inventions en un mot, que
la chose se trouve être sienne; il lutte victorieuse-
ment avec ses modèles, parfois avec lui-même, comme
lorsqu'il a entrepris de refaire le duel de Roger et de
Mandricard dans celui de Roger et de Rodomont, la délivrance d'Angélique par Roger dans la délivrance d'O-
lympe par Roland. Et tout cela l'amuse, le met en belle
humeur; il constate lui-même l'invraisemblance des
faits qu'il raconte, tout en les affirmant; il s'abrite,
comme ses devanciers, derrière l'autorité de Turpin,
grand paravent des inventions les plus étranges; il ins-
titue des discussions sur le pour et le contre, et se livre
à de la critique historique pour rire.

La partie amoureuse de son poème ne le divertit pas
moins. L'amour, chez lui, n'est pas toujours chose sé-

rieuse. Tous les chevaliers ne visent pas chastement,
comme Roger, à la main de celles qu'ils poursuivent.
Rodomont, qui est païen, ne songe pas à épouser Isabelle qui est chrétienne. Richardet, qui est chrétien,
n'est pas fâché de ressembler à Bradamante ; mais il ne
songe pas à épouser Fleur d'Epine, qui est païenne. Roger lui-même, ayant délivré Angélique, puis rencontré
Alcine, oublie par deux fois qu'il aime Bradamante et
en est aimé. Et tout cela plaît à l'auteur, qui part de
là pour philosopher à sa manière sur l'amour, sur la
vertu des femmes, pour raconter des histoires gail-
lardes, parfois scabreuses, comme pour donner à son
lecteur un mets plus fortement épicé.

Il en résulte que son œuvre est gaie, que l'auteur s'a-
muse de ses inventions, de ses personnages, rit parfois
aux dépens des unes et des autres. On en a conclu qu'il
avait voulu faire une satire du monde chevaleresque,
que c'était un devancier de Cervantes. Rien n'est plus
faux. Arioste aime parfois à rire, comme avaient ri
Boiardo et Pulci, plus finement qu'eux pourtant ; mais
rire n'est pas forcément railler. Arioste, tout au contraire, aime ses personnages, tels que la tradition les lui
a donnés ou tels qu'il les a faits. Il ne croit pas à toutes
leurs prouesses, parce qu'il en connait mieux que personne l'origine. Mais il les aime parce qu'il voit en eux
des sentiments qui ont passé de mode à son époque,
cette franchise, cette loyauté qu'on se figure volontiers
dans le passé quand on ne la trouve pas autour de soi.
Ses héros sont des êtres d'imagination, d'accord ; mais
nobles, et aimables tels qu'ils sont ; et si l'auteur est
amené à sourire d'eux, c'est comme nous sourions des
actions ou des paroles naïves d'un enfant qui nous est
cher.

Du reste, ne nous y trompons pas, l'œuvre d'Arioste
n'est pas toute un long éclat de rire. Il y a des parties
graves, touchantes dans cette épopée mixte. L'auteur

n'a pas toujours ri dans la vie réelle, et son existence a
été semée d'autant d'épines que de roses. Il était d'ailleurs trop artiste pour ne pas comprendre que la plaisanterie continue ennuie, et que l'esprit se repose parfois
par le sérieux. Il porte, quand il lui plaît, une extrême
énergie dans la description des duels et des batailles.
L'expédition nocturne de Cloridan et de Médor, la folie
de Roland, la mort d'Isabelle, la jalousie de Bradamante, la mort de Brandimart, le désespoir de Fleur de
Lis, sont des passages émouvants, pathétiques, où l'auteur même atteint quelquefois jusqu'à la hauteur tra-
gique, et qui embelliraient la plus sérieuse des épopées.

De ce fait qu'Arioste est sérieux quelquefois, certains
critiques ont conclu qu'il devait toujours l'être, et ils se
sont appuyés sur les allégories qu'on trouve dans son
poème. Sans doute, il s'y rencontre des allégories incon-
testables. Alcine est le vice, et les divers monstres de son
île en symbolisent les diverses formes ; Logistille est la
vertu. Renaud est poursuivi par un monstre personni-
fiant la Jalousie et délivré par un chevalier qui personnifie le Dédain. Mais conclure de là que, sous tout ce
que raconte Arioste, il y a une intention symbolique ;
appliquer au Roland furieux la méthode qui sert à
expliquer la *Divine Comédie ;* et surtout croire que là-
dessous se cachent des enseignements moraux, c'est ne
rien comprendre au caractère de l'auteur et à la nature
de son œuvre. Arioste s'est servi accidentellement de
l'allégorie parce que l'allégorie est un procédé poétique
dont il avait, lui aussi, le droit de se servir à son heure.
Mais il n'a pas visé plus loin, ni plus haut. Laissons-lui
sa fine et souriante physionomie d'aimable conteur,
et ne la couvrons pas d'un masque renfrogné de péda-
gogue.

Les caractères des personnages sont très vivants, mais
très simples. Ils sont différenciés avec art ; mais chacun

d'eux est vu pour ainsi dire sous une seule face. Arioste n'aime pas la complexité des sentiments autant que l'enchevêtrement de l'action. — Dans un poème où l'amour est la chose principale, les caractères de femmes sont surtout intéressants. Il y a d'abord, dominant le tout, la figure d'Angélique. Angélique est en quelque sorte la personnification de la femme dans tout l'éclat de la jeu-, nesse et de la beauté. Tous les paladins s'éprennent follement d'elle, quoique tous ne deviennent pas fous comme Roland ; mais elle se dérobe à tous pour ne se donner qu'à celui qui lui plait, et elle préfère aux plus fameux chevaliers le page Médor qu'elle aime. Son rôle est de fuir, pour échapper aux poursuites dont elle est l'objet ; et elle fuit si bien vers le milieu du poème qu'on n'entend plus parler d'elle ; mais cette fois elle fuit en compagnie de Médor qu'elle a épousé et qu'elle va placer, dans le Cataï, sur le trône de ses pères.

Angélique mise à part, les femmes du poème se divisent en femmes volages et en femmes fidèles. Cette question de la fidélité des femmes obsède l'esprit du poète dans tout le cours de son œuvre, comme elle obsède Panurge dans Rabelais. Tout au bas de l'échelle, il y a la méchante Gabrine, devenue vieille à l'époque où l'action se passe, qui s'est débarrassée de ses maris par des crimes ; un peu au-dessus Lydia, la femme ingrate, et la fée Alcine, femme autant que fée, tout adonnée aux voluptés ; plus haut Origille, qui nous a tout l'air d'une aventurière ; et plus haut encore, la volage Doralice, qui s'inquiète peu du nom de son époux, pourvu qu'elle en ait un. De toutes ces femmes, il faut se méfier. — Mais l'auteur, qui aima la Benucci si tendrement, sait que certaines valent mieux, beaucoup mieux, et il met sous nos yeux la tendre Olympe, lâchement abandonnée, Fleur de Lis, qui meurt de la mort de Brandimart, et l'héroïque Isabelle fidèle, même au prix de la vie, à la mémoire de Zerbin.

A mi-chemin entre les femmes et les hommes, il y a
les femmes guerrières. Le poème nous en offre deux,
Bradamante et Marphise. Elles sont bien différentes
l'une de l'autre. Marphise, allaitée par une lionne, ne
respire que les combats ; elle est insensible à l'amour,
quoique capable de l'inspirer par sa beauté. Bradamante
n'est pas moins vaillante que Marphise ; mais elle aime
Roger plus encore que les combats, et cette affection
rend sa figure plus gracieuse. Il y a lieu de regretter
seulement qu'elle se laisse si docilement promettre
à un fils d'empereur ; on aimerait à voir dans cette
femme qui se bat mieux qu'un homme un peu plus de
virilité morale.

Les caractères des hommes sont encore plus simples.
Car leur vie se passe à agir, et leurs actions sont déter-
minées d'avance, puisqu'ils doivent obéir au point d'honneur. Tous les paladins sont braves, qu'ils croient à
Mahomet ou au Christ. Toutefois, ici encore, il y a des
nuances intéressantes. Les Sarrasins, à cause de la religion qu'ils professent, blasphèment horriblement, comme
Mandricard et plus encore Rodomont ; ils sont brutaux
à l'occasion, comme Rodomont et surtout Mandricard ;
même ils n'ont pas toujours la loyauté des chrétiens :
c'est ainsi que Gradasse vole Bayard à Renaud, qu'Agramant viole un serment solennel. Roger seul fait exception, parce qu'il n'est Sarrasin que par des circonstances
indépendantes de sa volonté. On peut même le trouver
trop esclave du point d'honneur ; il met trop de temps
à abandonner Agramant, et son dévouement pour Léon
touche à l'invraisemblable. — Les chrétiens sont mieux
traités par l'auteur. Charlemagne, que certaines chansons antérieures avaient ridiculisé, est un monarque brave
et sage ; Renaud, jadis en révolte contre son suzerain,
se rend en Angleterre dès que celui-ci lui en donne
l'ordre, remettant à plus tard la recherche d'Angélique.
Roland, revenu à la raison, reprend une figure grave et

digne. Mais tous ces personnages agissent trop pour réfléchir beaucoup, et il en résulte que leurs caractères
ont plus de netteté que de profondeur.

Si la psychologie des caractères est peu profonde, c'est
la faute du genre, qui veut avant tout des actions, des
faits, et non celle de l'auteur. Arioste le montre bien quand
il a à décrire les transformations de ces mêmes caractères sous l'empire des passions, qui sont des faits inté-
rieurs. Là, il révèle sa connaissance du cœur humain.
Il est vrai que ses analyses ne portent guère que sur
l'amour, et plus spécialement sur l'amour contrarié et
la jalousie. Mais elles sont de tout premier ordre. La
naissance de l'amour chez l'indifférente Angélique, les
soupçons, l'abattement, puis la folie furieuse de Roland,
les incertitudes douloureuses de Roger sur la conduite
qu'il doit tenir, la jalousie soudaine et violente de Renaud, plus encore la jalousie progressive de Bradamante qui aboutit à une véritable rage contre Marphise,
sont des passages qui dénotent chez Arioste une science
approfondie des choses de l'amour.

Il nous reste à dire un mot de la forme du *Roland
furieux*, et, tout d'abord, de la disposition. On sait
qu'Arioste mène plusieurs intrigues de front. Il en résulte que son récit est très souvent coupé, parfois jusqu'à
quatre, cinq fois dans l'intérieur d'un même chant. Ce
système, qu'il tient de Boiardo, déroute au premier moment. Mais on s'aperçoit bien vite qu'il ne présente
aucun danger dans des mains habiles, et donne à l'œuvre
plus de variété. Il nous en coûte sans doute de voir l'action à laquelle nous nous intéressions interrompue au
plus beau moment. Mais cela même fait que nous nous
apercevons du plaisir que nous prenions à la lecture. Et,
du reste, nous ne sommes pas bien à plaindre. Car à
peine l'auteur a-t-il égrené deux ou trois octaves que
nous voilà repris, captivés par le nouveau récit qu'il lui
a plu de nous faire. « Chez lui, disait une de ses admi-

ratrices, Mme de Sévigné, on aime l'histoire qui finit et l'histoire qui commence. »

Le poème doit être lu chant par chant, et c'est précisément pour ce motif qu'Arioste a fait ses coupures dans l'intérieur même des chants, non d'un chant à l'autre. Quand, le lendemain d'un jour où nous avons lu un chant, nous nous mettons à lire le chant suivant, nous reprenons la même action au point où nous l'avions laissée, parfois avec un bref résumé du poète qui, par surcroît de précaution, se livre d'abord à une petite dissertation morale issue de ce qui précède et qui prépare ce qui va suivre. Ces débuts moraux, Arioste ne les a pas inventés ; mais il les a modifiés, en a fait des morceaux de choix, qui ont de plus l'avantage, comme une ouverture bien faite et contenant le *Leitmotiv* d'une œuvre musicale, de nous mettre dans l'état d'âme qui nous permettra de goûter aussitôt le récit demeuré interrompu. Ajoutons que l'enchevêtrement apparent du début va diminuant peu à peu ; que l'auteur va resserrant sans cesse les différents fils qu'il tient en sa main et qu'il finit par nouer ensemble ; si bien que, lorsque le poème est terminé, nous avons perdu le souvenir du labyrinthe au travers duquel nous avons été conduits, et qu'il semble que nous venions d'assister au dénouement d'une action unique.

Il n'appartient pas à un étranger de juger de la langue d'un auteur, et de dire ici jusqu'à quel point celle d'Arioste se ressent de ce fait qu'il a passé sa vie à Ferrare, jusqu'à quel point il est parvenu à *toscaniser* son œuvre. L'Académie de la Crusca l'a adoptée, cela nous suffit. Pourtant, qu'il nous soit permis de le dire : cette langue nous paraît singulièrement riche, facile, souple ; le style, toujours vif, coloré, brillant, agrémenté d'ingénieuses comparaisons, parfois fort étendues, puisées aux sources les plus diverses, fait ressortir la beauté de l'œuvre, comme une riche étoffe celle d'une personne, et n'a pas peu contribué au succès que le poème obtint à sa naissance, à la réputation dont il jouit encore de nos jours.

On a appelé Arioste *l'Homère ferrarais*. Il aurait refusé ce grand nom qui lui fait plus de tort qu'il ne lui apporte de gloire. Arioste ne peut pas être comparé au père de l'épopée, pas plus qu'à aucun autre grand poète épique. Il n'a ni la simplicité d'Homère, ni l'âme de Virgile, ni la profondeur de Dante, ni l'art du Tasse, ni l'élévation de Milton, ni la gravité de Klopstock. Chaque fois qu'on le comparera à un de ces génies, il sera forcément battu, moins encore pour l'infériorité de son esprit, incontestable vis-à-vis de plusieurs des poètes cités, que pour l'infériorité du genre qu'il a cultivé. Une épopée n'est vraiment digne de son nom qu'à la condition d'être sérieuse. Or, la sienne est aux trois quarts badine. On ne peut le rapprocher que de Boiardo auquel il est supérieur par le talent de mise en œuvre. Si l'on écarte ce devancier, *Roland furieux* est une œuvre à part, qu'il faut prendre comme telle. On ne saurait reprocher à un auteur de n'avoir pas fait ce qu'il n'a pas voulu faire. Il a voulu se distraire et distraire les autres, et il y a excellemment réussi dans une œuvre jaillie avec aisance d'un talent voisin de celui d'Ovide, avec cette différence qu'Arioste est beaucoup plus naturel que son devancier latin, et qu'il n'y a dans son épopée que ce qu'il faut d'art pour embellir la nature.

RAYMOND BONAFOUS.

Parmi les éditions récentes du *Furioso,* nous citerons seulement celle de Milan 1880, parce qu'elle contient des illustrations de Doré et une préface de M. Giosuè Carducci. Pour toutes les autres et pour les travaux relatifs à notre auteur, voir *Bibliografia Ariostesca* de M. Ferrazzi (Bassano, Pozzato, 1881). Avertissons toutefois que M. Aug. Romizi, qui vient de donner du *Furioso* une édition dont nous n'avons pu profiter que pour les derniers chants, a publié en 1896 d'importantes études sur les *Fonti latine* du poème.

R.F. BIBLIOTHÈQUE NATIONALE IMPRIMÉS

ROLAND FURIEUX

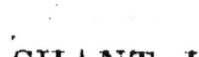

CHANT I

DÉBUT DU POÈME

1

Le donne, i cavalier, l'arme, gli amori,
Le cortesie, l'audaci imprese io canto,
Che furo al tempo che passaro i Mori
D'Africa il mare, e in Francia nocquer tanto,
Seguendo l' ire e i giovenil furori
D'Agramante lor re, che si diè vanto
Di vendicar la morte di Troiano
Sopra re Carlo imperator romano.

I, 1. Les deux premières strophes du Chant I indiquent le sujet du poème. L'énumération des deux premiers vers marque bien ce qu'il y a d'un peu confus dans cette épopée chevaleresque, si différente des nobles épopées antiques, et même du poème plus grave du Tasse, dont le début est sur un tout autre ton :

> Canto l' armi pietose e'l Capitano
> Che 'l gran sepolcro liberò di Cristo.

V. encore le début du poème espagnol l'*Araucana*, d'Ercilla.

6. **Si diè vanto. Darsi vanto**, se flatter.

7. **Troiano**, Trojan, père d'Agramant. La lecture du *Roland furieux*, de l'Arioste, suppose la lecture préalable du *Roland amoureux* (Orlando innamorato), de Boiardo (1434-1494), poème en 69 chants.

1

2

Dirò d'Orlando in un medesmo tratto
Cosa non detta in prosa mai, nè in rima;
Che per amor venne in furore e matto,
D'uom che sì saggio era stimato prima;
Se da colei che tal quasi m'ha fatto,
Che'l poco ingegno ad or ad or mi lima,
Me ne sarà però tanto concesso,
Che mi basti a finir quanto ho promesso.

3

Piacciavi, generosa Erculea prole,
Ornamento e splendor del secol nostro,
Ippolito, aggradir questo che vuole
E darvi sol può l'umil servo vostro.
Quel ch'io vi debbo, posso di parole
Pagare in parte, e d'opera d'inchiostro :
Nè che poco io vi dia da imputar sono;
Chè quanto io posso dar, tutto vi dono.

4

Voi sentirete fra i più degni Eroi,
Che nominar con laude m'apparecchio,

II, 1. Dans la strophe II, l'Arioste indique comme le principal sujet de son poème la folie de Roland, d'où l'œuvre tire, en effet, son nom. Mais les amours de Roger et de Bradamante sont un thème au moins aussi important pour l'Arioste, dont l'œuvre est un monument élevé à la gloire de la maison d'Este, sa protectrice, qui passait pour descendre de l'union de Roger et de Bradamante.

5. Colei. Alessandra Benucci, veuve de Tito Strozzi, aimée et secrètement épousée par le poète.

III, 1. Piacciavi aggradir, formule courante de politesse. — Erculea prole. Le poète s'adresse au cardinal Hippolyte d'Este (v. 3), son premier protecteur, fils d'Hercule Ier, qui régna à Ferrare de 1471 à 1505. Le successeur de ce dernier, Alphonse Ier (1505-1543), fut aussi un protecteur de l'Arioste. Quant au cardinal Hippolyte, il vécut de 1479 à 1520.

4. E darvi sol può, et la seule chose que puisse vous donner.

Ricordar quel Ruggier, che fu di voi
E de'vostri avi illustri il ceppo vecchio.
L'alto valore e chiari gesti suoi
Vi farò udir, se voi mi date orecchio
E vostri alti pensier cedano un poco,
Sì che tra lor miei versi abbiano loco.

5

Orlando, che gran tempo innamorato
Fu della bella Angelica, e per lei
In India, in Media, in Tartaria lasciato
Avea infiniti ed immortal trofei,
In Ponente con essa era tornato,
Dove sotto i gran monti Pirenei
Con la gente di Francia e di Lamagna
Re Carlo era attendato alla campagna.

6

Per far al re Marsilio e al re Agramante
Battersi ancor del folle ardir la guancia,
D'aver condotto, l'un, d'Africa quante
Genti erano atte a portar spada e lancia;
L'altro, d'aver spinta la Spagna innante

IV, 3. **Ruggier**, Roger, est un prince sarrasin imaginaire, descendant d'Hector, fils de Priam, et souche de la maison d'Este. Voir plus haut la note II, 1.

6. **Date orecchio**. On emploie aussi dans le même sens *dar retta*, *dare ascolto*. Le Français *prête* seulement l'oreille.

V, 1. **Gran tempo innamorato**, depuis qu'Angélique était venue au camp chrétien. Ces faits sont racontés dans Boiardo.

2. **Angelica**, Angélique, fille de Galafron, roi de Cataï, royaume imaginaire situé à l'est de l'Asie.

7. **Lamagna**, Allemagne.

VI, 1. **Marsilio**, Marsile, roi d'Espagne, parent et vassal d'Agramant. — **Agramante**, Agramant, fils de Trojan, roi d'Afrique, le Charlemagne des Sarrasins.

2. **Ancor**. Roland avait déjà défait les Sarrasins à plusieurs reprises.

A destruzion del bel regno di Francia.
E così Orlando arrivò quivi a punto :
Ma tosto si pentì d'esservi giunto :

7

Chè vi fu tolta la sua donna poi :
(Ecco il giudicio uman come spesso erra!)
Quella che dagli esperii ai liti eoi
Avea difesa con sì lunga guerra,
Or tolta gli è fra tanti amici suoi,
Senza spada adoprar, nella sua terra.
Il savio Imperator, ch'estinguer volse
Un grave incendio, fu che gli la tolse.

8

Nata pochi dì innanzi era una gara
Tra il conte Orlando e il suo cugin Rinaldo;
Chè ambi avean per la belleza rara
D'amoroso disìo l'animo caldo.
Carlo, che non avea tal lite cara,
Chè gli rendea l'aiuto lor men saldo,
Questa donzella, che la causa n'era,
Tolse, e diè in mano al duca di Bavera;

---

7. **A punto,** à propos ; *a punto, a puntino* sont des expressions très usitées.

VII, 2. Cette pensée de la faiblesse de la raison humaine est exprimée par Dante au début du chant xi du *Paradis,* 1-3.

> O insensata cura de' mortali,
> Quanto son difettivi i sillogismi
> Quei che ti fanno in basso batter l'ali.

3. **Esperii,** occidentaux; **eoi,** orientaux. Un paladin de l'Arioste ne se fait jamais scrupule de quitter ses drapeaux pour courir les aventures à travers le monde.

7. **Volse,** forme poétique. == *Volle.* Voir aux chants iv et v de la *Jérusalem délivrée* les soucis que donne à Godefroy la présence d'Armide parmi les croisés.

VIII, 2. **Rinaldo,** Renaud de Montauban, fils du duc Aymon et frère de la guerrière Bradamante.

8. **Duca di Bavera,** le duc de Bavière, Naimes, *Name,* le Nestor des épopées chevaleresques.

9

In premio promettendola a quel d' essi
Ch' in quel conflitto, in quella gran giornata,
Degl' Infedeli più copia uccidessi,
E di sua man prestasse opra più grata.
Contrari ai voti poi furo i successi ;
Ch' in fuga andò la gente battezzata,
E con molti altri fu 'l Duca prigione,
E restò abbandonato il padiglione.

Angélique, voyant la défaite des chrétiens, monte à cheval
et entre dans un bois. Elle y rencontre Renaud qui cherche
à pied son cheval Bayard. D'après ce que Boiardo avait
raconté dans son *Roland amoureux*, Renaud avait bu à la
fontaine de l'Amour, et pour ce motif aimait Angélique ;
celle-ci au contraire, qui avait bu à la fontaine de la Haine,
dédaignait l'amour de Renaud. Dès que Renaud voit Angélique, il veut l'aborder. Celle-ci s'enfuit à toute bride, suivie
par Renaud. Elle arrive au bord d'une rivière, où elle rencontre le sarrasin Ferragus (Ferraù), qui s'était retiré de la
bataille pour boire et se reposer. Mais, en voulant puiser de
l'eau dans son casque, il l'avait laissé tomber dans la rivière, et il cherchait à le ravoir. En voyant poursuivie celle
dont il n'est pas moins amoureux que Roland et Renaud,
il n'hésite pas, quoique sans casque, à prendre sa défense et
à attaquer Renaud. Tandis que les deux paladins se battent,
Angélique se sauve au galop. Les guerriers s'en aperçoivent,
suspendent un combat qui n'a plus d'objet, et conviennent
de ne le reprendre que lorsqu'ils auront retrouvé Angélique.
Comme Renaud est à pied, Ferragus le prend en croupe sur
son cheval, et cet acte de courtoisie est pour l'Arioste une
occasion de célébrer l'ancienne chevalerie, dont les mœurs
devaient étonner quelque peu les contemporains de Machiavel.

IX, 3. **Uccidessi.** On dirait aujourd'hui *uccidesse.*
   5. **Furo,** comme *fur,* est une forme poétique pour *furono.*
   7. **Duca,** le duc Naimes, qui avait la garde d'Angélique.

LOYAUTÉ CHEVALERESQUE

22

Oh gran bontà de' cavalieri antiqui!
Eran rivali, eran di fè diversi,
E si sentian degli aspri colpi iniqui
Per tutta la persona anco dolersi ;
Eppur per selve oscure e calli obliqui
Insieme van senza sospetto aversi.
Da quattro sproni il destrier punto, arriva
Dove una strada in due si dipartiva.

La route se partageant en deux, les chevaliers se séparent, et chacun prend un chemin différent. Ferragus finit par se retrouver au lieu d'où il était parti. Il recommence, à l'aide d'une longue perche, à rechercher son casque dans le fleuve. Tout à coup il voit s'élever des ondes l'ombre d'Argail, frère d'Angélique, qu'il avait tué peu auparavant, et dont il avait jeté le corps en cet endroit. L'ombre tient en sa main le casque que Ferragus lui avait promis de rapporter dans trois jours, et lui reproche son manque de parole, puis disparaît avec le casque. Ferragus jure de conquérir celui de Roland. Renaud, de son côté, suit l'autre route, et aperçoit son cheval Bayard, mais sans l'atteindre. Pendant ce temps, Angélique fuit toujours.

FUITE D'ANGÉLIQUE

33

Fugge tra selve spaventose e scure,
Per lochi inabitati, ermi e selvaggi.
Il mover delle frondi e di verzure,
Che di cerri sentìa, d'olmi e di faggi,

XXXIII, 1. Comparer la fuite d'Herminie au début du chant VII de la *Jérusalem délivrée*.

Fatto le avea con subite paure
Trovar di qua e di là strani viaggi;
Ch'ad ogni ombra veduta o in monte o in valle,
Temea Rinaldo aver sempre alle spalle.

34

Qual pargoletta damma o capriola,
Che tra le fronde del natio boschetto
Alla madre veduta abbia la gola
Stringer dal pardo, e aprirle 'l fianco o'l petto,
Di selva in selva dal crudel s'invola,
E di paura trema e di sospetto;
Ad ogni sterpo che passando tocca,
Esser si crede all' empia fera in bocca.

35

Quel dì e la notte e mezzo l'altro giorno
S'andò aggirando, e non sapeva dove :
Trovossi alfin in un boschetto adorno,
Che lievemente la fresca aura move;
Dui chiari rivi mormorando intorno,
Sempre l'erbe vi fan tenere e nove;
E rendea ad ascoltar dolce concento,
Rotto tra picciol sassi, il correr lento.

---

6. **Strani viaggi**, des chemins détournés.

XXXIV, 1. Toute la strophe n'est qu'une comparaison.

XXXV, 1-2. Même pensée et presque mêmes expressions dans la description de la fuite d'Herminie (*Jér. dél.* VII, III, 1-2).

> Fuggì tutta la notte, e tutto il giorno
> Errò senza consiglio e senza guida.

.3-8. Remarquer la fraîcheur de ce petit tableau dont la grâce séduit et arrête la gracieuse Angélique. Un vers eût, du reste, suffi à la sobre poésie de Dante : *Enfer*, IV, 111 :

> Giugnemmo in prato di fresca verdura.

36

Quivi parendo a lei d'esser sicura,
E lontana a Rinaldo mille miglia,
Dalla via stanca e dall' estiva arsura,
Di riposare alquanto si consiglia;
Tra fiori smonta, e lascia alla pastura
Andare il palafren senza la briglia;
E quel va errando intorno alle chiare onde,
Che di fresca erba avean piene le sponde.

37

Ecco non lungi un bel cespuglio vede
Di spin fioriti e di vermiglie rose,
Che delle liquide onde al specchio siede,
Chiuso dal Sol fra l'alte quercie ombrose;
Cosi vôto nel mezzo, che concede
Fresca stanza fra l'ombre più nascose;
E la foglia coi rami in modo è mista,
Che'l Sol non v'entra, non che minor vista.

38

Dentro letto vi fan tenere erbette,
Ch'invitano a posar chi s'appresenta.
La bella donna in mezzo a quel si mette;
Ivi si corca, ed ivi s'addormenta.
Ma non per lungo spazio così stette,

XXXVI, 1. **Parendo a lei**, se croyant.
   2. **Lontana mille miglia**, expression très usitée dans le langage familier, soit au propre, soit au figuré.
   4. **Si consiglia**, se décide.
   6. **Palafren.** C'est notre mot *palefroi*, du latin *paraveredus* (en allem. *Pferd*).
XXXVII, 3. **Al specchio**, en prose *allo specchio*.
   8. **Non che**, et encore moins.
XXXVIII, 2. **Posar**, se reposer
   4. **Corça,** = corica.

Che un calpestìo le par che venir senta.
Cheta si lieva e appresso alla rivera
Vede ch'armato un cavalier giunt'era.

Ce chevalier est Sacripant, roi de Circassie, qui, après
avoir défendu Angélique en Orient, lorsqu'elle était assiégée
dans sa capitale Albraque, était passé en Occident pour la
suivre. Comme il la croit perdue, arrivé sur la rive du
fleuve, il se lamente longuement sur son triste sort. Angélique pense aussitôt à profiter de cet amour. Sacripant
pourra la dérober à la poursuite de Renaud et la reconduire
dans ses États. Elle sort du buisson où elle était cachée.
A la vue de son éblouissante beauté, Sacripant, ivre de joie,
sent renaître ses espérances. Mais son bonheur est troublé
par l'arrivée d'un chevalier couvert d'une blanche armure,
qui n'est autre que Bradamante, une sorte de Camille chrétienne, à la recherche du sarrasin Roger, qu'elle aime.
Bradamante désarçonne Sacripant au premier coup, puis
poursuit sa route. Comme Sacripant a perdu son cheval dans
la lutte, il monte sur celui d'Angélique qu'il prend en croupe.
Bientôt ils rencontrent Bayard sur lequel monte Sacripant.
Il n'y est pas plutôt installé, que Renaud arrive.

CHANT II

Renaud reproche à Sacripant de lui enlever son cheval et
sa dame, et un combat s'engage entre les deux paladins,
Renaud à pied, Sacripant monté sur Bayard. Comme Bayard
ne veut faire aucun mouvement qui puisse être funeste à son
maître, Sacripant est obligé de descendre, et la lutte continue à pied, acharnée. Angélique, voyant que le Sarrasin va
avoir le dessous, et craignant de tomber entre les mains de

---

6. **Calpestio** désigne ici le bruit que fait en se déplaçant le
cheval de Sacripant.

7. **Cheta**, adjectif, doit se traduire ici par l'adverbe *doucement*.
— *lieva = leva; rivera = riviera.*

Renaud, s'enfuit sur son cheval. Elle rencontre un ermite et le prie de l'aider à quitter la France. L'ermite, qui sait la nécromancie, envoie aux deux combattants un esprit qui leur raconte qu'il a rencontré Roland se rendant à Paris avec Angélique. A cette nouvelle, Renaud cesse la lutte, et, montant sur Bayard, pique des deux vers Paris. Il arrive à l'endroit où Charlemargne réunissait de nouvelles troupes pour venger sa défaite, et l'empereur l'envoie en Angleterre pour y chercher des renforts. Renaud part à regret, mais s'embarque néanmoins, malgré une tempête furieuse.

L'Arioste, laissant Renaud voguer vers l'Angleterre, revient à Bradamante, qui s'en va par le monde cherchant Roger, qu'elle aime et dont elle est aimée, bien qu'ils ne se soient vus qu'une seule fois. A quelque distance du lieu où elle avait renversé Sacripant, elle rencontre Pinabel, un membre de la famille félonne des Mayençais. Celui-ci raconte à Bradamante qu'un chevalier monté sur un cheval ailé lui a enlevé sa dame. Ce chevalier est Atlant le magicien. Comme il se dirigeait à grand'peine vers le château d'Atlant pour ravoir sa dame, il a rencontré deux chevaliers guidés par un nain. C'étaient Roger et Gradasse qui venaient essayer leur valeur contre Atlant. Ceux-ci lui ont promis leur appui ; puis, arrivés au-dessous du château, ils ont engagé la lutte.

COMBAT DE ROGER ET DE GRADASSE
CONTRE L'ENCHANTEUR ATLANT

48

Poi che fur giunti appiè dell'alta rocca
L'un e l'altro volea combatter prima :
Pur a Gradasso, o fosse sorte, tocca,
Oppur che non ne fe Ruggier più stima.

XLVIII, 1. **Fur giunti**. Roger et Gradasse. Cf. Dante, *Enfer*,
I, 13 :

> Ma poi ch'io fui appiè d'un colle giunto.

3. **Pur**, toutefois.

Quel Serican si pone il corno a bocca :
Rimbomba il sasso e la fortezza in cima.
Ecco apparire il cavaliero armato
Fuor della porta, e sul cavallo alato.

49

Cominciò a poco a poco indi a levarse,
Come suol far la peregrina grue.
Che corre prima, e poi vediamo alzarse
Alla terra vicina un braccio o due;
E quando tutte seno all' aria sparse,
Velocissime mostra l'ale sue.
Sì ad alto il Negromante batte l'ale,
Ch' a tanta altezza appena aquila sale.

50

Quando gli parve poi, volse il destriero,
Che chiuse i vanni e venne a terra a piombo,
Come casca dal ciel falcon maniero
Che levar veggia l'anitra o il colombo.
Con la lancia arrestata il cavaliero
L'aria fendendo vien d'orribil rombo.
Gradasso appena del calar s'avvede,
Che se lo sente addosso e che lo fiede.

---

5. **Quel Serican**, Gradasso, roi de Séricane, pays situé à l'est de l'Asie et au nord de l'Inde. Nous n'avons pas besoin de dire qu'il y a beaucoup de fantaisie dans la géographie des romans d'aventure.

XLIX, 1-3. **Levarse, alzarse,** pour *levarsi, alzarsi.*
2. **Peregrina,** voyageuse. La grue est un oiseau de passage.
7. **Sì ad alto,** à une telle hauteur.

L, 2. **Vanni,** proprement *plumes des ailes;* poétiquement *ailes.*
3. **Falcon maniero,** faucon dressé à la chasse, qui, à un signe du chasseur, vient se poser sur sa main, plus exactement sur son poing. Jacopo Tuoni, dans son *Falconiero,* dit *pugillaris.*
6. **Rombo,** bruit.
8. **Fiede.** Le sujet de *fiede* n'est pas Gradasse, mais Atlant. *Fiede* est un mot poétique, = *ferisce.*

51

Sopra Gradasso il Mago l'asta roppe ;
Ferì Gradasso il vento e l'aria vana :
Per questo il volator non interroppe
Il batter l'ale ; e quindi s'allontana.
Il grave scontro fa chinar le groppe
Sul verde prato alla gagliarda Alfana.
Gradasso avea una Alfana la più bella
E la miglior che mai portasse sella.

52

Sin alle stelle il volator trascorse ;
Indi girossi e tornò in fretta al basso,
E percosse Ruggier che non s'accorse,
Ruggier che tutto intento era a Gradasso.
Ruggier del grave colpo si distorse,
E 'l suo destrier più rinculò d'un passo ;
E quando si voltò per lui ferire,
Da sè lontano il vide al ciel salire.

53

Or su Gradasso, or su Ruggier percote
Nella fronte, nel petto e nella schiena ;
E le botte di quei lascia ognor vòte,

LI, 1. **Roppe**, poétique pour *ruppe ;* de même, au v. 3, *interroppe*
est pour *interruppe.*

5. **Le groppe**, la croupe.

6. **Alfana** est un nom propre de jument ; mais *Alfana* désigne
aussi en général une jument arabe. D'où les mots *una Alfana* au
v. 7. Boileau s'est souvenu de ces fameux chevaux :

> Mais la postérité d'Alfane et de Bayard,
> Si ce n'est qu'une rosse, est vendue au hasard.
> (*Satire sur la noblesse.*)

LII, 1. **Sin alle stelle**, hyperbole admise par l'usage. Du reste les
hyperboles, même non admises, ne sont pas pour effrayer notre
auteur.

2. **Tornò al basso**, redescendit.

LIII, 3. **Lascia vôte**, laisse sans résultat, échappe à.

Perch'è sì presto, che si vede appena.
Girando va con spazïose rote;
E quando all'uno accenna, all'altro mena :
All'uno e all'altro sì gli occhi abbarbaglia,
Che non ponno veder donde gli assaglia.

54

Fra duo guerrieri in terra ed uno in cielo
La battaglia durò sino a quella ora,
Che spiegando pel mondo oscuro velo,
Tutte le belle cose discolora.
Fu quel ch'io dico, e non v'aggiungo un pelo :
Io'l vidi, io'l so; nè m'assicuro ancora
Di dirlo altrui; cbè questa maraviglia
Al falso più ch'al ver si rassimiglia.

55

D'un bel drappo di seta avea coperto
Lo scudo in braccio il cavalier celeste.
Come avesse, non so, tanto sofferto
Di tenerlo nascosto in quella veste ;
Ch'immantinente che lo mostra aperto,
Forza è, chi'l mira, abbarbagliato reste,
E cada come corpo morto cade,
E venga al Negromante in potestade.

---

5. **Rote**, cercles.
6. **Mena a**, frappe sur. Ce vers est devenu proverbe.
LIV, 5. **Pelo**, poil. Je n'y ajoute pas un poil, c'est-à-dire, je n'ajoute absolument rien.
8. **Al falso più ch'al ver**. C'est Pinabel qui fait le récit. Mais c'est l'Arioste qui, parlant par sa bouche, s'amuse lui-même de l'invraisemblance de ce qu'il nous raconte.
LV, 6. **Reste**, poétique pour *resti*.
7. C'est presque mot pour mot le vers qui termine l'épisode de Françoise de Rimini et le chant V de l'*Enfer* de Dante :

E caddi, come corpo morto cade.

L'Arioste, qui est très lettré, prend son bien où il le trouve.
8. **Potestade**, forme archaïque de *potestà*, comme *virtude* de *virtù*, etc.

56

Splende lo scudo a guisa di piropo,
E luce altra non è tanto lucente.
Cadere in terra allo splendor fu d'uopo,
Con gli occhi abbacinati e senza mente.
Perdei da lungi anch'io li sensi, e dopo
Gran spazio mi rïebbi finalmente;
Nè più i guerrier nè più vidi quel Nano,
Ma vòto il campo, e scuro il monte e il piano.

Bradamante, désireuse de retrouver Roger, prie Pinabel de lui enseigner l'endroit où la bataille a eu lieu. Mais tandis qu'ils cheminent, Pinabel apprend qu'il se trouve avec Bradamante ; et comme la maison de Clermont, à laquelle elle appartient, est l'ennemie de celle de Mayence, et que, d'autre part, il est aussi perfide que tous ses parents mayençais, il l'égare dans les montagnes et finit par la faire tomber dans une caverne où il espère qu'elle trouvera la mort.

CHANT III

Bradamante, dans la caverne où elle est tombée, trouve, non la mort, comme l'espérait Pinabel, mais la tombe prophétique de Merlin et la bonne magicienne Mélisse, à qui sa venue était annoncée. Mélisse fait passer sous ses yeux tous les héros futurs de la maison d'Este, qui doivent naître d'elle et de Roger ; puis elle lui enseigne comment elle doit s'y prendre pour triompher des enchantements d'Atlant qui tient Roger prisonnier. Il faut pour cela posséder l'anneau qui a jadis appartenu à Angélique ; cet anneau détruit tout sortilège et rend invisible celui qui le met dans sa bouche.

LVI, 1. **Piropo**, escarboucle, pierre précieuse qui brille comme le feu (πῦρ en grec).

 4. **Abbacinati**, aveuglés.

 5. **Da lungi**, quoique éloigné.

Or Mélisse apprend à Bradamante que, en ce moment même, cet anneau est en possession d'un certain Brunel, petit roi de Tingitane au service d'Agramant, chef suprême des Sarrasins ; et que ce dernier a chargé Brunel de délivrer Roger à l'aide de l'anneau merveilleux et de le ramener au camp infidèle. Mélisse conseille à Bradamante de tuer Brunel, de lui prendre son anneau, et de faire ainsi pour elle-même ce que Brunel a l'intention de faire pour le compte d'Agramant. Bradamante quitte Mélisse et trouve Brunel dans une hôtellerie.

CHANT IV

Le lendemain, Bradamante se met en route avec Brunel dans la direction du château d'Atlant, qui venait justement de passer en l'air sur son cheval ailé. Ce château est situé au milieu des Pyrénées, dans une vallée profonde, sur un rocher dont les quatre faces sont taillées à pic et qui est couronné par un mur d'acier très élevé. Le moment est venu pour Bradamante d'enlever à Brunel son anneau ; mais, comme il lui répugne de tuer un homme désarmé elle se contente de le lier à un sapin, puis lui arrache l'anneau qu'il portait au doigt. Elle sonne du cor pour appeler Atlant au combat. Grâce à l'anneau et aux conseils qu'elle a reçus de Mélisse, ni les ruses d'Atlant, ni son écu enchanté ne peuvent rien sur elle. Au contraire, usant elle-même d'un subterfuge, elle se laisse tomber à terre comme aveuglée par l'éclat de l'écu, et trompe ainsi Atlant, qui, se croyant vainqueur, s'approche d'elle à pied pour l'enchaîner suivant sa coutume. Mais la guerrière se redresse, le saisit, va lui couper la tête. Toutefois elle hésite devant le meurtre d'un vieillard. Celui-ci demande lui-même la mort.

QUEL BUT POURSUIVAIT ATLANT

28

« Tommi la vita, giovene, per Dio, »
Dicea il vecchio pien d'ira e di dispetto;
Ma quella a torla avea sì il cor restio,
Come quel di lasciarla avria diletto.
La donna di sapere ebbe disio
Chi fosse il Negromante, ed a che effetto
Edificasse in quel luogo selvaggio
La rocca, e faccia a tutto il mondo oltraggio.

29

« Nè per maligna intenzione, ahi lasso!
(Disse piangendo il vecchio incantatore)
Feci la bella rocca in cima al sasso,
Nè per avidità son rubatore;
Ma per ritrar sol dall'estremo passo
Un cavalier gentil, mi mosse amore,
Che, come il ciel mi mostra, in tempo breve
Morir cristiano a tradimento deve.

30

Non vede il Sol tra questo e il polo austrino
Un giovene sì bello e sì prestante:

XXVIII, 1. **Tommi**, pour *toglimi*; **giovene**, jeune homme. Atlant
prend la guerrière pour un guerrier.
    3. **Quella**, Bradamante.
    7. **Edificasse** = *avesse edificato*, comme *faccia*, au vers suivant,
équivaut à *facesse*.
XXIX, 3. **Rocca**, forteresse.
    5. **Ma... sol**, mais uniquement, mais seulement.
    8. On dit encore aujourd'hui, dans le langage courant *ucci-
dere...*, *morire a tradimento*.
XXX, 1. **Austrino** = austral.

Ruggiero ha nome, il qual da piccolino
Da me nutrito fu, ch'io sono Atlante.
Disio d'onore e suo fiero destino
L'han tratto in Francia dietro al re Agramante ;
Ed io, che l'amai sempre più che figlio,
Lo cerco trar di Francia e di periglio.

31

La bella rocca solo edificai,
Per tenervi Ruggier sicuramente,
Che preso fu da me, come sperai
Che fossi oggi tu preso similmente ;
E donne e cavalier, che tu vedrai,
Poi ci ho ridotti, ed altra nobil gente,
Acciò che, quando a voglia sua non esca,
Avendo compagnia, men gli rincresca.

32

Pur ch'uscir di lassù non si domande,
D'ogn'altro gaudio lor cura mi tocca ;
Chè quanto averne da tutte le bande
Si può del mondo, è tutto in quella rocca :
Suoni, canti, vestir, giuochi, vivande,
Quanto può cor pensar, può chieder bocca.
Ben seminato avea, ben cogliea il frutto :
Ma tu sei giunto a disturbarmi il tutto.

3-4. **Da piccolino**, dès sa tendre enfance ; **da me**, par moi.
Remarquer, l'un près de l'autre, deux des principaux sens de la
préposition *da*.

8. **Periglio** ; en prose on dit plutôt *pericolo*.

XXXI, 7. **Quando**, si.

XXXII, 1. **Pur chè**, pourvu que, à la condition que. — **Domande**
pour *domandi* ; cette désinence en *e* est restée au subjonctif présent des verbes de la 1ʳᵉ conjugaison en espagnol.

3. **Bande**, parties, coins.

33

Deh, se non hai del viso il cor men bello,
Non impedir il mio consiglio onesto!
Piglia lo scudo (ch'io tel dono), e quello
Destrier che va per l'aria così presto,
E non t'impacciar oltra nel castello,
O tranne uno o duo amici, e lascia il resto;
O tranne tutti gli altri, e più non chero,
Se non che tu mi lasci il mio Ruggiero. »

Mais c'est précisément à Roger seul que tient Bradamante. Elle se rend au château, guidée par Atlant enchaîné. Celui-ci, par un procédé magique, fait disparaître le château et disparaît lui-même. Tous les guerriers prisonniers se trouvent en liberté, et parmi eux Roger. On juge de la joie que les deux amants éprouvent à se retrouver. Mais cette joie est de courte durée. Atlant a intentionnellement laissé au lieu du combat son cheval ailé, l'hippogriffe. Roger a l'imprudence de le monter, et celui-ci aussitôt, au grand désespoir de Bradamante, emporte le guerrier sarrasin dans l'île d'Alcine.

L'Arioste, qui mène plusieurs histoires de front, nous ramène alors à Renaud, qui, après avoir essuyé une terrible tempête, aborde au rivage d'Écosse, là où s'élève la forêt calédonienne. C'est, nous dit l'auteur, le pays qu'ont parcouru les héros de l'ancienne et de la nouvelle Table Ronde, ceux où se sont accomplis les exploits les plus fameux.

XXXIII, 1. **Del viso.** Bradamante se bat comme un homme ; mais les traits de son visage n'en ont pas moins toute la délicatesse féminine.

2. **Onesto,** au point de vue d'Atlant.

5. **Non t'impacciar oltra,** ne te mêle pas davantage de.

6. **Tranne** est passé dans le langage usuel avec le sens de *excepté*.

7. **Più non chero,** je ne veux, je ne demande pas autre chose.

8. **Mio Ruggiero.** *Mio* placé avant et surtout après le nom propre, implique une idée d'affection, d'amitié, d'amour. L'affection d'Atlant ponr *son* Roger, qu'il a élevé, a quelque chose de touchant.

Renaud, accueilli dans une abbaye, y apprend qu'il peut signaler sa valeur en sauvant de la mort Ginevra, la fille du roi, accusée par le chevalier Lurcain d'avoir eu la nuit, sur son balcon, un rendez-vous avec le chevalier Polinesso, duc d'Albanie. Renaud se met aussitôt en route, et, chemin faisant, il sauve une jeune fille que deux bandits allaient mettre à mort.

CHANT V

La jeune fille, que Renaud a prise en croupe, s'appelle Dalinde, et se trouve être justement la demoiselle d'honneur de cette Ginevra dont les jours sont en danger. Elle met Renaud au courant de l'aventure que les moines ont seulement esquissée, et dont elle seule connaît les détails. Ginevra n'est pas coupable. C'est Polinesso qui est un fourbe. Ce dernier, visant à épouser la fille du roi, et sachant qu'elle aimait un chevalier italien nommé Ariodant, a machiné une ruse criminelle pour la perdre aux yeux de ce chevalier. Trompé par l'obscurité, Ariodant a cru voir Ginevra s'entretenant de nuit avec Polinesso, et, désespéré par cette trahison, il est allé se noyer. Lurcain, irrité par la mort de son frère, a accusé Ginevra qu'il croit, lui aussi, coupable, puisqu'il a assisté au rendez-vous. Le père de Ginevra, suivant la loi d'Ecosse, a décidé qu'elle mourrait, si, avant un mois, elle n'avait pas trouvé un défenseur pour soutenir son innocence. Or, Zerbin, le frère de Ginevra, est absent, et personne ne s'est présenté ; le mois est écoulé. Quant à Dalinde, qui fait ce récit, Polinesso avait chargé deux bandits de la tuer, pour se défaire d'un témoin gênant.

Renaud arrive à Saint-André et apprend qu'un chevalier s'est présenté pour défendre Ginevra ; qu'on ignore qui il est, car il tient constamment sa visière baissée ; et qu'il est déjà aux prises avec Lurcain, l'accusateur de la princesse. Renaud court au galop au lieu du combat pour le faire cesser.

POLINESSO PUNI

80

Rinaldo se ne va tra gente e gente :
Fassi far largo il buon destrier Baiardo :
Chi la tempesta del suo venir sente,
A dargli via non par zoppo nè tardo.
Rinaldo vi compar sopra eminente,
E ben rassembra il fior d'ogni gagliardo ;
Poi si ferma all'incontro ove il Re siede :
Ognun s'accosta per udir che chiede.

81

Rinaldo disse al Re : « Magno signore,
Non lasciar la battaglia più seguire ;
Perchè di questi dua qualunque more,
Sappi ch'a torto tu'l lasci morire.
L'un crede aver ragione ed è in errore,
E dice il falso e non sa di mentire ;
Ma quel medesmo error che'l suo germano
A morir trasse, a lui pon l'arme in mano :

82

L'altro non sa se s'abbia dritto o torto ;
Ma sol per gentilezza e per bontade

LXXX, 3. **Venir**, substantif.
   6. **Gagliardo**, vaillant, brave.
   7. **All'incontro ove**, en face de l'endroit où.
LXXXI, 3. **More**, poét. pour *muora*.
   5. **L'un**, Lurcain, l'accusateur.
   5 6. Antithèses. L'antithèse sera la figure préférée des *secentisti*.
A leur suite, Métastase, le Quinault italien, en use et en abuse
dans ses opéras.
   7. **Germano**, Ariodant, frère de Lurcain.
LXXXII, 1. **L'altro**, le chevalier inconnu qui défend Ginevra. **Se
s'abbia** = *se abbia*.

In pericol si è posto d'esser morto,
Per non lasciar morir tanta beltade.
Io la salute all'innocenzia porto,
Porto il contrario a chi usa falsitade.
Ma, per Dio, questa pugna prima parti;
Poi mi dà audienza a quel ch'io vo'narrarti. »

83

Fu dall'autorità d'un uom sì degno,
Come Rinaldo gli parea al sembiante,
Sì mosso il Re, che disse e fece segno
Che non andasse più la pugna innante;
Al quale insieme ed ai Baron del regno,
E ai cavalieri e all'altre turbe tante
Rinaldo fe l'inganno tutto espresso,
Ch'avea ordito a Ginevra Polinesso.

84

Indi s'offerse di voler provare
Coll'arme, ch'era ver quel ch'avea detto.
Chiamasi Polinesso; ed ei compare;
Ma tutto conturbato nell'aspetto :
Pur con audacia cominciò a negare.
Disse Rinaldo : « Or noi vedrem l'effetto. »
L'un e l'altro era armato, il campo fatto;
Sì che senza indugiar vengono al fatto.

---

3. **Morto**, tué. Dans le français du moyen âge, *mourir* a souvent
le sens de *tuer*.

LXXXIII, 1. Joignez **fu à sì** du vers 3.
   7. **Fece espresso**, raconta.
   8. **A**, contre.

LXXXIV, 5. **Pur**, néanmoins.
   8. **Al fatto**, ici *aux mains*.

85

Oh quanto ha il Re, quanto ha il suo popol caro.
Che Ginevra a provar s'abbi innocente!
Tutti han speranza che Dio mostri chiaro
Ch'impudica era detta ingiustamente.
Crudel, superbo e riputato avaro
Fu Polinesso, iniquo e fraudolente;
Si che ad alcun miracolo non fia
Che l'inganno da lui tramato sia.

86

Sta Polinesso con la faccia mesta,
Col cor tremante e con pallida guancia;
E al terzo suon mette la lancia in resta.
Così Rinaldo inverso lui si lancia,
Che, disïoso di finir la festa,
Mira a passargli il petto con la lancia :
Nè discorde al disir seguì l'effetto ;
Che mezza l'asta gli cacciò nel petto.

87

Fisso nel tronco lo trasporta in terra
Lontan dal suo destrier più di sei braccia.
Rinaldo smonta subito, e gli afferra
L'elmo, pria che si lievi, e gli lo slaccia;
Ma quel, che non può far più troppa guerra,
Gli domanda mercè con umil faccia,
E gli confessa, udendo il Re e la Corte,
La fraude sua che l'ha condutto a morte.

LXXXV, 1. **Ha caro**, se réjouit. On dit encore très fréquemment
en parlant d'une chose qui ferait plaisir : *l'avrò caro.*
  7. **Ad alcun**, pour personne. Remarquez ici, comme dans le
récit d'Atlant, que l'Arioste, souvent ironique, est souvent aussi
touchant et simple.
LXXXVI, 3. **Al terzo suon**, au troisième appel de la trompette.
LXXXVII, 4. **Si lievi**. Le sujet est Polinesso.
  8. **Condutto**, forme ancienne et plus voisine du latin *conductus.*

88

Non finì il tutto, e in mezzo la parola
E la voce e la vita l'abbandona.

Joie du roi qui remercie Renaud et le reconnaît, puis invite
à révéler son nom le chevalier inconnu qui a pris la défense
de sa fille. Celui-ci lève son casque.

CHANT VI

Le chevalier inconnu n'était autre qu'Ariodant, qui s'était
bien jeté à la mer, mais, une fois dans l'eau, avait renoncé à
mourir et s'était sauvé à la nage. En apprenant le danger
couru par Ginevra, son amour s'était réveillé, et il était
venu la défendre, même contre son frère. Le roi lui donne
sa fille en mariage, avec le duché d'Albanie devenu libre
par la mort de Polinesso.

Pendant ce temps, l'hippogriffe, après avoir emporté Roger
à travers le monde, finit par descendre sur une île d'une
beauté merveilleuse. C'était l'île de la fée Alcine.

L'ILE D'ALCINE

20

Non vide nè più bel nè'l più giocondo
Da tutta l'aria ove le penne stese;
Nè, se tutto cercato avesse il mondo,

XX, 1. Ces descriptions de séjours enchanteurs abondent dans le
cycle breton. C'est là que Boiardo a pris son jardin de Falerine
(*Roland amoureux*, II, iv, 20). L'Arioste, qui imite ici ce passage d'assez près, a donné à sa description une couleur plus
franchement méridionale. Cf. la description du jardin d'Armide
(*Jér. dél.* XVI, 9 et suiv.). — **Il più giocondo.** Aujourd'hui encore, pour *je n'en connais pas de plus beau,* on dit souvent en
italien : *je ne connais pas le plus beau.*

3. **Cercato,** fouillé.

Vedria di questo il più gentil paese;
Ove, dopo un girarsi di gran tondo,
Con Ruggier seco il grande augel discese.
Culte pianure e delicati colli,
Chiare acque, ombrose ripe e prati molli.

21

Vaghi boschetti di soavi allori,
Di palme e d'amenissime mortelle,
Cedri ed aranci ch'avean frutti e fiori
Contesti in varie forme e tutte belle,
Facean riparo ai fervidi calori
De'giorni estivi con lor spesse ombrelle;
E tra quei rami con sicuri voli
Cantando se ne giano i rosignuoli.

22

Tra le purpuree rose e i bianchi gigli,
Che tepida aura freschi ognora serba,
Sicuri si vedean lepri e conigli,
E cervi con la fronte alta e superba,
Senza temer ch'alcun gli uccida o pigli,
Pascano o stiansi ruminando l'erba :
Saltando i daini e i capri isnelli e destri,
Che sono in copia in quei lochi campestri.

Roger, descendu dans cette île, attache l'hippogriffe à un
myrte. Or ce myrte n'est autre qu'Astolphe, paladin anglais
cousin de Bradamante. Il se met à parler et apprend à

---

4. **Vedria**, il n'aurait vu.
5. **Un girarsi di gran tondo**, avoir décrit un cercle im-
mense.
6. **Il grande augel**, le cheval ailé, l'hippogriffe.
XXI, 2. **Mortelle**, myrtes.
6. **Ombrelle**, ombrages.
8. **Giano**, imparf. du verbe défectif *gire*.
XXII, 7. **Saltando**. Suppléez *si vedean* du v. 3. Var : *saltano*.

Roger que la souveraine de l'île est la magicienne Alcine,
une méchante fée pleine de vices qui attire à elle les plus
beaux chevaliers, et, lorsqu'elle a cessé de les aimer, les
change en bêtes ou en arbres, pour qu'ils ne puissent pas
aller raconter ailleurs ses méfaits. C'est ainsi que lui, Astolphe, après avoir été aimé d'Alcine, a été métamorphosé en
myrte. Il conseille à Roger d'éviter les États d'Alcine, et de
se rendre dans le royaume voisin de Logistille, sa sœur, aussi
vertueuse qu'elle est criminelle. Roger console Astolphe de
son mieux, puis part et prend à droite pour éviter la cité
d'Alcine. Mais bientôt une troupe horrible lui barre le chemin.

LES MONSTRES DE L'ILE D'ALCINE

61

Non fu veduta mai più strana torma,
Più monstruosi volti e peggio fatti;
Alcun'dal collo in giù d'uomini han forma
Col viso altri di simie, altri di gatti;
Stampano alcun' con piè caprigni l'orma;
Alcuni son centauri agili ed atti;
Son giovani impudenti e vecchi stolti,
Chi nudi, e chi di strane pelli involti :

62

Chi senza freno in s'un destrier galoppa,
Chi lento va con l'asino o col bue;
Altri salisce ad un centauro in groppa;
Struzzoli molti han sotto, aquile e grue :

LXI, 1. On trouve dans ce passage ce sentiment du grotesque qui
    a séduit les imaginations du moyen âge, et auquel Dante lui-même
    n'a pas échappé (*Enfer*, chants XXI et XXII).
LXII, 1. Tous les monstres décrits ici ont une valeur symbolique.
    Ils représentent les vices, qui sont des difformités morales. Il y a
    lieu de les rapprocher des monstres qui, dans la *Jérusalem déli-
    vrée* (chant XV, strophes 47 à 52) disputent à Charles et à Ubalde
    le chemin qui mène aux jardins d'Armide.

Ponsi altri a bocca il corno, altri la coppa,
Chi femmina e chi maschio e chi amendue,
Chi porta uncino e chi scala di corda,
Chi pal di ferro e chi una lima sorda.

63

Di questi il capitano si vedea
Aver gonfiato il ventre, e'l viso grasso,
Il qual su una testuggine sedea,
Che con gran tardità mutava il passo.
Avea di qua e di là chi lo reggea,
Perchè egli era ebbro, e tenea il ciglio basso :
Altri la fronte gli asciugava e il mento,
Altri i panni scuotea per fargli vento.

64

Un ch'avea umana forma i piedi e il ventre,
E collo avea di cane, orecchie e testa,
Contra Ruggiero abbaia, acciò ch'egli entre
Nella bella città ch'addietro resta.
Rispose il cavalier : « Nol farò, mentre
Avrà forza la man di regger questa. »
(E gli mostra la spada, di cui vòlta
Avea l'aguzza punta alla sua volta.)

65

Quel monstro lui ferir vuol d'una lancia ;
Ma Ruggier presto se gli avventa addosso :
Una stoccata gli trasse alla pancia,

---

8. **Pal di ferro**, levier.
LXIII, 1. **Il capitano**. Ce personnage symbolise la paresse.
7 et 8. **Altri** est ici un singulier.
LXIV, 1. **I piedi**, quant aux pieds.
2. **Di cane**. Ce monstre personnifie les gens vicieux qui aboient constamment contre ceux qui suivent le droit chemin. Sénèque, dans une de ses lettres à Lucilius, se défend contre ceux *qui philosophiam collatrant.*

E la fe un palmo riuscir pel dosso.
Lo scudo imbraccia, e qua e là si lancia;
Ma l'inimico stuolo è troppo grosso.
L'un quinci il punge, e l'altro quindi afferra :
Egli s'arrosta, e fa lor aspra guerra.

66

L'un sin a' denti, l'altro sin al petto
Pàrtendo va di quella iniqua razza ;
Ch'alla sua spada non s'oppone elmetto
Nè scudo, nè panziera, nè corazza :
Ma da tutte le parti così astretto,
Che bisogna saria, per trovar piazza
E tener da sè largo il popol reo,
D'aver più braccia e man che Briareo.

En ce moment, Roger voit apparaître deux ravissantes jeunes filles montées sur des licornes, qui viennent le défendre. Roger consent à les suivre. Or ce sont des envoyées d'Alcine, chargées de l'amener auprès d'elle. Car il entre dans les plans d'Atlant que Roger, devenu amoureux de la magicienne, échappe, en restant à ses côtés, aux dangers de la guerre. Chemin faisant, elles l'informent qu'il va avoir, au passage d'un pont, à lutter contre la géante Eriphile.

CHANT VII

Roger attaque Eriphile, qui est montée sur un grand loup, et la terrasse. Puis il arrive dans le palais d'Alcine, le plus beau qu'il y ait au monde. Mais la plus belle des merveilles du palais, c'est Alcine elle-même.

LXV, 5. **Lo scudo,** son écu.
   8. **S'arrosta,** se débat en tournant sur lui-même.
LXVI, 1-2. Construisez : *Ruggier va pârtendo* (pourfendant) *l'un*...
   7. **Da sè largo,** au loin de soi, à distance.
   8. **Briareo,** Briarée, le géant de la mythologie, qui avait cent bras.

CE QU'ALCINE PARAISSAIT ÈTRE

11

Di persona era tanto ben formata,
Quanto me' finger san pittori industri;
Con bionda chioma lunga ed annodata :
Oro non è che più risplenda e lustri.
Spargeasi per la guancia delicata
Misto color di rose e di ligustri;
Di terso avorio era la fronte lieta,
Che lo spazio finia con giusta meta.

12

Sotto due negri e sottilissimi archi
Son duo negri occhi, anzi duo chiari Soli,
Pietosi a riguardare, a mover parchi;
Intorno cui par ch'Amor scherzi e voli,
E ch'indi tutta la faretra scarchi,
E che visibilmente i cori involi :
Quindi il naso per mezzo il viso scende,
Che non trova l'invidia ove l'emende.

13

Sotto quel sta, quasi fra due vallette,
La bocca sparsa di natio cinabro :
Quivi due filze son di perle elette

XI, 1. C'est parce qu'Arioste vit dans un siècle passionné pour la peinture qu'il s'arrête à tracer un portrait si détaillé. Cf. le portrait que le Tasse trace d'Armide (*Jérus. dél.* IV, 29 et suiv.).
    2. **me'** poétique pour *meglio*.
XII, 2. *Anzi*, ou plutôt.
    4. **Amor.** Toutes ces images fades de l'Amour muni de son carquois, et qui perce les cœurs de ses flèches, se trouvent dans la poésie italienne dès son origine.
XIII, 2. **Cinabro**, cinabre, sulfure rouge de mercure; ici et souvent, couleur rouge en général.

Che chiude ed apre un bello e dolce labro ;
Quindi escon le cortesi parolette
Da render molle ogni cor rozzo e scabro ;
Quivi si forma quel soave riso,
Ch'apre a sua posta in terra il Paradiso.

15

Mostran le braccia sua misura giusta ;
E la candida man spesso si vede
Lunghetta alquanto e di larghezza angusta,
Dove nè nodo appar, nè vena eccede.
Si vede alfin della persona augusta
Il breve, asciutto e ritondetto piede.
Gli angelici sembianti nati in cielo
Non si ponno celar sotto alcun velo.

Roger, séduit par tous les attraits de ce séjour et surtout par la beauté d'Alcine, oublie les avertissements qu'Astolphe lui avait donnés, et aussi sa chère Bradamante. Celle-ci ne l'oubliait pas, et le cherchait en vain partout. La bonne fée Mélisse vint à son secours. Car elle avait de l'affection pour Roger, ainsi qu'Atlant, mais non de la même manière. Atlant ne songeait qu'à conserver ses jours ; Mélisse le voulait couvert de gloire. Elle instruit Bradamante du piège où est tombé son amant, et lui demande, pour l'en retirer, l'anneau d'Angélique que Bradamante avait gardé. Munie de ce talisman, Mélisse va chercher Roger, et, d'abord sous les traits d'Atlant, pour lequel Roger était plein de respect, elle lui reproche la vie efféminée qu'il mène ; puis, reprenant ses propres traits, elle lui dit qu'elle est envoyée par Bradamante, et lui met au doigt l'anneau magique qui détruit les enchantements. Roger s'aperçoit alors qu'Alcine était aussi laide qu'elle lui avait paru belle jusque-là.

---

4. **Labro** (au singulier). Quand on ouvre la bouche, c'est la partie inférieure seule qui se déplace.
6. **Da render...** capables de rendre.
XV, 8. **Ponno** poétique pour *possono*.

CE QU'ALCINE ÉTAIT EN EFFET

71

Come fanciullo che maturo frutto
Ripone, e poi si scorda ove è riposto,
E dopo molti giorni è ricondutto
Là dove trova a caso il suo deposto;
Si maraviglia di vederlo tutto
Putrido e guasto, e non come fu posto; .
E dove amarlo e caro aver solia,
L'odia, sprezza, n'ha schivo, e getta via :

72

Così Ruggier, poi che Melissa fece
Ch'a riveder se ne tornò la Fata
Con quell'anello, innanzi a cui non lece,
Quando s'ha in dito, usare opra incantata,
Ritruova, contra ogni sua stima, invece
Della bella che dianzi avea lasciata,
Donna si laida, che la terra tutta
Nè la più vecchia avea, nè la più brutta.

73

Pallido, crespo e macilente avea
Alcina il viso, il crin raro e canuto :

LXXI, 8. **Schivo,** = schifo.
LXXII, 3. **Lece,** seule forme du verbe *lecere,* être permis.
   8 **La più vecchia,** Cf. VI, xx, 1.
LXXIII, 1. Cf. le portrait burlesque que Berni fait de sa femme
dans le fameux sonnet :
   Chiome d'argento fine, irte ed attorte.

La peinture de la laideur féminine, assez fréquente dans la poésie
moderne jusque vers le temps d'Arioste, en disparaît à peu près
après lui.

Sua statura a sei palmi non giungea :
Ogni dente di bocca era caduto ;
Che più d'Ecuba e più della Cumea,
Ed avea più d'ogn'altra mai vivuto,
Ma sì l'arti usa al nostro tempo ignote,
Che bella e giovanetta parer puote.

Roger revêt ses armes, et, monté sur le cheval Rabican, trouvé dans l'écurie d'Alcine, se sauve vers les États de Logistille, muni de l'écu d'Atlant.

CHANT VIII

Roger est attaqué par un guerrier envoyé par Alcine. Il s'en débarrasse en découvrant l'écu d'Atlant. Alcine se met à sa poursuite, et monte sur un de ses vaisseaux. Mélisse, profitant de l'absence d'Alcine et de ses troupes, rend aux chevaliers captifs, et notamment à Astolphe, leur première forme ; puis elle arrive avec ce dernier au palais de Logistille, une heure avant l'arrivée de Roger.

Pendant ce temps, Renaud demande et obtient des troupes en Ecosse et en Angleterre.

D'autre part, l'hermite nécromancien qu'Angélique avait rencontré au chant II, devenu amoureux d'elle, met un démon dans le ventre du cheval qui la porte ; et celui-ci entraîne la belle à travers le golfe de Gascogne dans une île déserte où l'hermite s'est transporté lui-même pour la retrouver.

Le poète, changeant pour la quatrième fois de sujet dans le même chant, nous raconte ce qui se passait dans l'île d'Ebude, près de l'Irlande. Le roi de cette île avait encouru la colère du dieu marin Protée en lui refusant sa fille. Pour

5. **Ecuba**, Hécube, femme de Priam ; **la Cumea**, la sibylle de Cumes.
7. **Usa** équivaut ici à *usava*.
8. **Puote**, poétique pour *può*.

l'apaiser, il fallait exposer tous les jours une jeune fille aux pieds d'un rocher, où un monstre marin, une orque, venait la dévorer ; et, pour ne pas sacrifier toujours leurs propres filles, les habitants de l'île d'Ebude parcouraient les mers à la recherche de jeunes beautés. Arrivés dans l'île où Angélique avait été transportée, ils la surprennent endormie et l'emmènent dans leur pays pour l'exposer au monstre.

Changeant pour la cinquième fois de sujet, l'Arioste parle enfin de Roland, qui n'a pas encore figuré dans le poème. Celui-ci, qui s'était rendu à Paris pour y chercher Angélique, voit en songe celle qu'il aime exposée à des dangers. Bien que la ville soit serrée de près par les Sarrasins, il se lève, revêt une armure noire, et part sans prendre congé de son oncle Charles et de son ami Brandimart, qui se met en vain à sa poursuite.

CHANT IX

Roland passe à travers le camp ennemi où il cherche en vain Angélique. Il parcourt ensuite, dans le même but, la France, la Bretagne, l'Espagne. Cette recherche inutile dure plusieurs mois. Enfin il apprend, en Normandie, l'horrible usage de l'île d'Ebude. Une idée confuse que sa dame peut y être exposée à la mort le décide à aller combattre le monstre. Mais un vent contraire le jette à l'embouchure de l'Escaut. Là, il trouve Olympe, fille du roi de Hollande. Celle-ci, n'ayant pas voulu épouser le fils de Cimosque, roi de Frise, a perdu son père, ses frères, son royaume dans la guerre qui est résultée de ce refus. Elle a feint alors de consentir au mariage, mais a fait tuer son époux après les noces et s'est enfuie. Sa répugnance à épouser le fils de Cimosque venait de ce qu'elle aimait Birène, duc de Zélande, Or, celui-ci était maintenant aux mains de Cimosque qui menaçait de le faire périr s'il ne lui amenait pas Olympe, dont le cruel Cimosque voulait se venger. Elle voulait bien se livrer à la colère de Cimosque, mais à la condition que son sacrifice sauvât Birène, et elle avait peur que Cimosque, la tenant en son pouvoir, ne voulût plus le relâcher ; aussi cherchait-elle des chevaliers pour l'accompagner et forcer Cimosque à délivrer Birène quand elle se serait remise entre ses mains. Mais aucun n'avait consenti jusqu'ici à donner sa parole, parce que Cimosque possédait une arme terrible (il s'agit d'une arquebuse), à laquelle aucune armure ne pouvait résister. Roland, que ce danger n'effraie point, se rend en Hollande avec Olympe, tue Cimosque, délivre Birène, jette dans la mer l'arquebuse, afin que désormais aucun lâche ne puisse se fier à son secours[1], et poursuit son chemin vers l'île d'Ebude. Birène épouse Olympe.

CHANT X

Birène n'a pas plutôt épousé Olympe qu'il devient infidèle à celle qui a tant souffert pour lui. Il s'éprend en effet d'une fille de Cimosque, que, dans le principe, il réservait comme épouse à son frère. Tandis qu'il vogue vers la Zélande, son pays, avec Olympe et la jeune fille, une tempête les jette, du côté de l'Ecosse, dans une île déserte. Il en profite pour y abandonner la pauvre Olympe pendant son sommeil. Celle-ci, se réveillant, ne trouve personne à ses côtés. Affolée, elle court vers la mer.

OLYMPE ABANDONNÉE[2]

22

. . . .

Bireno chiama; e al nome di Bireno
Rispondean gli antri, che pietà n'avieno.

---

1. On voit que l'invention des armes à feu fit croire à certaines personnes que le courage ne servirait plus désormais de rien ; c'est une erreur analogue qui fait croire aujourd'hui à d'autres que les canons à tir rapide supprimeront les combats corps à corps et les charges de cavalerie.
2. C'est la situation d'Ariane abandonnée par Thésée (Catulle, LXIV, *Noces de Thétis et de Pélée*). Cf. aussi Didon abandonnée par Enée, au 4e livre de l'*Enéide*.

23

Quivi surgea nel lito estremo un sasso,
Ch'aveano l'onde, col picchiar frequente,
Cavo e ridutto a guisa d'arco al basso;
E stava sopra il mar curvo e pendente.
Olimpia in cima vi salì a gran passo
(Così la facea l'animo possente);
E di lontano le gonfiate vele
Vide fuggir del suo signor crudele :

24

Vide lontano, o le parve vedere;
Chè l'aria chiara ancor non era molto.
Tutta tremante si lasciò cadere,
Più bianca e più che neve fredda in volto.
Ma poi che di levarsi ebbe potere,
Al cammin delle navi il grido vôlto,
Chiamò, quanto potea chiamar più forte,
Più volte il nome del crudel consorte :

25

E dove non potea la debil voce,
Suppliva il pianto e'l batter palma a palma.
« Dove fuggi, crudel, così veloce?
Non ha il tuo legno la debita salma :
Fa che lievi me ancor! poco gli nuoce
Che porti il corpo, poichè porta l'alma. »
E con le braccia e con le vesti segno
Fa tuttavia, perchè ritorni il legno.

XXIII. 3. **Cavo**, creusé.
    6. **L'animo**, la violence de ses sentiments.
XXIV, 2. Joignez **mol o** et **chiara**.
    6. **Al cammin di**, dans la direction de.
XXV, 4. **Salma**, charge.
    5. **Nuoce**; traduisez par le futur.

26

Ma i venti che portavano le vele
Per l'alto mar di quel giovane infido,
Portavano anco i prieghi e le querele
Dell'infelice Olimpia; e'l pianto e'l grido;
La qual tre volte, a sè stessa crudele,
Per affogarsi si spiccò dal lido;
Pur alfin si levò da mirar l'acque,
E ritornò dove la notte giacque;

27

E con la faccia in giù, stesa sul letto,
Bagnandolo di pianto, dicea lui;
« Iersera désti insieme a dui ricetto :
Perchè insieme al levar non siamo dui?
Oh perfido Bireno! oh maladetto
Giorno ch'al mondo generata fui!
Che debbo far? che poss'io far qui sola?
Chi mi dà aiuto, ohimè! chi mi consola? »

Tandis qu'Olympe se lamentait, Roger, triomphant de tous les obstacles, était parvenu dans les États de la sage fée Logistille, du royaume du Vice dans celui de la Vertu. Il y retrouve Astolphe rendu à la forme humaine. Logistille lui enseigne à diriger l'hippogriffe. Quand il est suffisamment instruit en cet art, il prend congé de l'aimable fée, et part monté sur le cheval ailé. Il emporte le bouclier d'Atlant, et à son doigt l'anneau magique que Bradamante lui a envoyé. Après avoir parcouru de nombreux pays, il arrive à Londres où il voit défiler une armée destinée à secourir Charlemagne. Reprenant sa course aérienne, il voit, à un certain moment, au-dessous de lui la pauvre Angélique,

---

XXVI, 6. **Si spiccò**, s'élança.
　　7. **Si levò da**, cessa de, avec l'idée d'un déplacement.
　　8. **Dove giacque**, où elle avait passé la nuit.
XXVII, 2. **Lui**, à son lit.

dépouillée de ses vêtements, et attachée au rocher où
l'orque va venir la dévorer. Saisi d'admiration pour sa
beauté, Roger lui demande pourquoi elle est ainsi soumise
à un aussi infâme traitement. Au moment où elle commence
à lui répondre, un grand bruit s'élève du côté de la mer, et
le monstre apparaît.

ROGER DÉLIVRE ANGÉLIQUE

100

Ecco apparir lo smisurato mostro
Mezzo ascoso nell'onda, e mezzo sorto.
Come sospinto suol da Borea o d'Ostro
Venir lungo naviglio a pigliar porto,
Così ne viene al cibo che l'è móstro
La bestia orrenda; e l'intervallo è corto.
La donna è mezza morta di paura,
Nè per conforto altrui si rassicura.

101

Tenea Ruggier la lancia non in resta,
Ma sopra mano; e percoteva l'orca.
Altro non so che s'assimigli a questa,
Ch'una gran massa che s'aggiri e torca :
Nè forma ha d'animal, se non la testa,
C'ha gli occhi e i denti fuor, come di porca.
Ruggier in fronte la feria tra gli occhi;
Ma par che un ferro o un duro sasso tocchi.

C, 2. **Sorto**, émergeant.

   7. **Mezza morta di paura.** Le Tasse dit d'Herminie qui fuit,
effrayée (*Jér. dél.* VII, 1, 4) :

        E mezza quasi par tra viva e morta.

CI, 2. **Sopra mano**, comme quelqu'un qui se dispose à frapper de
revers.

102

Poichè la prima botta poco vale,
Ritorna per far meglio la seconda.
L'orca che vede sotto le grandi ale
L'ombra di qua e di là correr su l'onda,
Lascia la preda certa litorale,
E quella vana segue furibonda;
Dietro quella si volve e si raggira;
Ruggier giù cala, e spessi colpi tira.

103

Come d'alto venendo aquila suole,
Ch'errar fra l'erbe visto abbia la biscia,
O che stia sopra un nudo sasso al Sole,
Dove le spoglie d'oro abbella e liscia;
Non assalir da quel lato la vuole,
Onde la velenosa e soffia e striscia;
Ma da tergo l'adugna, e batte i vanni,
Acciò non se le volga e non l'azzanni:

104

Così Ruggier con l'asta e con la spada,
Non dove era de' denti armato il muso,
Ma vuol che'l colpo tra l'orecchie cada,
Or su le schiene, or nella coda giuso.
Se la fera si volta, ci muta strada,
Ed a tempo giù cala, e poggia in suso:
Ma, come sempre giunga in un diaspro,
Non può tagliar lo scoglio duro ed aspro.

CII, 5. **Certa litorale**, réelle du rivage. Roger se tenait au-dessus
du rivage pour en défendre l'accès au monstre. **Certa** s'oppose à
vana du vers suivant.
CIII, 4. **Spoglie d'oro**, écailles dorées.
 7. **Adugna**, attaque avec les serres.
CIV, 8. **Scoglio**, = scaglia.

105

Simil battaglia fa la mosca audace
Contro il mastin nel polveroso agosto,
O nel mese dinanzi o nel seguace,
L'uno di spiche e l'altro pien di mosto :
Negli occhi il punge e nel grifo mordace;
Volagli intorno, e gli sta sempre accosto,
E quel suonar fa spesso il dente asciutto;
Ma un tratto che gli arrivi, appaga il tutto.

106

Sì forte ella nel mar batte la coda,
Che fa vicino al ciel l'acqua innalzare;
Talchè non sa se l'ale in aria snoda,
Oppur se'l suo destrier nuota nel mare.
Gli è spesso che disia trovarsi a proda,
Chè se lo sprazzo in tal modo ha a durare,
Teme sì l'ale innaffì all'Ippogrifo,
Che brami invano avere o zucca o schifo.

107

Prese nuovo consiglio, e fu il migliore,
Di vincer con altre arme il mostro crudo.

CV, 1. **Mosca.** Cf. *Le Lion et le Moucheron*, de La Fontaine.
   4. **L'uno**, juillet ; **l'altro**, septembre.
   7. On dit de quelqu'un qui voit un repas lui passer devant le nez ou qui voit attribué à un autre ce qu'il espérait pour lui-même : *resta coi denti asciutti*.
CVI, 3. **Sa** a pour sujet Roger; **Snoda** a pour sujet *il destrier*, du v. 4.
   5. **Gli è spesso**, il lui arrive souvent.
   6. **Sprazzo.** Zambaldi (*Vocab. etimol. ital.*) définit ce mot ainsi : *spargimento di liquido in minutissime gocce*. C'est le mot allemand *spritzen*.
   7. Joignez sì et che du v. suivant.
   8. **Zucca.** Allusion au système qu'on employait alors pour soutenir sur l'eau un enfant qui apprenait à nager. *Le zucche !* est une exclamation qui signifie *je m'en moque !*

Abbarbagliar lo vuol con lo splendore
Ch'era incantato nel coperto scudo.
Vola nel lito; e per non fare errore,
Alla donna legata al sasso nudo
Lascia nel minor dito della mano
L'anel, che potea far l'incanto vano.

108

Dico l'anel che Bradamante avea,
Per liberar Ruggier, tolto a Brunello;
Poi, per trarlo di man d'Alcina rea,
Mandato in India per Melissa a quello.
Melissa, come dianzi io vi dicea,
In ben di molti adoperò l'anello;
Indi l'avea a Ruggier restituito,
Dal qual poi sempre fu portato in dito.

109

Lo dà ad Angelica ora, perchè teme
Che del suo scudo il fulgurar non viete,
E perchè a lei ne sien difesi insieme
Gli occhi che già l'avean preso alla rete.
Or viene al lito, e sotto il ventre preme
Ben mezzo il mar la smisurata cete,
Sta Ruggiero alla posta, e leva il velo;
E par ch'aggiunga un altro Sole al cielo.

110

Ferì negli occhi l'incantato lume
Di quella fera, e fece al modo usato.
Quale o trota o scaglion va giù pel fiume
C'h'a con calcina il montanar turbato;

CVIII, 1. **L'anel.** Voir plus haut l'histoire de cet anneau merveilleux.
8. **Sempre,** jusqu'à ce moment.
CIX, 6. **Cete** = *cetaceo*; sujet de *viene* et *preme.*
7. **Alla posta,** aux aguets.

Tal si vedea nelle marine schiume
Il mostro orribilmente riversciato.
Di qua di là Ruggier percuote assai;
Ma di ferirlo via non trova mai.

111

La bella donna tuttavolta priega
Ch'invan la dura squama oltre non pesti.
« Torna, per Dio, signor; prima mi slega,
Dicea piangendo, che l'orca si desti :
Portami teco, e in mezzo il mar mi annega;
Non far ch'in ventre al brutto pesce io resti. »
Ruggier, commosso dunque al giusto grido,
Slegò la donna, e la levò dal lido.

112

Il destrier punto, ponta i piè all'arena,
E sbalza in aria, e per lo ciel galoppa;
E porta il cavaliero in su la schiena,
E la donzella dietro in su la groppa.
Così privò la fera della cena
Per lei soave e delicata troppa.

Roger, devenu amoureux d'Angélique, descend avec elle à
l'extrémité de la Bretagne française *(Minor Bretagna).*

CX, 6. **Riversciato**, pour *rivesciato* ou *rovesciato.*
   8. **Ferir**, blesser.
CXI, 2. **Pesti**, meurtrisse.
CXII, 1. **Ponta**, appuie (pour s'élancer).
   6. **Troppa** = troppo.

CHANT XI

Comme Roger devient pressant, Angélique, qui a reconnu son anneau, lui échappe en le mettant dans sa bouche. Elle arrive à une caverne, y trouve une jument à son gré, et se met en route vers le Levant. Roger cependant, désolé d'avoir perdu Angélique et l'anneau enchanté, cherche son hippogriffe ; celui-ci s'est envolé. Il reprend ses armes et son bouclier et s'enfonce tristement dans une sombre forêt. Là, il voit un chevalier aux prises avec un géant ; à la fin le géant abat le chevalier d'un coup de massue, et délace son casque pour le tuer. Roger reconnaît dans le chevalier sa chère Bradamante. Il attaque le géant. Mais celui-ci emporte la dame sur son épaule, et Roger, si vite qu'il coure, ne peut l'atteindre à cause des grands pas qu'il fait.

Cependant Roland s'était rembarqué pour l'île d'Ebude. Il y arrive au moment où une nouvelle victime, qu'il ne reconnaît pas d'abord, allait être dévorée par l'orque. A la vue du monstre, le paladin n'éprouve aucune émotion.

ROLAND DÉLIVRE OLYMPE[1]

36

E come quel ch'avea il pensier ben fermo
Di quanto volea far, si mosse ratto ;
E perchè alla donzella essere schermo
E la fera assalir potesse a un tratto,
Entrò fra l'orca e lei col palischermo,
Nel fodero lasciando il brando piatto :
L'áncora con la gomona in man prese ;
Poi con gran cor l'orribil mostro attese.

---

1. Rapprocher ce morceau de l'extrait qui précède.

XXXVI, 5. **Palischermo**, la chaloupe sur laquelle il arrivait à l'île d'Ebude, et où il se trouvait seul.

6. **Piatto**, cachée.

37

Tosto che l'orca s'accostò, e scoperse
Nel schifo Orlando con poco intervallo,
Per inghiottirlo tanta bocca aperse,
Ch'entrato un uomo vi saria a cavallo.
Si spinse Orlando innanzi, e se gl'immerse
Con quella áncora in gola, e, s'io non fallo,
Col battello anco; e l'áncora attaccolle
E nel palato e nella lingua molle :

38

Sì che nè più si puon calar di sopra,
Nè alzar di sotto le mascelle orrende.
Così chi nelle mine il ferro adopra,
La terra, ovunque si fa via, suspende,
Chè subita ruina non lo cuopra,
Mentre mal cauto al suo lavoro intende.
Da un amo all'altro l'áncora è tanto alta,
Che non v'arriva Orlando, se non salta.

39

Messo il puntello, e fattosi sicuro
Che'l mostro più serrar non può la bocca,
Stringe la spada, e per quell'antro oscuro
Di qua e di là con tagli e punte tocca.
Come si può, poi che son dentro al muro
Giunti i nimici, ben difender rocca;
Così difender l'orca si potea
Dal Paladin che nella gola avea.

XXXVII, 5 et suiv. Cf. les pèlerins dans la bouche de Gargantua
(Rabelais, *Gargantua*, i, ch. 38).

XXXVIII, 3. **Così chi...** C'est le travail que les mineurs appellent
le boisage. On a vu plus haut (ch. x, oct. 110) une comparaison
tirée de la manière dont pêchent les montagnards ; Arioste, comme
Dante, fait souvent allusion à la vie des petites gens.

   7. **Amo**, hameçon, ici *pointe*. Il s'agit des deux extrémités de
l'ancre.

XXXIX, 5. **Come**, aussi mal que.

40

Dal dolor vinta, or sopra il mar si lancia,
E mostra i fianchi e le scagliose schiene;
Or dentro vi s'attuffa, e con la pancia
Muove dal fondo e fa salir l'arene.
Sentendo l'acqua il Cavalier di Francia,
Che troppo abbonda, a nuoto fuor ne viene :
Lascia l'áncora fitta, e in mano prende
La fune che dall'áncora depende.

41

E con quella ne vien nuotando in fretta
Verso lo scoglio ; ove fermato il piede,
Tira l'áncora a sè, che'n bocca stretta
Con le due punte il brutto mostro fiede.
L'orca a seguire il canape è costretta
Da quella forza ch'ogni forza eccede,
Da quella forza che più in una scossa
Tira, ch'in dieci un argano far possa.

42

Come toro salvatico ch'al corno
Gittar si senta un improvviso laccio,
Salta di qua di là, s'aggira intorno,
Si colca e lieva, e non può uscir d'impaccio ;

XL, 6. **Fuor ne viene,** sort du monstre.
8. **Depende,** est attachée.

XLI, 5. **Canape,** chanvre ; puis, comme ici, le cordage fait avec du chanvre. Ne pas confondre ce mot, qui est *sdrucciolo,* avec *canapè* qui veut dire *canapé.*
8. **Argano,** cabestan. L'expression *ci vogliono gli argani* répond à *il y faut la croix et la bannière.*

XLII, 1. **Come toro.** L'Arioste abonde en comparaisons qu'il développe avec aisance (cf. la strophe 39). Il s'agit ici du jet du *lazo* si usité de nos jours en Amérique par les *cow boys* et les *vaqueros.*
4. **Colca.** Ce mot a trois formes : *coricare, corcare, colcare.*

Così fuor del suo antico almo soggiorno
L'orca tratta per forza di quel braccio,
Con mille guizzi e mille strane ruote
Segue la fune, e scior non se ne puote.

43

Di bocca il sangue in tanta copia fonde,
Che questo oggi il mar Rosso si può dire,
Dove in tal guisa ella percuote l'onde,
Ch'insino al fondo le vedreste aprire :
Ed òr ne bagna il cielo, e il lume asconde
Del chiaro Sol; tanto le fa salire.
Rimbombano al rumor, ch'intorno s'ode,
Le selve, i monti e le lontane prode.

44

Fuor della grotta il vecchio Proteo, quando
Ode tanto rumor, sopra il mare esce;
E visto entrare e uscir dell'orca Orlando,
E al lito trar sì smisurato pesce,
Fugge per l'alto Oceano, obbliando
Lo sparso gregge : e sì il tumulto cresce,
Che fatto al carro i suoi delfini porre,
Quel di Nettuno in Etïopia corre.

---

8. **Scior**(*re*), forme contractée de *sciogliere*.

XLIII, 2. **Il mar Rosso**. L'Arioste s'amuse, comme cela lui arrive souvent. Ici et ailleurs on croirait lire la burlesque *Secchia rapita* de Tassoni.

4. **Insino al fondo**, exagération poétique, comme ce qui suit.

XLIV, 1. **Proteo**, et plus bas **Nettuno**, etc. Remarquez le mélange du merveilleux païen au merveilleux du moyen âge L'Arioste continue la tradition chevaleresque ; mais c'est un homme de la Renaissance.

3. **Visto Orlando entrare**, sorte d'ablatif absolu d'un usage très fréquent et très commode en italien. Cf., au vers 7 : *fatto porre i delfini*.

6. **Lo**, son ; comme, au v. 1, **della grotta**, de *sa* grotte.

43

Con Melicerta in collo Ino piangendo,
E le Nereide coi capelli sparsi,
Glauci e Tritoni, e gli altri, non sappiendo
Dove, chi qua chi là van per salvarsi.
Orlando al lito trasse il pesce orrendo,
Col qual non bisognò più affaticarsi :
Chè pel travaglio e per l'avuta pena,
Prima morì, che fosse in su l'arena.

Les habitants d'Ebude, craignant que Roland, par sa victoire sur le monstre, n'ait attiré sur eux la colère de Protée, l'attaquent au lieu de le remercier. Roland se débarrasse aisément de cette canaille. Juste au même moment, Obert, roi d'Irlande, débarquait sur un autre point et massacrait tous les habitants de l'île maudite, de l'île des pleurs (*isola dei pianti*). Cependant Roland, sans s'inquiéter des clameurs, écoute le récit que lui fait Olympe de ses infortunes. Obert, survenant sur ces entrefaites, reconnaît Roland. Il devient amoureux d'Olympe, porte la guerre chez le traître Birène, et, après l'avoir mis à mort, épouse celle qu'il avait lâchement abandonnée. Roland se remet à la recherche d'Angélique.

CHANT XII

Après plusieurs mois, il arrive en un endroit où il entend une voix plaintive, et il aperçoit un cavalier qui emporte une demoiselle éplorée dans laquelle il croit reconnaître Angélique.

XLV, 1. **Ino**, femme d'Athamas, roi de Thèbes. Pour échapper à son mari devenu fou, elle se jeta dans la mer avec son fils Mélicerte. Tous deux furent métamorphosés en divinités marines.
2-3. **Nereide**, **Glauci**, **Tritoni**, divinités marines.

LE PALAIS ENCHANTÉ

6

Non dico ch'ella fosse, ma parea
Angelica gentil, ch'egli tant'ama.
Egli, che la sua donna e la sua Dea
Vede portar sì addolorata e grama,
Spinto dall'ira e dalla furia rea,
Con voce orrenda il cavalier richiama,
Richiama il cavaliero, e gli minaccia,
E Brigliadoro a tutta briglia caccia.

7

Non resta quel fellon, nè gli risponde,
All'alta preda, al gran guadagno intento;
E sì ratto ne va per quelle fronde,
Che saría tardo a seguitarlo il vento.
L'un fugge, e l'altro caccia; e le profonde
Selve s'odon sonar d'alto lamento.

VI, 3. **Egli**, Roland.

4. **Grama**, triste. Dante (*Enfer*, I, 51) dit, en parlant de la
louve :

> E molte genti fe' già viver grame.

5. **Furia rea**. Les Italiens sont ennemis de la *furia. Chi va
piano va sano*, dit leur proverbe de prédilection. — On dit *andar
sulle furie,* se fâcher tout rouge, ce qui équivaut presque à l'expression *uscir dal seminato*, sortir du sillon, perdre la tête.

8. **Brigliadoro**, Bride d'or, le cheval que monte Roland.

VII, 4. **Vento**. Le mot *vento* est employé dans de nombreuses locutions familières : *corre quanto* ou *come il vento*, il va aussi vite
que le vent ; *navigare secondo il vento*, s'adapter aux circonstances ; *avere il capo pien di vento*, être vaniteux ; *abbajare al
vento*, aboyer à la lune, crier en vain.

5. **Caccia**, donne la chasse ; au dernier vers de l'octave précédente, *caccia* avait pour sujet Roland et voulait dire *lance en
avant*.

Correndo, usciro in un gran prato; e quello
Avea nel mezzo un grande e ricco ostello.

8

Di varj marmi con suttil lavoro
Edificato era il palazzo altiero.
Corse dentro alla porta messa d'oro
Con la donzella in braccio il cavaliero.
Dopo non molto giunse Brigliadoro,
Che porta Orlando disdegnoso e fiero.
Orlando, come è dentro, gli occhi gira;
Nè più il guerrier nè la donzella mira.

9

Subito smonta, e fulminando passa
Dove più dentro il bel tetto s'alloggia.
Corre di quà, corre di là, nè lassa
Che non vegga ogni camera, ogni loggia,
Poi che i segreti d'ogni stanza bassa
Ha cerco invan, su per le scale poggia;
E non men perde anco a cercar di sopra,
Che perdesse di sotto, il tempo e l'opra.

10

D'oro e di seta i letti ornati vede :
Nulla di muri appar nè di pareti;

---

7. **Usciro**, = *uscirono*.
   8. **Ostello**, demeure, habitation, séjour. Dante, *Purg.*, VI, 76 :

        Ahi serva Italia, di dolore ostello !

ici, *palais*.
VIII, 3. **Messa d'oro**, = *aurata*.
   8. **Mira**, voit.
IX, 1. **Fulminando**, comme la foudre.
   6. **Poggia**, monte. *Poggio*, du latin *podium*, veut dire élévation.
C'est notre mot français *puy* (le Puy de Dôme). Ne pas confondre
avec le mot *pozzo*, puits, qui vient du latin *puteus*.
   8. **Che perdesse**, qu'il n'en a perdu. — *Il tempo e l'opra*. Cf.
l'anecdote latine du perroquet : *tempus et operam perdidi*.

Chè quelle, e il suolo ove si mette il piede,
Son da cortine ascose e da tappeti.
Di su di giù va il conte Orlando, e riede.
Nè per questo può far gli occhi mai lieti,
Che riveggiano Angelica, o quel ladro
Che n'ha portato il bel viso leggiadro.

11

E mentre or quinci or quindi invano il passo
Movea, pien di travaglio e di pensieri,
Ferraù, Brandimarte e il re Gradasso,
Re Sacripante, ed altri cavalieri
Vi ritrovò, ch'andavano alto e basso,
Nè men facean di lui vani sentieri ;
E si rammaricavan del malvagio
Invisibil signor di quel palagio.

12

Tutti cercando il van, tutti gli danno
Colpa di furto alcun che lor fatt'abbia.
Del destrier che gli ha tolto, altri è in affanno ;
Ch'abbia perduta altri la donna, arrabbia :
Altri d'altro l'accusa : e così stanno,
Che non si san partir di quella gabbia ;
E vi son molti a questo inganno presi,
Stati le settimane intiere e i mesi.

13

Orlando, poi che quattro volte e sei
Tutto cercato ebbe il palazzo strano,

X, 5. **Riede**, revient, poétique.
   6-7. Joignez **questo che riveggiano**, en leur faisant revoir.
XI, 2. **Travaglio**, peine.
   5. **Alto e basso**, en haut et en bas.
XII, 1. **Cercando il van**, = vanno cercandolo.
   6. **Gabbia.** Le château est comme une cage dans laquelle tous
les chevaliers sont pris par les artifices d'Atlant.

Disse fra sè : « Qui dimorar potrei,
Gittare il tempo e la fatica invano ;
E potria il ladro aver tratta costei
Da un'altra uscita, e molto esser lontano. »
Con tal pensiero uscì nel verde prato,
Dal qual tutto il palazzo era aggirato.

14

Mentre circonda la casa silvestra,
Tenendo pur a terra il viso chino,
Per veder s'orma appare, o da man destra
O da sinistra, di nuovo cammino ;
Si sente richiamar da una finestra :
E leva gli occhi ; e quel parlar divino
Gli pare udire, e par che miri il viso
Che l'ha da quel che fu tanto diviso.

Il lui semble qu'Angélique le supplie de l'arracher aux persécutions de son ravisseur.

16

Queste parole una ed un'altra volta
Fanno Orlando tornar per ogni stanza,
Con passïone e con fatica molta,
Ma temperata pur d'alta speranza.
Talor si ferma, ed una voce ascolta,
Che di quella d'Angelica ha sembianza
(E s'egli è da una parte, suona altronde),
Che chieggia aiuto, e non sa trovar donde.

Roger arrive dans le même palais, victime d'une illusion analogue. Car le géant qu'il a poursuivi (chant XI) n'em-

---

XIII, 5. **Costei**, Angélique.
XIV, 1. **Circonda**, fait le tour de.
   3. **Da man destra**. On dit aussi en français *à main droite*.
   4. **Nuovo cammino**, passage récent.
   8. **Tanto diviso**, rendu si différent.
XVI, 8. **Chieggia**, poétique, = *chieda*.

portait que le fantôme de Bradamante. L'auteur de tous ces
artifices est Atlant qui, après l'insuccès du château d'acier
et des jardins d'Alcine, attire dans ce château des illusions,
non seulement Roger qu'il aime, mais tous les paladins qui
pourraient lui donner la mort.

Or il se trouve que sur ces entrefaites Angélique, la
vraie Angélique, arrive elle aussi au palais enchanté, en
quête d'un paladin qui la reconduise en Asie. Elle se décide
pour Sacripant. Mais, au moment où elle ôte l'anneau de sa
bouche pour se montrer à lui, elle est aperçue aussi par
Ferragus et Roland. Elle fuit hors du palais suivie par ces
trois chevaliers. Alors, changeant d'avis et se décidant à rentrer seule dans le Cataï, elle remet l'anneau dans sa bouche
et disparaît. Cependant un combat s'engage entre Roland et
Ferragus. Angélique, qui y assiste invisible, emporte le casque
de Roland qu'il avait suspendu à un hêtre pour n'avoir pas
d'avantage sur Ferragus, toujours sans casque. S'apercevant
du larcin, dont ils croient Sacripant coupable, les deux
guerriers cessent de combattre, et reprennent leurs recher-
ches. Ferragus retrouve le casque de Roland oublié par
Angélique près d'une fontaine et s'en coiffe aussitôt. Ne
trouvant pas Angélique, il s'en retourne à Paris au camp
des Maures.

Tandis qu'Angélique se dirige vers l'Orient, Roland continue à la chercher. En passant près de Paris, il détruit deux
troupes de Sarrasins. Puis il arrive la nuit auprès d'une
montagne, et aperçoit une lumière à travers les fentes d'un
rocher. Il y entre dans l'espoir d'y rencontrer sa dame, et
il se trouve en présence d'une jolie jeune fille de quinze ans
environ, en grande contestation avec une vieille.

CHANT XIII

Cette jeune fille raconte son histoire à Roland. Elle se
nomme Isabelle, et est fille du roi de Galice. Zerbin, fils du
roi d'Ecosse, étant devenu amoureux d'elle, et désespérant
de l'obtenir de son père, l'a fait enlever par un homme qu'il
croyait sûr. A la suite d'une tempête, celui-ci, jeté avec elle

sur une plage déserte, songeait à la garder pour lui-même, quand une bande de brigands, devant lesquels il a pris la fuite, l'a emmenée dans la caverne où elle se trouve. Elle est, paraît-il, déjà vendue à un marchand qui doit la livrer au soudan. Pendant qu'elle narre ainsi ses infortunes à Roland, vingt hommes armés entrent dans la caverne. Ce sont les brigands.

ROLAND MASSACRE VINGT BRIGANDS

33

Il primo d'essi, uom di spietato viso,
Ha solo un occhio, e sguardo scuro e bieco;
L'altro d'un colpo che gli avea reciso
Il naso e la mascella, è fatto cieco.
Costui vedendo il cavaliero assiso
Con la vergine bella entro allo speco,
Vôlto a'compagni, disse : « Ecco augel novo,
A cui non tesi, e nella rete il trovo. »

34

Poi disse al Conte : « Uomo non vidi mai
Più comodo di te, nè più opportuno.
Non so se ti se' apposto, o se lo sai,
Perchè te l'abbia forse detto alcuno,
Che sì bell'arme io desiava assai,
E questo tuo leggiadro abito bruno.
Venuto a tempo veramente sei,
Per riparare alli bisogni miei. »

XXXIII, 2. **Bieco**, de travers, farouche.
 3. **L'altro** (occhio).
 7. **Augel novo**, = uccello nuovo.
 8. **Non tesi**, je n'ai pas tendu de filet.
XXXIV, 3. **Ti se' apposto**, tu as conjecturé, deviné. On dit élégamment *se mal non mi appongo*, pour *si je ne me trompe*.
 6. **Abito bruno**. Nous avons vu (chant VIII, fin) que Roland avait revêtu une armure noire « conforme à sa douleur ».

35

Sorrise amaramente, in piè salito,
Orlando, e fe riposta al mascalzone :
« Io ti venderò l'arme ad un partito
Che non ha mercadante in sua ragione. »
Del fuoco, ch'avea appresso, indi rapito
Pien di fuoco e di fumo uno stizzone,
Trasse e percosse il malandrino a caso
Dove confina colle ciglia il naso.

36

Lo stizzone ambe le palpebre colse,
Ma maggior danno fe nella sinistra ;
Chè quella parte misera gli tolse,
Che della luce sola era ministra.
Nè d'acciecarlo contentar si volse
Il colpo fier, s'ancor non lo registra
Tra quegli spirti che con suoi compagni
Fa star Chiron dentro ai bollenti stagni.

37

Nella spelonca una gran mensa siede,
Grossa duo palmi e spazïosa in quadro,

XXXV, 1. **In piè salito**, s'étant dressé sur ses pieds.

2. **Mascalzone**, vaurien, malandrin.

3-4. **Partito...**, un prix qui ne se trouve pas dans les comptes des marchands. Cf. l'expression : *Tu me le paieras plus cher qu'au marché*. Les paladins du Tasse parlent toujours en style noble ; ceux d'Arioste, et, avant lui, de Bojardo, ont volontiers le propos familier. De même, dans la *Légende des Siècles* de V. Hugo.

7. **A caso**, par hasard.

XXXVI, 1. **Colse**, enleva.

5. **Volse**, = *volle*.

6. **Non lo registra**, = *nol pone*.

8. **Bollenti stagni**, les étangs bouillants où gémissent les tyrans et les violents surveillés par les Centaures (Dante, *Enfer*, XII, 73 et suiv.).

Che sopra un mal pulito e grosso piede
Cape con tutta la famiglia il ladro.
Con quell' agevolezza che si vede
Gittar la canna lo Spagnuol leggiadro,
Orlando il grave desco da sè scaglia
Dove ristretta insieme è la canaglia.

38

A chi'l petto, a chi'l ventre, a chi la testa,
A chi rompe le gambe, a chi le braccia;
Di ch' altri muore, altri storpiato resta :
Chi meno è offeso, di fugir procaccia.
Così talvolta un grave sasso pesta
E fianchi e lombi, e spezza capi e schiaccia,
Gittato sopra un gran drappel di biscie,
Che dopo il verno al Sol si goda e liscie.

39

Nascono casi, e non saprei dir quanti :
Una muore, una parte senza coda,
Un'altra non si può muover davanti,
E'l deretano indarno aggira e snoda;
Un'altra, ch'ebbe più propizj i santi,
Striscia fra l'erbe, e va serpendo a proda.
Il colpo orribil fu, ma non mirando,
Poichè lo fece il valoroso Orlando.

XXXVII, 4. **Cape,** est suffisante pour ; **la famiglia,** sa bande.
6. **Gittar la canna.** Un jeu espagnol dans lequel des groupes
de cavaliers se jettent des cannes tour à tour en guise de javelots.
XXXVIII, 4. **Procaccia,** s'efforce.
5. **Pesta,** broie.
7. **Drappel,** bande.
8. **Si liscie,** s'épanouit.
XXXIX, 2. **Una** (*biscia*).
6. **A proda,** vers le rivage, ici : vers un asile.
7. **Mirando,** étonnant.

40

Quei che la mensa o nulla o poco offese,
(E Turpin scrive appunto che fur sette)
Ai piedi raccomandan sue difese;
Ma nell'uscita il Paladin si mette :
E poi che presi gli ha senza contese,
Le man lor lega con la fune istrette,
Con una fune al suo bisogno destra,
Che ritrovò nella casa silvestra.

41

Poi li strascina fuor della spelonca,
Dove facea grand'ombra un vecchio sorbo.
Orlando con la spada i rami tronca,
E quelli attacca per vivanda al corbo.
Non bisognò catena in capo adonca;
Chè per purgare il mondo di quel morbo,
L'arbor medesmo gli uncini prestolli,
Con che pel mento Orlando ivi attaccolli.

Son exploit accompli, Roland se remet en route, emmenant Isabelle avec lui.

Cependant Bradamante, occupée à défendre le midi de la
France contre les Sarrasins, séjournait d'ordinaire à Marseille, attendant son Roger. Un jour elle voit avec douleur
la fée Mélisse revenir toute seule. Celle-ci la réconforte, lui
apprend la ruse à l'aide de laquelle Atlant a attiré Roger,
et lui indique le moyen de le délivrer. Elle n'aura qu'à tuer

---

XL. 2. **Turpin**. Turpin, moine de Saint-Denis, et, depuis 753, archevêque de Reims, secrétaire, ami et compagnon d'armes de
Charlemagne. On l'a cru longtemps l'auteur d'une *Vie de Charlemagne et de Roland* qui est une compilation postérieure.
  6. **Istrette**, équivaut à un adverbe.
  7. **Destra**, favorable, adaptée.
XLI, 4. **Quelli**, les brigands.
  5. **Adonca**, = *adunca*.
  6. **Morbo**, fléau. Il s'agit des brigands.

le magicien qui se présentera à elle sous les traits de Roger exposé à un péril. Bradamante se met en route, guidée par Mélisse. Chemin faisant, la fée énumère à Bradamante les futures princesses de la maison d'Este, comme, au chant III, elle lui en a révélé les futurs princes. Arrivée près du château, elle la laisse seule. Presque aussitôt, Bradamante croit voir Roger attaqué par deux géants. Oubliant ce que lui avait dit la fée, elle vole à son secours jusqu'au palais enchanté, où elle le cherche en vain, bien qu'il y soit en réalité.

Pendant ce temps les rois maures ont fait venir de nouvelles troupes pour réparer leurs pertes.

CHANT XIV

Décidés à donner l'assaut à la ville de Paris, Agramant et Marsile passent la revue de leurs troupes. Il n'y manque que les contingents conduits par Alzirde et Manilard. En apprenant qu'ils ont été détruits par un seul chevalier, Mandricard, roi de Tartarie, s'informe de la couleur de son armure, puis part de lui-même pour le châtier. En route, il rencontre une compagnie de soldats qui amenait au roi de Grenade sa fille Doralice, fiancée à Rodomont, roi de Sarze. Mandricard, qui ne respecte rien, s'empare de la princesse par la force et l'emmène.

Cependant Agramant, ayant appris que les Anglais ont passé la mer, se dispose à donner l'assaut à Paris pour le prendre avant l'arrivée de ce secours. Charlemagne, à l'approche de la bataille, fait dire des messes dans Paris et invoque le secours du ciel. Dieu ne reste pas sourd à cet appel, et charge l'archange Michel d'aller chercher le Silence, pour qu'il conduise les Anglais à Paris à l'insu des Sarrasins, et la Discorde, pour qu'elle jette le trouble dans le camp ennemi. L'archange, cherchant le Silence dans les monastères, y découvre la Discorde, qu'il envoie au camp sarrasin. Puis la Fraude lui apprend qu'il trouvera le Silence, à minuit, dans la maison du Sommeil.

LA MAISON DU SOMMEIL. — LE SILENCE

92

Giace in Arabia una valletta amena,
Lontana da cittadi e da villaggi,
Ch'all'ombra di duo monti è tutta piena
D'antiqui abeti e di robusti faggi.
Il Sole indarno il chiaro dì vi mena;
Chè non vi può mai penetrar coi raggi,
Sì gli è la via da folti rami tronca :
E quivi entra sotterra una spelonca.

93

Sotto la negra selva una capace
E spazïosa grotta entra nel sasso,
Di cui la fronte l'edera seguace
Tutta aggirando va con storto passo.
In questo albergo il grave Sonno giace :
L'Ozio da un canto corpulento e grasso;
Dall'altro la Pigrizia in terra siede,
Che non può andare, e mal reggesi in piede.

94

Lo smemorato Oblio sta su la porta;
Non lascia entrar nè riconosce alcuno;

XCII, 1. Cette description de la demeure du Sommeil est imitée
d'Ovide (*Métam.*, XI, 592 et suiv.), et surtout de Stace (*Théb.*,
X, 84).
    7. **Sì**, tant. — **La via tronca.** On dit communément encore :
gli fù tronca la via.
XCIII, 1. L'Arioste, comme les poètes italiens en général, répète
volontiers les mots qui finissent un vers ou une strophe au commencement du vers ou de la strophe qui suit.
    6-7-8. Rapprocher, de ces portraits de l'Oisiveté et de la Paresse,
le capitaine des monstres de l'île d'Alcine, qui symbolise l'Oisiveté
ou quelque chose d'approchant (VI, 63).

Non ascolta imbasciata, nè riporta;
E parimente tien cacciato ognuno.
Il Silenzio va intorno, e fa la scorta :
Ha le scarpe di feltro, e'l mantel bruno;
Ed a quanti n'incontra di lontano,
Che non debban venir, cenna con mano.

95

Se gli accosta all'orecchio, e pianamente
L'Angel gli dice : « Dio vuol che tu guidi
A Parigi Rinaldo con la gente
Che per dar, mena, al suo Signor sussidi;
Ma che lo facci tanto chetamente,
Ch'alcun de' Saracin non oda e gridi;
Sì che piuttosto che ritrovi il calle
La Fama d'avvisar, gli abbia alle spalle. »

96

Altrimente il Silenzio non rispose
Che col capo accennando che faria;
E dietro ubbidïente se gli pose,
E furo al primo volo in Piccardia.
Michel mosse le squadre coragiose,
E fe lor breve un gran tratto di via;
Sì che in un dì a Parigi le condusse,
Nè alcun s'avvide che miracol fusse.

XCIV, 4. **Tien cacciato**, = *caccia*, éconduit.
  5. **Fa la scorta**, fait la ronde.
  7. **Quanti n'incontra**; locution très répandue.
  8. **Cenna**, = *accenna*.
XCV, 4. Construisez : *che mena per dar sussidi al suo Signor.*
  5. **Chetamente**, doucement.
  7-8. Construisez : *piuttosto che la Fama ritrovi il calle* (le moyen)
d'avvisar. — **Calle** est pris ici au figuré; au propre, ce mot, qui
vient du latin *callis* (sentier), désigne une voie plutôt étroite.
C'est le mot qui veut dire *rue* à Venise et en espagnol.
XCVI, 2. **Faria**, ferait la chose.
  6. **Fe**, poétique, pour *fece*.
  8. **Fusse**, = *fosse*.

97

Discorreva il Silenzio ; e tutta volta,
E dinanzi alle squadre e d'ogn'intorno,
Facea girare un'alta nebbia in volta,
Ed avea chiaro ogni altra parte il giorno :
E non lasciava questa nebbia folta,
Che s'udisse di fuor tromba nè corno :
Poi n'andò tra Pagani, e menò seco
Un non so che, ch'ognun fe' sordo e cieco.

Tandis que Renaud approche, les Sarrasins, animés surtout par Rodomont, donnent à Paris un assaut terrible. Les Français se défendent énergiquement, et mettent le feu à des fascines qu'ils avaient disposées dans le fossé où se sont engagés les Sarrasins.

CHANT XV

L'assaut de Paris continue. Cependant Astolphe avait pris congé de Logistille, qui lui avait remis, avant son départ, un livre enseignant les moyens de se garantir des enchantements, et aussi un cor dont le son était si épouvantable qu'il mettait en fuite tous ceux qui l'entendaient. Il parcourt bien des mers en compagnie de Sophrosine et d'Andronique, auxquelles la fée l'a confié. Chemin faisant, cette dernière lui donne quelques notions de géographie générale, lui prédit les découvertes des Portugais et des Espagnols, fait l'éloge de Charles-Quint et de son capitaine André Doria. Arrivé près du Nil, Astolphe apprend d'un ermite que, dans le voisinage, vit un horrible géant, Caligorant, lequel prend les passants dans des filets qu'il dispose sous le sable, et les dévore ensuite tout vivants. Astolphe ne résiste pas au désir de le combattre.

XCVII, 1. **Discorreva**, courait çà et là. — **Tutta volta**, toujours, sans cesse. Remarquer le sens différent de *volta*, au v. 3. Au fond, ce sont deux acceptions du même mot qui riment l'une avec l'autre.

5. **Non lasciava,** empêchait.

LE GÉANT CALIGORANT PRIS DANS SES PROPRES FILETS

49

Giace tra l'alto fiume e la palude
Picciol sentier nell'arenosa riva :
La solitaria casa lo richiude,
D'umanitade e di commercio priva.
Son fisse intorno teste e membra nude
Dell'infelice gente che v'arriva.
Non v'è finestra, non v'è merlo alcuno,
Onde penderne almen non si veggia uno.

50

Qual nelle alpine ville o ne' castelli
Suol cacciator che gran perigli ha scorsi,
Su le porte attaccar l'irsute pelli,
L'orride zampe e i grossi capi d'orsi;
Tal dimostrava il fier gigante quelli
Che di maggior virtù gli erano occorsi.
D'altri infiniti sparse appaion l'ossa;
Ed è di sangue uman piena ogni fossa;

XLIX, 1. **Giace.** Ce mot reparaît souvent au commencement des descriptions de l'Arioste, V. ch. xiv, La Maison du Sommeil. — **L'altro fiume**, le Nil.

3. La maison solitaire (de Caligorant) le ferme ; c'est-à-dire, il aboutit à la maison solitaire.

7. **Merlo**, créneau.

8. **Uno** (*membro*).

L, 1. **Ville**, maisons de campagne.

1-4. On voit par cette comparaison que, même dans le merveil-leux, Arioste ne perd pas de vue le réel.

6. **Di maggior virtù**, doués de plus de courage.

8. La demeure de Caligorant ressemble à la caverne de Cacus V. En. VII, 195-197 :

> Semperque recenti
> Cæde tepebat humus, foribusque affixa superbis
> Ora virum tristi pendebant pallida tabo.

51

Stassi Caligorante in su la porta;
Chè così ha nome il dispietato mostro
Ch'orna la sua magion di gente morta,
Come alcun suol di panni d'oro o d'ostro.
Costui per gaudio a pena si comporta,
Come il Duca lontan se gli è dimostro;
Ch'eran duo mesi e il terzo ne venia,
Che non fu cavalier per quella via.

52

Vêr la palude ch'era scura e folta
Di verdi canne, in gran fretta ne viene;
Chè disegnato avea correre in volta,
E uscire al Paladin dietro alle schiene;
Chè nella rete, che tenea sepolta
Sotto la polve, di cacciarlo ha spene,
Come avea fatto gli altri peregrini
Che quivi tratto avean lor rei destini.

53

Come venire il Paladin lo vede,
Ferma il destrier, non senza gran sospetto
Che vada in quelli lacci a dar del piede,
Di che il buon vecchierel gli avea predetto.

LI, 1. **Stassi**, se tient debout.
   4. **Alcun**, un autre.
   5. **Si comporta**, se contient.
   7. **Terzo** (*mese*).
LII, 3. **In volta**, en faisant le tour.
   6. **Spene**, comme *speme*, est un mot poétique; = *speranza*.
   7. **Peregrini**, étrangers.
LIII, 2. **Non senza gran sospetto**, non sans craindre fort.
   3. **Dar del piede in**, mettre le pied dans. Au figuré on dit
dar del piede nel laccio, donner dans le panneau.
   4. **Vecchierel**. Il s'agit de l'ermite qui l'a prévenu.

Quivi il soccorso del suo corno chiede;
E quel sonando fa l'usato effetto :
Nel cor fere il gigante che l'ascolta,
Di tal timor, ch'addietro i passi volta.

54

Astolfo suona, e tuttavolta bada;
Chè gli par sempre che la rete scocchi.
Fugge il fellon nè vede ove si vada;
Chè, come il core, avea perduti gli occhi.
Tanta è la tema, che non sa far strada
Che nelli proprii aguati non trabocchi :
Va nella rete : e quella si disserra,
Tutto l'annoda, e lo distende in terra.

55

Astolfo, ch'andar giù vede il gran peso,
Già sicuro per sè, v'accorre in fretta;
E con la spada in man d'arcion disceso,
Va per far di mill'anime vendetta.
Poi gli par che s'uccide un che sia preso,
Viltà, più che virtù, ne sarà detta;
Chè legate le braccia, i piedi e il collo
Gli vede sì, che non può dare un crollo.

---

5. **Soccorso del suo corno.** Cf. Chanson de Roland, v. 1753.

Rollanz ad mis l'olifant à sa buche.

LIV, 1. **Bada,** fait attention. *Badale* est le mot consacré pour avertir les gens de se garer.
    2. **Scocchi,** part, se détend.
    3. **Si vada,** il va.
    6. **Trabocchi,** trébuche.
LV, 3. Joignez *spada in man,* et, d'autre part, *d'arcion disceso.*
    5. **Poi.** C'est le second mouvement. — **S'uccide,** pour *se uccide.*
    6. **Viltà...** « La chose sera nommée plutôt lâcheté que courage. » On trouve dans le *Roland furieux* nombre de scrupules analogues.

L'Arioste s'interrompt un instant pour nous raconter l'histoire de ces filets, qui, fabriqués par Vulcain, possédés ensuite par Mercure, furent pris trois mille ans plus tard par Caligorant dans le temple d'Anubis à Canope.

59

Quivi adattolla in modo in su l'arena,
Che tutti quei ch'avean da lui la caccia
Vi davan dentro; ed era tocca appena,
Che lor legava e collo e piedi e braccia.
Di questa levò Astolfo una catena,
E le man dietro a quel fellon n'allaccia :
Le braccia e il petto in guisa gli ne fascia,
Che non può sciorsi : indi levar lo lascia.

60

Dagli altri nodi avendol sciolto prima;
Ch'era tornato uman più che donzella.
Di trarlo seco e di mostrarlo stima
Per ville, per cittadi e per castella.
Vuol la rete anco aver, di che nè lima
Nè martel fece mai cosa più bella;
Ne fa somier colui, ch'alla catena
Con pompa trionfal dietro si mena.

61

L'elmo e lo scudo anche a portar gli diede,
Come a valletto, e seguitò il cammino,
Di gaudio empiendo, ovunque metta il piede.
Ch'ir possa ormai sicuro il peregrino.

LIX, 1. **Adattolla.** Il les avait fixés une fois pour toutes, d'où le prétérit. — **La.** *Rete* est au singulier en italien.
   5. **Levò una catena**, défit un chaînon.
   7. **Fascia**, emmaillotte.
   8. **Sciorsi,** = *sciogliersi.*
LX, 3. **Stima,** juge bon, décide.
   7. **Somier,** porteur. Cf. bête de *somme.*

Astolfo se ne va tanto, che vede
Ch'ai sepolcri di Memfi è gia vicino,
Memfi per le piramidi famoso :
Vede all'incontro il Cairo populoso.

62

Tutto il popol correndo si traea
Per vedere il gigante smisurato.
« Come è possibil, l'un l'altro dicea,
Che quel piccolo il grande abbia legato? »
Astolfo appena innanzi andar potea ;
Tanto la calca il preme da ogni lato :
E come cavalier d'alto valore
Ognun l'ammira, e gli fa grande onore.

A peine vainqueur de Caligorant, Astolphe se signale par
un nouvel exploit. Il y avait aux environs de Damiette un
autre géant, nommé Horille, contre lequel deux frères,
Griffon le blanc et Aquilant le noir, combattaient en vain.
Car il possédait la faculté de se rattacher les membres qu'on
lui coupait. Astolphe demande aux deux chevaliers la permission de le combattre, et il en triomphe en détachant de sa
tête un cheveu auquel sa vie était attachée. La nouvelle de
cette victoire est aussitôt portée dans toute l'Egypte par
des pigeons voyageurs.

Astolphe, désirant voir les Saints-Lieux, se rend en Palestine avec Griffon et Aquilant. Les trois guerriers sont
courtoisement accueillis par Sansonnet qui régnait sur le
pays au nom de Charlemagne. Astolphe lui fait don de Caligorant. Sur ces entrefaites, Griffon apprend qu'Origille, la
dame qu'il a laissée malade à Constantinople, en est partie
avec un nouvel amant. Il forme le dessein de partir secrètement pour l'enlever à son ravisseur.

LXI, 8. **All'incontro**, en face.
LXII, 1. **Si traea** (*traeva*), accourait.
   5. **Innanzi andar**, avancer.
   6. **Calca**, cohue.

CHANT XVI

Griffon rencontre, près de Damas, Origille accompagnée de Martan. La perfide Origille présente Martan comme son frère, et Griffon est tout aise de faire la paix avec elle.

L'Arioste nous ramène à l'assaut de Paris, où le sarrasin Rodomont, qui a franchi le fossé, se signale par sa valeur.

EXPLOITS DE RODOMONT

21

Quando fu noto il Saracino atroce
All'arme istrane, alla scagliosa pelle,
Là dove i vecchi e'l popol men feroce
Tendean l'orecchie a tutte le novelle,
Levossi un pianto, un grido, un'alta voce
Con un batter di man ch'andò alle stelle;
E chi potè fuggir non vi rimase,
Per serrarsi ne'templi e nelle case.

22

Ma questo a pochi il brando rio concede,
Ch'intorno ruota il Saracin robusto.

XXI. 1. Tout ce qui concerne Rodomont, dans ce chant et les deux suivants, est à rapprocher de l'épisode de Turnus dans le camp troyen (*Enéide*, IX, fin). — **Noto**, reconnu.

2. **Scagliosa pelle**. La cuirasse de Rodomont était faite de la peau écailleuse d'un dragon (ch. XIV, strophe 118). Cf. Dante, *Enfer*, I, 42 : *fera alla gaietta pelle*.

3. **Feroce**, belliqueux.

5-6. Cf. Dante, *Enfer*, III, 25-27 :

> Parole di dolore, accenti d'ira,
> Voci alte e fioche, e suon di man con elle.

8. **Serrarsi**, s'enfermer. Le mot de *serrer* a aussi en français le sens d'enfermer.

XXII, 1. **Questo**, cela, la fuite.

Qui fa restar con mezza gamba un piede,
Là fa un capo sbalzar lungi dal busto :
L'un tagliare a traverso se gli vede,
Del capo all'anche un altro fender giusto;
E di tanti ch'uccide, fere e caccia,
Non se gli vede alcun segnare in faccia.

23

. Quel che la tigre dell'armento imbelle
Ne'campi ircani o là vicino al Gange,
O'l lupo delle capre e dell'agnelle
Nel monte che Tifeo sotto si frange;
Quivi il crudel Pagan facea di quelle
Non dirò squadre, non dirò falange,
Ma vulgo e populazzo voglio dire,
Degno, prima che nasca, di morire.

24

Non ne trova un che veder possa in fronte
Fra tanti che ne taglia, fora e svena.
Per quella strada che vien dritto al ponte
Di San Michel, sì popolata e piena,
Corre il fiero e terribil Rodomonte,
E la sanguigna spada a cerco mena :

---

5. **A traverso,** par le milieu du corps. — **Se gli vede,** on le voit; littéralement : on lui voit.

6. **Giusto,** droit.

8. **Segnare,** balafrer. Il ne balafre la figure de personne, parce que tous, dans leur fuite, lui tournent le dos.

XXIII, 2. **Ircani,** hyrcaniens. L'Hyrcanie est la partie nord-ouest de la Perse.

4. **Nel monte che Tifeo,** etc., le volcan d'Ischia ou celui de l'Etna, sous l'un desquels Jupiter aurait enseveli le géant Typhée.

8. Remarquer ce dédain chevaleresque pour la canaille.

XXIV, 2. **Taglia, fora, svena,** différents genres de mort.

3-4. **Ponte di San Michel.** La topographie que l'Arioste donne de Paris n'est pas inventée de toutes pièces. Il y a plus d'un détail exact.

6. **A cerco mena,** fait tourner.

Non riguarda nè al servo nè al signore,
Nè al giusto ha più pietà, ch'al peccatore.

25

Religïon non giova al sacerdote,
Nè la innocenzia al pargoletto giova :
Per sereni occhi o per vermiglie gote
Mercè nè donna nè donzella trova :
La vecchiezza si caccia e si percuote;
Nè quivi il Saracin fa maggior prova
Di gran valor, che di gran crudeltade;
Chè non discerne sesso, ordine, etade.

26

Non pur nel sangue uman l'ira si stende
Dell'empio Re, capo e signor degli empi;
Ma contra i tetti ancor sì, che n'incende
Le belle case e i profanati tempî,
Le case eran, per quel che se n'intende,
Quasi tutte di legno in quelli tempi;
E ben creder si può; ch'in Parigi ora
Delle diece le sei son così ancora.

27

Non par, quantunque il foco ogni cosa arda,
Che sì grande odio ancor saziar si possa.
Dove s'aggrappi con le mani, guarda,

XXV, 5. **Si caccia**, est poursuivie, c'est-à-dire il poursuit.

6-7. Il ne prouve pas moins sa cruauté que sa valeur.

8. Tassoni s'est rappelé ce carnage au chant IV de la *Secchia rapita*.

XXVI, 3. **Ne** est explétif.

5. **Per quel che se n'intende**, par ce qu'on en dit.

7. **Ora**, au temps où écrit l'Arioste.

8. **Delle diece le sei**, six sur dix. Remarquer la forme féminine *diece*, aujourd'hui inusitée.

XXVII, 3. **Dove** dépend de *guarda*.

Sì che ruini un tetto ad ogni scossa.
Signor, avete a creder che bombarda
Mai non vedeste a Padova sì grossa,
Che tanto muro possa far cadere,
Quanto fa in una scossa il Re d'Algiere.

28

Mentre quivi col ferro il maledetto
E con le fiamme facea tanta guerra,
Se di fuor Agramante avesse astretto,
Perduta era quel dì tutta la terra :
Ma' non v'ebbe agio ; chè gli fu interdetto
Dal Paladin che venia d'Inghilterra
Col popolo alle spalle inglese e scotto,
Dal Silenzio e dall'Angelo condotto.

Renaud tombe à l'improviste sur les Sarrasins, et, tandis qu'une partie de son armée pénètre d'un autre côté dans Paris, il les oblige à tourner contre lui tous leurs efforts. Car, ainsi que les chefs qui l'entourent, il déploie la plus brillante valeur et fait de nombreuses victimes hors des murs, tandis que, au dedans de la ville, Rodomont continue à massacrer les chrétiens et à semer l'incendie.

CHANT XVII

Charlemagne, à la tête de ses guerriers les plus vaillants, attaque Rodomont, qui avait poussé ses massacres jusqu'auprès du palais.

L'Arioste, qui abuse parfois de la permission qu'il s'est donnée de changer à son gré le lieu de la scène, et de passer

---

5. **Signor.** Le cardinal Hippolyte, qui prit part au siège de Padoue, en 1509, dans la guerre de la Ligue de Cambrai.

XXVIII, 3. **Avesse astretto,** avait pressé l'attaque, attaqué plus vivement.

4. **Terra,** la localité, la ville de Paris.

7. **Alle spalle,** sur ses derrières;

d'un personnage à un autre, d'une action à une action toute différente, nous transporte à Damas, où Griffon arrive en compagnie de la perfide Origille et de son prétendu frère Martan. Un chevalier courtois les accueille chez lui et leur apprend que Noradin, roi de Damas, se dispose à donner un tournoi, tout joyeux qu'il est d'avoir reçu la nouvelle que sa femme Lucine, qu'il croyait perdue, se trouve en sûreté chez son père, le roi de Chypre. Le chevalier raconte alors dans quelles circonstances Noradin avait été séparé de Lucine. Il connaît bien les faits, puisqu'il y a assisté.

Le roi de Damas revenait de Chypre en Syrie avec sa jeune épouse, quand une tempête l'a jeté sur un rivage inconnu. Tandis qu'il chassait dans les bois voisins, son escorte, dont faisait partie le chevalier qui narre l'histoire, a été attaquée par un monstre.

L'OGRE

29

Mentre aspettiamo, in gran piacer sedendo,
Che da cacciar ritorni il Signor nostro,
Vedemo l'Orco a noi venir correndo
Lungo il lito del mar, terribil mostro.
Dio vi guardi, signor, che'l viso orrendo
Dell'Orco agli occhi mai vi sia dimostro !
Meglio è per fama aver notizia d'esso,
Ch'andargli, sì che lo veggiate, appresso.

30

Non gli può comparir quanto sia lungo,
Sì smisuratamente è tutto grosso.

XXIX, 1. L'histoire de l'Ogre se trouve déjà dans Boiardo, où, du reste, elle est incomplète. L'Arioste l'a achevée en imitant, parfois d'assez près, l'épisode d'Ulysse chez Polyphème (*Odyssée*, ch. IX).
6. **Dimostro**, adjectif; *sia dimostro*, se montre.
XXX, 1. Le portrait que l'Arioste trace de l'Ogre est une répétition de celui qu'avait fait Boiardo (III, III, 28-31). — **Non gli può comparir**, on ne peut se rendre compte.

In luogo d'occhi, di color di fungo
Sotto la fronte ha duo coccole d'osso.
Verso noi vien, come vi dico, lungo
Il lito, e par ch'un monticel sia mosso.
Mostra le zanne fuor, come fa il porco;
Ha lungo il naso, il sen bavoso e sporco.

31

Correndo vien, e'l muso a guisa porta
Che'l bracco suol, quando entra in su la traccia.
Tutti, che lo veggiam, con faccia smorta
In fuga andiamo ove il timor ne caccia.
Poco il veder lui cieco ne conforta,
Quando, fiutando sol, par che più faccia
Ch'altri non fa, ch'abbia odorato e lume:
E bisogno al fuggire eran le piume.

32

Corron chi qua, chi là; ma poco lece
Da lui fuggir, veloce più che'l Noto.

---

4. Boiardo : *In luogo d'occhi ha due coccole d'osso.* **Coccole,**
baies.

6. **Monticel.** Dans l'épisode d'Achéménide, auquel l'Arioste a
emprunté quelques traits, Virgile dit de Polyphème :

Vasta se mole moventem.

(*En.*, III, 656.)

7. **Zanno,** dents recourbées en croc, défenses. Cf. le mot allemand *Zahn.* Dante (*Enfer*, VI, 23) dit *sanne* des dents de Cerbère.
— **Porco** désigne plutôt ici le sanglier (*cinghiale*).

8. **Lungo il naso** ; comme Cyrano de Bergerac. L'Arioste mêle
ici le grotesque à l'horrible. Du reste ce nez rend des services
proportionnés à ses dimensions.

XXXI, 2. **Bracco,** braque, espèce de chien de chasse.

3-4. Cf. Virgile, *Enéide*, II, 212 : *Diffugimus visu exsangues,* rendu
comme il suit par Annibal Caro dans sa traduction de l'*Enéide*
(II, 358-359) :

Noi di paura sbigottiti e smorti
Chi qua, chi là ci dispergemmo.

6. **Fiutando sol,** par le seul flair.

7. **Lume,** vue.

8. **Bisogno eran,** il eût fallu.

Di quaranta persone, appena diece
Sopra il navilio si salvaro a nuoto.
Sotto il braccio un fastel d'alcuni fece;
Nè il grembo si lasciò nè il seno voto.
Un suo capace zaino empissene anco,
Che gli pendea, come a pastor, dal fianco.

33

Portocci alla sua tana il mostro cieco,
Cavata in lito al mar dentr'uno scoglio.
Di marmo così bianco è quello speco,
Come esser soglia ancor non scritto foglio.
Quivi abitava una matrona seco,
Di dolor piena in vista e di cordoglio;
Ed avea in compagnia donne e donzelle
D'ogni età, d'ogni sorte, e brutte e belle.

34

Era presso alla grotta in ch'egli stava,
Quasi alla cima del giogo superno,
Un'altra non minor di quella cava,
Dove del gregge suo facea governo.
Tanto n'avea, che non si numerava;
E n'era egli il pastor l'estate e 'l verno.
Ai tempi suoi gli apriva e tenea chiuso,
Per spasso che n'avea, più che per uso.

XXXII, 3. **Diece**, féminin de *dieci*. Cf. ch. XVI, xxvi, 8.
4. **Navilio**, le vaisseau qui les avait amenés.
8. **Pastor.** L'Ogre est pasteur, comme le Polyphème d'Homère.
XXXIII, 4. Une littérature jeune compare les produits de l'art aux choses de la nature. Une littérature adulte fait souvent le contraire.
8. **Brutte e belle.** L'Ogre épargnait les femmes, qu'il reconnaissait à l'odorat. Mais, comme il était aveugle, la question de beauté n'existait pas pour lui.
XXXIV, 1. Joignez *era* et *cava* du v. 3.
3. **Altra** (grotta).
7. **Ai tempi suoi,** aux moments qui lui plaisaient..
8. Ce vers est expliqué par le vers suivant.

35

L'umana carne meglio gli sapeva ;
E prima il fa veder, ch'all'antro arrivi ;
Chè tre de' nostri giovini ch'aveva,
Tutti li mangia, anzi trangugia vivi.
Viene alla stalla, e un gran sasso ne leva :
Ne caccia il gregge, e noi riserra quivi.
Con quel sen va dove il suol far satollo,
Sonando una zampogna ch'avea in collo.

Le roi, en revenant de la chasse, apprend ce qui s'est passé de quelques-uns des siens qui, ayant réussi à se sauver, se disposent à partir sur le navire. Malgré le danger, il accourt vers la caverne de l'Ogre pour sauver Lucine. Là il apprend de la femme de l'Ogre que celui-ci ne mange pas les femmes, qu'il distingue à l'odorat, et que, s'il veut retrouver celle qu'il aime, il n'a qu'à se glisser, vêtu d'une peau de bouc, dans la caverne qui sert d'étable, au moment où l'Ogre fera rentrer ses troupeaux. Cette ruse réussit. Arrivé près de sa femme et de ses compagnons, il les décide à user du même expédient pour se sauver. Les prisonniers tuent un nombre de boucs égal au leur.

FUITE DES COMPAGNONS DE NORADIN

54

Ci ungemo i corpi di quel grasso opimo
Che ritroviamo all'intestina intorno,

XXXV, 1. **Meglio gli sapeva,** avait meilleur goût pour lui. On dit de quelqu'un ou de quelque chose : *non sa di nulla*, il est insignifiant, c'est insipide.

4. **Anzi**, ou plutôt. Le mot *mangia* est impropre. Il les avale, engloutit, *trangugia*.

8. **Zampogna.** Nous voici à l'idylle, au cyclope de Théocrite.

LIV, 1. **Ungemo**, *ungiamo*. **Grasso opimo**, graisse grasse, abondante.

E dell'orride pelli ci vestimo.
Intanto uscì dall'aureo albergo il giorno;
Alla spelonca, come apparve il primo
Raggio del Sol, fece il pastor ritorno;
E dando spirto alle sonore canne,
Chiamò il suo gregge fuor delle capanne.

55

Tenea la mano al buco della tana,
Acciò col gregge non uscissim noi :
Ci prendea al varco; e quando pelo o lana
Sentia sul dosso, ne lasciava poi.
Uomini e donne uscimmo per sì strana
Strada, coperti dagl'irsuti cuoi :
E l'Orco alcun di noi mai non ritenne;
Finchè con gran timor Lucina venne.

56

Lucina, o fosse perch'ella non volle
Ungersi come noi, che schivo n'ebbe;
O ch'avesse l'andar più lento e molle,
Che l'imitata bestia non avrebbe;
O, quando l'Orco la groppa toccolle,
Gridasse per la tema che le accrebbe;
O che se le sciogliessero le chiome;
Sentita fu, nè ben so dirvi come.

---

3. **Vestimo**, *vestiamo.*
4. **Albergo**, demeure.
7. **Spirto**, pour *spiro*, souffle.
LV, 3. **Varco,** passage.
    6. **Strada** = ici *via*, moyen, procédé. C'est un procédé analogue
à celui qu'emploient Ulysse et ses compagnons, qui sortent sous
des béliers des étables de Polyphème aveuglé. L'Ogre est aveugle
de nature. Mais il a l'odorat très subtil. D'où la nécessité de se
frotter de graisse, tout en se couvrant de peaux de bouc.
LVI, 2. **Schivo**, dégoût. On dit d'une personne ou d'une chose :
mi fa schivo.
    4. **Non avrebbe** n'aurait eu,

57

Tutti eravam sì intenti al caso nostro,
Che non avemmo gli occhi agli altrui fatti.
Io mi rivolsi al grido; e vidi il mostro
Che già gl'irsuti spogli le avea tratti,
E fattola tornar nel cavo chiostro.
Noi altri dentro a nostre gonne piatti
Col gregge andiamo ove'l pastor ci mena,
Tra verdi colli in una piaggia amena.

58

Quivi attendiamo infin che steso all'ombra
D'un bosco opaco il nasuto Orco dorma.
Chi lungo il mar, chi verso il monte sgombra :
Sol Norandin non vuol seguir nostr'orma.
L'amor della sua donna si lo'ngombra,
Ch'alla grotta tornar vuol fra la torma,
Nè partirsene mai sin alla morte,
Se non racquista la fedel consorte :

Depuis lors, Lucine a été délivrée par le fils d'Agrican et Gradasse, et le roi, après avoir joué pendant plusieurs mois le rôle de bouc, revenu en Syrie dès qu'il a su sa femme libre, vient d'apprendre qu'elle est chez son père. C'est pour cela qu'il donne un tournoi.

Le tournoi a lieu. Martan y fait preuve d'une lâcheté insigne. Griffon, au contraire, se couvre de gloire en renversant tous les chevaliers. Malgré cette victoire, humilié par la conduite de Martan, il part de la ville avec lui et Origille.

LVII, 6. **Gonne** désigne ici les peaux de bouc qui les couvrent. — **Piatti,** cachés, tapis.

8. Remarquer le contraste qui existe entre le riant pâturage d'une part, et, d'autre part, les mœurs du berger et l'état d'âme du troupeau.

LVIII, 3. **Sgombra,** déménage, décampe.

5. **Ingombra,** empêche.

6. **Torma,** le troupeau.

Chemin faisant, il s'endort dans une hôtellerie. Martan en profite pour s'emparer de son armure, et revient à Damas se faire donner le prix de la joûte mérité par Griffon. Griffon, à son réveil, doit endosser l'armure de Martan pour se mettre à la poursuite du félon. On le prend pour Martan, et, saisi à l'improviste, il est promené dans la ville au milieu des huées. Mais, dès qu'on lui a enlevé ses fers, il se précipite sur la foule.

CHANT XVIII

Griffon fait sentir au peuple de Damas, en le massacrant, qu'on ne se moque pas impunément de lui.

L'Arioste nous ramène à Rodomont qui, assailli par Charlemagne, ses pairs, des nuées de Parisiens, tue les chrétiens par milliers. Fatigué à la longue, il sort de la mêlée en traversant la Seine à la nage. Au moment où il arrive sur l'autre bord, un nain, au service de Doralice, lui apprend qu'elle a été enlevée par Mandricard. La Discorde, arrivée au camp d'Agramant, en compagnie de l'Orgueil et de la Jalousie, allume dans son cœur une colère terrible, et il part à la poursuite du ravisseur. Débarrassé de Rodomont, Charlemagne ordonne une sortie, et les Sarrasins faiblissent, malgré les exploits de l'un d'eux, Dardinel, fils d'Almont.

A Damas, cependant, Griffon abattait et peuple et chevaliers. Noradin reconnaît qu'il a eu tort de le croire lâche, lui fait des excuses et lui offre la paix, que Griffon accepte. D'autre part Aquilant, s'étant mis à la recherche de son frère, rencontre Martan vêtu de ses armes, en compagnie d'Origille. Il les ramène tous les deux à Damas, les mains liées derrière le dos. Martan, dont l'imposture y est connue maintenant, est promené et fouetté à travers la ville entière.

Noradin, pour honorer Griffon encore davantage, annonce un nouveau tournoi pour le mois suivant. Astolphe et Sansonnet y viennent de Jérusalem. Chemin faisant, ils rencontrent la guerrière Marphise, toujours en quête d'aventures, qui se joint à eux. Le jour du tournoi venu, Marphise reconnaît, dans les armes proposées comme prix pour le vainqueur, des armes qui lui avaient été dérobées, et s'en empare sans façon. Griffon et Aquilant, suivis de la foule, s'avancent pour venger Noradin outragé. Marphise est défendue par Astolphe et Sansonnet. A la fin Griffon reconnait Astolphe. Tout s'apaise. La joute a lieu et le vainqueur est Sansonnet. Puis Sansonnet, Astolphe, Griffon, Aquilant et Marphise s'embarquent à Tripoli pour se rendre en France. Après avoir dépassé l'île de Chypre, leur vaisseau est assailli par une tempête.

DÉBUT D'UNE TEMPÊTE

141

Al vento di Maestro alzò la nave
Le vele all'orza, ed allargossi in alto.
Un Ponente-libecchio, che soave
Parve a principio e fin che'l Sol stette alto,
E poi si fe verso la sera grave,
Le leva incontra il mar con fiero assalto,
Con tanti tuoni e tanto ardor di lampi,
Che par che'l ciel si spezzi e tutto avvampi.

142

Stendon le nubi un tenebroso velo,
Che nè Sole apparir lascia nè stella :
Di sotto il mar, disopra mugge il cielo,
Il vento d'ogn'intorno, e la procella
Che di pioggia oscurissima e di gelo

CXLI, 1. Pour cette tempête, dont la description sera continuée au chant suivant (voir nos extraits), l'auteur s'est inspiré librement d'Homère (*Odys.*, v), de Virgile (*En.*, i), d'Ovide (*Métam.*, xi), et aussi de Boiardo (II, vi, 11 et suiv.) et de Pulci (xx, 31). — **Maestro**, mistral, vent du nord-ouest dans la Méditerranée.

2. **Orza**, bâbord.

3. **Ponente-libecchio.** Le *libecchio* (*libeccio*) est un vent du sud-ouest dans la Méditerranée. Il est connu en Corse. Il s'agit ici d'une variété de ce vent.

CXLII, 5. **Gelo**, grêlons.

I naviganti miseri flagella :
E la notte più sempre si diffonde
Sopra l'irate e formidabil onde.

143

I naviganti a dimostrare effetto
Vanno dell'arte in che lodati sono :
Chi discorre fischiando col fraschetto,
E quanto han gli altri a far, mostra col suono :
Chi l'áncore apparecchia da rispetto,
E chi al mainare e chi alla scotta è buono;
Chi'l timone, chi l'arbore assicura,
Chi la coperta di sgombrare ha cura.

144

Crebbe il tempo crudel tutta la notte,
Caliginosa e più scura ch'inferno.
Tien per l'alto il padrone, ove men rotte
Crede l'onde trovar, dritto il governo ;
E volta ad or ad or contra le botte
Del mar la proda, e dell'orribil verno,
Non senza speme mai che, come aggiorni,
Cessi Fortuna o più placabil torni.

145

Non cessa e non si placa, e più furore
Mostra nel giorno, se pur giorno è questo,

CXLIII, 1. **Naviganti,** matelots.

3. **Fraschetto,** sifflet très aigu qui sert à commander les manœuvres.

5. **Ancore da rispetto,** ancres de réserve.

6. **Mainare** ou *ammainare*, amener les voiles. — **Scotta,** corde principale attachée à la voile. L'Arioste, comme beaucoup de gens qui vivent d'ordinaire à terre, étale avec quelque complaisance ses connaissances nautiques.

CXLIV, 3. **Per l'alto,** vers la haute mer.

4. **Governo,** gouvernail.

6. **Verno,** dans le sens de *tempête*, comme le latin *hiems*.

8. **Fortuna,** le mauvais temps.

CXLV, 2. **Se pur,** si toutefois.

Che si conosce al numerar dell'ore,
Non che per lume già sia manifesto.
Or con minor speranza e più timore
Si dà in poter del vento il padron mesto :
Volta la poppa all'onde, e il mar crudele
Scorrendo se ne va con umil vele.

Pendant ce temps, la bataille continue à Paris. Renaud se signale par ses exploits et tue le vaillant Dardinel. Les Sarrasins sont mis en fuite, et Charles établit son camp en dehors de Paris, en face du camp sarrasin.

CLORIDAN ET MÉDOR

165

Duo Mori ivi fra gli altri si trovaro,
D'oscura stirpe nati in Tolomitta;
De'quai l'istoria, per esempio raro
Di vero amore, è degna esser descritta.
Cloridano e Medor si nominaro,
Ch'alla fortuna prospera e all'afflitta
Aveano sempre amato Dardinello,
Ed or passato in Francia e il mar con quello.

---

4. **Già** est explétif et renforce seulement l'affirmation.
7. **Il mar,** complément de *scorrendo*, du v. 8.
8. **Umil vele,** les voiles basses.
CLXV, 1. Cet épisode imite de très près celui de Nisus et Euryale au IXᵉ livre de l'*Enéide*. Mais il a sur son modèle cet avantage qu'il exerce une action considérable, capitale peut-on dire, sur la marche du poème. C'est parce que Médor est blessé qu'Angélique, en le soignant, s'éprend de lui et l'épouse, et c'est parce qu'elle l'épouse que Roland devient fou. Certains détails, et notamment le fait que les deux jeunes gens entreprennent leur expédition pour remplir un devoir pieux vis-à-vis de leur chef, sont empruntés à Stace, *Théb.*, x.
2. **Tolomitta,** Ptolémaïs, cité de la Cyrénaïque.

166

Cloridan, cacciator tutta sua vita
Di robusta persona era ed isnella :
Medoro avea la guancia colorita,
E bianca e grata nell'età novella ;
E fra la gente a quella impresa uscita,
Non era faccia più gioconda e bella :
Occhi avea neri, e chioma crespa d'oro :
Angel parea di quei del sommo coro.

167

Erano questi duo sopra i ripari
Con molti altri a guardar gli alloggiamenti,
Quando la Notte fra distanzie pari
Mirava il ciel con gli occhi sonnolenti.

CLXVI, 1-2. Cloridan est l'aîné des deux amis et correspond à Nisus.

1. **Cacciator**. Nisus aussi doit être chasseur, s'il tient de sa mère, la nymphe Ida venatrix (*En.*, IX, 177-178).

2. Construisez : *Era di persona robusta ed isnella.* L'emploi du substantif entre deux adjectifs est d'un usage courant chez les poètes italiens.

3-8. L'Arioste n'a consacré que deux vers à Cloridan. Il fait avec plus de soin le portrait de Médor, dont la beauté doit captiver Angélique. Médor correspond à Euryale *quo pulchrior alter Non fuit Æneadum.*

4. **Età novella** correspond au *prima juventa* de Virgile (IX, 181).

5-6. Médor était le plus beau des Sarrasins, comme Euryale le plus beau des compagnons d'Enée. — **Uscita,** partie (de chez elle).

7. **Chioma crespa d'oro**, chevelure blonde et frisée, qui devait être rare dans le camp d'Agramant.

8. **Angel.** C'était un ange païen. — **Del sommo coro.** Le chœur supérieur des anges est constitué par les séraphins. La hiérarchie des anges est exposée par Dante au chapitre VI du second traité du *Convivio.*

CLXVII, 1. **Sopra i ripari.** Virg. : *Nisus erat portæ custos... Et juxta comes Euryalus* (*En.*, IX, 176 et 179).

3. **Fra distanzie pari.** Si on se représente la nuit personnifiée parcourant la même route que le soleil, elle est à minuit au méridien, à égale distance de l'horizon de l'est et de celui de l'ouest.

Medoro quivi in tutti i suoi parlari
Non può far che'l Signor suo non rammenti,
Dardinello d'Almonte, e che non piagna
Che resti senza onor nella campagna.

168

Vôlto al compagno, disse : « O Cloridano,
Io non ti posso dir quanto m'incresca
Del mio signor, che sia rimaso al piano,
Per lupi e corbi, oimè! troppo degna esca.
Pensando come sempre mi fu umano,
Mi par che, quando ancor questa anima esca
In onor di sua fama, io non compensi
Nè sciolga verso lui gli obblighi immensi.

---

5. **Parlari** = *parole, discorsi*. Dans Virgile, l'initiative vient de Nisus, parce qu'il s'agit surtout d'un acte de courage. Ici, elle vient de Médor, parce qu'il s'agit d'un devoir pieux, celui qu'Antigone remplit dans la tragédie de Sophocle qui porte son nom. L'imitateur est un artiste.

6-7. Nisus et Euryale, dans Virgile, s'exposent pour avertir Enée du danger que court le camp troyen; ici, les deux amis obéissent à une affection privée; les personnages d'Arioste songent rarement à l'intérêt public.

7. **Piagna** = *pianga*. De même, on dit indifféremment *giungere* et *giugnere*, *spingere* et *spignere*, etc.

8. **Senza onor**, sans sépulture. Le souci de la sépulture des morts remonte à l'antiquité, comme on le voit notamment par l'exemple d'Antigone, et déjà de Priam réclamant le corps d'Hector.

CLXVIII, 1. **Vôlto** Ne pas confondre ce mot, qui vient de *volgere*, et *volto*, visage. Distinguer des deux le mot *volta*, fois. Dante, *Enfer*, I, 36 :

> Ch'i' fui per ritornar più volte vôlto.

4. **Troppo degna esca**, trop belle nourriture. Ne pas confondre le mot *esca*, subst., avec la 3e pers. du subj. prés. de *uscire*, que l'on trouve au vers 6. L'e dans le premier est fermé et, dans le second, ouvert.

5. **Umano**, bienveillant.

6. **Quando ancor**, quand bien même. — **Questa**, ma (en latin *hæc*).

169

Io voglio andar, perchè non stia insepulto
In mezzo alla campagna, a ritrovarlo :
E forse Dio vorrà ch'io vada occulto
Là dove tace il campo del re Carlo.
Tu rimarrai; chè quando in ciel sia sculto
Ch' io vi debba morir potrai narrarlo :
Che se fortuna vieta sì bell'opra,
Per fama almeno il mio buon cuor si scopra. »

170

Stupisce Cloridan, che tanto core,
Tanto amor, tanta fede abbia un fanciullo,
E cerca assai, perchè gli porta amore,
Di fargli quel pensiero irrito e nullo ;
Ma non gli val, perch'un sì gran dolore
Non riceve conforto nè trastullo.
Medoro era disposto o di morire,
O nella tomba il suo Signor coprire.

171

Veduto che nol piega e che nol muove,
Cloridan gli risponde : « E verrò anch'io,

CLXIX, 1. **Insepulto**. On dit également *insepolto*. Ces doubles
formes d'un mot sont fréquentes en italien et très commodes en
poésie.

4. **Tace**, parce qu'on y repose en ce moment.

5. **Tu rimarrai**. Nisus aussi voudrait agir seul. — **In ciel sia
sculto**, gravé, écrit au ciel. L'idée est bien à sa place, puisque
c'est un musulman qui parle.

6. **Potrai narrarlo**, etc. Nisus non plus n'est pas indifférent à
la gloire : *Nam mihi facti Fama sat est.*

CLXX, 2. **Fanciullo**. L'auteur insiste sur l'âge de Médor pour
rendre son acte plus touchant.

3. **Cerca assai**, fait tous ses efforts.

4. **Irrito** = *fatto invalido, annullato.*

5. **Non gli val**, rien n'y fait.

6. **Trastullo**, distraction ; Pascal dirait : divertissement

8. **Nella tomba coprire**, ensevelir.

CLXXI, 1. **Veduto**, ablatif absolu.

Anch'io vo' pormi a sì lodevol pruove,
Anch'io famosa morte amo e disio.
Qual cosa sarà mai che più mi giove,
S'io resto senza te, Medoro mio?
Morir teco con l'arme è meglio molto,
Che poi di duol s'avvien che mi sii tolto. »

Les deux amis entrent dans le camp chrétien plongé dans l'ivresse et le sommeil, égorgent de nombreux guerriers ; puis, grâce au clair de lune, ils découvrent le corps de Dardinel et le chargent sur leurs épaules. Mais, tandis qu'ils retournent à leur camp, ils rencontrent le chef écossais Zerbin à la tête d'une troupe de cavaliers. Cloridan lâche le corps de Dardinel. Médor s'obstine à le porter seul.

CHANT XIX

Médor est bientôt entouré par les ennemis. Cloridan, s'apercevant que son ami ne l'a pas suivi, se reproche de l'avoir abandonné. Il revient sur ses pas, et le voit assailli de toutes parts.

CLORIDAN TUÉ, MÉDOR BLESSÉ

6

Cento a cavallo, e gli son tutti intorno :
Zerbin comanda e grida che sia preso.
L'infelice s'aggira com'un torno,

---

3. **Vo'**, poétique, = *voglio*.

6. **Medoro mio**. Ce *mio* marque bien la tendresse de l'affection de Cloridan pour son ami.

8. **Poi**, par la suite.

VI, 1. C'est le coup d'œil effrayant qui s'offre à Cloridan. Cent hommes à cheval, et de plus entourant Médor !

2. **Sia preso**. Le sujet est Médor.

3. **S'aggira**, tourne sur lui-même.

E quanto può si tien da lor difeso,
Or dietro quercia, or olmo, or faggio, or orno;
·Nè si discosta mai dal caro peso :
L'ha riposato alfin su l'erba, quando
Regger nol puote, e gli va intorno errando :

7

Come orsa che l'alpestre cacciatore
Nella pietrosa tana assalita abbia,
Sta sopra i figli con incerto core,
E freme in suono di pietà e di rabbia :
Ira la'nvita e natural furore
A spiegar l'ugne e a insanguinar le labbia;
Amor la'ntenerisce, e la ritira
A riguardare ai figli in mezzo l'ira.

8

Cloridan, che non sa come l'aiuti,
E ch'esser vuole a morir seco ancora,
Ma non ch'in morte prima il viver muti,
Che via non trovi ove più d'un ne mora;

---

4. **Si tien da lor difeso**, se met à l'abri de leurs coups.
6. **Caro peso**. Il s'agit du cadavre de Dardinel.
8. **Regger**, porter. — **Puote**, archaïque et poétique.
VII, 1. Encore une comparaison qui tient toute une octave. Arioste, comme Homère, aime ces comparaisons développées. — **Orsa, alpestre** ; ces déterminations d'un fait général (ici la chasse), que l'on trouve déjà chez les anciens, le rendent plus intéressant.
3. **Con incerto core**, partagée entre deux sentiments.
4. **Di pietà**, d'affection (pour ses petits).
6. **A spiegar l'ugne**, à allonger les griffes. Cf. Dante, *Enfer*, xxx, 9 :
        E poi distese i dispietati artigli.
7. **Ritira**, ramène.
8. **Riguardare**, veiller. — Voir dans Homère, *Iliade*, xvii, 132 et suiv. (trad. de Monti, v. 159 et suiv.), Ajax défendant le corps de Patrocle et comparé à une lionne qui défend ses petits.
VIII, 2. **Seco**, avec lui, Médor.
3. **Ma non** (sous-ent. *vuole*).
4. **Via ove**, un moyen tel que.

Mette su l'arco un de'suoi strali acuti,
E nascoso con quel sì ben lavora,
Che fora ad uno Scotto le cervella,
E senza vita il fa cader di sella.

9

Volgonsi tutti gli altri a quella banda,
Ond'era uscito il calamo omicida;
Intanto un altro il Saracin ne manda,
Perchè'l secondo a lato al primo uccida;
Che mentre in fretta a questo e a quel domanda
Chi tirato abbia l'arco, e forte grida,
Lo strale arriva, e gli passa la gola,
E gli taglia pel mezzo la parola.

10

Or Zerbin, ch'era il capitano loro,
Non pote a questo aver più pazïenza.

---

5. Dans Virgile, c'est un javelot que lance Nisus pour défendre Euryale entouré.

6. **Sì ben lavora**, s'y prend si bien. Nous disons aussi : bien, mal travailler. Cette expression n'est qu'à moitié sérieuse.

6-8. Il y a quelque chose d'un peu comique dans cette façon de tuer un homme. Bien autrement sérieux est le trépas de la victime de Nisus (*En.*, IX, 412-415). Il y a là la différence des deux poètes.

IX, 1. **Banda**, côté.

2. **Calamo**. Le roseau servant à faire les flèches, l'auteur prend la partie pour le tout.

3. Dans Virgile aussi, Nisus lance un second javelot, d'un effet aussi terrible que le premier.

4. Cloridan procède avec méthode. Il veut abattre les ennemis l'un après l'autre, et dans leur ordre, comme des capucins de cartes.

5-6. **Domanda, forte grida**. Tous ces détails, on va le voir, ne sont pas indifférents.

8. Ici l'intention comique n'est plus douteuse. La parole est coupée en deux, comme la gorge. Du reste, il y a déjà dans Homère des traits semblables.

X, 1. **Or**. C'est le ton du récit familier : Et alors.

2. **Pote**, forme poétique, comme *puote*, pour *può*. Quelques éditeurs lisent *potè*, au prétérit (*passato remoto*), qui s'accorde mieux avec le *venne* du v. 3.

Con ira e con furor venne a Medoro,
Dicendo : « Ne farai tu penitenza. »
Stese la mano in quella chioma d'oro,
E strascinollo a sè con vïolenza :
Ma come gli occhi a quel bel volto mise,
Gli ne venne pietade, e non l'uccise.

11

Il giovinetto si rivolse a'preghi,
E disse : « Cavalier, per lo tuo Dio,
Non esser sì crudel, che tu mi nieghi
Ch'io seppellisca il corpo del Re mio !
Non vo' ch'altra pietà per me ti pieghi,
Nè pensi che di vita abbia disio :
Ho tanta di mia vita, e non più, cura,
Quanta ch'al mio Signor dia sepultura.

12

E se pur pascer vuoi fiere ed augelli,

7-8. L'Arioste a, comme Homère, le culte de la beauté. L'impression de Zerbin est celle des vieillards de Troie en voyant Hélène :

> Come vider venir alla lor volta
> La bellissima donna i vecchion gravi
> Alla torre seduti, con sommessa
> Voce tra lor venian dicendo : « In vero
> Biasmare i Teucri nè gli Achei si denno
> Se per costei sì diuturne e dure
> Sopportano fatiche. »
> (*Iliade*, trad. de V. Monti, iii, 107 et suiv.)

XI, 1. **Si rivolse a'preghi**, eut recours aux prières.

2. **Per lo tuo Dio.** C'est offenser les dieux, quels qu'ils soient, que de s'opposer à l'accomplissement d'un devoir aussi sacré que l'ensevelissement d'un mort. Priam, réclamant le corps d'Hector, a soin de le rappeler à Achille : Ἀλλ' αἰδεῖο θεοὺς (*Iliade,* xxiv, 503).

3. **Nieghi**, pour *neghi*, poétique : refuses.

5-8. Quel langage digne et élevé !

7-8. Dans Alfieri (*Antigone*, I, ii), Antigone adresse aux dieux une prière semblable :

> Di vita io tanto sol vi chieggio
> Quanto a me basti ad eseguir quest'una (opra).

XII, 1. **Pur,** quand même.

Chè'n te il furor sia del teban Creonte,
Fa lor convito di miei membri, e quelli
Seppellir lascia del figliuol d'Almonte. »
Così dicea Medor con modi belli,
E con parole atte a voltare un monte;
E sì commosso già Zerbino avea,
Che d'amor tutto e di pietade ardea.

13

In questo mezzo un cavalier villano,
Avendo al suo Signor poco rispetto,
Ferì con una lancia sopra mano
Al supplicante il delicato petto.
Spiacque a Zerbin l'atto crudele e strano;
Tanto più, che del colpo il giovinetto
Vide cader sì sbigottito e smorto,
Che'n tutto giudicò che fosse morto.

---

2. **Creonte**. Après la mort d'Etéocle et de Polynice, Créon, leur oncle, devenu roi de Thèbes, défendit, sous peine de mort, d'ensevelir Polynice. Antigone, par amour pour son frère, enfreignit cet ordre et fut condamnée à mort. Ces faits sont racontés dans Sophocle et dans Stace. L'Arioste nous indique, sans s'en douter, la source à laquelle il a puisé quand il a motivé l'expédition de ses deux Sarrasins autrement que Virgile n'a motivé celle de ses deux Troyens.

4. **Figliuol d'Almonte**, Dardinel.

6. **Voltare**. Nous dirions : ébranler.

7-8. Zerbin a l'âme tendre, comme Isabelle. C'est un couple gracieux.

XIII, 1. **In questo mezzo**, à ce moment, pendant que cela se passait. — **Villano**, opposé à *gentile*.

3. **Sopra mano**, d'un revers de lance.

5. **Spiacque a Zerbin**. Dans la *Jérusalem délivrée* (III, strophes 29-31), Tancrède devient furieux en voyant un *uomo inumano* frapper par derrière Clorinde, qui n'a pas de casque, et se précipite à sa poursuite, comme Zerbin va le faire pour venger Médor. Le Tasse connaissait bien son Arioste. — **Strano**, qui n'est pas dans les habitudes des vrais chevaliers.

14

E se ne sdegnò in guisa e se ne dolse,
Che disse : « Invendicalo già non fia. »
E pien di mal talento si rivolse
Al cavalier che fe' l'impresa ria :
Ma quel prese vantaggio, e se gli tolse
Dinanzi in un momento, e fuggì via.
Cloridan, che Medor vede per terra,
Salta del bosco a discoperta guerra :

15

E getta l'arco, e tutto pien di rabbia
Tra gli nimici il ferro intorno gira,
Più per morir, che per pensier ch'egli abbia
Di far vendetta che pareggi l'ira.
Del proprio sangue rosseggiar la sabbia
Fra tante spade, e al fin venir si mira ;
E tolto che si sente ogni potere,
Si lascia accanto al suo Medor cadere.

Médor blessé est secouru par Angélique. Celle-ci, après s'être rendue invisible à Roger, s'était revêtue d'habits grossiers, et, munie de l'anneau magique, avait repris le chemin

---

XIV, 2. **Fia**, poétique, pour *sarà*.

3. **Mal talento**, colère, proprement : désir mauvais. Notre mot de *talent* avait au moyen âge ce sens de désir. Ganelon dit à Marsile : Roland tué, Charles « n'avrat talent que jamais vus guerroit. » (*Chanson de Roland*, v. 579.)

5. **Prese vantaggio**, prit les devants, prit du champ.

8. **Del bosco**, hors du bois. *Del* est souvent employé pour *dal* dans l'Arioste.

XV, 2. **Il ferro intorno gira**, fait le moulinet. Dans Virgile, Nisus ne cherche que Volscens qui a tué Euryale. Cloridan n'a pas de raison d'en vouloir à un Ecossais plutôt qu'à un autre, puisque celui qui a frappé Médor s'est enfui.

3-4. Cloridan ne se fait aucune illusion sur l'issue d'une lutte aussi inégale.

6. **Al fin venir**, toucher à sa fin.

8. **Accanto al suo Medor** ; c'est une consolation suprême.

du Cataï. Elle panse sa blessure à l'aide de simples, puis le fait transporter dans la demeure d'un berger où elle continue à le soigner. En lui donnant ses soins, elle s'éprend de lui et bientôt l'épouse. Ils séjournent plus d'un mois dans la chaumière, gravant leurs noms entrelacés sur les arbres et les rochers d'alentour. Enfin Angélique fait cadeau au berger d'un bracelet que Roland lui avait donné jadis, et les deux époux prennent la route du Cataï, où Angélique veut mettre la couronne sur la tête de Médor. Aux environs de Barcelone, ils rencontrent un fou. On saura plus tard quel était ce fou.

L'Arioste nous ramène vers Astolphe et ses compagnons et achève de nous raconter la tempête qu'il a commencé de nous décrire au chant précédent. Le vent et l'eau font rage, et les matelots ignorent où ils se trouvent.

UNE TEMPÊTE (SUITE)

47

Il terzo giorno con maggior dispetto
Gli assale il vento, e il mar più irato freme;
E l'un ne spezza e portane il trinchetto,
E'l timon l'altro, e chi lo volge insieme.
Ben è di forte e di marmoreo petto,
E più duro ch'acciar, chi ora non teme.
Marfisa, che già fu tanto sicura,
Non negò che quel giorno ebbe paura.

XLVII, 1. Voir plus haut le début de cette tempête. — **Dispetto**, fureur.

3. **Trinchetto**, voile triangulaire qui se rattache au beaupré, mât placé en avant du navire et très incliné sur la poulaine ou l'éperon.

4. **Chi lo volge**, le timonier.

5-6. **Di marmoreo petto, e più duro ch'acciar**. C'est un souvenir d'Horace (*Odes*, I, III, 9-12) :

Illi robur et æs triplex
Circa pectus erat, qui fragilem truci
Commisit pelago ratem
Primus.....

48

Al monte Sinaì fu peregrino,
A Galizia promesso, a Cipro, a Roma,
Al Sepolcro, alla Vergine d'Ettino,
E se celebre luogo altro si noma.
Sul mare intanto, e spesso al ciel vicino,
L'afflitto e conquassato legno toma,
Di cui per men travaglio avea il padrone
Fatto l'arbor tagliar dell'artimone.

49

E colli e casse e ciò che v'è di grave
Gitta da prora e da poppe e da sponde;
E fa tutte sgombrar camere e giave,
E dar le ricche merci all'avide onde.
Altri attende alle trombe, e a tor di nave
L'acque importune, e il mar nel mar rifonde :
Soccorre altri in sentina, ovunque appare
Legno da legno aver sdruscito il mare.

50

Stêro in questo travaglio, in questa pena
Ben quattro giorni, e non avean più schermo;

XLVIII, 1. **Fu peregrino promesso**; il y eut pèlerin promis; les uns promirent d'aller en pèlerinage..... Le malin Arioste devait songer, en écrivant ces vers, au proverbe : *Passato il pericolo, gabbato il santo.*

2. **Galizia;** à Saint-Jacques de Compostelle, dans la Galice (nord-ouest de l'Espagne).

3. **Alla Vergine d'Ettino**, sanctuaire célèbre placé, selon les uns, dans le Frioul, selon les autres, à Candie.

4. Tournure latine.

6. **Toma**, tombe. C'est le tangage.

7. **Per men travaglio**, pour qu'il fût moins secoué.

8. **Artimone.** Le mât d'artimon se trouve à la poupe et retient la plus large voile quand le bateau n'est pas un trois-mâts.

XLIX, 3. **Giave**, les magasins où l'on dépose le matériel.

5. **Trombe**, pompes. — **Tor**, = *togliere.*

8. **Sdruscito**, = *sconnesso.*

L, 1. **Stêro**, = *slettero.*

2. **Schermo**, moyen de lutter.

È n'avria avuto il mar vittoria piena,
Poco più che'l furor tenesse fermo :
Ma diede speme lor d'aria serena
La disïata luce di Santo Ermo,
Ch'in prua s'una cocchina a por si venne ;
Chè più non v'erano arbori nè antenne.

51

Veduto fiammeggiar la bella face,
S'inginocchiaro tutti i naviganti ;
E domandaro il mar tranquillo e pace
Con umidi occhi e con voci tremanti.
La tempesta crudel, che pertinace
Fu sin allora, non andò più innanti :
Maestro e traversìa più non molesta,
E sol del mar tirán Libecchio resta.

52

Questo resta sul mar tanto possente
E dalla negra bocca in modo esala,
Ed è con lui sì rapido il torrente
Dell' agitato mar ch'in fretta cala,

---

4. **Poco più che**, pour peu que... davantage.

6. **Luce di Santo Ermo**. Au fort de la tempête, les marins voyant au bout des mâts une lueur, électrique sans doute, croient que c'est le feu de saint Elme, leur patron. Si cette lumière est double et flamboyante comme l'éclair, elle est de bon augure ; s'il n'y a qu'une lueur, c'est mauvais signe.

7. **Cocchina**. C'est une perche à laquelle pendant la tempête on attache une petite voile.

LI, 1. **Fiammeggiar**. Le feu remplissait les conditions voulues.

3. **Domandaro** (à Dieu).

6. **Non andò più innanti**, ne persista pas.

7-8. **Maestro**, mistral ; **Libecchio**, *libeccio*. Ces mots sont expliqués au chant précédent, octave CXLI. — **Traversía**, vent traversier.

LII, 2. **In modo**, comme *sì* du **v.** 3, est complété par le *che* du **v.** 5. — **Esala**, souffle.

Che porta il legno più velocemente,
Che pellegrin falcon mai facesse ala,
Con timor del nocchier, ch'al fin del mondo
Non lo trasporti, o rompa, o cacci al fondo.

53

Rimedio a questo il buon nocchier ritrova,
Che comanda gittar per poppa spere;
E caluma la gomona, e fa prova
Di duo terzi del corso ritenere.
Questo consiglio, e più l'augurio giova
Di chi avea acceso in proda le lumiere :
Questo il legno salvò, che peria forse,
E fe' ch'in alto mar sicuro corse.

Enfin le navire désemparé entre dans le golfe d'Ajazzo sur les côtes de Syrie. Cette plage inhospitalière est habitée par des femmes homicides. Elles mettent à mort ou rendent esclaves tous les hommes qui abordent chez elles. Celui-là seul échappe, avec ceux qui l'accompagnent, à ce double péril, qui peut dans un combat vaincre dix chevaliers que les femmes lui opposent ; car elles gardent toujours quelques hommes pour perpétuer l'espèce. Ces femmes homicides rappellent d'assez près la légende des Amazones. Marphise demande à combattre les dix chevaliers, et en renverse en effet neuf sans effort. La lutte avec le dixième se prolonge sans résultat jusqu'au soir. Celui-ci, en attendant que le combat reprenne le lendemain, offre courtoisement l'hospitalité à Marphise et à ses compagnons.

---

6. **Che** dépend de *più* du v. 5. — **Pellegrin falcon**, complément de *facesse;* c'est le faucon voyageur, ainsi appelé, nous apprend Brunetto Latini dans son *Trésor* parce qu'on ne trouve jamais son nid. — **Facesse**; rapprocher le sens du mot *faire* au xvii° siècle.

LIII, 2. **Spere**, fascines, bouées, pour ralentir la marche du navire.

3. **Caluma la gomona**, lâche le câble. — **Fa prova di**, parvient à. — Remarquez combien est précise cette description de manœuvres.

6. **Di chi.** Il s'agit de saint Elme.

CHANT XX

Le dixième chevalier, qui a triomphé jadis dans une épreuve analogue et est devenu le mari de dix femmes, et même le roi du pays, se nomme Guidon le Sauvage. Il raconte aux naufragés les origines du singulier pays qu'il habite bien malgré lui ; car il rêve de se signaler par des exploits. Or il se trouve qu'il est le cousin d'Astolphe. Une occasion s'offrant à lui de reconquérir sa liberté, il complote de s'échapper avec les naufragés en emmenant Alérie, la plus fidèle de ses femmes. Un navire est préparé secrètement. Mais quand, le jour venu, ils cherchent à mettre leur projet à exécution, ils sont assaillis par les femmes au moment où ils traversent la place où Marphise devait continuer son combat avec Guidon. Astolphe se dit qu'il est temps de se servir de son cor.

ASTOLPHE SONNE DU COR

88

Come aiutar nelle fortune estreme
Sempre si suol, si pone il corno a bocca.
Par che la terra e tutto 'l mondo trieme,
Quando l'orribil suon nell'aria scocca.

LXXXVIII, 2. **Sempre si suol.** Le sujet du verbe est Astolphe ; le fait est qu'il s'en sert souvent et qu'il a reçu un précieux cadeau de Logistille (ch. xv).

3. Les cors résonnaient bien au moyen âge. Dans notre *Chanson de Roland*, l'olifant de Roland est entendu à trente lieues. Dans Boiardo (I, i, 68), Ferragus sonne du cor pour provoquer Argail :

E con tanta tempesta suona il corno
Che par che tutto 'l mondo sia finito.

Que sera-ce quand il s'agit d'un cor enchanté !
4. **Nell'aria scocca**, frappe l'air.

Sì nel cor della gente il timor preme,
Che per disìo di fuga si trabocca
Giù del teatro sbigottita e smorta,
Non che lasci la guardia della porta.

89

Come talor si getta e si periglia
E da finestra e da sublime loco
L'esterrefatta subito famiglia,
Che vede appresso e d'ogn'intorno il fuoco,
Che, mentre le tenea gravi le ciglia
Il pigro sonno, crebbe a poco a poco;
Così, messa la vita in abbandono,
Ognun fuggia lo spaventoso suono.

90

Di qua di là, di su di giù smarrita
Surge la turba, e di fuggir procaccia :
Son più di mille a un tempo ad ogni uscita;
Cascano a monti, e l'una l'altra impaccia.
In tanta calca perde altra la vita :

---

8. **Non che lasci**, et ne se contente pas d'abandonner; et, à plus forte raison, abandonne.

LXXXIX, 1. **Come...** Encore une comparaison prolongée. — **Si periglia** est à peu près synonyme de *si getta*.

3. **Esterrefatta**, = *spaventata*; en latin, *exterrita*. Foscolo, *Dei Sepolcri*, v. 108-109 : Le madri — Balzan ne' sonni esterrefatte.

5. **Gravi**, alourdis.

6. **Crebbe**, passé défini de *crescere*.

7. On fuyait éperdument, sans prendre les précautions nécessaires quand on court.

XC, 1. Dans tous les sens, éperdue. Le mot *smarrito*, encore très usité, signifie *égaré*, au propre et au figuré.

4. **A monti**, en monceaux; exagération qui se retrouve en français, mais atténuée, ainsi que l'indique le diminutif *monceaux*. — **Una** et **altra**, et **altra** aux vers suivants, parce que les femmes seules comptent.

Da palchi e da finestre altra si schiaccia :
Più d'un braccio si rompe et d'una testa,
Di ch' altra morta, altra storpiata resta.

91

Il pianto e'l grido insino al ciel saliva,
D'alta ruïna misto e di fracasso.
Affretta, ovunque il suon del corno arriva,
La turba spaventata in fuga il passo.
Se udite dir che d'ardimento priva
La vil plebe si mostri e di cor basso,
Non vi maravigliate; chè natura
È della lepre aver sempre paura.

92

Ma che direte del già tanto fiero
Cor di Marfisa e di Guidon Selvaggio?
Dei dua giovini figli d'Oliviero,
Che già tanto onoraro il lor lignaggio?
Già cento mila avean stimato un zero;
E in fuga or se ne van senza coraggio,

---

6. **Da,** en se jetant de, — **Si schiaccia,** s'écrase, s'écrabouille.
Je demande pardon de ce dernier mot; mais, dans la peinture de
ce pêle-mêle, l'Arioste vise évidemment au grotesque. On dirait de
quelque massacre opéré par Gargantua.

XCI, 1. Cf. Virgile, *Enéide*, ii, 488 : *Ferit aurea sidera clamor.*
   3. **Affretta** a pour complément *il passo* (v. 4).
   5-8. L'Arioste marque pour la canaille un mépris de bon ton.
Ces vers sont du reste une transition naturelle à ce qui va suivre :
par une conséquence inattendue, mais logique et comique, les
vaillants amis d'Astolphe vont prendre eux-mêmes la fuite.

XCII, 1. **Già,** autrefois, toujours jusqu'ici.
   3. **Dua,** *due.* — **Figli d'Oliviero,** Griffon et Aquilant.
   4. **Onoraro,** *onorarono.* — Les exemples de panique ne sont
pas rares dans la poésie épique, ni dans les combats véritables.

Come conigli o timidi colombi,
A cui vicino alto rumor rimbombi.

93

Così noceva ai suoi, come agli strani,
La forza che nel corno era incantata.
Sansonetto, Guidone e i duo germani
Fuggon dietro a Marfisa spaventata;
Nè fuggendo ponno ir tanto lontani,
Che lor non sia l'orecchia anco intronata.
Scorre Astolfo la terra in ogni lato,
Dando via sempre al corno maggior fiato.

94

Chi scese al mare, e chi poggiò su al monte,
E chi tra i boschi ad occultar si venne :
Alcuna, senza mai volger la fronte,
Fuggir per dieci dì non si ritenne :
Uscì in tal punto alcuna fuor del ponte,
Ch' in vita sua mai più non vi rivenne :
Sgombraro in modo e piazze e templi e case,
Che quasi vôta la città rimase.

---

7. Le lapin est d'une couardise proverbiale. *Cuor di coniglio*
veut dire : lâche. L'humeur de l'Arioste se donne ici libre carrière.
Voilà donc ces grands pourfendeurs, qui jadis considéraient cent
mille guerriers comme une quantité, non pas seulement négligeable, mais inexistante (*zero*), réduits au rôle de lapins ou de
colombes !

8. **Alto** a différentes significations, comme *altus* en latin.

XCIII, 1. **Strani**, étrangers, ennemis.

2. **Era incantata**, avait été mise par enchantement.

6. **Intronata**, assourdie comme par le tonnerre. Cf. *Enéide*, VI,
607 : *intonat ore*.

XCIV, 1. **Chi...** L'Arioste revient aux femmes homicides ; d'où l'*alcuna*
du v. 3.

5-6. L'Arioste s'amuse.

7. **Sgombraro.** On peut dire *sgombrâr* (voy. *trovâr* à l'octave
suivante), *sgombraro*, *sgombraron*, *sgombrarono*.

95

Marfisa e'l buon Guidone e i duo fratelli
E Sansonetto, pallidi e tremanti,
Fuggiano inverso il mare, e dietro a quelli
Fuggiano i marinari e i mercatanti;
Ove Aleria trovâr, che fra i castelli
Loro avea un legno apparecchiato innanti.
Quindi, poi ch'in gran fretta gli raccolse,
Diè i remi all'acqua, ed ogni vela sciolse.

Astolphe, après avoir parcouru tous les environs de la ville, accourt vers le port pour retrouver ses compagnons, et voit au loin le vaisseau qui les emmène.

Ceux-ci arrivent à Marseille. Marphise prend alors congé des quatre chevaliers restants, déclarant que le vrai courage consiste à voyager seul. Après avoir dépassé la Saône, elle aperçoit auprès d'un torrent une vieille femme. C'est Gabrine, la vieille que Roland avait trouvée dans la caverne des brigands discutant avec Isabelle et qui s'était enfuie après leur massacre. Elle prie Marphise de l'aider à passer le torrent. Marphise la fait monter en croupe, et la porte ainsi à une grande distance. Chemin faisant, elle rencontre Pinabel qui vient avec une demoiselle. Celle-ci s'étant moquée de la conquête un peu mûre faite par Marphise, qu'elle prend pour un chevalier, Marphise désarçonne Pinabel et habille la vieille des habits de la railleuse qui doit en outre céder sa monture à l'objet de ses plaisanteries. Puis Marphise continue sa route suivie de la vieille. Après quatre jours,

---

XCV, 1. **E'l**. L'élision de l'*i* de *il* est très commune, chez Dante surtout.

5. **Ove**, se rapporte à *mare* du v. 3. — **Trovâr**, *trovarono*. — **I castelli**. Ce sont les forteresses qui ferment le port. Il en est parlé au chant XIX, octave 54, v. 4 :

L'uno e l'altro castel che serra il porto.

6. **Innanti**. Suivant les besoins du vers, on emploie aussi *innante, innanzi*, autres formes du mot; en prose, la dernière est seule employée aujourd'hui.

8. **Sciolse**, déploya.

les deux femmes rencontrent Zerbin, toujours à la poursuite de celui de ses soldats qui avait frappé Médor.
Zerbin s'étant mis à rire en voyant un chevalier menant
à sa suite une vieille si richement parée, Marphise lui propose de se battre à la condition que, s'il est vaincu, il em-
mènera la vieille avec lui. Le combat a lieu : Zerbin est
désarçonné, et pendant que Marphise s'enfonce dans la
forêt, Zerbin, fidèle à sa parole de chevalier, emmène la
vieille qui lui apprend qu'il a été renversé par une femme.
De plus, s'apercevant que Zerbin est le prince dont lui a
jadis parlé Isabelle, la méchante vieille, au lieu de le mettre
sur la trace de celle qu'il aime, redouble ses angoisses en
lui disant que sa bien aimée est entre les mains des brigands.

CHANT XXI

Zerbin, quoiqu'à contre-cœur, continue à cheminer avec la
vieille. Ils rencontrent un chevalier, Hermonide de Hollande.
La vieille, qui a de bonnes raisons pour le redouter, déclare
à Zerbin que ce chevalier est l'assassin de son père et de
son frère. Hermonide, du reste, veut arracher la vie à Gabrine. Un combat s'engage entre les deux paladins, et Hermonide est percé d'outre en outre. Zerbin, saisi de pitié,
descend de cheval, et alors Hermonide le met au courant de
la scélératesse de celle qu'il a défendue. Gabrine a fait, à
l'aide d'une fraude, tuer son mari par le frère d'Hermonide,
a épousé le meurtrier involontaire, puis s'est débarrassée plus
tard de lui en l'empoisonnant. Elle a échappé jusqu'ici au
châtiment qu'elle mérite. Zerbin fera bien de se méfier d'elle.
Plus dégoûté que jamais de l'horrible société que sa parole
de chevalier le force à subir, le prince écossais continue sa
route avec Gabrine qui, de son côté, trame de méchants
projets. Tout à coup, il entend un terrible cliquetis d'armes.

CHANT XXII

Zerbin vole à l'endroit d'où part le bruit et aperçoit dans un vallon un chevalier qui vient de perdre la vie.

Astolphe, cependant, abandonné par ses compagnons, était revenu en Angleterre. Là, ayant appris que son père Othon est allé en France secourir Charlemagne, il repart pour Paris. Mais le vaisseau qui le porte à Calais est poussé par le vent du côté de Rouen. Astolphe prend terre et se met en route. Arrivé près d'une claire fontaine, il attache son cheval à un arbre et se dispose à boire. Mais au même moment un paysan sort d'un buisson, détache le cheval, s'élance dessus et prend la fuite. Astolphe court derrière le ravisseur.

ASTOLPHE DÉTRUIT LE PALAIS DES ILLUSIONS

13

Quel ladro non si stende a tutto corso ;
Chè dileguato si saria di botto :
Ma or lentando or raccogliendo il morso,
Se ne va di galoppo e di buon trotto.
Escon del bosco dopo un gran discorso ;
E l'uno e l'altro alfin si fu ridotto
Là dove tanti nobili Baroni
Eran senza prigion più che prigioni.

XIII, 1, **Non si stende..**, ne se lance pas à franc étrier.
    2. **Di botto**, immédiatement.
    3. **Lentando**, lâchant.
    5. **Discorso**, course (en tous sens).
    6. **Si fu ridotto**, se trouva.
    8. Le château n'était pas une véritable prison (*senza prigion*) ; mais les chevaliers y étaient plus que prisonniers, parce que, outre qu'ils n'en pouvaient sortir, ils ignoraient qu'ils étaient les jouets d'un enchantement.

BIBLIOTHÈQUE NATIONALE R.F. IMPRIMÉS

14

Dentro il palagio il villanel si caccia
Con quel destrier che i venti al corso adegua.
Forza è ch'Astolfo, il qual lo scudo impaccia,
L'elmo e l'altre arme, di lontan lo segua.
Pur giunge anch'egli; e tutta quella traccia,
Che fin qui avea seguita, si dilegua;
Chè più nè Rabican nè'l ladro vede,
E gira gli occhi, e indarno affretta il piede :

15

Affretta il piede, e va cercando invano,
E le logge e le camere e le sale;
Ma per trovare il perfido villano,
Di sua fatica nulla si prevale.
Non sa dove abbia ascoso Rabicano,
Quel suo veloce sopra ogni animale;
E senza frutto alcun tutto quel giorno
Cercò di su, di giù, dentro e d'intorno.

16

Confuso e lasso d'aggirarsi tanto,
S'avvide che quel loco era incantato;

XIV, 1. **Il villanel**, le paysan. Atlant, car c'est lui, savait se transformer en la personne la plus propre à attirer chaque chevalier.
Balizard, dans le *Roland amoureux*, n'était pas moins habile. Sachant qu'Astolphe était aisément inflammable, il le prit en se trans-
formant en demoiselle, *lo prese in forma di donzella* (II, x, 52).

2. **I venti adegua**. Nous avons vu qu'Atlant ne le menait pas
toujours à cette allure.

6. **Si dilegua**, disparaît.

XV, 1. **Affretta il piede**. Ces mots terminent l'octave précédente.
Nous avons vu que c'est une habitude de la poésie italienne.

2. Les élisions faites sur la conjonction *e* après les deux accents
rythmiques donnent au vers la lenteur qui convient à la circonstance.

4. **Nulla si prevale**, il ne retire aucun profit.

8. La perquisition fut inutile, mais minutieuse.

XVI, 2. Il aurait pu s'en apercevoir plus tôt.

E del libretto ch'avea sempre accanto,
Che Logistilla in India gli avea dato,
Acciò che, ricadendo in nuovo incanto,
Potesse aitarsi, si fu ricordato :
All'indice ricorse, e vide tosto
A quante carte era il rimedio posto.

17

Del palazzo incantato era diffuso
Scritto nel libro ; e v'eran scritti i modi
Di fare il Mago rimaner confuso,
E a tutti quei prigion disciorre i nodi.
Sotto la soglia era uno spirto chiuso,
Che facea questi inganni e queste frodi :
E levata la pietra ov'è sepolto,
Per lui sarà il palazzo in fumo sciolto.

18

Desideroso di condurre a fine
Il Paladin sì glorïosa impresa,

---

3. **Libretto**. Les magiciens s'aident volontiers de livres ; ils
sont *docti cum libro*. Le prince anglais n'est du reste qu'un magicien d'occasion.

6. **Aitarsi**, se tirer d'affaire tout seul : *Aide-toi, le ciel t'aidera*.
— **Si fu ricordato**, il se souvint. Ces mots ont pour complément
le *del libretto* du v. 3.

7. **All'indice**. Il procède avec méthode, tout comme un savant
en *us*. L'Université d'Oxford n'existait pourtant pas encore.

8. **A quante carte**, quels étaient les numéros des pages où...
Cette humour est exquise.

XVII, 1. **Diffuso**, équivaut à *diffusamente;* d'une façon étendue,
avec développement. C'est le sens de *diffuse* en latin. La question
était traitée d'une manière approfondie et occupait plusieurs pages
(*quante carte*).

7-8. Les vers 4 et 5 sont le résumé de ce que dit le *libretto*. Les
vers 7 et 8 sont les propres termes qu'il emploie ; d'où le présent *è*
et le futur *sarà*.

Non tarda più che'l braccio non inchine
A provar quanto il grave marmo pesa.
Come Atlante le man vede vicine
Per far che l'arte sua sia vilipesa, .
Sospettoso di quel che può avvenire,
Lo va con nuovi incanti ad assalire.

19

Lo fa con diaboliche sue larve
Parer da quel diverso, che solea.
Gigante ad altri, ad altri un villan parve,
Ad altri un cavalier di faccia rea.
Ognuno in quella forma in che gli apparve
Nel bosco il Mago, il Paladin vedea :
Sì che per riaver quel che gli tolse
Il Mago, ognuno al Paladin si volse.

20

.Ruggier, Gradasso, Iroldo, Bradamante,
Brandimarte, Prasildo, altri guerrieri
In questo nuovo error si fero innante,
Per distruggere il Duca accesi, e fieri.

XVIII, 3. **Non tarda più che**, ne tarde pas à. — **Non inchine**,
pour *non inchini*, comme on l'a déjà vu souvent. Ce second *non*,
qui est explétif, est très fréquent en italien ; nous l'avons aussi en
français : Il est plus âgé que vous ne pensez.

7. **Sospettoso**, se méfiant, craignant.

8. **Assalire con nuovi incanti**. C'est un véritable duel magique.

XIX, 1. **Larve**. Il ne s'agit pas ici de fantômes. *Larva* veut dire
aussi *masque*. Les masques dont il est ici question et qui ne cou-
vraient pas seulement le visage, ce sont les apparences trom-
peuses dont se servait Atlant pour attirer les chevaliers. Il les
donne simultanément au prince anglais pour que tous ses prisonniers l'attaquent ensemble.

3. **Gigante**. C'est l'apparence qu'Atlant avait prise pour attirer
Roger (ch. xi). — **Villan**. Il s'était donc déjà servi de ce procédé
avant l'arrivée d'Astolphe.

8. **Si volse al**. se retourna contre.

XX, 3. **Si fero innante** = *si fecero innanzi*, se portèrent en avant.

4. **Il Duca**, Astolphe.

Ma ricordossi il corno in quello instante,
Che fe' loro abbassar gli animi altieri.
Se non si soccorrea col grave suono,
Morto era il Paladin senza perdono.

21

Ma tosto che si pon quel corno a bocca,
E fa sentire intorno il suono orrendo,
A guisa dei colombi, quando scocca
Lo scoppio, vanno i cavalier fuggendo.
Non meno al Negromante fuggir tocca,
Non men fuor della tana esce temendo
Pallido e sbigottito, e se ne slunga
Tanto, che'l suono orribil non lo giunga.

22

Fuggì il guardian co'suoi prigioni; e dopo
Delle stalle fuggîr molti cavalli,
Ch'altro che fune a ritenerli era uopo,
E seguiro i patron per vari calli.

---

5. **Ricordossi il corno.** Ce cor lui a déjà été bien souvent utile.

6. **Fe'**, *fece.*

7. **Si soccorrea,** = *si aitava*, s'il ne s'était pas aidé de, s'il n'avait pas eu recours à.

XXI, 2. **Orrendo.** Chaque fois qu'Astolphe fait entendre le son *épouvantable* de son cor, l'Arioste s'amuse, comme un enfant, à en décrire de nouveau les effets; et, comme des enfants, nous prenons plaisir à les relire.

3. **Scocca.** *Scoccare* veut dire : se détendre, partir comme une flèche. C'est de ce mot que l'auteur s'est déjà servi xx, 88, 4, justement à propos du cor d'Astolphe. Ici, il sert pour l'objet de comparaison. *Scoccare*, quand il est pris activement, signifie : décocher.

4. **Lo scoppio,** un coup de fusil; proprement : le bruit de quelque chose qui éclate.

5. **Tocca,** échoit en partage; a pour sujet *fuggir.*

6. **Della tana,** de son repaire.

XXII, 2. **Delle stalle.** Nous avons remarqué que l'Arioste emploie souvent *di* là où on attendrait *da.* — **Fuggîr,** *fuggirono.*

3. Car il eût fallu autre chose que...

In casa non restò gatta nè topo
Al suon che par che dica : « Dàlli, dàlli. »
Sarebbe ito con gli altri Rabicano ;
Se non ch'all'uscir venne al Duca in mano.

23

Astolfo, poi ch'ebbe cacciato il Mago,
Levò di su la soglia il grave sasso,
E vi ritrovò sotto alcuna immago,
Ed altre cose che di scriver lasso :
E di distrugger quello incanto vago,
Di ciò che vi trovò, fece fracasso,
Come gli mostra il libro che far debbia';
E si sciolse il palazzo in fumo e in nebbia.

Astolphe trouve dans ce lieu l'hippogriffe et s'en empare ;
car il a vu chez Logistille comment on pouvait le diriger,
et il comprend combien il lui sera utile pour ses voyages.

Cependant Roger et Bradamante, une fois l'enchantement
du château rompu, se reconnaissent, s'abandonnent à la joie
de se retrouver, et, comme ils désirent s'unir, ils se mettent
en route vers l'abbaye de Vallombreuse où Roger se fera

---

5. **Gatta nè topo**. Voici le trait comique qui parachève le
tableau.

6. **Dàlli**. Sus ! expression qui sert à exciter les chiens à la chasse,
et même les hommes qui se disputent. Très usité en Corse. Exactement : Donne-lui (des coups).

8. **Se non che**, mais.

XXIII, 3. **Immago**, figures, caractères (magiques). Au chant IV
(strophe 38), Atlant, vaincu par Bradamante, détruit son château
des Pyrénées en brisant des chaudières cachées sous le seuil de la
porte. Elles sont couvertes par une pierre qui porte des signes in-
connus, c'est-à-dire des caractères magiques.

4. **Che di scriver lasso**. L'Arioste laisse souvent entendre
qu'il en pourrait dire beaucoup plus long sur le sujet. C'est du reste
un procédé qui ne lui est pas particulier.

5. **Vago**, désireux.

6. **Fracasso** est proprement *bris*, comme ici ; puis le bruit qui
résulte de l'action de briser ; puis un bruit analogue.

8. Les palais enchantés disparaissent par enchantement. Il en est
de même du château des **Pyrénées**.

baptiser. Chemin faisant, ils rencontrent une dame profondément affligée qui leur apprend que, ce jour même, dans un
château voisin, un beau jeune homme doit être brûlé pour
une aventure amoureuse. Émus de pitié, les deux amants
s'offrent à l'aller défendre ; mais la dame les avertit que la
voie la plus courte, qui permettrait seule d'arriver à temps,
passe par un château où, pour venger l'outrage fait récemment à sa maîtresse, le comte Pinabel dépouille les chevaliers de leur armure et les dames de leurs vêtements. Il est
aidé dans cette pratique discourtoise par quatre chevaliers,
Sansonnet, Aquilant, Griffon et Guidon le Sauvage, qui,
accueillis par lui, ont été garrottés pendant leur sommeil et
ont dû s'engager à agir de la sorte vis à vis des chevaliers et
dames qui passeraient. Roger et Bradamante saisissent avec
empressement cette occasion de se signaler, et se font conduire par la dame affligée au château de Pinabel. Roger
désarçonne Sansonnet, et, pendant que Bradamante, reconnaissant Pinabel, se met à la poursuite du traître qui a
voulu jadis la tuer en la faisant tomber dans la grotte de
Merlin, Roger, ayant au bras l'écu d'Atlant, lutte contre les
trois autres chevaliers. Dans le combat, le voile qui recou-
vrait l'écu est déchiré, et tous les adversaires de Roger,
éblouis, tombent à terre. Roger, ne retrouvant pas Bradamante près de lui, se remet en route avec la dame, et, honteux d'une victoire due à un enchantement, jette dans un
puits le bouclier enchanté. De son côté, Bradamante, qui a
tué Pinabel, ne retrouve plus Roger.

CHANT XXIII

Bradamante rencontre Astolphe qui lui donne son cheval
Rabican et la lance enchantée d'Argail, et puis s'élève en
l'air monté sur l'hippogriffe. Elle voudrait se rendre à Vallombreuse où elle espère retrouver Roger ; mais elle s'égare
et arrive à Montauban où elle retrouve sa mère. Elle expédie
une de ses suivantes, Hipparque, qu'elle charge de conduire
à Roger son cheval Frontin, et de le prier, après s'être fait

baptiser à Vallombreuse, de venir la rejoindre. Rodomont,
à la poursuite de Mandricard qui lui avait enlevé Doralice,
rencontre Hipparque et lui prend Frontin malgré ses
pleurs.

Pendant ce temps, Zerbin, accompagné de Gabrine, trouve
le corps de Pinabel. Pendant qu'il s'écarte pour chercher
celui qui l'a tué, Gabrine enlève au cadavre une riche ceinture, et, quand elle arrive avec Zerbin au château de Hau-
terive, elle montre la ceinture et accuse Zerbin d'avoir tué
Pinabel pour le voler. Anselme, père de Pinabel, condamne
Zerbin à mourir. Sur ces entrefaites survient Roland en
compagnie d'Isabelle ; il arrache Zerbin aux mains de ses
bourreaux. Zerbin, reconnaissant Isabelle et supposant que
Roland en est amoureux, s'en attriste profondément ; mais
bientôt Isabelle lui raconte au contraire quel grand service
Roland lui a généreusement rendu, et Zerbin se confond en
actions de grâces.

En ce moment arrive un chevalier avec une demoiselle.
C'est Mandricard en compagnie de Doralice. Il provoque
Roland. Les deux paladins se battent avec ardeur. Roland
finit par enlever la bride au cheval du sarrasin qui s'enfuit
en emportant son maître. Doralice le suit. Mandricard, rencontrant Gabrine, prend la bride de son cheval qui s'enfuit
alors au galop.

Cependant Roland prend congé de Zerbin et d'Isabelle et
se met à la poursuite de Mandricard. Il arrive dans les lieux
où Angélique et Médor se sont aimés et épousés. Il voit
partout leurs noms entrelacés. D'horribles soupçons s'éveil-
lent en lui. Il arrive pour se reposer chez le berger qui les
a hébergés, et qui, croyant le distraire, lui raconte tout ce
qui s'est passé et lui montre le bracelet qu'Angélique lui a
laissé en signe de reconnaissance. Désormais certain de son
malheur, Roland sort pendant la nuit de la maison du
berger.

ROLAND DEVIENT FOU

129

Pel bosco errò tutta la notte il Conte;
E allo spuntar della diurna fiamma
Lo tornò il suo destin sopra la fonte,
Dove Medoro insculse l'epigramma.
Veder l'ingiuria sua scritta nel monte
L'accese sì, ch'in lui non restò dramma
Che non fosse odio, rabbia, ira e furore;
Nè più indugiò, che trasse il brando fuore.

130

Tagliò lo scritto e'l sasso, e sino al cielo
A volo alzar fe' le minute schegge.
Infelice quell'antro, ed ogni stelo
In cui Medoro e Angelica si legge!

CXXIX, 1. L'épopée de l'Arioste ayant pour nom *Roland furieux*, l'auteur place la folie de Roland au milieu même de son œuvre, à la fin du chant XXIII et au commencement du chant XXIV (le poème a 46 chants). Cette exactitude rigoureuse est certainement voulue. — Chez Boiardo, Roland n'est qu'amoureux; chez l'Arioste, il devient fou; c'est une simple question de degrés, et le passage de l'amour à la folie est d'autant plus facile que, comme l'auteur l'observera bientôt, l'amour est déjà une folie (XXIV, 1, 3). — Dans les romans de la Table Ronde, les chevaliers deviennent souvent fous. Lancelot devient fou quatre fois, la quatrième fois par amour (*Lancelot du Lac*). Dans le *Chevalier au Lion*, Yvain devient fou parce que sa dame lui interdit de revenir devant elle. Dans le *Roman de Tristan*, Tristan devient fou parce qu'il se croit trahi par Yseult. Dans *Palamédès*, Daguenet perd la raison parce qu'on lui enlève son épouse le lendemain des noces.

3. **Lo tornò**, le reconduisit.

4. **Epigramma**, l'inscription qui constatait ses amours avec Angélique.

5. **Monte**, rocher. Cf. *sasso*, au 1er vers de l'octave suivante.

6. **Dramma**, drachme, pour : la plus petite partie possible.

CXXX, 2. **Schegge**, proprement : éclats de bois, copeaux ; ici débris, fragments.

3. **Stelo**, tige (petite ou grande).

4. **Si legge**, au singulier, parce que *Medoro e Angelica* veut dire : une inscription réunissant les noms de Médor et d'Angélique.

Così restâr quel dì, ch'ombra nè gelo
A pastor mai non daran più, nè a gregge :
E quella fonte, già sì chiara e pura,
Da cotanta ira fu poco sicura;

131

Chè rami e ceppi e tronchi e sassi e zolle
Non cessò di gittar nelle bell'onde,
Finchè da sommo ad imo sì turbolle,
Che non furo mai più chiare nè monde.
E stanco alfin, e alfin di sudor molle,
Poi che la lena vinta non risponde
Allo sdegno, al grave odio, all'ardente ira
Cade sul prato, e verso il ciel sospira.

132

Afflitto e stanco alfin cade nell'erba,
E ficca gli occhi al cielo, e non fa motto,

---

5. **Così restâr quel dì**, elles furent mises ce jour-là en un
état tel...

CXXXI, 1. **Chè** marque d'ordinaire une explication et correspond à
notre mot *car*. On se demandait quel mal Roland avait bien pu
faire à une fontaine. L'auteur va nous l'apprendre. — **Ceppi**,
souches. C'est notre mot *cep*.

3. **Turbolle**, *le turbò*.

4. **Monde**, pures, du latin *mundus*, propre. Le mot français
monde est tombé en désuétude; mais nous disons encore : immonde.
Nous employons aussi la forme participiale *mondé* : orge mondé.

5. **Molle**, trempé, baigné.

6. **Lena**. Le mot latin *anhelare* donne en français du moyen âge
alener, par une métathèse de *l* et de *r*. Le substantif verbal de
alener est *aleine*, auquel correspondrait l'italien *alena*. Mais l'*a*
initial s'est soudé à l'article féminin et détaché du mot, comme
cela a eu lieu pour *Lamagna*, Allemagne.

CXXXII, 1. **Cade** se trouve dans le dernier vers de la précédente
octave. Nous avons déjà observé ce procédé qui soude pour ainsi
dire deux strophes ou deux vers. Il est du reste naturel, et est
employé fréquemment, en tous pays, par ceux qui racontent une
histoire familièrement. — Les divers moments de la folie naissante
de Roland sont heureusement décrits. A la colère succède l'abattement.

Senza cibo e dormir così si serba,
Che'l Sole esce tre volte e torna sotto.
Di crescer non cessò la pena acerba,
Che fuor del senno alfin l'ebbe condotto.
Il quarto dì, da gran furor commosso,
E maglie e piastre si stracciò di dosso.

133

Qui riman l'elmo, e là riman lo scudo;
Lontan gli arnesi, e più lontan l'usbergo :
L'arme sue tutte, insomma vi concludo,
Avean pel bosco differente albergo.
E poi si squarciò i panni e mostrò ignudo
L'ispido ventre, e tutto'l petto e'l tergo;
E cominciò la gran follia, sì orrenda,
Che della più non sarà mai chi'ntenda.

134

In tanta rabbia, in tanto furor venne,
Che rimase offuscato in ogni senso.
Di tor la spada in man non gli sovvenne;
Chè fatte avria mirabil cose, penso.

---

3. **Senza cibo.** Lancelot aussi cesse de manger : « Ainsint erra
1111 jourz par la forest, sanz boivre et sanz mangier. » Tristan
fuit de même. — **Si serba**, demeure.

4. **Tre** est un nombre classique.

8. Tristan aussi se dépouille de son armure.

CXXXIII, 2. **Gli arnesi.** C'est tout ce qui, dans l'armure, n'est ni
le heaume, ni l'écu, ni le haubert.

4. **Albergo**, logement; ici : place.

7. **E cominciò.** Jusqu'ici nous n'avons assisté qu'au prélude.

8. **Della più.** Sous-entendez *orrenda*, qui est au vers précédent.

CXXXIV, 2. **Offuscato**, obscurci, troublé. — **In ogni senso**,
dans tous ses sens. Tout son être fut troublé, aveuglé (*offuscato*).

3. **Tor** (*togliere*), prendre. — **Gli sovvenne.** Comparez le français « Il me souvient » conforme également à l'étymologie latine.

4. **Avria**; s'il l'avait gardée. Mais, comme l'auteur va le dire et
le prouver par la suite, elle ne lui était nullement nécessaire.

Ma nè quella, nè scure, nè bipenne
Era bisogno al suo vigore immenso;
Quivi fe' ben delle sue prove eccelse :
Ch'un alto pino al primo crollo svelse:

135

E svelse dopo il primo altri parecchi
Come fosser finocchi, ebuli o aneti;
E fe' il simil di querce e d'olmi vecchi;
Di faggi e d'orni e d'ilici e d'abeti.
Quel ch'un uccellator, che s'apparecchi
Il campo mondo, fa, per por le reti,
Dei giunchi e delle stoppie e dell'urtiche,
Facea de' cerri e d'altre piante antiche.

136

I pastor che sentito hanno il fracasso,
Lasciando il gregge sparso alla foresta,
Chi di qua, chi di là, tutti a gran passo,
Vi vengono a veder che cosa è questa,
Ma son giunto a quel segno, il qual s'io passo,

---

5. **Bipenne**; se distingue de la *scure* en ce qu'elle a deux tran-
chants.

8. **Chè.** L'auteur va donner une première preuve de ce qu'il a
avancé dans le vers précédent. — **Crollo**, secousse.

CXXXV, 1. **Parecchi** désigne un nombre indéterminé, mais peu
élevé : plusieurs.

4. **Ilici**, chênes verts. *Quercia* est le chêne ordinaire, le chêne
blanc.

5-6. **S'apparecchi il campo mondo**, déblaie le terrain.

8. **Cerri.** Le *cerro* est une espèce de chêne, voisine de la
quercia.

CXXXVI, 1. **Fracasso.** C'est ici le terme propre, puisque le bruit
provient de ce que Roland brise tout. Voy. ch. xxii, 23, 6.

4. Les campagnards accourent par curiosité ; tout à l'heure, ils
accourront pour se défendre.

5. **Segno**, terme marqué, but S'il s'agissait de logique, le but
serait bien mal choisi. Le sujet est si peu terminé que l'Arioste le
reprendra au chant suivant. Mais il s'agit d'autre chose. L'auteur

Vi potria la mia istoria esser molesta ;
Ed io la vo' piuttosto differire,
Che v'abbia per lunghezza a fastidire.

CHANT XXIV

ROLAND FURIEUX

1

Chi mette il piè su l'amorosa pania,
Cerchi ritrarlo, e non v'inveschi l'ale ;
Chè non è in somma Amor se non insania,
A giudizio de' savi universale :
E sebben come Orlando ognun non smania,
Suo furor mostra a qualch'altro segnale.
E quale è di pazzia segno più espresso,
Che, per altri voler, perder sè stesso ?

---

a écrit 136 octaves. « C'est beaucoup pour un chant, nous dit-il ;
cela pourrait vous ennuyer, car vous devez être fatigués. Nous re-
prendrons cette histoire une autre fois. » Il est à remarquer que si
l'Arioste, pour des motifs qui du reste varient peu, prend brusquement congé de ses lecteurs à la fin de ses chants, il revient d'ordinaire, au début du chant suivant, au récit commencé. C'est au
milieu même des chants qu'il passe soudainement d'un sujet a un
autre. C'est le désordre voulu. Du reste, Boiardo ne procédait pas
autrement.

I, 1. **Pania**, glu. *Enfer*, XXII, 149 :

> Porser gli uncini verso gl'impaniati.

2. **Inveschi**, empoisse. *Enfer*, quelques lignes plus haut, XXII,
144 :

> Si avieno inviscate l'ale sue.

3. Comme toute passion violente. *Ira furor brevis est*, dit Horace
(*Ep.*, I, II, 62). Cf. Boiardo, I, III, 48 :

> Ma dov'è amor, ragion non trova loco.

5. **Come**, de la même façon que.
6. **Mostra**, a pour sujet *ognuno* sous-entendu.
8. **Per altri voler** (sous-ent. *perdere*).

2

Vari gli effetti son; ma la pazzia
È tutt'una però, che li fa uscire.
Gli è come una gran selva, ove la via
Conviene a forza, a chi vi va, fallire :
Chi su chi giù, chi qua chi là travia.
Per concludere, in somma, io vi vo' dire :
A chi in amor s'invecchia, oltr'ogni pena,
Si convengono i ceppi e la catena.

3

Ben mi si potria dir : « Frate, tu vai
L'altrui mostrando, e non vedi il tuo fallo. »
Io vi rispondo che comprendo assai,
Or che di mente ho lucido intervallo;
Ed ho gran cura (e spero farlo ormai)
Di riposarmi, e d'uscir fuor di ballo :
Ma tosto far, come vorrei, nol posso;
Che'l male è penetrato infin all'osso.

II, 2. **È tutt' una però**, est pourtant toujours la même.

4. **A forza**, forcément.

6. **Vo'**, *voglio.*

8. **Ceppi**, fers dans lesquels on serrait les pieds des prisonniers, et aussi, on le voit, des fous, que l'on traitait alors durement. — Au début des chants, l'Arioste moralise un peu à sa manière. La morale exposée est souvent assez large, cela va sans dire; mais elle est toujours appropriée à ce qui précède ou à ce qui va suivre. C'est un écho ou une ouverture, et souvent, comme ici, l'un et l'autre, à cause de l'habitude de l'auteur de couper ses récits autre part qu'au début de ses chants.

III, 1. **Ben mi si potria dir**. C'est une objection sous forme d'argument *ad hominem*. En latin : *At enim, dicet aliquis.* L Arioste, nous l'avons vu, ne répugne pas à se mettre en scène.

3. **Comprendo assai**, je ne le sais que trop.

6. **Fuor di ballo**, hors de la danse. Nous dirions : hors de la bagarre.

7-8. *Video meliora proboque, Deteriora sequor.*

4

Signor, nell'altro canto io vi dicea
Che'l forsennato e furïoso Orlando
Trattesi l'arme e sparse al campo avea,
Squarciati i panni, via gittato il brando,
Svelte le piante, e risuonar facea
I cavi sassi e l'alte selve; quando
Alcun' pastori al suon trasse in quel lato
Lor stella, o qualche lor grave peccato.

5

Viste del pazzo l'incredibil prove
Poi più d'appresso, e la possanza estrema,
Si voltan per fuggir; ma non sanno ove,
Sì come avviene in subitana tema.
Il pazzo dietro lor ratto si muove :
Uno ne piglia, e del capo lo scema
Con la facilità che torria alcuno
Dall'albor pome, o vago fior dal pruno.

6

Per una gamba il grave tronco prese,
E quello usò per mazza addosso al resto.

IV, 1. **Signor**. L'Arioste s'adresse au cardinal Hippolyte, auquel le
poème est dédié. Voy. chant I, 3, 3.

2. **Forsennato**, forcené, qu'on écrivait autrefois *forsené*, con-
formément à l'étymologie (hors du sens).

4. **Via** renforce *gittato*; jeté au loin.

6. **Alte**, profondes.

8. **Lor stella**, dans la doctrine fataliste ; **grave peccato**, dans
la doctrine chrétienne.

V, 1-2. Ablatif absolu.

6. **Del capo lo scema**, le diminue, le rapetisse de la tête. Un
poète qui prendrait ses personnages au sérieux se garderait de
porter la folie de Roland aux excès que l'on va lire.

7. **Alcuno**, sujet de *torria*.

8. **Vago**, gracieuse.

VI, 1. **Grave**, comme tous les corps inertes.

2. **Addosso al resto**, pour frapper sur les autres. Comme Evi-
radnus dans la *Légende des Siècles* de V. Hugo.

In terra un pajo addormentato stese,
Ch'al novissimo dì forse fia desto :
Gli altri sgombraro subito il paese,
. Ch'ebbono il piede e il buon avviso presto.
Non saria stato il pazzo al seguir lento,
Se non ch'era già vôlto al loro armento.

7

Gli agricultori, accorti agli altru' esempli,
Lascian nei campi aratri e marre e falci :
Chi monta su le case, e chi sui templi
(Poichè non son sicuri olmi nè salci),
Onde l'orrenda furia si contempli,
Ch' a pugni, ad urti, a morsi, a graffi, a calci,
Cavalli e buoi rompe, fracassa e strugge;
E ben è corridor chi da lui fugge.

8

Già potreste sentir come rimbombe
L'alto rumor nelle propinque ville

---

3. **Un paio**, une couple.

4. **Forse**. On a épilogué sur ce mot et voulu en tirer que l'auteur
ne croyait pas à la résurrection des morts. Cette manière de rai-
sonner est hors de propos quand il s'agit de poésie, et surtout de la
poésie de l'Arioste. Il dit seulement : « Il les endort à tel point, si
profondément, qu'il n'est même pas sûr qu'ils se réveillent à la fin
du monde. » C'est une simple plaisanterie.

5. **Sgombraro**, vidèrent.

6. **Ebbono**, poétique, *ebbero*. — Il leur fallut à la fois l'agilité
physique et la promptitude de la décision.

8. **Era già vôlto al**, il s'était déjà retourné *contre*. Cf. XXII
19, 8 : *Ognuno al Paladin si volse*.

VII, 1. **Accorti**, instruits.

2. **Marre**, houes.

5. **Onde**, pour, de là.

6. Roland est devenu une bête furieuse. Il se sert non seulement
des moyens d'attaque humains, mais aussi de ceux des animaux.
Remarquez la verve du récit.

8. **Ben è corridor**, bon coureur est.

VIII, 1. **Rimbombe**, *rimbombi*.

D'urli e di corni, rusticane trombe,
E più spesso, che d'altro, il suon di squille :
E con spuntoni ed archi e spiedi e frombe
Veder dai monti sdrucciolarne mille;
Ed altri tanti andar da basso ad alto,
Per fare al pazzo un villanesco assalto.

9

Qual venir suol nel salso lito l'onda
Mossa dall'Austro ch'a principio scherza,
Che maggior della prima è la seconda,
E con più forza poi segue la terza;
Ed ogni volta più l'umore abbonda,
E nell'arena più stende la sferza :
Tal contra Orlando l'empia turba cresce,
Che giù da balze scende, e di valli esce.

10

Fece morir diece persone e diece,
Che senza ordine alcun gli andaro in mano :
E questo chiaro esperimento fece,
Ch'era assai più sicur starne lontano.

---

4. **Squille**, cloches. On sonne le tocsin.
6. **Veder**, dépend de *potreste* (v. I)
7. **Sdrucciolar**, descendre précipitamment; proprement: *glisser*. Un mot *sdrucciolo* est un mot accentué sur l'antépénultième, parce que, la première syllabe prononcée, le mot glisse de lui-meme. Le mot *sdrucciolo* lui-même appartient à cette catégorie.

IX, 2. **Scherza**, badine, se joue.
6. **Più stende la sferza**, étend le fouet davantage. Nous dirions : balaie, bat plus loin.
8. Il y a des montagnards et des gens de la plaine. Cf. l'octave précédente.

X, 1. **Diece**. C'est la forme féminine qu'emploie l'Arioste quand le mot qui suit est féminin. Roland tue les paysans par dizaines.
3. Et cela prouva clairement.
4. Sancho Pança approuverait cette réflexion.

Trar sangue da quel corpo a nessun lece,
Chè lo fere e percuote il ferro invano.
Al Conte il Re del ciel tal grazia diede,
Per porlo a guardia di sua santa Fede.

11

Era a periglio di morire Orlando,
Se fosse di morir stato capace.
Potea imparar ch'era a gittare il brando,
E poi voler senz'arme essere audace.
La turba già s'andava ritirando,
Vedendo ogni suo colpo uscir fallace.
Orlando, poi che più nessun l'attende,
Verso un borgo di case il cammin prende.

12

Dentro non vi trovò piccol nè grande,
Chè'l borgo ognun per tema avea lasciato.
V'erano in copia povere vivande,
Convenïenti a un pastorale stato.
Senza il pane discerner dalle giande,
Dal digiuno e dall' impeto cacciato,

---

5. **Lece**, il est permis.

5-8. Roland est invulnérable, sauf à la plante des pieds, comme Achille. Nous trouverions aujourd'hui qu'une pareille qualité diminue un personnage, surtout un guerrier. Nous voyons que dans l'antiquité et au moyen âge on en jugeait autrement.

8. Roland a depuis longtemps oublié sa mission.

XI, 3. Il aurait pu apprendre (à ses dépens) ce que c'était que, combien il était dangereux de...

6. **Uscir fallace**, mot à mot : résulter trompeur, demeurer sans effet, ne pas porter.

8. **Borgo di case**, hameau.

XII, 2. **Chè**, car.

4. **Convenienti**, appropriées.

5. **Giande** (*ghiande*), mis en réserve pour les cochons.

6. **Impeto**, fureur; **cacciato**, poussé, pressé.

Le mani e il dente lasciò andar di botto
In quel che trovò prima, o crudo o cotto.

13

E quindi errando per tutto il paese,
Dava la caccia e agli uomini e alle fere;
E scorrendo pei boschi, talor prese
I capri snelli, e le damme leggiere;
Spesso con orsi e con cingiai contese,
E con man nude li pose a giacere;
E di lor carne con tutta la spoglia
Più volte il ventre empì con fiera voglia.

14

Di qua di là, di su di giù discorre
Per tutta Francia : e un giorno a un ponte arrivà,
Sotto cui largo e pieno d'acqua corre
Un fiume d'alta e di scoscesa riva.

---

7. **Di botto**, aussitôt.

8. Remarquer comme toute cette versification est facile, coulante. L'Arioste fait les vers en se jouant, à la manière d'Ovide. Voyez aussi comme il sacrifie gaiement le décorum de son personnage.

XIII, 4. **Capri**, qui, d'ordinaire, veut dire : boucs, est ici mis pour *capriuoli*, chevreuils. — **Snelli**, agiles. Ce mot est d'origine germanique. Vieux haut-allemand : *snel*; allemand moderne: *schnell*. Au moyen âge, nous avions le mot *isnel* dans le même sens. Desportes l'a employé encore, et Malherbe l'en a blâmé. — **Leggiere**. Dante, *Enfer*, I, 32 :

   Una lonza leggiera è presta molto.

5. **Cingiai**, *cinghiali*.

6. **Nude**, sans armes. — **Pose a giacere**, abattit, étendit morts.

7. **Spoglia**, peau.

8. **Il ventre**, son estomac. — **Fiera voglia**, ardeur bestiale.

XIV, 1. Cf. au début du chant, le vers 5 de l'octave 2. — **Discorre**, va en tous sens.

3. **Largo e pieno d'acqua corre**. Lucrèce dit (II, 363) : *Flumina... summis labentia ripis.*

4. **Scoscesa**, escarpée.

Edificato accanto avea una torre
Che d'ogn'intorno e di lontan scopriva.
Quel che fe' quivi, avete altrove a udire;
Che di Zerbin mi convien prima dire.

Zerbin, en prenant congé de Roland, s'était chargé de dire
à Mandricard, s'il le rencontrait, que le paladin l'attendrait
pendant trois jours dans les environs. Il suivait au pas le
chemin que Roland avait pris, quand il aperçut un chevalier
garrotté sur un méchant roussin. C'était Odoric, le traître
qui, ayant à conduire Isabelle en Ecosse, avait essayé de la
séduire ; deux serviteurs fidèles s'étaient emparés de lui.
Tandis que Zerbin se demande s'il va le mettre à mort, Gabrine arrive sur le cheval auquel Mandricard avait enlevé
le mors. Zerbin fait grâce de la vie aux deux coupable, mais
impose à Odoric le serment d'emmener la vieille avec lui et
d'obéir à ses volontés. Odoric par la suite ne tint pas son
serment, pendit la vieille et fut pendu à son tour.

Zerbin, attendant toujours que le troisième jour soit passé,
trouve les armes de Roland et apprend d'un berger les accès
de fureur auxquels il s'est livré. Il recueille ces armes et
les attache à un pin en écrivant au-dessous : « Armure du
paladin Roland ». Comme il se dispose à repartir, survient,
accompagné de Doralice, Mandricard qui s'empare aussitôt
de Durandal. Zerbin fond sur lui. Une lutte terrible s'engage dans laquelle Mandricard a le dessus grâce à la supériorité de ses armes ; et, bien que les deux dames mettent
fin au au combat par leurs prières, Zerbin meurt de ses blessures. Isabelle, désolée, est réconfortée par un ermite qui
la conduit vers un couvent voisin de Marseille emportant
dans un cercueil le corps du prince écossais.

Mandricard, après le combat, se repose sous de frais ombrages quand Rodomont arrive et engage une lutte acharnée
avec celui qui lui a ravi sa Doralice. La bataille est arrêtée
par un messager du peuple maure qui rappelle tous les chevaliers sarrasins à Paris, au secours d'Agramant. Les deux
rivaux décident qu'ils videront plus tard leur querelle.

---

6. **Che scopriva**, qui découvrait, d'où l'on découvrait.
8. **Mi convien**, je dois. Personne ne l'y oblige en réalité. Au
fond, l'auteur n'a d'autre loi que son caprice.

CHANT XXV

Roger, après avoir jeté son écu dans un puits, est averti du danger couru par les Sarrasins. Il n'en obéit pas moins aux sollicitations de la dame qui l'accompagne, et il arrive dans la ville où le jeune homme dont elle lui avait parlé allait être brûlé. Roger le délivre. Ce jeune homme est Richardet, frère jumeau de Bradamante, à laquelle il ressemble à s'y méprendre. C'est même cette ressemblance qui l'a exposé à la mort. Car une princesse d'Espagne, Fleur d'Épine, s'étant éprise de Bradamante que, à son armure, elle prenait pour un chevalier, Richardet a profité de cet amour pour se faire aimer de la princesse en s'insinuant auprès d'elle sous le nom de sa sœur. Roger et Richardet arrivent chez Audigier de Clermont, cousin de Richardet. Audigier apprend à ce dernier que ses frères Maugis et Vivien, jadis faits prisonniers par Ferragus, vont être vendus par Lanfuse, mère de Ferragus, à un membre de la perfide famille des Mayençais, Bertolais de Bayonne. Roger s'offre à les délivrer tout seul, et comme Audigier s'étonne de ce qu'il prend pour de l'outrecuidance, Richardet lui raconte le service que Roger lui a rendu. La nuit venue, Roger est agité par des pensées contraires. Il lui paraît lâche d'abandonner Agramant au moment du danger; d'autre part, il a promis à Bradamante d'aller se faire baptiser à Vallombreuse, où elle l'attend sans doute. Il se décide enfin à défendre la cause sarrasine; mais il écrira une lettre à Bradamante pour lui expliquer sa conduite. Il saute de son lit et demande de quoi écrire.

LETTRE DE ROGER A BRADAMANTE

86

I camerier discreti ed avveduti
Arrecano a Ruggier ciò che comanda.

LXXXVI, 1. Dans les romans de chevalerie, les amants correspondent souvent par lettres. Dans le *Tristan*, une nuit, pendant que tout le monde dort, le neveu du roi Marc écrit à Yseult pour la prier de l'excuser s'il prolonge son absence. — **Avveduti**, avisés.
2. **Ciò che comanda**, c'est-à-dire ce qu'il faut pour écrire.

Egli comincia a scrivere, e i saluti,
Come si suol, nei primi versi manda :
Poi narra degli avvisi che venuti
Son dal suo Re, ch'aiuto gli domanda;
E se l'andata sua non è ben presta,
O morto o in man degl'inimici resta.

87

Poi seguita, ch' essendo a tal partito,
È ch'a lui per aiuto si volgea,
Vedesse ella, che'l biasmo era infinito
S'a quel punto negar gli lo volea :
E ch'esso, a lei dovendo esser marito,
Guardarsi da ogni macchia si dovea;
Chè non si convenia con lei, che tutta
Era sincera, alcuna cosa brutta.

88

E se mai per addietro un nome chiaro,
Ben oprando, cercò di guadagnarsi;
E guadagnato poi, se avuto caro,
Se cercato l'avea di conservarsi;

---

1. **Come si suol.** Roger est au courant des habitudes épistolaires. — **Versi**, lignes d'écriture; sens qu'a aussi quelquefois le latin *versus*.

8. **Resta.** Le sujet est Agramant (*il suo re*). Roger va droit au fait et donne dès le début la raison solide qui justifie sa conduite.

LXXXVII, 1. **Essendo** (Agramant). — **A tal partito,** dans une situation telle, aussi désespérée.

3. **Vedesse ella.** Habile. Roger fait Bradamante juge de sa conduite. Rodrigue dira à Chimène : Tu sais comme un soufflet touche un homme de cœur. — **Era** = *sarebbe*.

4. **A quel punto,** à ce moment. — **Lo** (*aiuto*). — **Volea** = *volesse*.

5-8. Nouvelle habileté. Dans l'intérêt même de Bradamante, Roger doit agir comme il le fait.

8. **Brutta,** laide, vilaine.

LXXXVIII, 1. **Per addietro,** dans le passé.

3. **Guadagnato,** quand il l'eut gagné. — **Se avuto caro;** sous-entendu *avea* du vers suivant.

Or lo cercava, e n'era fatto avaro,
Poichè dovea con lei participarsi,
La qual sua moglie, e totalmente in dui
Corpi esser dovea un'anima con lui.

89

E sì come già a bocca le avea detto,
Le ridicea per questa carta ancora :
Finito il tempo in che per fede astretto
Era al suo Re, quando non prima muora,
Che si farà cristian così d'effetto,
Come di buon voler stato era ogni ora;
E ch'al padre e a Rinaldo e agli altri suoi
Per moglie domandar la farà poi.

90

« Voglio, le soggiungea, quando vi piaccia,
L'assedio al mio Signor levar d'intorno,
Acciò che l'ignorante vulgo taccia,
Il qual direbbe, a mia vergogna e scorno :

---

5. **Or lo cercava**, il cherchait encore à le conserver maintenant, et même avec un soin plus jaloux (*avaro*).

6. **Dovea**. Le sujet est *nome chiaro*. Il insiste sur l'argument
exprimé à la strophe précédente.

LXXXIX, 1. **A bocca**, de vive voix.

3. **Finito il tempo**..., c'est-à-dire quand il aurait fourni le
temps de service au delà duquel un vassal, dans le système féodal,
n'était point tenu de servir son suzerain. Voy. d'ailleurs ci-après
les premiers vers de l'octave 91.

4. **Quando**, si, dans le cas où. Nous avons déjà vu ce sens très
fréquent de *quando*. Voy. le vers 1 de l'octave qui suit.

5-6. Joignez **così** et **come**.

6. **Di buon voler**, d'intention. — **Ogni ora**; depuis qu'il connaissait Bradamante.

XC, 1. **Quando vi piaccia**. Simple formule de politesse: Roger a
pris son parti. Cf. dans le *Misanthrope*, acte 1, scène 1, v. 32 :

Et ne me pende pas pour cela, s'il vous plaît.

Ruggier, mentre Agramante ebbe bonaccia,
Mai non l'abbandonò notte e giorno ;
Or che fortuna per Carlo si piega,
Egli col vincitor l'insegna spiega.

91

Voglio quindici dì termine, o venti,
Tanto che comparir possa una volta,
Sì che degli africani alloggiamenti
La grave ossedïon per me sia tolta.
Intanto cercherò convenïenti
Cagioni, che sian giuste, di dar volta.
Io vi domando per mio onor sol questo :
Tutto poi vostro è di mia vita il resto. »

92

In simili parole si diffuse
Ruggier, che tutte non so dirvi appieno;
E seguì con moll'altre, e non concluse,
Finchè non vide tutto il foglio pieno :

---

5. **Mentre**, aussi longtemps que. Cf. : *Donec eris felix...* —
Bonaccia, beau temps sur la mer ; par suite, bonheur. Le mot
français *bonace* a aussi ce sens au figuré. Corn., *Le Cid*, II,
III, 7 :
> Un orage si prompt qui trouble une bonace.

7. **Si piega per**, incline vers.
XCI, 1. **Termine**, de délai.
2. **Una volta**. Chez un autre que Roger, ce serait de la forfan-
terie.
4. **Ossedion**, *assedio*.
6. **Dar volta**, revenir (auprès de Bradamante).
8. Roger termine sur un vers plein d'amour. Décidément, il sait
tourner une lettre.
XCII, 2. L'auteur ne nous a donné que la substance de la lettre de
Roger et se déclare incapable de la transcrire toute. Roger, pa-
rait-il, utilisa tout le papier (v. 4). L'auteur a pensé avec raison
que le résumé qu'il nous donnait de sa lettre, dans ses proportions
modestes, produirait plus d'effet.

E poi piegò la lettera e la chiuse,
E suggellata se la pose in seno,
Con speme che gli occorra il dì seguente
Chi alla donna la dia secretamente.

93

Chiusa ch'ebbe la lettera, chiuse anco
Gli occhi sul letto, e ritrovò quiete;
Chè'l sonno venne, e sparse il corpo stanco
Col ramo intinto nel liquor di Lete :
E posò fin ch'un nembo rosso e bianco
Di fiori sparse le contrade liete
Del lucido Orïente d'ogn'intorno,
E indi uscì dell'aureo albergo il giorno.

Le jour venu, Roger, Audigier et Richardet se mettent en
route pour délivrer Maugis et Vivien.

CHANT XXVI

Les trois chevaliers font la rencontre d'un paladin qui
s'offre à les aider dans leur entreprise; et, de fait, lorsque
se présentent d'une part les Sarrasins avec Maugis et Vivien, d'autre part les Mayençais avec les étoffes qu'ils ap-
portent en paiement, les quatre guerriers fondent sur les
deux troupes, les dispersent, s'emparent des deux prisonniers et du butin. Après la victoire, Marphise se fait con-

---

XCIII, 1. **Che**, lorsque. — **Chiusa, chiuse.** L'auteur est incorri-
gible. Il vient de dicter à Roger une lettre qui, dans le genre tem-
péré, a son mérite, et, dans tous les cas, est sérieuse. Il a à peine
fini qu'il fait la culbute et lance un jeu de mots : Quand Roger eut
fermé sa lettre, il ferma *aussi* ses yeux. Le mot *anco* marque l'intention et exclut la possibilité d'une négligence.

4. Imitation de Virgile. Au vᵉ livre de l'*Enéide*, le Sommeil endort Palinure en secouant sur ses tempes un rameau trempé dans
l'eau du Léthé (v. 854-856).

5-8. Et reposa jusqu'à l'aurore,

naître et on déjeune à une des quatre fontaines que Merlin
avait établies en France. On y voyait, sculpté sur du marbre,
un animal hideux qui avait les oreilles d'un âne, la tête et
les dents d'un loup. Cette bête, qui correspond à la Louve
de Dante, est l'Avarice, au sens latin du mot (cupidité). On
y voyait également représentés des princes futurs, contemporains du poète (François Ier, Maximilien d'Autriche, Charles Quint, Henri VIII), qui devaient remporter des victoires
sur ce monstre. C'est ce que Maugis, sorcier de talent, explique à la compagnie couchée sous de frais ombrages.

Hippalque arrive sur ces entrefaites et raconte que Rodomont lui a dérobé Frontin. Roger s'étant offert pour se
mettre avec elle à la recherche du voleur, elle lui dit à part
tout ce que Bradamante l'a chargée de lui dire. Mais Rodomont a pris une autre route avec Mandricard, et les deux
Sarrasins, dont la querelle est suspendue pour le moment,
arrivent près de la fontaine. Marphise, sur la prière de ses
compagnons, avait pris des vêtements de femme. A sa vue,
le tartare Mandricard a la singulière idée que, s'il conquiert
cette belle dame les armes à la main, il pourra la donner à
Rodomont en échange de Doralice. Dans ce dessein, il provoque et abat successivement tous les chevaliers dont Marphise est accompagnée.

UN PRÉTENDANT ÉCONDUIT

78

Poich' altro cavalier non si dimostra,
Ch'al Pagan per giostrar volti la fronte,

LXXVIII, 1. Marphise est une femme guerrière. Le prototype de
cette espèce, ce sont les Amazones et surtout leur reine Penthésilée que l'on trouve dans la littérature grecque. De Penthésilée
est venue la Camille de Virgile. Les femmes guerrières abondent
dans la poésie chevaleresque. Il y en a deux dans l'Arioste, Marphise et Bradamante, que l'on trouve déjà dans Boiardo. Elles se
distinguent l'une de l'autre non seulement par leur religion, mais
encore par ce fait que Marphise est exclusivement une guerrière,
tandis que chez Bradamante l'amour des combats n'exclut pas
l'amour de Roger.

2. **Al Pagan**, à Mandricard. — **Volti la fronte** Cf. notre mot
affronter.

Pensa aver guadagnato della giostra
La donna, e venne a lei presso alla fonte,
E disse : « Damigella sete nostra,
S'altri non è per voi ch'in sella monte.
Nol potete negar, nè farne iscusa;
Chè di ragion di guerra così s'usa. »

79

Marfisa, alzando con un viso altiero
La faccia, disse : « Il tuo parer molto erra,
Io ti concedo che diresti il vero,
Ch'io sarei tua per la ragion di guerra,
Quando mio signor fosse o cavaliero
Alcun di questi ch'hai gittato in terra.
Io sua non son : nè d'altri son, che mia :
Dunque me tolga a me chi mi desia.

80

So scudo e lancia adoperare anch'io,
E più d'un cavaliero in terra ho posto.
Datemi l'arme, disse, e il destrier mio,
Agli scudier che l'ubbidiro tosto. »
Trasse la gonna, ed in farsetto uscio;

---

1 **La donna della giostra**, Marphise, enjeu de la joute, du moins dans l'esprit de Mandricard.

5. **Damigella** est attribut. — **Sete**, *siete*.

LXXIX, 5. **Quando**, si. — **Mio** s'applique aussi bien à *cavaliero* qu'à *signor*. Le sujet de la proposition est *alcun* (v. 6).

7. **Sua** se rapporte au personnage indéterminé *alcun*. Remarquez la fierté du langage.

8. **A me** porte le poids de la pensée.

LXXX, 3. **L'arme**. Marphise avait par exception revêtu des habits de femme.

3-4. Joignez *disse agli scudier*.

5. **Farsetto**, vêtement d'homme, pourpoint. — **Uscio**, arch. pour *usci*, sortit (de dessous sa robe), apparut. Dans le langage familier, *in farsetto* répond à « en bras de chemise ».

E le belle fatteze e il ben disposto
Corpo mostrò, ch'in ciascuna sua parte,
Fuorchè nel viso, assimigliava a Marte.

81

Poi che fu armata, la spada si cinse,
E sul destrier montò d'un leggier salto;
E qua e là tre volte e più lo spinse
E qninci e quindi fe' girare in alto;
E poi sfidando il Saracino, strinse
La grossa lancia, e cominciò l'assalto.
Tal nel campo troian Pentesilea
Contra il tessalo Achille esser dovea.

82

Le lancie infin al calce si fiaccaro,
A quel superbo scontro, come vetro;
Nè però chi le corsero, piegaro,
Che si notasse, un dito solo addietro.
Marfisa, che volea conoscer chiaro
S'a più stretta battaglia simil metro
Le serverebbe contra il fier Pagano,
Se gli rivolse con la spada in mano.

6-8. Marphise a le buste de Mars, mais le visage gracieux d'une
femme. C'est ce qui expliquera plus tard la jalousie de Bradamante.

LXXXI, 2-4. Marphise met une coquetterie toute féminine à montrer
à Mandricard ses talents d'excellente écuyère.

7. Penthésilée vint à la guerre de Troie au secours de Priam.

8. Elle fut tuée par Achille, qui, l'ayant dépouillée de ses armes,
frappé de sa beauté, la pleura. Henri de Kleist, dans sa tragédie
de *Penthésilée*, fait tuer Achille par cette reine.

LXXXII, 1. **Al calce**, l'extrémité de la hampe. Toutes les fois que
deux chevaliers de valeur se rencontrent dans l'Arioste, c'est le
premier effet de leur choc.

3 **Chi** = *coloro*. — **Le** (*lancie*). *Correre una lancia*, rompre une
lance.

4. **Che si notasse**, de façon apparente, ne parurent pas...

6. **Metro** = *modo*.

8. **Spada in mano**. C'est la seconde phase de presque tous ces
combats singuliers.

83

Bestemmiò il cielo e gli elementi il crudo
Pagan, poichè restar la vide in sella;
Ella che gli pensò romper lo scudo,
Non men sdegnosa contra il ciel favella.
Già l'uno e l'altro ha in mano il ferro nudo,
E su le fatal arme si martella :
L'arme fatali han parimente intorno,
Che mai non bisognâr più di quel giorno.

84

Sì buona è quella piastra e quella maglia,
Che spada o lancia non le taglia o fora :
Sì che potea seguir l'aspra battaglia
Tutto quel giorno, e l'altro appresso ancora.
Ma Rodomonte in mezzo lor si scaglia,
E riprende il rival della dimora,
Dicendo : « Se battaglia pur far vuoi,
Finiam la cominciata oggi fra noi. »

Rodomont fait ensuite connaître à Marphise le message
envoyé par Agramant, et la prie d'aller à son secours. Mar-

LXXXIII 1. **Crudo**, cruel. Du reste *crudelis*, en latin, n'est qu'un
dérivé de *crudus*.

4. **Contra il ciel favella**. Marphise doit cette mauvaise habitude à sa qualité de païenne. Tous les païens jurent. Mais c'est
Rodomont, sorte de Mézence contempteur des dieux, qui tient le
record des blasphèmes, suivi de près par Mandricard (v. 1 de la
strophe). Dans la *Jérusalem délivrée*, Mézence-Rodomont s'appelle
Argant.

6. **Fatal arme**. Tous les protagonistes du *Roland furieux* ont
des armes enchantées. Cela diminue un peu la valeur de leurs
exploits ; cela les rend aussi plus vraisemblables.

LXXXIV, 2. **Fora**, perce. Cf. notre mot *forer*.

6. **Dimora**, le retard qu'il apporte à répondre à l'appel de leur
chef commun Agramant.

7. **Pur**, quand même.

8. **Fra noi**; au sujet du rapt de Doralice par Mandricard voy.
fin du chant XXIV.

phise, désireuse de se mesurer avec les paladins de France, accepte avec empressement.

Cependant Roger revenait de sa vaine poursuite, après avoir confié à Hippalque sa lettre à Bradamante. Reconnaissant le cheval Frontin, il défie Rodomont qui, sacrifiant pour une fois son orgueil au bien de la cause sarrasine, refuse de se battre tant qu'Agramant sera en péril. Roger veut bien différer sa querelle à condition que le roi d'Alger lui remette Frontin. Pendant cette dispute, Mandricard, s'apercevant que Roger porte un aigle blanc sur champ d'azur, se met à lui contester le droit de porter cette enseigne et le défie au combat. Rodomont et Marphise s'interposent, et Rodomont prétend que, si Mandricard veut absolument se battre, c'est lui, Rodomont, qui doit être son premier adversaire. Marphise, dans l'intérêt d'Agramant, s'épuise en vains efforts. Roger consent bien à ne pas se battre, mais réclame d'abord son cheval à Rodomont. Celui-ci refuse et Roger, ivre de fureur, se précipite sur lui.

COUPS D'ESTOC ET DE TAILLE

116

Al Re d'Algier come cingial si scaglia,
E l'urta con lo scudo e con la spalla;
E in modo lo disordina e sbaraglia,
Che fa che d'una staffa il piè gli falla.
Mandricardo gli grida : « O la battaglia
Differisci, Ruggiero, o meco fàlla » :

CXVI, 1. **Re d'Algier.** Rodomont est fils d'Ulien, roi de Sarze. L'auteur le désigne indifféremment sous les noms de *roi de Sarze* ou de *roi d'Alger.*

3. **Disordina e sbaraglia.** Ces mots conviendraient mieux à un groupe d'individus qu'à un seul.

6. **Falla,** pèche. Si Roger doit manquer à son devoir en se battant au lieu d'aller secourir son roi, que ce soit en se battant avec Mandricard !

E crudele e fellon più che mai fosse,
Ruggier sull'elmo in questo dir percosse.

117

Fin sul collo al destrier Ruggier s'inchina,
Nè, quando vuolsi rilevar, si puote;
Perchè gli sopraggiunge la ruina
Del figlio d'Ulïen, che lo percuote.
Se non era di tempra adamantina,
Fesso l'elmo gli avria fin tra le gote.
Apre Ruggier le mani per l'ambascia;
E l'una il fren, l'altra la spada lascia.

118

Se lo porta il destrier per la campagna;
Dietro gli resta in terra Balisarda.
Marfisa che quel dì fatta compagna
Se gli era d'arme, par ch'avvampi ed arda,
Che solo fra que' duo così rimagna :
E come era magnanima e gagliarda,
Si drizza a Mandricardo, e col potere
Ch'avea maggior sopra la testa il fiere.

119

Rodomonte a Ruggier dietro si spinge :
Vinto è Frontin, s'un'altra gli n'appica;

---

7. **Fellon**. C'est en effet un acte de félonie que d'attaquer Roger
tandis qu'il se bat avec Rodomont.
8. **In questo dir**, en prononçant ces paroles.
CXVII 2. **Si puote** (*rilevar*).
3. **Ruina**, attaque impétueuse.
6. **Fesso**, de *fendere*.
7. **Ambascia**, manque d'haleine, de souffle.
CXVIII, 1. **Se** est explétif.
2. **Balisarda**, Balisardo, l'épée de Roger.
5. **Rimagna**. Le sujet est Roger.
7-8. **Col potere ch'avea maggior** de toutes ses forces.
CXIX, 2. **Vinto**, conquis. — **Un' altra**, un autre coup.

Ma Ricciardetto con Vivian si stringe,
E tra Ruggiero e'l Saracin si ficca.
L'uno urta Rodomonte, e lo respinge,
E da Ruggier per forza lo dispicca;
L'altro la spada sua, che fu Viviano,
Pone a Ruggier, già risentito, in mano.

120

Tosto che'l buon Ruggiero in sè ritorna,
E che Vivian la spada gli appresenta,
A vendicar l'ingiuria non soggiorna,
E verso il Re d'Algier ratto s'avventa;
Come il leon che tolto su le corna
Dal bue sia stato, e che'l dolor non senta :
Sì sdegno ed ira ed impeto l'affretta,
Stimola e sferza a far la sua vendetta.

121

Ruggier sul capo al Saracin tempesta :
E se la spada sua si ritrovasse,
Che, come ho detto, al cominciar di questa
Pugna, di man gran fellonia gli trasse,

---

3. **Si stringe con**, se serre, se rapproche de.

4. **Si ficca**, se plante. Richardet et Vivien se précipitent côte à côte ; mais c'est Richardet qui fond sur Rodomont et l'écarte (*dispicca*) de Roger. Le rôle de Vivien est plus effacé, quoique non moins utile.

7. Construisez : *L'altro che fu Viviano.*

8. **Risentito**, ayant repris ses sens, revenu à lui.

CXX, 1. **In sè ritorna.** L'auteur reprend l'idée déjà exprimée par le mot *risentito*. Il revient aussi au vers suivant sur le fait que Vivien remet à Roger son épée.

4. **S'avventa**, se précipite.

8. **Sferza**, fouette, excite.

CXXI, 1. **Tempesta**, fait rage, se déchaine.

2. **La spada sua**, Balisarde.

4. **Gran fellonia.** En fait, Roger a perdu son épée à la suite d'un coup asséné par Rodomont, qui était en droit de frapper, puisqu'il se défendait. Mais ce coup n'avait été possible que grâce à l'attaque félonne de Mandricard.

Mi credo ch'a difendere la testa
Di Rodomonte l'elmo non bastasse,
L'elmo che fece il Re far di Babelle,
Quando muover pensò guerra alle stelle.

122

La Discordia credendo non potere
Altro esser quivi che contese e risse,
Nè vi dovesse mai più luogo avere
O pace o triegua, alla sorella disse
Ch'omai sicuramente a rivedere
I monachetti suoi seco venisse.
Lasciamle andare, e stiam noi dove in fronte
Ruggiero avea ferito Rodomonte.

123

Fu il colpo di Ruggier di sì gran forza,
Che fece in su la groppa di Frontino
Percuoter l'elmo e quella dura scorza
Di ch'avea armato il dosso il Saracino,

---

5. **Mi credo**, je crois.

6. **Non bastasse**, n'eût pas suffi.

7. Construisez : *fece far il Re.*

8. **Pensò**, voulut.

CXXII, 1. Nous avons vu que la Discorde, sur l'invitation de l'archange Michel (chant xiv), s'était mise en route vers le camp sarrasin en compagnie de l'Orgueil (chant xviii). Elle n'exécute qu'une partie de la besogne qui lui a été confiée. Elle a bien allumé la colère au cœur de Rodomont mis au courant du rapt de Doralice (chant xviii); ici, elle met aux prises les plus vaillants des paladins païens, dont Marphise, qui peut compter pour un homme; mais, satisfaite du résultat, elle se retire.

4. **Sorella** l'orgueil; *superbia* est du féminin.

6. **Monachetti**, moinillons, diminutif ironique. L'archange Michel avait trouvé la Discorde dans un couvent (chant xviii, octave 81).

7. **In fronte**, sur la tête. Voy. le premier vers de l'octave précédente.

CXXIII, 2. **Frontino**, le cheval volé par Rodomont et sur lequel il était monté.

3. **Scorza**, proprement : écorce. Il s'agit de la cuirasse à écailles de dragon (chant xvi, oct. 21) que portait Rodomont.

E lui tre volte e quattro a poggia e ad orza
Piegar per gire in terra a capo chino ;
E la spada egli ancora avria perduta,
Se legata alla man non fosse suta.

124

Avea Marfisa a Mandricardo intanto
Fatto sudar la fronte, il viso e il petto ;
Ed egli avea a lei fatto altrettanto :
Ma sì l'osbergo d'ambi era perfetto,
Che mai potêr falsarlo in nessun canto,
E stati eran sin qui pari in effetto ;
Ma in un voltar che fece il suo destriero,
Bisogno ebbe Marfisa di Ruggiero.

125

Il destrier di Marfisa in un voltarsi
Che fece stretto, ov'era molle il prato,
Sdrucciolò in guisa, che non potè aitarsi
Di non tutto cader sul destro lato ;
E nel volere in fretta rilevarsi,
Da Brigliador fu pel traverso urtato,

---

5. **A poggia e ad orza**, à droite et à gauche ; expressions employées jadis par les marins italiens pour : à tribord, à bâbord.

6. **Per gire** comme s'il allait ; en fait, Rodomont ne tombe pas.

8. **Suta**. Aujourd'hui, on dirait *stata*. Le mot *suto* (pour *essuto* ou *issuto*) vient de *essere* et était fort employé au XIVᵉ siècle. Au temps de l'Arioste, il commençait à tomber en désuétude.

CXXIV, 1. Pendant ce temps, Marphise lutte contre Mandricard. Voilà une scène animée.

5. **Che mai potêr**, qu'ils ne purent jamais. — **Canto**, point (proprement : coin).

CXXV, 1. **In un voltarsi**. Ces mots se trouvent déjà à la fin de l'octave précédente. Nous avons déjà remarqué cette manière de souder les strophes.

2. **Stretto**. Nous disons : tourner court.

3. **Aitarsi**, mot à mot : s'aider (à ne pas tomber).

6. **Brigliadoro**, Bride-d'Or, que montait Mandricard. C'était le cheval de Roland que le Tartare avait rencontré après son duel avec Rodomont (fin du chant XXIV).

Con che il Pagan poco cortese venne;
Sì che cader di nuovo gli convenne.

126

Ruggier, che la donzella a mal partito
Vide giacer, non differì il soccorso,
Or che l'agio n'avea, poichè stordito
Da sè lontan quell'altro era trascorso.
Ferì su l'elmo il Tartaro; e partito
Quel colpo gli avria il capo come un torso,
Se Ruggier Balisarda avesse avuta,
O Mandricardo in capo altra barbuta.

127

Il Re d'Algier, che si risente in questo,
Si volge intorno, e Ricciardetto vede;
E si ricorda che gli fu molesto
Dianzi, quando soccorso a Ruggier diede.
A lui si drizza; e saria stato presto
A dargli del ben fare aspra mercede,
Se con grande arte e nuovo incanto tosto
Non se gli fosse Malagigi opposto.

---

7. **Con che**, sur lequel (Bride-d'Or). — **Poco cortese** est une épithète de nature.

8. **Gli**, le cheval de Marphise.

CXXVI, 1. **A mal partito**, en fâcheuse posture. Cf. au chant précédent le premier vers de l'octave LXXXVII.

3. **L'agio**, le loisir.

4. **Quell'altro**, Rodomont.

5. **Ferì il Tartaro**. Ce qui donne à tout ce morceau un mouvement endiablé, c'est l'enchevêtrement de tous ces duels. Roger vient au secours de Marphise, comme tout à l'heure Marphise est venue au sien.

6. **Torso**, trognon.

7. À la strophe CXXI, l'auteur a exprimé déjà le même regret.

8. **Barbuta**, casque, un casque différent, moins solide.

CXXVII, 1. **Si risente**, revient à lui. Cf. octave CXIX, 8. — **In questo**, en ce moment.

6. **Del ben fare**, de sa bonne action (ironique dans l'esprit de Rodomont), ainsi que l'indique le mot *aspra*, dure, rude.

128

Malagigi, che sa d'ogni malìa
Quel che ne sappia alcun mago eccellente.
Ancorchè 'l libro suo seco non sia,
Con che fermare il sole era possente,
Pur la scongiurazione, onde solia
Comandare ai demonii, aveva a mente :
Tosto in corpo al ronzino un ne constringe
Di Doralice, ed in furor lo spinge.

Le cheval de Doralice fait un saut prodigieux et part comme si le diable l'eût emporté, entraînant sa cavalière. Rodomont et Mandricard se précipitent sur ses traces, bientôt suivis de Roger et de Marphise, dont la dernière prend à peine congé des quatre cousins. Les trois Sarrasins et la guerrière païenne courent vers le camp d'Agramant.

CHANT XXVII

Doralice retourne vers son père le roi de Grenade, dans le camp des Sarrasins, où accourt la fleur de la chevalerie païenne, tandis que Charlemagne est privé de Roland, et

---

CXXVIII, 1. **D'ogni malìa**, au sujet de tout ensorcellement. — Maugis est déjà dans Boiardo un enchanteur renommé et facétieux; la preuve qu'il mérite les éloges que l'auteur lui décerne dans les deux premiers vers de l'octave, c'est qu'il opère ici sans son livre (cf. chant XXII, octaves XVI et XVII, et les notes).

4. **Fermare il sole**, comme Josué.

5. **La scongiurazione**, la formule magique.

7. **Un** (*demonio*).

8. L'idée première de ces différends multipliés entre héros sarrasins doit être cherchée dans Boiardo, Partie III, chant VI, oct. 39 et suiv. Une querelle s'engage entre Mandricard et Roger au sujet des armes d'Hector. Comme Roger fait observer à son adversaire qu'il n'a pas d'épée, Mandricard déclare qu'il s'en passera jusqu'à ce qu'il ait conquis celle de Roland. Alors, Gradasse, venu justement d'Orient pour conquérir Durandal, engage avec Mandricard une bataille à coups de troncs d'arbre. L'Arioste a exploité ce motif:

aussi de Renaud, toujours à la poursuite d'Angélique qu'il croit au mains de Roland. L'ennemi du genre humain pousse également vers Paris Gradasse et Sacripant, qui se sont liés d'amitié à leur sortie du palais d'Atlant. Réunis à Rodomont et à Mandricard, ils traversent comme la foudre le camp chrétien en y semant la mort. Peu après, Roger et Marphise arrivent à leur tour et y exercent les mêmes ravages. Charlemagne est rejeté sur Paris. Les plaintes des chrétiens parviennent jusqu'à l'archange Michel. Celui-ci, voyant que la Discorde n'a exécuté ses ordres qu'à moitié, va la chercher de nouveau dans le couvent où il l'avait déjà trouvée.

LA DISCORDE AU CAMP D'AGRAMANT

37

Al monister, dove altre volte avea
La Discordia veduta, drizzò l'ali.
Trovolla ch'in capitolo sedea
A nuova elezïon degli ufficiali;
E di veder diletto si prendea
Volar pel capo a'frati i brevïali.
Le man le pose l'angelo nel crine,
E pugni e calci le diè senza fine.

38

Indi le roppe un manico di croce
Per la testa, pel dosso e per le braccia.

XXXVII, 1. **Monister**, *monasterio.* — **Altre volte**, jadis ch. XI LXXXI). — **Avea**; le sujet est l'archange.

3. **Capitolo**, chapitre (de moines).

4. **Ufficiali**, les officiers, ceux qui ont les différents offices du couvent.

6. Voy. au ch. v du *Lutrin* une scène analogue que Boileau raconte avec complaisance et détails.

7-8. Ces deux vers. ainsi que l'octave qui suit, appartiennent au genre burlesque. Scarron ne fera pas mieux dans son *Enéide travestie.*

XXXVIII, I. **Un manico di croce**. Cet archange est bien irrespectueux. Il est vrai de dire qu'il ne peut prendre que ce qu'il trouve.

Mercè grida la misera a gran voce,
E le ginocchia al divin nunzio abbraccin.
Michel non l'abbandona, che veloce
Nel campo del re d'Africa la caccia;
E poi le dice : « Aspetalti aver peggio,
Se fuor di questo campo più ti veggio! »

39

Comechè la Discordia avesse rotto
Tutto il dosso e le braccia, pur temendo
Un'altra volta ritrovarsi sotto
A quei gran colpi, a quel furor tremendo,
Corre a pigliare i mantici di botto,
Ed agli accesi fuochi esca aggiungendo
Ed accendendone altri, fa salire
Da molti cori un alto incendio d'ire.

40

E Rodomonte e Mandricardo e insieme
Ruggier n'infiamma sì, che innanzi al moro
Li fa tutti venire, or che non.preme
Carlo i Pagani, anzi il vantaggio è loro.

---

3. **Mercè**, grâce. — **La misera**, l'infortunée.

XXXIX, 1-2. **Rotto tutto il dosso.** La pauvre Discorde est tout éclopée. L'auteur insiste sur ce genre de comique. N'oublions pas qu'il est du pays de Polichinelle et d'Arlequin.

2. **Pur**; s'oppose à *comechè* du vers précédent : Malgré son piteux état, toutefois craignant...

3. **Sotto**, exposée; en latin, *obnoxia*.

5. **I mantici**, les soufflets de forge dont elle dispose.

7. **Accendendone altri.** Ces autres foyers de discorde, ce sont les querelles nouvelles qui éclateront dans les tentes où on armera Rodomont et Mandricard. Sous ce rapport, ce chant est un développement du chant précédent, comme le chant XXVI est un développement du passage de Boiardo (III, VI), que nous y avons indiqué.

XL, 2. **Al moro**, Agramant, roi des Maures.

4. **Anzi**, ou que même, ou que plutôt. *Anzi* vient du latin *antius*. Le mot français correspondant (comme forme) était *ains*, dont La Bruyère constate la mort.

Le differenzie narrano, ed il seme
Fanno saper, da cui produtte foro :
Poi del Re si rimettono al parere,
Chi di lor prima il campo debba avere.

41

Martisa del suo caso anco favella,
E dice che la pugna vuol finire,
Che cominciò col Tartaro; perch' ella
Provocata da lui vi fu a venire :
Nè per dar loco all'altre, volea quella
Un' ora, non che un giorno, differire;
Ma d'esser prima fa l'instanzia grande,
Ch'alla battaglia il Tartaro domande.

42

Non men vuol Rodomonte il primo campo
Da terminar col suo rival l'impresa
Che, per soccorrer l'africano campo,
Ha già interrotta e fin a qui sospesa.
Mette Ruggier le sue parole a campo,
E dice che patir troppo gli pesa,
Che Rodomonte il suo destrier gli tenga,
E ch'a pugna con lui prima non venga.

---

6. **Foro.** Voici la liste des *formes* que *furono* peut avoir en poésie : *furon, furo, fur, furno, foro.*
   8. **Il campo avere**, entrer en lice.

XLI, 3. **Col Tartaro**, Mandricard.
   4. **A venire** est en quelque sorte explétif.
   6. **Non che**, et encore moins.
   8. **Domande**, *domandi.*

XLII, 2. **Da**, pour.
   5. **Mette a campo**, exprime, émet.
   6-7. Construisez : *dice che gli pesa troppo patir che...*

43

Per più intricarla il Tartaro vien anche,
E niega che Ruggiero ad alcun patto
Debba l'aquila aver dall'ale bianche;
E d'ira e di furore è così matto,
Che vuol, quando dagli altri tre non manche,
Combatter tutte le querele a un tratto.
Nè più dagli altri ancor saria mancato,
Se'l consenso del Re vi fosse stato.

44

Con prieghi il re Agramante e buon ricordi
Fa quanto può, perchè la pace segua :
E quando alfin tutti li vede sordi
Non volere assentire a pace o a triegua,
Va discorrendo come almen gli accordi
Sì, che l'un dopo l'altro il campo assegua;
E pel miglior partito alfin gli occorre,
Ch'ognuno a sorte il campo s'abbia a tòrre.

XLIII, 1. **Intricarla**, embrouiller la chose. Comparez le sens de *la*
dans la locution : Vous me la baillez belle.

3. **L'aquila dall'ale**, l'aigle *aux* ailes.

5. **Quando dagli...**, s'il n'est pas fait défaut par les trois autres, si les trois autres ne se retirent pas.

6. **A un tratto**, d'un seul coup.

7. Et les autres ne s'y seraient pas refusés davantage.

XLIV, 1. **Ricordi**, remontrances.

2. **Fa quanto può**. Dans les romans du moyen âge, avec des
tempéraments pareils, tout n'était pas rose dans le métier de souverain.

5. **Discorrendo**, discourant en lui-même. Cf. Malherbe, *Consolation à Du Périer* :

> Et les tristes *discours*
> Que te met en l'esprit l'amitié paternelle.

7 Et le meilleur parti qui se présente enfin à son esprit.

8. Au début de l'*Orlando innamorato* (I, 1, 56-57), chaque chevalier voulant combattre le premier contre Argail pour conquérir
Angélique, on détermine par le sort le rang de chacun :

> Ciascun signor, cristiano o saracino,
> Ne l'urna d'oro il suo nome ha gittato.

45

Fe' quattro brevi porre : un Mandricardo
E Rodomonte insieme scritto avea;
Nell'altro era Ruggiero e Mandricardo;
Rodomonte e Ruggier l'altro dicea;
Dicea l'altro Marfisa e Mandricardo.
Indi all'arbitrio dell'instabil Dea
Li fece trarre; e'l primo fu il signore
Di Sarza a uscir con Mandricardo fuore.

46

Mandricardo e Ruggier fu nel secondo;
Nel terzo fu Ruggiero e Rodomonte :
Restò Marfisa e Mandricardo in fondo;
Di che la donna ebbe turbata fronte.
Nè Ruggier più di lei parve giocondo :
Sa che le forze dei duo primi pronte
Han tra lor da finir le liti in guisa,
Che non ne fia per sè, nè per Marfisa.

XLV, 1. **Brevi**, billets. Ce mot désigne un écrit court (de *brevis*),
puis un écrit. Il existe au sens de *lettre* dans toutes les langues
romanes du moyen âge. On dit encore : un bref du pape. Il a donné
le mot allemand *Brief*. — **Mandricardo**. Ce mot rime avec lui-
même. Il eût été difficile à l'auteur de faire autrement.

2. **Insieme**. Chaque bulletin portait deux noms.

6. **Instabil Dea**, la déesse changeante, la Fortune.

7-8. Remarquer l'enchevêtrement des mots. Nous avons déjà
rencontré plusieurs fois ces tournures embarrassées.

XLVI, 3. **In fondo**, de l'urne. Cette urne n'a pas été nommée. Mais
elle est impliquée par les mots *porre* (XLV, 1) et *fuore* (XLV, 8).

4. **Turbata fronte**, le visage mécontent.

6. **Pronte**, prêtes, vigoureuses.

7. **Han da finir**, sont capables de terminer, termineront.

8. **Che non ne fia**, qu'il ne restera plus rien. Rodomont et
Mandricard, étant d'égale force, vont se tuer l'un l'autre, et ainsi
tout duel ultérieur deviendra impossible, puisque Roger et Marphise n'ont rien à démêler ensemble.

La lice est ouverte ; les rois et les reines sont placés pour y assister. Rodomont et Mandricard sont conduits dans deux tentes différentes où d'autres chefs les aident à revêtir leurs armes. Mais Gradasse, qui arme Mandricard en compagnie de Roger, reconnaît Durandal, que Roland lui a enlevée jadis, et la réclame. Mandricard la refuse. Tandis qu'Agramant et Marsile arrêtent la lutte déjà commencée entre Mandricard et Gradasse, une autre dispute s'engage dans l'autre pavillon. Sacripant reconnaît en effet en Frontin son cheval qui lui a jadis été enlevé par Brunel, le jour même où celui-ci vola l'anneau d'Angélique et l'épée de Marphise. Il consent à le laisser à Rodomont pour le combat à la condition que celui-ci lui en reconnaisse la propriété. Rodomont refuse brutalement et la bataille s'engage. Agramant cherche encore à calmer cette querelle. Mais Marphise, attirée par les cris, apprend que son épée lui a été jadis volée par Brunel, et qu'en récompense de ce vol Agramant a nommé Brunel roi de Tingitane. Elle court vers l'estrade où Brunel était assis, l'enlève et le porte devant Agramant. Elle déclare qu'elle pendra ce voleur dans trois jours si personne ne s'est présenté pour le défendre, et elle l'emporte hors de la carrière. Agramant, courroucé de voir son autorité méconnue, veut poursuivre la guerrière, et c'est à grand'peine que le sage Sobrin l'en empêche. La Discorde pousse un cri de triomphe qui retentit jusque sur les bords du Rhône, de la Garonne et du Rhin.

Agramant propose enfin de s'en rapporter à Doralice, qui désignera celui dont elle désire être la femme. Doralice, à l'étonnement de tous, se prononce pour Mandricard. Rodomont, la rage au cœur, quitte le camp en maudissant Agramant et surtout les femmes. Comptant se rendre en Provence, et de là retourner en Afrique, il arrive quelques jours après sur les bords de la Saône, et il descend dans une hôtellerie, où il demande à l'hôtelier son opinion sur les femmes.

CHANT XXVIII

L'hôtelier lui dit des femmes le plus grand mal, et lui raconte même une histoire destinée à prouver leur inconstance. Un homme d'âge, qui se trouvait là, essaie de prendre leur défense. Mais il se tait quand il aperçoit le regard menaçant de Rodomont. Le lendemain, le roi d'Alger se remet en route ; par la Saône et le Rhône, il arrive auprès de Montpellier, et trouve sur une colline une chapelle abandonnée dont les murs ont été récemment reconstruits. Une rivière coule dans le voisinage. Ce lieu agréable et retiré le séduit et il s'y établit avec sa suite, toujours en proie à des pensées mélancoliques.

Un jour il voit venir une demoiselle et un moine suivis d'un cheval portant un fardeau recouvert d'un voile noir. C'est Isabelle qui, accompagnée de l'ermite, conduit le corps de son cher Zerbin. Rodomont s'enflamme à la vue de la belle affligée. En apprenant qu'elle se propose d'entrer dans un couvent, il s'efforce de la détourner de ce projet.

CHANT XXIX

L'ermite qui accompagne Isabelle rétorquant les arguments invoqués par Rodomont, le roi d'Alger se débarrasse de ce contradicteur en le saisissant par le cou et en le jetant si loin qu'on n'entend plus parler de lui. Puis il recommence à faire sa cour à Isabelle avec toute la douceur dont il est capable. Mais Isabelle veut demeurer fidèle à la mémoire de Zerbin ; et comme le brutal Rodomont passe de la prière aux menaces, elle a recours à un stratagème. Elle lui dit qu'elle sait composer une liqueur qui rend invulnérable celui qui s'en frotte. Rodomont, qui apprécie un pareil avantage, promet à Isabelle de ne plus l'importuner, sauf à revenir plus tard sur sa parole, et, craignant qu'elle ne prenne la fuite, il l'accompagne dans la recherche des herbes nécessaires à la préparation de la précieuse liqueur.

UNE LUCRÈCE

20

Poi ch'in più parti, quant'era a bastanza,
Colson dell'erbe e con radici e senza,
Tardi si ritornaro alla lor stanza;
Dove quel paragon di continenza
Tutta la notte spende, che l'avanza,
A bollir erbe con molt'avvertenza :
E a tutta l'opra e a tutti quei misteri
Si trova ognor presente il Re d'Algieri;

21

Che producendo quella notte in giuoco
Con quelli pochi servi ch'eran seco,
Sentia, per lo calor del vicin fuoco
Ch'era rinchiuso in quello angusto speco,
Tal sete, che bevendo or molto or poco,
Due barili votàr pieni di greco,

XX, 1. L'hôtelier, au chant XXVIII, a dit le plus grand mal des femmes. L'Arioste prouve par un exemple que, s'il en est de coupables, il en est aussi de vertueuses, capables d'un acte sublime. Cette mort d'Isabelle est un petit morceau exquis. L'auteur a emprunté le fond de sa narration à un traité de Francesco Barbaro, intitulé : *De re uxoria*, qui avait été dédié en 1416 à Laurent de Médicis, où un fait semblable est raconté. Du reste, des sacrifices analogues sont narrés encore ailleurs, notamment à propos de sainte Euphrasie, vierge et martyre de l'époque de Dioclétien.

2. **Colson** = *colsero*. Le sujet est Isabelle et Rodomont, qui ne la quittait pas d'un pas.

4. **Parangon di continenza,** modèle de chasteté. Il s'agit d'Isabelle.

6. **Con molt' avvertenza;** il fallait que Rodomont prît cette préparation au sérieux.

XXI, 1. **Producendo,** prolongeant, sens très fréquent du mot latin *producere.*

3-5. Joignez **sentia tal sete.**

6. **Votàr.** Rodomont et ses compagnons. — **Greco** (s. e. *vino*).

Ch'aveano tolto uno o duo giorni innanti
I suoi scudieri a certi vïandanti.

22

Non era Rodomonte usato al vino,
Perchè la legge sua lo vieta e danna :
E poi che lo gustò, liquor divino
Gli par, miglior che 'l nettare o la manna;
E, riprendendo il rito saracino,
Gran tazze e pieni fiaschi ne tracanna.
Fece il buon vino, ch'andò spesso intorno,
Girare il capo a tutti come un torno.

23

La donna in questo mezzo la caldaia
Dal fuoco tolse, ove quell'erbe cosse;
E disse a Rodomonte : « Acciò che paia
Che mie parole al vento non ho mosse,

7-8. L'Ariosto motive toute chose avec une facilité d'imagination surprenante. Rodomont buvait beaucoup de vin parce qu'il faisait chaud dans la pièce. Pourquoi y faisait-il chaud? Pour la double raison qu'elle était étroite et qu'on y faisait du feu. Mais comment possédait-il du vin? Parce que ses écuyers en avaient dérobé récemment à des voyageurs.

XXII, 1-2. Même observation que pour la strophe précédente; Rodomont s'enivre plus qu'un autre parce que, le vin étant interdit aux Sarrasins, il n'y est pas habitué.

3-4. Au chant ix de l'*Odyssée*, v. 359, le Cyclope apprécie de la même façon le vin que lui fait boire Ulysse :

'Αλλὰ τόδ 'ἀμβροσίης καὶ νέκταρός ἐστιν ἀπορρώξ.

5. **Riprendendo**, blâmant.

6. **Tracanna**, engloutit, équivaut à l'allemand *saufen*, à l'anglais *to swill*.

8. **Girare come un torno**, locution proverbiale.

XXIII, 1. **In questo mezzo**, comme *in questo mentre*, pendant ce temps.

4. **Al vento non ho mosse**, sont sérieuses.

Quella che'l ver dalla bugia dispaia,
E che può dotte far le genti grosse,
Te nè farò l'esperïenzia ancora,
Non nell'altrui, ma nel mio corpo or ora.

24

Io voglio a far il saggio esser la prima
Del felice liquor di virtù pieno,
Acciò tu forse non facessi stima
Che ci fosse mortifero veneno.
Di questo bagnerommi dalla cima
Del capo giù pel collo e per lo seno :
Tu poi tua forza in me prova e tua spada
Se questo abbia vigor, se quella rada. »

25

Bagnossi, come disse, e lieta porse
All'incauto Pagano il collo ignudo;
Incauto, e vinto anco dal vino forse,
Incontra a cui non vale elmo nè scudo.
Quell'uom bestial le prestò fede, e scorse
Sì colla mano e sì col ferro crudo,

---

5 6. Les vers 5 et 6 signalent les avantages de l'expérience, qu
n'est nommée qu'au vers 7.
6. **Grosse.** Grossiers, dans le sens de béotiens.
8. **Or ora,** sur le champ.
XXIV, 3. Pour que tu n'ailles pas penser.
4. **Ci,** dans la liqueur.
6. **Giù,** en descendant.
8. **Questo,** *il liquore;* **quella,** *la spada.*
XXV, 1. **Lieta.** C'est la joie céleste d'une martyre. L'héroïsme d'Isabelle est d'autant plus touchant qu'il est silencieux, exempt de tout
éta'age théâtral. Il se réduit à un geste, ou plutôt à une attitude
3. Deux causes expliquent l'acte précipité de Rodomont : l'imprudence ordinaire des esprits bornés, et son état d'ivresse.
4. **Cui** désigne le vin, contre lequel il est plus malaisé de se
défendre que contre un guerrier.

Che del bel capo, già d'amore albergo,
Fe' tronco rimanere il petto e il tergo.

26

Quel fe' tre balzi; e funne udita chiara
Voce, ch'uscendo nominò Zerbino,
Per cui seguire ella trovò sì rara
Via di fuggir di man del Saracino.
Alma, ch'avesti più la fede cara,
E'l nome, quasi ignoto e peregrino
Al tempo nostro, della castitade,
Che la tua vita e la tua verde etade;

27

Vattene in pace, alma beata e bella!
Così i miei versi avesson forza, come
Ben m'affaticherei con tutta quella
Arte che tanto il parlar orna e come,
Perchè mille e mill'anni e più, novella
Sentisse il mondo del tuo chiaro nome!

---

7. **Amore**, l'amour tendre qu'Isabelle avait pour Zerbin. **Amore**, par un grand *A*, que donnent certaines éditions, est une fadeur qui dépare ce morceau si sobre.

XXVI, 1. **Tre**, nombre consacré.

2. La tête d'Orphée, séparée de son corps, avait déjà redit le nom d'Eurydice (*Géorgiques*, iv, 523-527). L'Arioste, nous le savons déjà, avait lu Virgile avec attention.

3. **Cui**, Zerbin. **Cui seguire** n'est pas seulement un fait, c'est le sentiment qui a dicté son acte à Isabelle.

6-7. C'est la satire habituelle du temps présent. — **Peregrino**, étranger.

8. **Che** dépend de *più* (v. 5).

XXVII, 1. **Vattene in pace.** Pétrarque, *Trionfo della Morte*, avait déjà dit (v. 121) :

Vattene in pace, o vera mortal dea.

2. Les vers 2 et suivants dérivent des vers par lesquels Virgile prend congé de Nisus et Euryale morts (*Enéide*, ix, 446-449) :

Fortunati ambo! Si quid mea carmina possunt,
Nulla dies unquam memori vos eximet ævo...

Vattene in pace alla superna sede,
E lascia all'altre esempio di tua fede!

Rodomont, si barbare qu'il soit, se repent du crime qu'il a commis. Pour apaiser l'âme d'Isabelle, il fait élever un énorme monument qui enferme l'église où il habitait, et au centre de l'église, en une tombe commune, il dépose les corps des deux amants. De plus, en manière d'expiation, il fait construire sur la rivière un pont étroit où il combat tout chevalier qui veut passer, et, après chaque victoire, il suspend les armes du vaincu autour du tombeau d'Isabelle.

Un jour Roland, devenu fou, se présente pour passer le pont. Une lutte en résulte, et les deux paladins tombent à l'eau. Fleur-de-Lis, à la recherche de Brandimart qu'elle aime, assiste à cette lutte, et en profite pour passer le pont. Roland, qui s'est sauvé à la nage, comme Rodomont du reste, poursuit sa route, accomplissant mille actes de folie. Arrivé à Tarragone, il s'enfonce dans le sable pour défendre son corps nu contre les ardeurs du soleil. A ce moment surviennent Angélique et Médor. Roland ne reconnaît pas celle qu'il aime, mais il se précipite néanmoins à sa poursuite, abat d'un coup de poing le cheval de Médor qui le frappe, et il aurait atteint Angélique si elle ne se fût rendue invisible au moyen de son anneau. Il s'empare au moins de sa jument, saute dessus, l'éreinte, lui démet l'épaule, puis il l'attache à son pied et la traîne mourante d'abord, ensuite morte. Il tue ou estropie ceux qu'il rencontre.

INVECTIVE CONTRE LES FEMMES VOLAGES

73

Avrebbe così fatto, o poco manco,
Alla sua donna, se non s'ascondea;

---

7. **Vattene in pace.** L'auteur dit adieu une seconde fois à l'héroïne sur laquelle il nous a attendris, et qui laisse derrière elle comme un parfum discret de violette.
LXXIII, 1. **O poco manco,** ou à peu près.
2. **Sua donna,** Angélique. — **S'ascondea,** en prose *s'ascondesse.*

Perchè non discernea il nero dal bianco,
E di giovar, nocendo, si credea.
Deh maledetto sia l'anello, ed anco
Il cavalier che dato le l'avea!
Che se non era, avrebbe Orlando fatto
Di sè vendetta e di mill'altri a un tratto.

74

Nè questa sola, ma fosser pur state
In man d'Orlando quante oggi ne sono!
Ch'ad ogni modo tutte sono ingrate,
Nè si trova tra lor oncia di buono.
Ma prima che le corde rallentate
Al canto disugual rendano il suono,
Fia meglio differirlo a un'altra volta,
Acciò men sia noioso a chi l'ascolta.

---

3. **Il nero dal bianco**, au figuré, bien entendu.
4. **Si credea**, il croyait *à tort*.
7. **Se non era**, équivaut à *se non fosse stato*; cf. v. 2.

LXXIV. 1. **Nè questa sola**. Vœu général, amené avec beaucoup de naturel. Roland se serait vengé lui-même, et plût à Dieu qu'il eût pu venger toutes les victimes de l'humeur volage des femmes! — **Pur**, aussi.

3. **Tutte**. C'est le mot dont l'auteur devra s'excuser au début du chant suivant.

5-8. C'est une des façons habituelles d'Ariosto de prendre congé. D'autres fois, il pique la curiosité et promet de la satisfaire au chant suivant.

CHANT XXX

PALINODIE

1

Quando vincer dall'impeto e dall'ira
Si lascia la ragion, nè si difende,
E che 'l cieco furor sì innanzi tira
O mano o lingua, che gli amici offende;
Sebben di poi si piange e sì sospira,
Non è per questo che l'error s'emende.
Lasso! io mi doglio e affliggo invan di quanto
Dissi per ira al fin dell'altro canto.

2

Ma simile son fatto ad uno infermo,
Che dopo molta pazïenzia e molta,
Quando contra'l dolor non ha più schermo
Cede alla rabbia, e a bestemmiar si volta,
Manca il dolor, nè l'impeto sta fermo,
Che la lingua al dir mal facea sì sciolta :
E si ravvede e pente, e n' ha dispetto;
Ma quel c'ha detto, non può far non detto.

I, 1. Les réflexions par lesquelles ce chant débute sont intimement
liées à l'espèce d'imprécation que l'auteur a jetée sur les femmes
volages à la fin du chant précédent. Il s'en excuse auprès des
dames, et met ce mouvement d'humeur sur le compte de la colère. — **Dall'impeto e dall'ira**, sorte d'hendiadyn : par la violence de la colère.

3. **Innanzi tira**, met en mouvement; en latin, *profert*.

4. **O mano o lingua.** On peut offenser en actions ou en
paroles.

8. **Al fin dell'altro canto**, strophe LXXIV, 1-4.

II, 2. **Molta e molta** = *mollissima*.

5. **Manca il dolor**, si la douleur ou le ressentiment (sens qu'a
souvent *dolor* en latin) vient à cesser; nè, non plus.

6. Construisez *sì sciolta* **al dir mal.**

8. **Non può far non detto.** Cf. Horace, Art. poét., 390 : *Nes-
cit vox missa reverti*, et *Épitres*, I, XVIII, 71 : *Et semel emissum
volat irrevocabile verbum.*

3

Ben spero, donne, in vostra cortesia
Aver da voi perdon poich'io vel chieggio.
Voi scuserete, chè pér frenesia,
Vinto dall'aspra passïon, vaneggio.
Date la colpa alla nimica mia,
Che mi fa star ch'io non potrei star peggio;
E mi fa dir quel di ch'io son poi gramo :
Sallo Iddio, s'ella ha il torto; essa, s'io l'amo.

4

Non men son fuor di me, che fosse Orlando;
E non son men di lui di scusa degno,
Ch' or per li monti, or per le piaggie errando,
Scorse in gran parte di Marsilio il regno,
Molti dì la cavalla strascinando
Morta, come era, senza alcun ritegno;
Ma giunto ove un gran fiume entra nel mare,
Gli fu forza il cadavero lasciare.

III, 1. **Donne**, quelque mal que, à l'occasion, l'Arioste dise ou fasse
dire des dames, il tient à ne pas se brouiller avec elles. Il sait
qu'elles contribuent au succès d'un ouvrage, quand elles ne le font
pas totalement. Les auteurs du xviiie siècle, Métastase, Goldoni,
Gasp. Gozzi, mettront encore plus de soin à se faire pardonner les
traits qu'ils auront lancés contre le sexe.

4. **Vaneggio** équivaut ici à *ho vaneggiato,* j'ai dit des sot-
tises.

5. **Nimica mia**. L'Arioste nous parle souvent de ses amours.

6. **Mi fa star che**, me met dans un état tel que.....

8. Remarquer la facture savante de ce vers.

IV, 1. **Che fosse**, équivaut à *di quel che fosse.*

2-3. **Di lui che**. De même que, à la dernière strophe du chant
précédent, l'auteur passe avec aisance du récit à un vœu qui s'applique à toutes les femmes volages, du particulier au général, de
même ici, par un procédé contraire, il passe du général au particulier sans le moindre effort, et reprend en se jouant le fil de son
récit.

4. **Di Marsilio il regno**, l'Espagne.

Roland passe le fleuve à la nage et demande à un pâtre de lui donner son cheval en échange de la jument qu'il traîne, dont le seul défaut, dit-il, est d'être morte. L'autre se refusant à ce singulier marché, Roland le tue d'un coup de poing. Il accomplit encore en tous lieux des actes de folie, puis passe en Afrique à la nage.

Cependant, au camp des Sarrasins, Agramant s'épuise en vains efforts pour réconcilier Roger et Gradasse avec Mandricard. Pour faire l'économie d'un guerrier, Agramant décide que Mandricard ne sera combattu que par un de ses deux adversaires, et que celui qui ne se battra pas avec Mandricard sera considéré, pour l'objet de son différend, comme vainqueur ou vaincu selon que celui qui le combattra sera l'un ou l'autre. Le sort désigne Roger pour soutenir la commune querelle, et Gradasse, qui a intérêt à ce qu'il triomphe, lui prodigue les recommandations. Doralice essaie d'arrêter Mandricard; mais, dès que l'aurore se lève, Roger apparaît dans la lice tout armé. Le duel reste longtemps indécis. Le premier coup dangereux est porté par Mandricard qui, partageant l'écu de Roger, traverse sa cuirasse et le blesse. Le camp, en majorité favorable à Roger, tremble pour lui. Mais Roger répond en assénant un coup formidable sur la tête de Mandricard qu'il étourdit. Celui-ci, revenu à lui, fond sur Roger avec fureur.

FIN DU DUEL DE ROGER ET DE MANDRICARD

57

Levossi in su le staffe, ed all'elmetto
Segnògli, e si credette veramente
Partirlo a quella vòlta fin al petto :
Ma fu di lui Ruggier più diligente;

LVII, 1. Le poème de l'Arioste, comme celui de Boiardo, contient beaucoup de duels de ce genre. Celui-ci est remarquable par son étendue, et aussi par l'intérêt qu'il présente. — **Levossi** a pour sujet Mandricard.

2. **Segnògli** = *appostogli*, lui asséna un coup (après avoir visé).

3. **Lo**, Roger.

Chè pria che'l braccio scenda al duro effetto,
Gli caccia sotto la spada pungente,
E gli fa nella maglia ampla finestra,
Che sotto difendea l'ascella destra.

58

E Balisarda al suo ritorno trasse
Di fuori sangue tiepido e vermiglio,
E vietò a Durindana che calasse
Impetüosa con tanto periglio;
Benchè fin su la groppa si piegasse
Ruggiero, e per dolor strignesse il ciglio :
E s'elmo in capo avea di peggior tempre,
Gli era quel colpo memorabil sempre.

---

5. **Scenda al duro effetto**, produise son terrible résultat en tombant.

6. C'est, on le voit, un coup d'estoc que Roger porte à Mandricard.

7. **Finestra**, ouverture.

8. **Ascella**, du latin *axilla*, aisselle.

LVIII, 1. Balisarde est, nous le savons, l'épée de Roger. — **Al suo ritorno**, au moment où elle fut retirée.

2. **Tiepido**, *lepido*.

3. **Vietò a Durindana**, empêcha Durandal, dont Mandricard était armé. Il s'agit du coup asséné par Mandricard au *début* de la strophe précédente.

4. **Periglio**, pour Roger.

5. Le coup, pour n'être pas aussi dangereux qu'il aurait pu l'être, n'en fut pas moins violent.

6. **Strignesse il ciglio**, fronçât le sourcil.

7. **Tempre**, pour *tempra*, forme abrégée de *tempera*, substantif verbal de *temperare*, dans le sens de *mêler*, que ce mot a déjà en latin. Horace, *Épodes*, XVII, 80, dit : *temperare pocula*, mêler, préparer des philtres, des potions magiques. Grégoire de Tours dit : *vinum temperatum*, pour : du vin additionné d'eau. En provençal, *trempo* désigne encore aujourd'hui la piquette. Remarquer que dans le mot provençal, comme dans le mot français *trempe*, il y a eu métathèse de l'*r*.

8. Il se serait toujours souvenu du coup, probablement dans l'autre monde.

59

Ruggier non cessa, e spinge il suo cavallo,
E Mandricardo al destro fianco trova.
Quivi scelta finezza di metallo,
E ben condutta tempra poco giova
Contra la spada che non scende in fallo,
Che fu incantata non per altra prova
Che per far ch'a'suoi colpi nulla vaglia
Piastra incantata ed incantata maglia.

60

Taglionne quanto ella ne prese, e insieme
Lasciò ferito il Tartaro nel fianco,
Che'l ciel bestemmia, e di tant'ira freme,
Che'l tempestoso mare è orribil manco.
Or s'apparecchia a por le forze estreme :
Lo scudo ove in azzurro è l'augel bianco,
Vinto da sdegno, si gittò lontano
E messe al brando e l'una e l'altra mano.

LIX, 2. **Trova**, atteint.

   3. **Scelta finezza**, finesse de choix, excellente.

   4. **Poco giova**, est d'un faible secours.

   5. **In fallo**, à faux, sans résultat.

   6. **Incantata.** Nous avons remarqué que beaucoup d'armes de paladins sont enchantées. – **Non per altra prova**, non dans un autre but.

   8. **Piastra incantata...** Il suit de là que l'épée de Roger est enchantée au second degré.

LX, 1. **Taglionne** (de l'armure de Mandricard).

   3. **'l ciel bestemmia.** Nous avons déjà observé (Chant XXVI, oct. 83) que les païens ont l'habitude de proférer des blasphèmes.

   4. Constr. : **manco orribil.** Ce vers a une couleur homérique.

   6. **L'augel**, l'aigle. C'est précisément la cause du duel.

   7-8. Dans l'*Orlando innamorato*, I, XVIII, 15, Renaud, combattant contre Marphise, jette aussi son bouclier pour tenir son épée des deux mains :

        Getta via il scudo che gli era rimaso
        E furioso mena ad ambe mano.

Comme il est souvent arrivé, l'imitation de l'Arioste a été imitée

61

« Ah, disse a lui Ruggier, senza più basti
A mostrar che non merti quella insegna,
Ch'or tu la getti, e dianzi la tagliasti!
Nè potrai dir mai più che ti convegna. »
Così dicendo, forza è ch'egli attasti
Con quanta furia Durindana vegna;
Che sì gli grava e sì gli pesa in fronte,
Che più leggier potea cadervi un monte.

62

E per mezzo gli fende la visiera;
Buon per lui, che dal viso si discosta :
Poi calò su l'arcion che ferrato era,
Nè lo difese averne doppia crosta :
Giunse alfin su l'arnese, e come cera
L'aperse con la falda soprapposta;
E ferì gravemente nella coscia
Ruggier, sì ch'assai stette a guarir poscia.

---

par le Tasse (*Jérusal. dél.*, XIX, 23). Argant, combattant contre
Tancrède,

La man sinistra alla compagna accosta,
E con ambe congiunte il ferro abbassa.

LXI, 1. **Senza più basti**, que cela soul suffise.

   2. **Merti**, *meriti*.

   3. **Dianzi la tagliasti**, lorsque, à la strophe LII (v. 6), il a
partagé l'écu de Roger, qui portait aussi cette enseigne :

Gli (à Roger) fu lo scudo pel mezzo diviso.

   4. **Ti convegna**, *ti appartenga*.

   5. **Attasti**, tâte, éprouve.

   8. **Un monte**; exagération habituelle.

LXII, 2. **Buon per lui**, il fut heureux pour lui (locution encore
très usitée). — **Si discosta**, qu'elle fût éloignée.

   4. **Crosta**, *piastra, scaglia di metallo*.

   6. **Falda**, lame, plaque. L'auteur nous raconte l'odyssée de ce
coup d'épée avec toute la précision d'un *professionnel*.

   8. C'est la longueur de la convalescence de Roger qui éveillera,
à tort du reste, la jalousie de Bradamante.

63

Dell'un, come dell'altro, fatte rosse
Il sangue l'arme avea con doppia riga;
Talchè diverso era il parer, chi fosse
Di lor, ch'avesse il meglio in quella briga.
Ma quel dubbio Ruggier tosto rimosse
Con la spada che tanti ne castiga :
Mena di punta, e drizza il colpo crudo
Onde gittato avea colui lo scudo.

64

Fora della corazza il lato manco,
E di venire al cor trova la strada;
Chè gli entra più d'un palmo sopra il fianco,
Sì che convien che Mandricardo cada
D'ogni ragion che può nell'augel bianco,
O che può aver nella famosa spada;
E della cara vita cada insieme,
Che, più che spada e scudo, assai gli preme.

LXIII, 2. **Doppia**, une sur chaque armure.

3. **Il parer** (des assistants).

4. **Ch'** (chi) **avesse il meglio**, qui avait l'avantage; *aver il peggio* ou *la peggio*, avoir le dessous. — **Briga**, querelle; ici, combat.

6. **Tanti ne castiga**, châtie tant d'autres guerriers. Ce présent représente ici les trois moments de la durée, et *che castiga* équivaut à peu près à un adjectif : fatale à tant de guerriers.

7. **Mena di punta**. Roger affectionne les coups d'estoc; Mandricard préfère les coups de taille. — **Crudo**, cruel, terrible.

LXIV, 1. **Manco**, gauche.

4-5. **Cada d'ogni ragion**, perde tous ses droits; *cadere di grazia al re*, perdre la faveur du roi (m. à m. *déchoir de*).

5. **Può**. Suppléez *aver* du vers suivant.

6. **Famosa spada**. Nous ne devons pas oublier que Roger soutenait en même temps la cause de Gradasse qui réclamait Durandal à Mandricard.

7-8. Dans l'autre monde, Mandricard regrettera la vie, comme l'Achille d'Homère. On comprend que l'inaction de la mort coûte à ceux qui ont été si terriblement vivants. C'est cette pensée qui attriste déjà les derniers moments de Mandricard.

65

Non morì quel meschin senza vendetta :
Ch'a quel medesmo tempo che fu côlto,
La spada, poco sua, menò di fretta ;
Ed a Ruggier avria partito il volto,
Se già Ruggier non gli avesse intercetta
Prima la forza, e assai del vigor tolto.
Di forza e di vigor troppo gli tolse
Dianzi, che sotto il destro braccio il colse.

66

Da Mandricardo fu Ruggier percosso
Nel punto ch'egli a lui tolse la vita ;
Tal ch'un cerchio di ferro, anco che grosso
E una cuffia d'acciar ne fu partita.
Durindana tagliò cotenna ed osso
E nel capo a Ruggiero entrò dua dita.
Ruggier stordito in terra si riversa,
E di sangue un ruscel dal capo versa.

LXV, 1. **Meschin**, infortuné. C'est un mot de compassion de l'auteur pour Mandricard. En Provence, le mot *mesquin* est employé encore aujourd'hui par les veuves parlant de leur mari défunt.

2. **Côlto**, atteint.

8. **Poco sua**. Cf. le mot d'Eurydice, *Géorg.*, IV, 498 : *Heu! non tua.*

5-6. Roger a déjà eu cette chance de frapper Mandricard à propos, aux strophes LVII et LVIII.

7-8. On pourrait, à la rigueur, se passer de ces deux vers.

LXVI, 2. **Nel punto che**, au moment où ; **egli**, Roger ; **lui**, Mandricard.

3. **Tal**, de telle façon, pour *talmente*.

4. **Cuffia d'acciar**, coiffe d'acier. Le casque de Roger fut entamé.

5. **Cotenna**, couenne, graisse de porc ; ici, chair humaine.

6. **Dua (due) dita**. La tête de Roger devait être elle aussi enchantée pour résister à une pareille blessure.

7. **Stordito**. On le serait à moins.

8. **Versa**, coule.

9.

67

Il primo fu Ruggier ch'andò per terra,
E di poi stette l'altro a cader tanto,
Che quasi crede ognun che della guerra
Riporti Mandricardo il pregio e il vanto :
E Doralice sua, che con gli altri erra,
E che quel dì più volte ha riso e pianto,
Dio ringraziò con mani al ciel supine,
Ch'avesse avuta la pugna tal fine.

68

Ma poi ch'appare a manifesti segni
Vivo chi vive, e senza vita il morto,
Nei petti de'fautor mutano regni,
Di là mestizia, e di qua vien conforto.
I Re, i Signori, i cavalier più degni
Con Ruggier ch'a fatica era risorto,
A rallegrarsi ed abbracciarsi vanno,
E gloria senza fine e onor gli danno.

LXVII, 1. Constr. : **Ruggier fu il primo che...**

2. **Di poi**, après que Roger fut tombé. — **Stette**, *tarda*. Cf. octave LXII, v. 8.

3. **Guerra**, combat.

5. **Con gli altri erra**, partage l'erreur commune.

6. **Riso e pianto**, selon que Mandricard paraissait avoir le dessus ou le dessous.

7. **Supine**, la paume tournée vers le ciel.

8. **Tal fine**, celle qu'elle supposait.

LXVIII, 2. **Chi vive**, Roger ; **il morto**, Mandricard.

3. **Fautor (i)**, les partisans (de l'un ou de l'autre). — **Mutano regni**, changent leur empire, changent de domaine, de place (les sujets sont les deux substantifs du vers suivant). La construction est du reste embarrassée, à cause du verbe *vien*.

6. **A fatica era risorto**, s'était relevé avec peine.

7-8. Roger était le favori. Le caractère brutal de Mandricard l'avait rendu peu sympathique à l'élite de l'armée sarrasine, désignée au vers 5.

Agramant surtout se félicite de la victoire de Roger. La volage Doralice elle-même a maintenant tendresse d'âme pour lui. Roger reçoit les armes de Mandricard, sauf Durandal, qui est remise à Gradasse. Mais il n'en est pas moins grièvement blessé, et Agramant le fait soigner dans sa tente.

Cette maladie de Roger l'empêche d'aller retrouver Bradamante au bout de quinze ou vingt jours, comme il le lui avait promis. Cependant, à Montauban, la guerrière, gratifiée d'une simple lettre, était au courant de ses faits et gestes antérieurs par Richardet et Hippalque. Elle n'avait pas appris sans inquiétude que Roger voyageait en compagnie de la belle Marphise, et, l'absence de son amant se prolongeant, la jalousie s'éveille en elle. Aussi, Renaud étant revenu à Montauban, elle l'en laisse repartir avec ses frères et cousins, et prétexte une maladie pour ne pas se rendre avec eux au secours de Charlemagne.

CHANT XXXI

AMOUR ET JALOUSIE

1

Che dolce più, che più giocondo stato
Saria di quel d'un amoroso core?
Che viver più felice e più beato,
Che ritrovarsi in servitù d'Amore?

I, 1. Nous avons déjà remarqué que l'auteur, au commencement de ses chants, se livre à quelques réflexions générales qui lui sont suggérées par ce qu'il vient de dire ou va dire. Ces considérations sur l'amour et la jalousie procèdent de ce que l'auteur nous a dit, à la fin du chant précédent, sur la jalousie naissante de Bradamante. — **Più** est placé d'abord après, ensuite avant l'adjectif qu'il modifie. C'est un exemple de la souplesse de la langue italienne.

3. **Viver**, genre de vie.

4. **Ritrovarsi**, se trouver. Dante : *Mi ritrovai per una selva oscura.* (*Enfer*, I, 2). — **In servitù d'Amore**. La littérature, surtout en Provence et en Italie, a tellement abusé de ce « doux esclavage » que nous sommes fatigués de cette alliance de mots et de tout ce qui s'en rapproche. Et pourtant l'idée qui est au fond est incontestablement juste. L'auteur va nous le prouver.

Se non fosse l'uom sempre stimolato
Da quel sospetto rio, da quel timore,
Da quel martir, da quella frenesia,
Da quella rabbia, detta gelosia.

2

Però ch'ogni altro amaro che si pone
Tra questa soavissima dolcezza,
È un augumento, una perfezïone,
Ed è un condurre amore a più finezza.
L'acque parer fa saporite e buone
La sete, e il cibo pel digiun s'apprezza :
Non conosce la pace e non l'estima
Chi provato non ha la guerra prima.

---

5. **Stimolato**, non : aiguillonné ; mais : piqué, tourmenté.

6-8. Nous avons une série de substantifs formant une gradation qui tous servent à définir le mot final **gelosia**, lequel apparaît, ainsi placé, comme la solution d'une énigme. Cf. le torrent d'injures dont Stratonice se sert pour caractériser Polyeucte après le renversement des idoles, et qui se termine ainsi : « en un mot, un chrétien. » (*Polyeucte*, acte III, scène II.)

8. La première octave pose la question et la divise. 4 vers sont consacrés aux charmes de l'amour, 4 aux tourments de la jalousie. Le **se non** du vers 5 marque que les deux choses sont connexes. Il ne reste plus à l'auteur qu'à développer et à prouver.

II, 1. Le développement commence. Les octaves 2 et 3 et les quatre premiers vers de l'octave IV vont exposer cette idée que l'amour est un état heureux, rendu plus savoureux encore par les légères contrariétés qui l'accompagnent. — **Pero che**, car ; l'auteur entame sa démonstration.

1-2. **Amaro** s'oppose à **dolcezza**. On songe aux paroles de Lucrèce : *Medio de fonte leporum Surgit amari aliquid*. Mais l'idée est toute différente, contraire même chez l'Arioste qui considère l'amertume comme une augmentation, un perfectionnement de la *dolcezza*.

3. **Augumento**, *aumento*.

4. Un **condurre**, un moyen d'amener. — **A più finezza**. L'Arioste est un raffiné en matière amoureuse. Il n'est pas le seul dans son pays.

5. Le sujet est *la sete* (v. 6).

5-8. L'auteur prouve ce qu'il avance par trois comparaisons qui sont ici des raisons.

8. **Prima**, d'abord.

3

Sebben non veggon gli occhi ciò che vede
Ognora il core, in pace si sopporta.
Lo star lontano, poi quando si riede,
Quanto più lungo fu, più riconforta.
Lo stare in servitù senza mercede,
Purchè non resti la speranza morta,
Patir si può; chè premio al ben servire
Pur viene alfin, sebben tarda a venire.

4

Gli sdegni, le repulse, e finalmente
Tutti i martir d'Amor, tutte le pene
Fan, per lor rimembranza, che si sente
Con miglior gusto un piacer quando viene.
Ma se l'infernal peste una egra mente
Avvien ch'infetti, ammorbi ed avvelene;
Sebben segue poi festa ed allegrezza,
Non la cura l'amante e non l'apprezza.

III, 1. L'auteur entre dans le vif de la discussion : 1° L'absence augmente la joie éprouvée au retour (v. 1-4). — **Non veggon ciò che vede**; opposition jolie, et vraie.

2. **In pace si sopporta**, on supporte la chose avec calme.

3. **Si riede**, on revient, l'objet aimé revient.

5-8. 2° A la longue, l'esclave reçoit le paiement de sa servitude. C'est un nouvel argument tiré des faits eux-mêmes.

5. **Mercede**, récompense.

6. Il y a une condition : c'est que l'espoir soit justifié à la fin. Cela rappelle la chute du sonnet d'Oronte (*Misanth.* I, ii).

7. **Al ben servire**. La servitude amoureuse est une sorte de domesticité dont on doit remplir toutes les obligations en bon serviteur.

IV, 1-4. L'auteur groupe ensemble tous les faits dont il n'a pas été question dans les deux parties de l'octave précédente. C'est le troisième argument.

3. **Per lor rimembranza**. On goûte davantage les joies présentes en se souvenant des peines passées. C'est le contraire du *ricordarsi del tempo felice nella miseria*.

5. Nous passons à la deuxième partie de la dissertation, à la jalousie (*l'infernal peste*). — **Egra**, malade au moral, affligée.

7-8. Les satisfactions postérieures sont nulles pour le cœur aimant.

5

Questa è la cruda e avvelenata piaga,
A cui non val liquor, non val impiastro,
Nè murmure, nè immagine di saga,
Nè val lungo osservar di benigno astro,
Nè quanta esperïenzia d'arte maga
Fece mai l'inventor suo Zoroastro;
Piaga crudel che sopra ogni dolore
Conduce l'uom che disperato muore.

6

Oh incurabil piaga che nel petto
D'un amator sì facile s'imprime
Non men per falso che per ver sospetto!
Piaga che l'uom sì crudelmente opprime,
Che la ragion gli offusca e l'intelletto
E lo trá' fuor delle sembianze prime!
Oh iniqua gelosia, che così a torto
Levasti a Bradamante ogni conforto!

V, 1. **Crùda**, cruelle.

2-6. C'est une plaie pour laquelle il n'y a pas de remède.

2. **Liquor**, potion; **impiastro**, emplâtre. L'Arioste parle d'abord des remèdes naturels qu'on emploie contre les plaies. Il passe ensuite aux remèdes magiques.

3. **Murmure**, incantation; ce mot est déterminé par *saga*, tout comme *immagine*. — **Immagine di saga**; ce sont les fantômes qu'évoquent les sorcières.

4. Ni l'astrologie. On croyait au moyen âge à l'influence bonne ou mauvaise des astres.

6. Zoroastre passait pour l'inventeur de la magie.

7. **Sopra ogni dolore**, supérieure à toute douleur.

VI, 1. **Oh**. L'auteur passe du raisonnement à la passion, comme le fait tout bon orateur à l'approche de la péroraison Les compatriotes de Cicéron ont l'instinct du développement oratoire, le sentiment inné de l'éloquence.

2. **Facile**, *facilmente*.

3. **Falso**; sous-ent. *sospetto*.

6. Lui enlève ses traits d'auparavant, le rend méconnaissable.

7. **Iniqua gelosia**, placé à la fin, pour plus d'effet, comme à la fin de l'octave 1. — **Che...** L'auteur revient tout naturellement au cas particulier qui a motivé sa petite dissertation.

Pendant que Bradamante éprouve ainsi les funestes effets de la jalousie, Renaud, à la tête de quelques centaines d'hommes déterminés, et en compagnie de ses frères et cousins, prend le chemin de Paris. Le lendemain il rencontre un chevalier qui provoque Richardet et le renverse. L'inconnu en fait autant de tous les parents de Renaud. Celui-ci lui-même a peine à lui résister, et, la lutte s'étant prolongée jusqu'au soir, on en remet la continuation au lendemain matin. Renaud conduit son adversaire dans sa tente pour y passer la nuit. Là l'inconnu comprenant qu'il a eu affaire à Renaud, n'hésite pas à déclarer qu'il est Guidon le Sauvage, fils du duc Aymon, et par conséquent un membre de la famille qui l'entoure. Il se met en route le lendemain avec ses parents. Chemin faisant la troupe se grossit encore de Griffon le Blanc, d'Aquilant le Noir, et de Sansonnet. Renaud trouve, causant avec les deux premiers, Fleur-de-Lis, qui lui apprend la folie de Roland. Il se propose d'aller à sa recherche. Mais il lui faut d'abord secourir Paris. Après avoir fait reposer sa troupe, il attaque de nuit le camp sarrasin dans lequel il sème le carnage. Charlemagne, prévenu, fait une sortie, accompagné de ses paladins. Parmi ceux-ci est Brandimart. Fleur-de-Lis, heureuse de le retrouver, le met lui aussi au courant de la folie de Roland. Brandimart, qui est le Patrocle de cet autre Achille, part aussitôt à sa recherche avec Fleur-de-Lis. Arrivé au pont gardé par Rodomont, il se bat avec le Sarrasin, et, vaincu, est fait prisonnier. Fleur-de-Lis forme le dessein de trouver un chevalier capable de le délivrer.

Cependant, à Paris, les Sarrasins ont été complètement défaits, et Agramant a dû se résoudre à s'enfuir vers Arles où il emmène Roger, dont la blessure n'est pas encore guérie. Gradasse, qui campait assez loin de l'armée sarrasine, n'avait pas pris part à la fuite commune. Au contraire, en apprenant que c'est Renaud qui est l'agresseur, il en éprouve une joie très vive; car il a un vieux compte à régler avec ce paladin, qui, croit-il, s'est dérobé à un duel avec lui. Rencontrant Renaud, il lui reproche son manque de parole. Renaud lui prouve qu'il n'y a pas eu de sa faute; après quoi il est décidé que les deux guerriers se battront le lendemain, et que, si Gradasse est vainqueur, il conquerra Bayard, mais

que, s'il est vaincu, il cédera Durandal à Renaud. Le lendemain les deux paladins arrivent en même temps au lieu désigné, et, après s'être salués avec une courtoisie exquise, en-
gagent le combat.

CHANT XXXII

Agramant vaincu s'est réfugié à Arles, et, espérant pouvoir
y soutenir la guerre, s'efforce de réunir de nouvelles troupes.
Rodomont refuse de se rendre à son invitation et d'abandonner la tombe d'Isabelle. Marphise, au contraire, dès
qu'elle apprend la défaite d'Agramant, vient le retrouver à
Arles. Elle amène avec elle Brunel qu'elle n'a pu se résoudre
à pendre, et le remet aux mains du roi d'Afrique. Agramant,
heureux de la revoir, et de la revoir soumise, montre qu'il
est sensible à cette attitude correcte en faisant pendre le
petit roi voleur.

Cependant, à Montauban, Bradamante attend toujours et
ne voit rien venir. Quand est passé le vingtième jour, qui est
le terme fixé par Roger, elle éclate en lamentations. Pourtant l'espérance la soutient encore un peu. Mais un jour
qu'elle se dirige vers la route par laquelle Roger pourrait
venir, elle rencontre un chevalier gascon qui arrive directement du camp sarrasin où il a été prisonnier. Il raconte à
Bradamante comment, dans son duel avec Mandricard,
Roger, quoique vainqueur, a été si gravement blessé qu'il a
été pendant un mois en danger de mort. S'il s'en était tenu
là, fait judicieusement observer l'auteur, Roger eût été plei-
nement justifié aux yeux de son amante. Malheureusement
il parle de Marphise, vante sa beauté, dit qu'elle se montre
très assidue dans la tente du guerrier blessé, et enfin rapporte l'opinion généralement admise au camp sarrasin qu'elle
épousera Roger quand il sera rétabli. Ces informations s'en-
foncent comme autant de dards dans le cœur de l'infortunée
Bradamante, qui revient au château, monte dans sa chambre,
et là, étendue sur sa couche, exhale une douleur qu'elle ne
peut plus contenir.

PLAINTES DE BRADAMANTE QUI SE CROIT TRAHIE PAR ROGER

37

« Misera! a chi mai più creder debb'io?
Vo' dir ch'ognuno è perfido e crudele,
Se perfido e crudel sei, Ruggier mio,
Che sì pietoso tenni e sì fedele.
Qual crudeltà, qual tradimento rio
Unqua s'udì per tragiche querele,
Che non trovi minor, se pensar mai
Al mio merto e al tuo debito vorrai?

38

Perchè, Ruggier, come di te non vive
Cavalier di più ardir, di più bellezza,
Nè che a gran pezzo al tuo valore arrive,
Nè a'tuoi costumi, nè a tua gentilezza;

XXXVII. 1. Toute l'histoire de la passion amoureuse de Bradamante est, comme le fait avec raison observer M. Pio Rajna, une merveilleuse analyse psychologique. Ici, sous l'action de la jalousie, cette passion éclate. — **Misera! a chi mai...** C'est le mot d'Auguste, victime d'une trahison différente (*Cinna*, IV, 2) :

> Ciel, à qui voulez-vous désormais que je fie
> Les secrets de mon âme et le soin de ma vie?

2. **Ognuno.** C'est le fait de l'âme passionnée que de généraliser sa propre situation, parce que c'est la seule qu'elle voit. Ici, la conclusion résulte en outre d'un raisonnement *à fortiori*.

3. **Ruggier mio.** Ce *mio* est ici particulièrement touchant.

4. **Tenni**, je jugeai, je crus. *Tenir* a aussi ce sens dans notre langue classique.

6. **Per tragiche querele**, dans les tragédies.

7. La douleur individuelle, ne voyant qu'elle-même, s'attribue aisément la première place.

XXXVIII, 1. **Di te**, que toi.

3. **A gran pezzo**, (même) de loin.

Perchè non fai che, fra tue illustri e dive
Virtù, si dica ancor ch'abbi fermezza,
Si dica ch'abbi invïolabil fede
A chi ogni altra virtù s'inchina e cede?

39

Non sai che non compar, se non v'è quella,
Alcun valore, alcun nobil costume?
Come nè cosa (e sia quanto vuol bella)
Si può vedere ove non splenda lume.
Facil ti fu ingannare una donzella,
Di cui tu signor eri, idolo e nume;
A cui potevi far con tue parole
Creder che fosse oscuro e freddo il Sole.

40

Crudel, di che peccato a doler t'hai,
Se d'uccider chi t'ama non ti penti?

---

6. **Fermezza**, constance.

8. **A chi**, devant laquelle (fidélité).

XXXIX, 1. **Compar**, se montre, brille; usité encore en Toscane
dans ce sens. — **Quella**, la fidélité.

2. **Valore**. Ce mot a en italien, comme en français, le double
sens de *bravoure* et de *qualité méritoire*. C'est ce deuxième sens,
qui est du reste le sens primitif, que ce mot a ici. Frédéric II disait
déjà à sa dame : « *Valor sor l'altre avete* » (Monaci, *Crestomazia
italiana*, p. 73).

3-4. La fidélité est donc en quelque sorte le soleil qui éclaire toutes
les autres qualités.

5. **Ingannare**. Nous savons qu'en fait Roger n'a trompé Bradamante d'aucune façon. C'est elle qui se trompe.

7. **Potevi**, tu aurais pu.

8. Persuader les choses les plus absurdes, tout ce que tu aurais
voulu.

XL, 1. **Di che peccato...** Quelle est la faute qui puisse t'inspirer
des remords, si... Les six premiers vers de cette octave sont consti-
tués par trois antithèses, et chaque vers exprime un des deux membres de l'antithèse. Il y a bien quelque rhétorique dans cette abon-
dance.

Se'l mancar di tua fè si leggier fai,
Di ch'altro peso il cor gravar ti senti?
Come tratti il nimico, se tu dái
A me, che t'amo sì, questi tormenti?
Ben dirò che giustizia in ciel non sia,
S'a veder tardo la vendetta mia.

41

Se d'ogn'altro peccato assai più quello
Dell'empia ingratitudine l'uom grava,
E per questo dal ciel l'Angel più bello
Fu relegato in parte oscura e cava;
E se gran fallo aspetta gran flagello,
Quando debita emenda il cor non lava,
Guarda ch'aspro flagello in te non scenda,
Che mi se'ingrato, e non vuoi farne emenda!

42

Di furto ancora, oltre ogni vizio rio,
Di te, crudele, ho da dolermi molto.
Che tu mi tenga il cor, non ti dico io;
Di questo io vo'che tu ne vada assolto:

---

3. **Fai**, regardes comme.

7. Les affligés sont d'ordinaire peu tendres envers le ciel.

8. **Tardo**, 1re pers. de l'indicatif présent.

XLI, 1. **Quello** (*peccato*).

2. **Grava**, pèse sur. Cf. l'octave précédente, v. 4. C'est le sens du latin *gravio*. On disait encore au xviie siècle, en France, *la chute des graves*, pour : la chute des corps pesants. L'ingratitude pèse sur la conscience de l'homme ; elle pèse aussi au dehors sur sa renommée.

3. **L'Angel più bello**, Lucifer. Dante dit de lui, *Enfer*, xxxiv. 18 : *La creatura ch'ebbe il bel sembiante*.

4. **In parte oscura e cava**, au fond même de l'enfer. Les Italiens, grands lecteurs de Dante, voient l'enfer comme il l'a peint.

5. **Flagello**, châtiment. C'est le sujet.

6. **Quando**, dans le cas où. Notre mot *quand* a aussi ce sens.

8. Il n'y a rien à reprocher à la logique de ce raisonnement.

XLII, 1. **Furto**, larcin.

3. **Non ti dico io**, ce n'est pas cela que je te reproche.

4. **Ne vada**. Comparez le latin *evadere*.

Dico di te che t'eri fatto mio,
E poi contra ragion mi ti sei tolto.
Renditi, iniquo, a me; chè tu sai bene
Che non si può salvar chi l'altrui tiene.

43

Tu m'hai, Ruggier, lasciata : io te non voglio.
Nè lasciarti volendo anco potrei;
Ma, per uscir d'affanno e di cordoglio,
Posso e voglio finire i giorni miei.
Di non morirti in grazia sol mi doglio;
Chè se concesso m'avessero i Dei
Ch'io fossi morta quando t'era grata,
Morte non fu giammai tanto beata. »

Cependant, réflexion faite, Bradamante renonce à se donner la mort. Elle ira la chercher des propres mains de son amant, et peut-être, avant de mourir, aura-t-elle la satisfac-

---

5-6. Donc, ce dont Bradamante se plaint, ce n'est pas que Roger lui ait pris son cœur; là-dessus, elle passe condamnation ; c'est que Roger, lui ayant donné son propre cœur, l'ait repris sans motif. Tout cela est bien subtil. On trouve de ces fadeurs dans la poésie prédantesque et même dans la *Vita nuova*.

8. **Chi l'altrui tiene.** Celui qui détient le bien d'autrui sera damné. Cette octave alambiquée et fade rappelle le « Au voleur! » des *Précieuses ridicules.* Elle est, disons-le franchement, de mauvais goût, et c'est dommage ; car, en dépit de la rhétorique, il y a des accents vrais dans ce passage.

XLIII, 1-2. Ces deux vers sont simples, forts et vrais.

3. **Affanno.** Ce mot désigne une peine physique ou morale. Dans l'espagnol *afan*, c'est le sens moral qui domine. Dans le vieux mot français *ahan*, c'est le sens physique : Suer d'ahan. Étymologie incertaine.

4. Le suicide est considéré par les désespérés comme le remède suprême.

5. **Di non morirti in grazia**, de mourir sans être aimée de toi.

7. **I Dei.** Bradamante oublie qu'elle est chrétienne, et l'auteur se souvient trop de ses modèles classiques. — En prose, on dit *gli dei.*

8. **Fu**, aurait été.

tion de se venger de sa rivale. Vêtue d'une armure funèbre,
elle part, emportant la lance d'Astolphe, ignorant du reste
qu'elle est enchantée, *et se dirige vers Paris* où elle compte
trouver le camp sarrasin; car on ignore encore à Montauban les dernières nouvelles de la guerre.

En route, elle rencontre une compagnie à la *tête de laquelle se trouve une dame*. Cette dame, qui vient de l'Ile
perdue ou Islande, apporte à Charlemagne, de la part de sa
reine, un bouclier pour qu'il le donne à celui qu'il jugera le
meilleur *chevalier du monde*. Ce chevalier deviendra son
mari. Trois vaillants rois du nord, amoureux de la reine
d'Islande, accompagnent la messagère, pour combattre celu
auquel Charlemagne donnera l'écu.

Bradamante qui, absorbée par ses pensées, s'en va au gré
de son cheval Rabican, est surprise par la nuit. Un berger
lui apprend qu'elle peut trouver un gîte à la Roche de Tristan
à condition de *se soumettre aux conditions* imposées par le
châtelain. Elle combat donc les trois rois qui étaient déjà
logés dans la roche. Elle les abat sans peine grâce à sa lance
enchantée, et ils doivent passer la *nuit dehors*. Bradamante
est accueillie courtoisement par le châtelain, qui la reconnaît.
Mais il en résulte une difficulté nouvelle. Deux femmes ne
peuvent pas loger ensemble au château, et celle qui est la
moins belle *doit céder la place* à l'autre. Un jury se décide
en faveur de Bradamante. Mais la guerrière, toujours géné-
reuse, démontre qu'elle-même ne s'est pas introduite dans le
château comme femme, mais grâce à *sa valeur virile*, et que
par *conséquent* la messagère peut y reposer sans que la loi
soit violée. Après le repas, la salle est magnifiquement illu-
minée.'

CHANT XXXIII

Les tableaux de cette salle représentent les guerres passées et surtout les guerres *futures entre l'Italie et la France*.
Quand elle les a suffisamment admirés, la compagnie va se
coucher. Bradamante, agitée, ne s'endort que vers l'aurore,
et rêve de Roger. Le matin, à son départ, elle rencontre les

rois vaincus, qui avaient passé la nuit dehors, sous l'orage. Désireux de prendre leur revanche, ils la défient; mais elle les abat de nouveau et s'éloigne. Ils apprennent alors avec dépit, de la bouche de la messagère Ullanie, qu'ils ont été deux fois vaincus par une femme. Pour se punir, ils jurent de marcher un an à pied et sans armure. Bradamante continue son voyage vers Paris, et, dans la soirée, arrive à un château où elle apprend la défaite d'Agramant.

L'auteur nous ramène à Renaud et à Gradasse qui, après avoir attaché leurs destriers près de la fontaine, combattaient vaillamment l'un contre l'autre. Tandis que la lutte se prolonge, Bayard est assailli par un oiseau monstrueux.

COMBAT DE BAYARD ET D'UN OISEAU MONSTRE

83

Senza prender riposo erano stati
Gran pezzo tanto alla battaglia fisi,
Che vòlti gli occhi in nessun mai de'lati
Aveano, fuor che nei turbati visi;
Quando da un'altra zuffa distornati,
E da tanto furor furon divisi.
Ambi voltaro a un gran strepito il ciglio,
E videro Baiardo in gran periglio.

84

Vider Baiardo a zuffa con un mostro
Ch'era più di lui grande, ed era augello :

LXXXIII, 2. **Gran pezzo**, longtemps. On dit encore, dans le même sens, *un buon pezzo*. — **Fisi,** attentifs.

3. **Mai,** jamais.

4. **Turbati,** passionnés, irrités, comme il est naturel dans une bataille.

5. **Zuffa,** choc, bagarre, bataille.

6. **Divisi da,** distraits de.

7. **Il ciglio,** le cil, les cils, c'est-à-dire les yeux. C'est la partie pour le tout.

LXXXIV, 1. Cette octave est consacrée à la description de l'oiseau monstre. — Remarquer **vider** repris de la fin de l'octave précédente.

Avea più lungo di tre braccia il rostro ;
L'altre fattezze avea di vipistrello ;
Avea la piuma negra come inchiostro,
Avea l'artiglio grande, acuto e fello ;
Occhi di fuoco, e sguardo avea crudele ;
L'ale avea grandi, che parean due vele.

85

Forse era vero augel ; ma non so dove
O quando un altro ne sia stato tale.
Non ho veduto mai, nè letto altrove,
Fuor ch'in Turpin, d'un sì fatto animale.
Questo rispetto a credere mi muove,
Che l'augel fosse un diavolo infernale
Che Malagigi in quella forma trasse,
Acciò che la battaglia disturbasse.

---

4. **L'altre fattezze,** mot-à-mot, les autres traits, c'est-à-dire le reste du corps.

6. **L'artiglio.** C'est le sing. pour le pluriel. — **Fello,** mauvais.

8. Cet oiseau a quelque chose de fantastique et d'offrayant. Il n'en faut pas moins pour mettre en fuite un coursier d'élite comme l'est Bayard.

LXXXV, 1. L'auteur va se livrer, comme cela lui arrive souvent, à de la critique historique pour rire. Etait-ce un oiseau véritable, ou quelque être fantastique ? Telle est la question qu'Arioste va discuter avec un sérieux d'emprunt. L'auteur semble rejeter la première hypothèse, à en juger par les objections qu'il soulève, et qui sont annoncées par le mot **ma.**

3. **Veduto, letto,** gradation.

4. **Fuor ch'in Turpin.** Arioste ne traite pas toujours son dire comme une quantité négligeable. — **Sì fatto,** pareil. En prose on écrit plutôt *siffatto,* en soudant les deux mots et en redoublant la première lettre du second, suivant l'habitude italienne.

5. **Rispetto,** considération. L'auteur passe à la seconde hypothèse, plus plausible.

7. **Malagigi,** Maugis, un enchanteur que nous connaissons déjà, cousin de Renaud. Dans Boiardo, à l'aide d'un maléfice, il fait combattre Renaud contre un esprit, tandis qu'il croit combattre Gradasse. Ce passage de l'*Innamorato* (I, v, 32-47) a évidemment inspiré celui-ci ; car il s'agit des deux mêmes paladins.

86

Rinaldo il credette anco, e gran parole
E sconce poi con Malagigi n'ebbe.
Egli già confessar non glie lo vuole ;
E perchè tor di colpa si vorrebbe,
Giura pel lume che dà lume al Sole,
Che di questo imputato esser non debbe.
Fosse augello o demonio, il mostro scese
Sopra Baiardo, e con l'artiglio il prese.

87

Le redini il destrier, ch'era possente,
Subito rompe, e con sdegno e con ira
Contra l'augello i calci adopra e'l dente;
Ma quel veloce in aria si ritira :
Indi ritorna, e con l'ugna pungente
Lo va battendo, e d'ogn'intorno aggira.
Baiardo offeso, e che non ha ragione
Di schermo alcun, ratto a fuggir si pone.

LXXXVI, 1-2. **Gran parole e sconce ebbe,** il échangea des propos vifs et discourtois. Renaud avait raison. Car l'enchantement
inexpliqué de Maugis va permettre à Gradasse de voler le coursier de son cousin.

3. **Egli,** Maugis

4. **Si tor di colpa,** se justifier de l'inculpation.

5. **Pel lume...** Cette périphrase désigne Dieu. Les enchanteurs,
dans la fréquentation du diable, prennent quelquefois l'habitude de
se parjurer.

7. **Fosse augello o demonio.** L'auteur termine brusquement
sa discussion, et revient au récit.

LXXXVII, 1. Bayard étant fort (*possente*) brise les rênes (*le redini*)
par lesquelles il était attaché. On dit *redine* et *redina*.

2. **Sdegno** et **ira** sont deux termes à peu près synonymes.

4. **Veloce** équivaut à un adverbe.

7. **Offeso,** blessé.

7-8. **Ragione di schermo,** moyen de défense.

8. Construisez **si pone a fuggir ratto.**

88

Fugge Baiardo alla vicina selva,
E va cercando le più spesse fronde :
Segue di sopra la pennuta belva
Con gli occhi fisi ove la via seconde :
Ma pure il buon destrier tanto s'inselva,
Ch'alfin sotto una grotta si nasconde.
Poi che l'alato ne perdè la traccia,
Ritorna in cielo, e cerca nuova caccia.

Les deux chevaliers suspendent leur combat et se mettent
à la poursuite de Bayard, après avoir convenu que celui des
deux qui le retrouvera le ramènera près de la fontaine, où
se terminera leur querelle. Mais Gradasse, l'ayant trouvé
dans une caverne, manque à sa parole, et, désormais pos-
sesseur de Durandal et de Bayard, il s'embarque à Arles
pour l'Orient.

Cependant Astolphe, toujours monté sur l'hippogriffe,
après avoir parcouru une infinité de pays, arrive en Ethiopie.
Le souverain de ce pays, Senape, est prodigieusement riche ;
son château est tout en or et en pierres précieuses. Mais il a,
dans sa jeunesse, attiré sur lui, par son orgueil, la colère de
Dieu, en voulant conquérir le paradis terrestre, situé aux
sources du Nil. Pour le punir, Dieu l'a frappé de cécité, et
de plus, lui envoie les harpies, qui, en enlevant les mets de
sa table, lui font endurer les tourments de la faim. D'après
une prédiction, il ne peut être délivré de ces monstres que

LXXXVIII, 3. **Belva**, la bête féroce. C'est le mot latin *bellua*,
avec l'*u* devenu consonne.

4. **Ove la via seconde**, sur la route que suit (Bayard).

5. **Ma pure**, toutefois. *Pure* renforce simplement le sens de
ma. — **S'inselva**, s'enfonce dans la forêt ; mot très joli et qui
nous manque.

7. **L'alato**, l'animal ailé, l'oiseau.

8. **Cerca nuova caccia**. Ceci semblerait indiquer que, contrairement à l'hypothèse admise par l'auteur, c'était bien un oiseau
réel. Car, s'il avait été évoqué par Maugis, il aurait dû disparaître,
sa tâche remplie. Mais n'ajoutons pas de lourds *commentaires aux
riens légers* de l'Arioste.

par un chevalier monté sur un coursier ailé. Astolphe, qui remplit cette condition, est accueilli comme un nouveau Messie. Senape lui promet les plus grands honneurs s'il le débarrasse seulement des harpies. Il se résigne à être privé de la vue ; mais il voudrait pouvoir au moins satisfaire sa faim. Astolphe, avec modestie, promet son concours et le roi ordonne aussitôt d'apprêter un festin.

LES HARPIES

119

Dentro una ricca sala immantinente
Apparecchiossi il convito solenne.
Col Senápo s'assise solamente
Il duca Astolfo, e la vivanda venne.
Ecco per l'aria lo stridor si sente,
Percossa intorno dall'orribil penne ;
Ecco venir l'Arpie brutte e nefande,
Tratte dal cielo a odor delle vivande.

120

Erano sette in una schiera, e tutte
Volto di donne avean, pallide e smorte,

CXIX, 1. La source principale de cet épisode des Harpies a été Valérius Flaccus (*Argon.* iv, 422-584). L'Ariosto a emprunté aussi quelques traits à Virgile (*Enéide*, iii, 209-269).

2. **Solenne,** magnifique.

3. **S'assise,** 3ᵉ pers. sing. prét. irrég., de *assedersi*.

4. **La vivanda,** les mets. Rapprochez les mot français *viande* et *vivandière*.

5. **Lo stridor,** le bruit strident.

6. **Percóssa** se rapporte à *aria* du vers précédent.

7. **Brutte,** affreuses. — **nefande,** exécrables, abominables, en latin *nefandus*.

8. **A odor,** par l'odeur,

CXX, 1. **Sette,** nombre fatidique, comme *trois*.

2. **Volto di donne.** Cf. *Enéide*, iii,, 216 : *Virginei volucrum vultus.* — **Smorte,** blêmes, livides.

Per lunga fame attenuate e asciutte,
Orribili a veder più che la morte.
L'alaccie grandi avean, deformi e brutte;
Le man rapaci, e l'ugne incurve e torte;
Grande e fetido il ventre, e lunga coda,
Come di serpe che s'aggira e snoda.

121

Si sentono venir per l'aria, e quasi
Si veggon tutto a un tempo in sulla mensa
Rapire i cibi, e riversare i vasi :
E molta feccia il ventre lor dispensa,
Talchè gli è forza d'atturare i nasi;
Chè non si può patir la puzza immensa.
Astolfo, come l'ira lo sospinge,
Contra gl'ingordi augelli il ferro stringe.

122

Uno sul collo, un altro su la groppa
Percuote, e chi nel petto, e chi nell'ala;

---

5. **Asciutte.** Nous disons aussi *desséchées.*

4. **Alaccie,** augmentatif péjoratif de *ala.* Les trois adjectifs qui suivent ne font qu'attirer successivement l'attention sur les divers éléments contenus dans le substantif.

7. **Fetido il ventre.** Virgile attribue aussi cette mauvaise odeur aux Harpies, *Enéide,* III, 228 : *tetrum odorem..*

CXXI, 1. **Si sentono,** on les entend. Le verbe *sentire* a très fréquemment, en italien, le sens d'*entendre* : *ho sentito dire,* j'ai entendu dire.

1-2. **Quasi tutto a un tempo,** presque en même temps.

3. **Rapire i cibi.** *Enéide,* III, 227 : *Diripiuntque dapes.*

4. **Feccia,** proprement *lie* ; ici, *ordures, excréments.*

4-5-6. Les Italiens sont souvent plus naturalistes que nous. Il ne leur répugne pas d'insister sur certaines choses que nous nous contenterions d'indiquer. — **Atturare i nasi.** Le vers 5 rappelle la fameuse fresque du Campo Santo de Pise, où l'un des trois vivants se bouche le nez pour éviter la puanteur qui se dégage des cadavres des trois morts.

8. **Ingordi,** goulus. voraces.

Ma come fera in s'un sacco di sloppa,
Poi langue il colpo, e senza effetto cala ;
E quei non vi lasciâr piatto nè coppa
Che fosse intatta ; nè sgombrâr la sala
Prima che le rapine e il fiero pasto
Contaminato il tutto avesse e guasto.

Le roi commence à désespérer. Mais Astolphe, avec son cor, met en fuite les horribles oiseaux, et, en les poursuivant monté sur l'hippogriffe, il arrive au pied de la montagne où le Nil prend sa source, à une porte de l'enfer.

CHANT XXXIV

Astolphe se décide à entrer en enfer, toujours muni de son cor qui le rassure, et, s'étant avancé quelque peu au milieu d'une fumée noire et suffocante, il découvre Lydia, fille du roi de Lydie, qui lui raconte son histoire. Elle expie là, avec beaucoup d'autres, le crime d'ingratitude ; car, par orgueil, elle a dédaigné la main d'un vaillant chevalier nommé Alceste, et l'a trompé à plusieurs reprises de façon indigne, tant et si bien qu'il en est mort de douleur. Astolphe essaie de descendre plus bas, mais il est arrêté par la fumée de plus en plus épaisse. Alors, sortant de cet antre, il en ferme l'ouverture avec des rochers et des arbres pour que les harpies n'en puissent plus sortir.

Puis, il monte sur l'hippogriffe et s'élève sur la montagne au sommet de laquelle est situé le paradis terrestre, séjour

---

CXXII, 3. **Come fera**, comme s'il frappait.

5. **Quei**, ces oiseaux, les harpies.

6. **Sgombrâr** (*sgombrarono*), vidèrent.

7. **Le rapine**, leur pillage. Ce mot est, aussi bien que *fiero pasto*, le sujet de *avesse contaminato* qui, grammaticalement, ne se rapporte qu'au second sujet, lequel est au singulier. **Fiero pasto**, leur affreuse voracité. Le mot *pasto* est actif ici. Il est passif dans le vers fameux de Dante, *Enf.*, xxxiii, 1, *La bocca sollevò dal fiero pasto*.

enchanteur où tous les sens sont charmés, la vue, l'ouïe, l'o-
dorat. Au milieu se dresse un palais lumineux fait d'une
seule pierre précieuse. Sous le vestibule de ce palais, un
vieillard se présente à lui, et l'accueille de l'air le plus gracieux en lui disant qu'il est arrivé là par la volonté divine.
Ce vieillard est saint Jean l'Évangéliste qui demeure dans le
paradis terrestre en compagnie d'Enoch et d'Elie. Quand le
paladin a reconstitué ses forces par la nourriture et le repos,
saint Jean lui donne de plus amples informations. Il lui apprend que son cousin Roland est devenu fou; que Dieu a
voulu ainsi le punir d'avoir éprouvé pour une païenne un
amour coupable; mais que sa peine ne doit pas durer plus
de trois mois; qu'au bout de ce terme il doit recouvrer sa
raison, et que c'est lui, Astolphe, qui la retrouvera dans la
lune où le saint le conduira le soir même, d'après les ordres qu'il a reçus de Dieu. En effet, dès qu'apparaît le croissant de la lune, on prépare le char sur lequel le prophète
Elie avait été ravi aux regards humains.

ASTOLPHE DANS LA LUNE

69

Quattro destrier via più che fiamma rossi
Al giogo il santo Evangelista aggiunse;
E poi che con Astolfo rassettossi
E prese il freno, inverso il ciel li punse.

LXIX, 1. Astolphe, tout comme Dante, accomplit un voyage ultra-
terrestre, mais dans des proportions plus exigues. Il ne voit qu'en
partie les trois séjours d'outre-tombe : à peine un coin de l'Enfer;
dans le Purgatoire, le Paradis Terrestre seulement; dans le Paradis, le ciel de la Lune. Les voyages dans l'autre monde sont extrêmement fréquents dans la littérature du moyen-âge, en prose
et en vers, avant et après la *Divine Comédie*. — **Via più**, beaucoup plus.

3. **Rassettossi**, il se fut assis sur le char.
4. **Li punse**, les poussa, dirigea.

Rotando il carro, per l'aria levossi,
E tosto in mezzo il fuoco eterno giunse ;
Chè'l vecchio fe' miracolosamente,
Che, mentre lo passâr, non era ardente.

70

Tutta la sfera varcano del fuoco
Et indi vanno al regno della Luna.
Veggon per la più parte esser quel loco
Come un acciar che non ha macchia alcuna.
E lo trovano uguale, o minor poco
Di ciò ch'in questo globo si raguna,
In questo ultimo globo della terra,
Mettendo il mar che la circonda e serra.

71

Quivi ebbe Astolfo doppia maraviglia ;
Che quel paese appresso era sì grande,
Il quale a un picciol tondo rassimiglia
A noi che lo miriam da queste bande ;
E ch'aguzzar conviengli.ambe le ciglia,
S'indi la terra e'l mar, ch'intorno spande,

---

6. **Il fuoco eterno**, la sphère du feu, que d'après le système de Ptolémée, on supposait située entre la terre et le ciel de la lune. Cf. le chant I du *Paradis*.

8. **Era**. La concordance de temps avec *fe'* exigerait *fu*.

LXX, 2. **Regno della luna**, empire de la Lune.

5. **Uguale o minor poco**. Nous savons qu'en réalité le volume de la lune est très inférieur à celui de la terre.

6. **Di ciò che**, etc., au globe terrestre pris dans sa totalité, terres et eaux.

7. **Ultimo**, lointain, par rapport aux deux voyageurs qui sont dans la lune.

8. **Mettendo**, en y ajoutant.

LXXI, 1. **Maraviglia**, surprise.

2. **Appresso**, de près.

4. **Da queste bande**, de nos régions. *Banda* est un terme vague qui désigne une partie d'un corps ou d'un lieu.

5. **Aguzzar le ciglia**, cligner les yeux (pour voir plus distinctement). Erreur au point de vue scientifique. De la lune, la terre paraît 13 fois plus grande que la lune vue de la terre.

Discerner vuol; chè non avendo luce,
L'imagin lor poco alta si conduce.

72

Altri fiumi, altri laghi, altre campagne
Sono lassù, che non son qui tra noi;
Altri piani, altre valli, altre montagne,
C'han le cittadi, hanno i castelli suoi,
Con case delle quai mai le più magne
Non vide il paladin prima nè poi :
E vi sono ampie e solitarie selve,
Ove le Ninfe ognor cacciano belve.

73

Non stette il Duca a ricercare il tutto;
Chè là non era asceso a quello effetto.
Dall' Apostolo santo fu condutto
In un vallon fra duo montagne istretto,
Ove mirabilmente era ridutto
Ciò che si perde o per nostro difetto,
O per colpa di tempo o di Fortuna :
Ciò che si perde qui, là si raguna.

---

7. **Non avendo luce.** La terre n'a pas, il est vrai, de lumière propre ; mais elle est éclairée par le soleil pour un sélénite, comme la lune pour nous.

LXXII, 1. La description que l'auteur donne de la lune est en partie vraie. Nous savons, en effet, qu'il y a des montagnes et des vallées dans la lune.

4. **Le cittadi.** Ici commence la fantaisie.

8. **Le Ninfe cacciano.** Souvenir mythologique, provoqué par ce fait que Diane, au ciel déesse de la lune, était sur la terre une déesse chasseresse.

LXXIII, 1. **Non stette,** ne s'attarda pas.

2. **A quello effetto,** dans ce but.

4. **Istretto,** resserré.

5. **Mirabilmente,** par l'effet d'un miracle. — **Ridutto,** réuni.

8. La chose avancée par l'auteur étant extraordinaire, il la redit sous une forme à peine différente pour forcer la conviction du lecteur.

Le poète fait une énumération satirique de toutes les choses
perdues sur terre et que l'on retrouve dans la lune. Il y a là
non seulement les royaumes et les richesses qu'emporte la
fortune, mais aussi les autres biens sur lesquels elle n'a pas
de prise, réputations fragiles, vœux et prières adressés à
Dieu, larmes et soupirs des amants, temps perdu au jeu,
vains projets, vains désirs, flatteries des courtisans, faveurs
des souverains, tout cela sous des formes allégoriques. Ces
choses sont si nombreuses que l'auteur renonce à les énumérer toutes.

ASTOLPHE RETROUVE LE BON SENS DE ROLAND

81

. . . .

Lungo sarà, se tutte in verso ordisco
Le cose che gli fur quivi dimostre;
Chè dopo mille e mille io non finisco,
E vi son tutte l'occorrenzie nostre :
Sol la pazzia non v'è poca nè assai;
Chè sta quaggiù, nè se ne parte mai.

82

Quivi ad alcuni giorni e fatti sui,
Ch'egli già avea perduti, si converse;
Che se non era interprete con lui,
Non discernea le forme lor diverse.

LXXXI, 4. **Gli,** à Astolphe.

6. **L'occorrenzie nostre,** ce qui nous concerne.

7-8. Seule, la folie est toujours sur la terre. Cette réflexion
est vraisemblablement inspirée à l'auteur par l'*Eloge de la Folie,*
d'Erasme, qui parut vers 1509.

LXXXII, 2. **Si converse,** tourna les yeux vers, aperçut.

3. **Se non era,** s'il n'y avait pas eu. — **Interprete.** Il s'agit
de saint Jean.

Poi giunse a quel che par sì averlo a nui,
Che mai per esso a Dio voti non fêrse;
Io dico il senno : e n'era quivi un monte,
Solo assai più, che l'altre cose conte.

83

Era come un liquor suttile e molle,
Atto a esalar, se non si tien ben chiuso;
E si vedea raccolto in varie ampolle,
Qual più, qual men capace, atte a quell'uso.
Quella è maggior di tutte, in che del folle
Signor d'Anglante era il gran senno infuso;
E fu dall'altre conosciuta, quando
Avea scritto di fuor : Senno d'Orlando.

84

E così tutte l'altre avean scritto anco
Il nome di color di chi fu il senno.
Del suo gran parte vide il Duca franco;
Ma molto più meravigliar lo fènno

---

5. Construisez **par a nui**.

6. **Fêrse**, poétique pour *si fecero*.

7. **Il senno**, le bon sens. Il en résulte qu'aux yeux de l'Arioste le bon sens est, sur la terre, la chose du monde la moins répandue.

8. **Assai più**, beaucoup plus grand. — **Conte**, comptées, additionnées ensemble, réunies.

LXXXIII, 1. **Molle**, fluide.

2. **Atto a esalar**, s'évaporant aisément.

3. **Ampolle**, fioles. Le mot français *ampoule* a perdu ce sens. On appelait *sainte ampoule* la fiole où l'on conservait l'huile qui servait à l'onction des rois de France, le jour de leur sacre.

6. **Signor d'Anglante**, le sire d'Angers, Roland. — **Gran senno**. Ainsi Roland, avant de devenir amoureux d'Angélique, était le plus sensé (*maggior di tutte*) des paladins de Charlemagne. Cf. chant I, octave 2, v. 3-4.

> Che per amor venne in furore e matto,
> D'uom che si saggio era stimato prima.

7. **Quando**, attendu que.

LXXXIV, 3. **Il duca franco**. Astolphe n'était pas seulement le fils du roi d'Angleterre. Il était aussi pair de l'Empire et paladin de France.

4. **Fènno**, *fecero*.

Molti ch'egli credea che dramma manco
Non dovessero averne, e quivi dènno
Chiara notizia che ne tenean poco;
Chè molta quantità n'era in quel loco.

85

Altri in amar lo perde, altri in onori,
Altri in cercar, scorrendo il mar, ricchezze;
Altri nelle speranze de' Signori,
Altri dietro alle magiche sciocchezze :
Altri in gemme, altri in opre di pittori,
Ed altri in altro che più d'altro apprezze.
Di sofisti e d'astrologhi raccolto,
E di poeti ancor ve n'era molto.

86

Astolfo tolse il suo; chè gliel concesse
Lo scrittor dell'oscura Apocalisse.
L'ampolla in ch'era, al naso sol si messe,
E par che quello al luogo suo ne gisse;
E che Turpin da indi in qua confesse
Ch'Astolfo lungo tempo saggio visse;

---

6. **Dènno**, *diedero*.

8. **Chè**, car.

LXXXV, 1. Cette strophe énumère les diverses manières de perdre la raison.

3. **Nelle speranze de' Signori**, dans l'attente des faveurs des grands.

4. **Magiche sciocchezze**. Arioste, bourgeois de Ferrare, se moquait de la magie ; Arioste, auteur, voyait en elle une précieuse machine poétique.

5. Ce vers nous montre que certains goûts artistiques étaient alors de véritables passions.

8. **Di poeti**. Un petit coup de patte aux confrères.

LXXXVI, 2. Ce vers désigne saint Jean.

4. **Quello**, son bon sens. — **Al luogo suo,** au lieu où il devait se trouver, le cerveau.

Ma ch'uno error che fece poi, fu quello
Ch'un'altra volta gli levò il cervello.

87

La più capace e piena ampolla, ov'era
Il senno che solea far savio il Conte,
Astolfo tolle : e non è sì leggiera,
Come stimò, con l'altre essendo a monte.

Avant que le paladin quitte la lune, saint Jean le conduit
dans un palais situé sur le bord d'un fleuve. C'est le palais
des Parques qui filent les destinées des mortels. Chaque pe-
lote porte, inscrit sur une plaque, le nom de celui à qui elle
appartient, et un vieillard emporte sans cesse ces noms sans
jamais en rendre un seul.

CHANT XXXV

Astolphe parcourt les diverses parties du palais, et, après
avoir vu les écheveaux des hommes dont la vie est commencée, il voit ceux des hommes qui doivent naître un jour. Il
en aperçoit un qui lui paraît plus brillant que l'or fin. C'est
celui du cardinal Hippolyte d'Este, le protecteur de l'Arioste.
Le palais visité, saint Jean conduit Astolphe sur le bord du
fleuve où le vieillard dont il a été question jette sans cesse
les noms qu'il apporte. La plus grande partie de ces noms
est submergée. Quelques-uns seulement sont recueillis par
des cygnes blancs qui les portent vers un temple situé sur
une colline voisine du fleuve. Saint Jean explique au paladin cette allégorie. Le vieillard est le Temps. Le fleuve est
le fleuve Léthé ou de l'oubli. Les cygnes sont les poètes qui,

---

7. **Uno error che fece poi**. L'Arioste parle de cette faute
dans le quatrième des *Cinq chants* qu'il composa après le *Roland
furieux*. Astolphe voulut enlever la femme d'un de ses vassaux.
LXXXVII, 2. **Il Conte**, Roland.
4. **Essendo a monte**, quand elle était amoncelée.

seuls, peuvent sauver de l'oubli les noms des hommes, et on voit par là combien les princes de la terre ont tort d'être envers eux si avares de leurs faveurs.

Pendant ce temps Bradamante, ayant appris qu'Agramant vaincu s'est réfugié à Arles, et que Roger y est avec lui, se dirige vers cette ville. Elle rencontre Fleur-de-Lis qui lui raconte l'histoire du pont gardé par Rodomont et la supplie de délivrer Brandimart. La guerrière se rend au château de Rodomont pour le combattre. Elle lui reproche le meurtre d'Isabelle, lui déclare que, comme femme, elle est venue la venger, et le défie aux conditions suivantes : si elle est vaincue, elle sera aussi sa prisonnière ; mais, si elle l'abat, il perdra son cheval, ses armes, et rendra la liberté à tous ses prisonniers. Rodomont accepte.

La lance d'or produit son effet ordinaire ; Rodomont est désarçonné. Fidèle aux engagements pris, il ordonne à un de ses écuyers d'aller en Afrique délivrer les chevaliers français qu'il y a envoyés, jette ses armes avec dépit, et va cacher sa honte dans une caverne. Bradamante suspend les armes du païen à la tombe d'Isabelle, en enlève celles des chevaliers chrétiens, et expose dans une inscription comment elle a rendu libre le passage du pont. Puis elle demande à Fleur-de-Lis où elle désire aller. Celle-ci répond qu'elle voudrait se rendre à Arles pour s'y embarquer afin de retrouver Brandimart et de le délivrer.

DÉFI DE BRADAMANTE A ROGER

59

« Io m'offerisco, disse Bradamante,
D'accompagnarti un pezzo della strada,
Tanto che tu ti vegga Arli davante,
Ove per amor mio vo' che tu vada

LIX, 2. **Un pezzo della strada**, une partie de la route, littéralement : un morceau. Nous disons familièrement : un bout de chemin.

4. **Per amor mio**, pour l'amour de moi.

A trovar quel Ruggier del re Agramante,
Che del suo nome ha piena ogni contrada;
E che gli rendi questo buon destriero,
Onde abbattutto ho il Saracino altiero.

60

Voglio ch'a punto tu gli dica questo :
Un cavalier che di provar si crede,
E fare a tutto 'l mondo manifesto
Che contra lui sei mancator di fede ;
Acciò ti trovi apparecchiato e presto,
Questo destrier, perch'io tel dia, mi diede.
Dice che trovi tua piastra e tua maglia,
E che l'aspetti a far teco battaglia.

61

Digli questo, e non altro ; e se quel vuole
Saper da te ch'io son, di' che nol sai. »
Quella rispose umana come suole :
« Non sarò stanca in tuo servizio mai

---

6. Bradamante est fière de celui qu'elle aime.

7. **Questo buon destriero.** Il s'agit de Frontin.

8. **Onde abbattuto ho,** duquel j'ai renversé. — **Il Saracino,**
Rodomont.

LX, 1. **A punto,** exactement.

2. **Si crede,** prétend, se fait fort de.

5. Une fois en possession de son propre cheval, Roger n'aura aucune raison de refuser le combat.

7. **Piastra,** littéralement *plaque,* est la cuirasse, la partie continue de l'armure ; **maglia** est la partie treillissée, la cotte de
mailles.

LXI, 1. **E non altro.** Cf. *a punto* au 1er vers de l'octave précédente. Bradamante donne des instructions précises.

2. **Di',** dis, déclare.

3. **Quella,** Fleur-de-Lis. — **Umana come suole,** avec sa politesse habituelle. Vis-à-vis d'un inférieur, le mot *umano* prend le
sens de bienveillant. C'est le terme dont se sert Médor pour caractériser l'attitude de Dardinel à son égard (XVIII, 168, 5) :

Pensando come sempre mi fu umano.

11

Spender la vita, non che le parole;
Chè tu ancora per me cosi fatto hai. »
Grazie le rende Bradamante, e piglia
Frontino, e le lo porge per la briglia.

62

Lungo il fiume le belle pellegrine
Giovani vanno a gran giornate insieme,
Tanto che veggono Arli, e le vicine
Rive odon risonar del mar che freme.
Bradamante si ferma alle confine
Quasi de' borghi ed alle sbarre estreme,
Per dare a Fiordiligi atto intervallo,
Che condurre a Ruggier possa il cavallo.

63

Vien Fiordiligi, ed entra nel rastrello,
Nel ponte e nella porta; e seco prende
Chi le fa compagnia fino all'ostello
Ove abita Ruggiero, e quivi scende;
E, secondo il mandato, al damigello
Fa l'imbasciata, e il buon Frontin gli rende :
Indi va, chè risposta non aspetta,
Ad eseguire il suo bisogno in fretta.

---

6. **Chè tu ancora,** car toi aussi.

LXII, 1. **Il fiume,** le Rhône. — **Pellegrine,** voyageuses.

3-4. **Le vicine rive del mar.** La Camargue s'est accru depuis Charlemagne. Mais, même au moyen âge, on n'entendait pas d'Arles le bruit de la mer. Arioste n'y regarde pas de si près.

5. **Confine,** de *confina.* En prose on dit *confine* ou *confino.*

6. **Alle sbarre estreme,** à l'extrémité des barrières.

7. **Atto intervallo,** le temps nécessaire.

LXIII, 1. **Entra nel rastrello,** passe la herse.

2. **Ponte,** pont-levis. Remarquer la précision de tous ces détails.

3. **Ostello,** le logis, la demeure.

5. **Damigello,** jeune homme, n'a pas le sens défavorable qu'a pris notre mot *damoiseau.*

8. **Il suo bisogno,** ses propres affaires, et non plus celles de Bradamante. Entendez son projet de délivrer son époux Brandimart.

64

Ruggier riman confuso e in pensier grande,
E non sa ritrovar capo nè via
Di saper chi lo sfide, e chi gli mande
A dire oltraggio, e a fargli cortesia.
Che costui senza fede lo domande,
O possa domandar uomo che sia,
Non sa veder nè imaginare; e prima,
Ch'ogn'altro sia che Bradamante, istima.

65

Che fosse Rodomonte, era più presto
Ad aver, che fosse altri, opinïone;
E perchè ancor da lui debba udir questo,
Pensa, nè imaginar può la cagione.
Fuorchè con lui, non sa di tutto 'l resto
Del mondo con chi lite abbia e tenzone.
Intanto la donzella di Dordona
Chiede battaglia, e forte il corno suona.

Plusieurs chevaliers se présentent pour répondre à ce défi.
Mais Bradamante abat successivement Serpentin, Grandonio,
Ferragus, les traite courtoisement du reste, et ne leur im-

LXIV, 2, **Capo nè via**, un moyen quelconque.
    4. **Fargli cortesia**. Il s'agit de la remise de Frontin.
    5. **Lo domande**, l'appelle, le nomme. C'est un des sens du
verbe *domandare*.
    7-8. Bradamante est la dernière personne à laquelle il penserait.
Construisez : *e stima che sia ogn'altro prima che Bradamante.*
LXV, 1-2. Ici encore la construction est embarrassée. Construisez :
Era più presto ad aver opinione che fosse Rodomonte che (plutôt
que) *fosse altri.* Il était disposé à croire que c'était Rodomont plu
tôt qu'un autre guerrier.
    3. **Questo**, le reproche de manquer à sa parole.
    5. **Lui**, Rodomont.
    6. **Tenzone**, querelle. C'est notre mot *tenson* qui désignait au
moyen âge une dispute poétique, généralement sur une question
de galanterie.
    7. **Donzella di Dordona**, Bradamante.

pose que d'aller dire à leur maître qu'il envoie pour la combattre un champion plus brave qu'eux. A Ferragus même elle déclare que ce champion est Roger ; et, en disant ce nom, qu'elle prononce avec peine, son charmant visage se couvre d'un incarnat semblable à celui de la rose. Ferragus, rentré au camp sarrasin, s'acquitte de sa mission, et Roger se fait apporter ses armes.

CHANT XXXVI

Tandis que Roger se prépare, on demande à Ferragus quel est le guerrier contre lequel il a combattu. Ferragus dit qu'il a cru reconnaître Richardet, mais qu'à juger par sa force, il pense plutôt que c'est sa sœur Bradamante. Ce nom fait hésiter Roger. Marphise en profite pour courir au combat. Bradamante lui demande son nom, et, apprenant qu'elle se trouve en présence de celle qu'elle suppose sa rivale, elle fond sur elle avec fureur et la renverse jusqu'à trois fois.

Pendant ce combat acharné, de nombreux guerriers sarrasins sortent d'Arles ; des guerriers chrétiens, campés à peu de distance, sortent aussi de leur camp, si bien qu'une véritable bataille s'engage. Roger apparaît enfin. Bradamante le reconnaît à l'aigle d'argent que porte son écu. Elle l'attaque, mais auparavant elle lui crie : « Défends-toi, perfide Roger. » A la voix, Roger reconnaît qu'il a affaire à son amante. Il veut se justifier et lui fait signe qu'il veut lui parler. Mais Bradamante l'attaque et il doit se défendre ; il est vrai qu'au moment où ils se rencontrent aucun des deux adversaires n'ose frapper l'autre, et Bradamante détourne sa fureur sur l'armée sarrasine. A la fin Roger, qui la suit, peut lui crier qu'il la supplie de l'entendre. Le courroux de la guerrière s'apaise, et, se retirant de la mêlée, les deux amants se rendent dans une vallée écartée près d'un bois de cyprès au milieu duquel est un tombeau en marbre blanc.

Mais Marphise les a vus s'éloigner ; elle croit qu'ils veulent finir leur combat. Elle pique son cheval et arrive presque en même temps qu'eux. Bradamante la croit attirée par son

amour pour Roger. Elle s'élance furieuse contre elle, la désarçonne, puis l'attaque avec son épée, car elle veut sa mort.
Marphise n'est pas moins irritée contre celle qui l'a si durement traitée peu auparavant et maintenant encore. Les épées
se croisent par le milieu. Bientôt les guerrières sont si rap-
prochées qu'elles laissent tomber leurs épées et s'attaquent
avec des poignards. Roger s'efforce de les séparer, d'abord
par des prières, puis en les saisissant successivement; mais
il ne réussit qu'à enflammer le courroux de Marphise qui lui
reproche de lui arracher la victoire, ramasse son épée, et
fond sur lui. Roger doit se défendre, reçoit un rude coup
sur la tête, et, devenu furieux à son tour, il dirige contre
Marphise la pointe de son épée. Bradamante observe avec
joie un spectacle qui met ses soupçons à néant.

UNE RECONNAISSANCE

58

Io non vi so ben dir come si fosse:
La spada andò a ferire in un cipresso,
E un palmo e più nell'arbore cacciosse:
In modo era piantato il luogo spesso.
In quel momento il monte e il piano scosse
Un gran tremuoto; e si sentì con esso
Da quell'avel ch'in mezzo il bosco siede,
Gran voce uscir, ch'ogni mortale eccede.

LVIII, 1. C'est une reconnaissance, comme l'ἀνάγνωσις des tragédies
antiques, avec un *deus ex machina*, l'ombre de l'enchanteur Atlant.
— **Come si fosse**, comment le fait se passa.

3. **Cacciosse**, s'enfonça. C'est un des sens de *cacciare*. On dit
cacciare un palo in terra, enfoncer un pieu dans la terre.

4. Joignez **in modo spesso**. C'est ce qui explique qu'un coup
d'épée se soit égaré dans un arbre.

6. **Tremuoto**, sujet de la phrase. — **Con esso**, en même temps
que le tremblement de terre.

7. **Avel**, *tombeau*.

8. **Mortale** (*voce*). — **Eccede**, dépasse, est plus fort que.

59

Grida la voce orribile: « Non sia
Lite tra voi ! Gli è ingiusto ed inumano
Ch'alla sorella il fratel morte dia,
O la sorella uccida il suo germano.
Tu, mio Ruggiero, e tu, Marfisa mia,
Credete al mio parlar che non è vano :
In un medesimo utero d'un seme
Foste concetti, e usciste al mondo insieme.

60

Concetti foste da Ruggier secondo :
Vi fu Galacïella genitrice,
I cui fratelli avendole dal mondo
Cacciato il genitor vostro infelice,
Senza guardar ch'avesse in corpo il pondo
Di voi, ch'usciste pur di lor radice,
La fêr, perchè s'avesse ad affogare,
S'un debol legno porre in mezzo al mare.

61

Ma Fortuna che voi, benchè non nati,
Avea già eletti a glorïose imprese,
Fece che'l legno ai liti inabitati

LIX, 2. **Gli**, *egli*.
    5. **Mio, mia**. Même après sa mort, Atlant conserve la plus
vive affection pour ceux qu'il a élevés.
    6. **Credete**, ajoutez foi.
    7. **D'un seme**. *Un* a ici le sens de *un seul*, comme le latin
unus.

LX, 3. **Cui** se rapporte à Galacielle, comme le.
    5. **Senza guardar**, sans égard à ce fait.
    6. **Ch'usciste pur**, qui pourtant étiez issus.
    7. **Fêr** = *fecero*. — **S'avesse ad affogare**, elle dût se noyer,
elle se noyât. *Avoir à* a aussi souvent en français ce sens d'obligation, de nécessité.
    8. **Legno**, barque.

Sopra le Sirti a salvamento scese ;
Ove, poi che nel mondo v'ebbe dati,
L'anima eletta al paradiso ascese,
Come Dio volse e fu vostro destino.
A questo caso io mi trovai vicino.

62

Diedi alla madre sepoltura onesta,
Qual potea darsi in sì deserta arena ;
E voi teneri, avvolti nella vesta,
Meco portai sul monte di Carena ;
E mansüeta uscir della foresta
Feci e lasciare i figli una leena,
Delle cui poppe dieci mesi e dieci
Ambi nutrir con molto studio feci.

63

Un giorno che d'andar per la contrada
E dalla stanza allontanar m'occorse,
Vi sopravvenne a caso una masnada
D'arabi (e ricordarvene dé' forse),

LXI, 4. **Sirti**, les Syrtes, golfes situés au nord de l'Afrique. —
A salvamento scese. Comparez cette expression à l'expression
morir a tradimento dont Atlant se sert au sujet de Roger,
IV, XXIX, 8, et ci-après oct. LXIV, v. 4.

6. **Al paradiso**. Cet Atlant est une manière de Saladin. Il a
des sentiments à demi chrétiens.

7. **Come Dio volse** (*volle*) On dit par plaisanterie d'un événement fàcheux : *Come Dio volle o non volle.*

8. **Questo caso**, cet événement.

LXII, 3. **La vesta**, ma robe. On dit *vesta* et *veste.*

6. **Leena**, latinisme, = *leonessa.*

7. **Poppe**, mamelles. — **Dieci mesi e dìeci**, vingt mois. On
s'explique le courage de Roger et de Marphise. Jules Gérard, le
fameux tueur de lions, raconte que les femmes arabes, quand un
lion est tué, font manger de son cœur à leurs enfants, pour les
rendre courageux.

LXIII, 2. **M'occorse**, j'eus besoin de, je dus.

3. **Masnada**, troupe.

4. **Dé'**, *deve* ; il doit vous en souvenir.

Che te, Marfisa, tolser nella strada ;
Ma non potêr Ruggier, che meglio corse.
Restai della tua perdita dolente,
E di Ruggier guardian più diligente.

64

Ruggier, se ti guardò, mentre che visse,
Il tuo maestro Atlante, tu lo sai.
Di te sentii predir le stelle fisse,
Che tra' Cristiani a tradigion morrai :
E perchè il mal' influsso non seguisse,
Tenertene lontan m'affaticai ;
Nè ostare alfin potendo alla tua voglia,
Infermo caddi, e mi morii di doglia.

65

Ma innanzi a morte, qui dove previdi
Che con Marfisa aver pugna dovevi,
Feci raccor con infernal sussidi
A formar quésta tomba i sassi grevi ;
Ed a Caron dissi con alti gridi :
Dopo morte non vo'lo spirto levi

---

5. **Nella strada,** sur la route, où Marphise et Roger étaient
allés s'ébattre.
6. **Potêr** (*togliere*).

LXIV, 1. **Guardò,** veilla sur toi.
3. **Di te,** à ton sujet. — **Stelle fisse** ; Atlant n'était pas seulement enchanteur, mais aussi astrologue.
6. **Lontan,** loin des chrétiens, désignés par le pronom **ne.**
8. **Mi morii di doglia.** Nous l'apprenons ici. La dernière fois
qu'il a été question d'Atlant, c'est au chant XXII, octave 22 ; il
s'échappait du palais des illusions attaqué par Astolphe.
LXV, 1. **Qui dove.** Mettez mentalement une virgule avant *dove,*
et après *qui,* qui dépend de *feci raccor* (v. 3).
3. **Infernal.** Les enchanteurs, même s'ils ne sont pas païens,
sont volontiers en rapport avec l'enfer.
4. **Grevi.** Ce mot a trois formes : *grave, greve* et *grieve.*
5. **Caron.** Souvenir classique qui est déjà chez Dante.
6. **Lo spirto,** mon esprit, mon ombre.

Di questo bosco, finchè non ci giugna
Ruggier con la sorella per far pugna.

66

Così lo spirto mio per le belle ombre
Ha molti dì aspettato il venir vostro:
Sì che mai gelosia più non t'ingombre,
O Bradamante, ch'ami Ruggier nostro!
Ma tempo è ormai che della luce io sgombre,
E mi conduca al tenebroso chiostro. »
Qui si tacque: e a Marfisa ed alla figlia
D'Amon lasciò e a Ruggier gran maraviglia.

67

Riconosce Marfisa per sorella
Ruggier con molto gaudio, ed ella lui;
E ad abbracciarsi, senza offender quella
Che per Ruggiero ardea, vanno ambidui:
E rammentando dell'età novella
Alcune cose: io feci, io dissi, io fui;
Vengon trovando con più certo effetto
Tutto esser ver quel c'ha lo spirto detto.

LXVI, 3. **Sì che...** Ainsi donc que la jalousie n'occupe plus ton
cœur !

4. **Ch'ami,** toi qui aimes, à l'indicatif.

5. **Io sgombre,** neutre : je parte.

6. **Mi conduca,** me dirige.

8. **Maraviglia,** étonnement.

LXVII, 3. **Quella che...,** Bradamante.

5. **Età novella.** Ces mots peuvent désigner l'enfance, comme
ici ; ou la jeunesse, comme dans le portrait de Médor, chant
XVIII, octave 166, v. 4.

6. **Io feci, io dissi, io fui ;** j'ai fait ceci, j'ai dit cela, j'ai été
en tel lieu. Ces mots sont prononcés alternativement par Roger
et Marphise. Remarquer le naturel de ces souvenirs d'enfance.

68

Ruggiero alla sorella non ascose
Quanto avea nel cor fissa Bradamante ;
E narrò con parole affettüose
Delle obbligazïon che le avea tante :
E non cessò, ch'in grand'amor compose
Le discordie ch'insieme ebbono avante ;
E fe' per segno di pacificarsi,
Ch'umanamente andaro ad abbracciarsi.

Roger, qui connaît à fond sa généalogie, en instruit som-
mairement sa sœur, depuis Hector jusqu'à Roger II leur
père. Il en résulte que leurs aïeux paternels ont toujours été
chrétiens, et que, directement ou indirectement, leur père et
leur mère ont péri victimes de l'aïeul, de l'oncle et du propre
père d'Agramant. En apprenant ces faits, Marphise déclare
qu'elle ne veut plus servir Agramant et va passer au service
de Charlemagne. Mais Roger, malgré les instances de sa
sœur et de Bradamante, se refuse à abandonner en ce moment son prince Agramant qui l'a armé chevalier. Il leur
promet de trouver sous peu un motif honorable de se séparer de lui.

(Cf. à la situation de Roger et de Marphise celle de la
Clorinde du Tasse qui, née d'une mère chrétienne, a été élevée dans le mahométisme.)

LXVIII, 2. **Fissa**, gravée.

4. **Obbligazion,** notamment lorsqu'elle était venue à son secours
contre Rodomont et Mandricard qui l'attaquaient ensemble (chant
XXVI).

5-6. **Compose le discordie in**... n'eût changé (en les apai-
sant) en grand amour les discordes.

6. **Ebbono**, avaient eu.

8. **Umanamente**, courtoisement.

CHANT XXXVII

Avant de se séparer, ce trio guerrier, qui ne comprend pas moins de deux femmes, trouve l'occasion de rendre un signalé service à la cause féminine. Un certain Marganor, doué d'une force prodigieuse, était devenu l'ennemi des femmes parce que ses deux fils, follement amoureux, avaient péri victimes de l'amour. Il ne voulait plus voir de femmes près de lui, et, quand le hasard lui en faisait trouver, il leur coupait leurs vêtements pour les humilier. C'est ce que Roger, Marphise et Bradamante apprennent d'Ullanie, la messagère d'Islande, qui a été ainsi outragée avec ses deux compagnes. Justement outrés d'un procédé aussi discourtois, ils s'emparent de la ville de Marganor, et remettent ce félon aux mains d'Ullanie qui lui fait faire, en le précipitant du haut d'une tour, le plus beau saut qu'il eût jamais fait de sa vie. La loi du misogyne Marganor est remplacée par une loi qui établit les femmes souveraines maîtresses dans l'Etat et dans la famille. (Arioste a d'ailleurs commencé ce chant en célébrant les panégyristes contemporains du beau sexe, nommément Bembo, Castiglione, Alamanni, et en glorifiant l'illustre Vittoria Colonna.) Après cet exploit, les guerriers se dirigent vers Arles. Arrivés près de la ville, ils se séparent. Roger entre dans la cité occupée par les Sarrasins. Marphise et Bradamante se rendent au camp chrétien.

CHANT XXXVIII

Bradamante et Marphise, arrivées au camp de Charlemagne, y sont reçues avec les plus grands honneurs. Marphise raconte son histoire à l'Empereur, puis lui déclare que désormais elle entend mettre sa valeur à son service, et qu'elle désire devenir chrétienne. C'est l'archevêque Turpin qui la baptise et Charlemagne en personne qui lui sert de parrain. Cependant Astolphe était descendu de la lune sur la montagne du paradis terrestre, muni de la fiole qui contenait le bon sens de Roland. Saint Jean lui fait connaître une herbe qui lui permettra de rendre la vie au roi Senape. En reconnaissance de ce service et de celui qu'il lui a déjà rendu en le délivrant des harpies, Senape lui fournira une armée contre Agramant. L'évangéliste lui donne en outre des instructions sur ce qu'il aura à faire. Astolphe prend congé de lui et revient sur l'hippogriffe à la cour de Senape, qui l'accueille avec la joie la plus vive.

PRODIGES ACCOMPLIS PAR ASTOLPHE

27

Molto fu il gaudio e molta fu la gioia
Che portò a quel Signor nel suo ritorno ;
Che ben si raccordava della noia
Che gli avea tolta, dell'Arpie, d'intorno.
Ma poi che la grossezza gli discuoia
Di quello umor che già gli tolse il giorno,
E che gli rende la vista di prima,
L'adora e cole, e come un Dio sublima :

28

Sì che non pur la gente che gli chiede
Per muover guerra al regno di Biserta,
Ma cento mila sopra gli ne diede,
E gli fe' ancor di sua persona offerta.

XXVII, 2. **Portò.** Le sujet est Astolphe. — **Signor,** Senape.

3. **Noia,** tourment. Notre mot *ennui* avait aussi beaucoup de force au xvii° siècle.

4. Construction embarrassée.

5. **Discuoia,** enlève (en déchirant). C'est l'histoire de la vue rendue à Tobie par l'ange.

8. **Sublima,** élève aux nues.

XXVIII, 2. **Al regno di Biserta,** contre le royaume d'Agramant, dont Biserte était la capitale.

4. **Offerta.** Cette offre fut acceptée, comme il résulte de l'octave 16 du chant xl.

La gente appena, ch'era tutta a piede,
Potea capir nella campagna aperta ;
Chè di cavalli ha quel paese inopia,
Ma d'elefanti e di camelli copia.

29

La notte innanzi il dì che a suo cammino
L'esercito di Nubia dovea porse,
Montò su l'Ippogrifo il Paladino,
E verso Mezzodì con fretta corse,
Tanto che giunse al monte che l'Austrino
Vento produce, e spira contra l'Orse.
Trovò la cava, onde per stretta bocca,
Quando si desta, il furïoso scocca.

30

E, come raccordògli il suo maestro,
Avea seco arrecato un utre vòto,
Il qual, mentre nell'antro oscuro alpestro
Affaticato dorme il fiero Noto,

---

5. **Tutta a piede.** Important pour ce qui va suivre.

XXIX, 4. **Verso mezzodì**, parce qu'il s'agit d'aller emprisonner le vent du sud (*Austrino*).

5. **Austrino.** L'Ariosto vise sans doute le sirocco, vent énervant et qui ôte toute énergie à une armée, surtout quand elle traverse le désert.

6. **Contra l'Orse.** La Grande et la Petite Ourse se trouvent toutes deux dans l'hémisphère boréal.

8. **Si desta**, s'éveille, au propre. Car, comme on va le voir, le vent dont il s'agit dort quand il est fatigué. — **Scocca**, s'élance avec fureur.

XXX, 1. **Maestro**, saint Jean. C'est le nom que Dante donne à Virgile, et saint Jean a été le Virgile d'Astolphe, et même sa Béatrix.

2. **Utre** = *otre.*

3. **Alpestro**, analogue à ceux qu'on trouve dans les Alpes.

4. **Noto** = *Austrino.*

Allo spiraglio pon tacito e destro ;
Ed è l'agguato in modo al vento ignoto,
Che, credendosi uscir fuor la dimane,
Preso e legato in quello utre rimane.

31

Di tanta preda il Paladino allegro,
Ritorna in Nubia, e la medesma luce
Si pone a camminar col popol negro,
E vettovaglia dietro si conduce.
A salvamento con lo stuolo integro
Verso l'Atlante il glorïoso Duce
Pel mezzo vien della minuta sabbia,
Senza temer che'l vento a nuocer gli abbia.

32

E giunto poi, di qua dal giogo, in parte
Onde il pian si discopre e la marina,
Astolfo elegge la più nobil parte
Del campo, e la meglio atta a disciplina ;
E qua e là per ordine la parte
Appiè d'un colle, ove nel pian confina.

---

5. **Tacito e destro**. Traduire par deux adverbes.

7. **Credendosi**. *Credersi* se dit généralement d'une croyance non justifiée.

XXXI, 1. **Tanta preda**, une si bonne prise, en ce sens que le Notus ne pourra plus gêner la marche de son armée (Voir v. 8.).

2. **Luce** = *giorno*.

4. Astolphe sait qu'il a le désert à traverser.

5. **A salvamento**, sans aucune perte.

6. **L'Atlante**, la chaîne de l'Atlas. Astolphe se dirige vers Biserte.

7. Ce vers désigne le désert.

XXXII, 1. **Di qua dal giogo**, en deçà de la montagne, par rapport aux lecteurs de l'Arioste ; donc au nord de l'Atlas.

2. **Il pian**. Cette plaine située au nord de l'Atlas s'appelle le Tell.

4. **Campo**, armée.

5. **La parte**, la distribue, la range.

6. **Confina**. Le sujet est **colle**.

Quivi la lascia, e su la cima ascende
In vista d'uom ch'a gran pensieri intende.

33

Poi che, inchinando le ginocchia, fece
Al santo suo maestro orazïone,
Sicuro che sia udita la sua prece,
Copia di sassi a far cader si pone.
Oh quanto, a chi ben crede in Cristo, lece!
I sassi, fuor di natural ragione
Crescendo, si vedean venire in giuso,
E formar ventre e gambe e collo e muso:

34

E con chiari annitrir giù per quei calli
Venian saltando; e giunti poi nel piano,
Scotean le groppe, e fatti eran cavalli,
Chi baio e chi leardo e chi rovano.
La turba ch'aspettando nelle valli
Stava alla posta, lor dava di mano:
Sì che in poche ore fur tutti montati;
Chè con sella e con freno erano nati.

---

8. **In vista di**, avec l'air de,

XXXIII, 2. **Al santo suo maestro.** Il s'agit toujours de saint Jean.

4. **Far cader**, jeter en bas de la colline.

5. **Oh quanto...** Il est certain que ce prodige est fait pour surprendre au premier abord. Il est renouvelé de celui de Deucalion, avec cette différence qu'Astolphe crée des chevaux, et non des hommes.

6. **Fuor di natural ragione**, contrairement aux lois de la nature.

8. Les quatre substantifs désignent les principales parties d'un cheval.

XXXIV, 1. **Chiari annitrir.** Remarquer cet infinitif-substantif au pluriel. Les Italiens usent plus que nous de l'infinitif employé substantivement.

4. **baio**, bai; **leardo**, blanc; **rovano**, rouan, c'est-à-dire gris avec les extrémités noires, sauf la tête.

5. **La turba.** Il s'agit des soldats désignés à l'octave 32.

6. **Lor dava di mano**, s'en saisissait.

8. **Nati** a pour sujet *cavalli* sous-entendu.

35.

Ottanta mila cento e dua in un giorno
Fe', di pedoni, Astolfo cavalieri.
Con questi tutta scorse Africa intorno,
Facendo prede, incendj e prigionieri.

En apprenant le danger que court son royaume, Agramant réunit son conseil et le met au courant de ce qui se
passe en Afrique. Marsile, dans un intérêt personnel, déclare
exagérés les mauvais bruits qui arrivent d'outre-mer et conseille à Agramant de rester en Europe, Charles n'étant pas
redoutable tant qu'il sera privé de Roland. Mais le sage Sobrin est d'avis que la continuation de la guerre est dange-
reuse ; qu'Agramant devrait demander la paix à Charles, et
que, s'il lui en coûte de faire cette démarche humiliante, il
a un moyen de sortir honorablement de la lutte en épar-
gnant le sang de ses soldats. Qu'il propose à Charles un duel
entre deux champions, l'un sarrasin et l'autre chrétien. Le
souverain dont le champion sera battu deviendra tributaire
de l'autre roi. Sobrin est convaincu que Roger fera triompher la cause sarrasine. Des messagers sont envoyés à
Charles qui accepte la proposition et désigne Renaud comme
champion chrétien. Renaud est tout heureux de cette dési-
gnation ; mais Roger est tout triste d'avoir à combattre le
frère de celle qu'il aime. Bradamante elle-même, comme la
Sabine de Corneille, est agitée de pensées contraires et également pénibles. Heureusement la bonne fée Mélisse veille ;
elle accourt la consoler et lui promet d'arrêter le combat
quand il en sera temps.

Cependant le duel se prépare. Renaud a le choix des armes. Il décide que le combat aura lieu à pied, et que les
deux champions seront armés chacun d'une hache et d'un
poignard. Les deux armées ennemies viennent se ranger dans
une vaste plaine voisine d'Arles où deux autels ont été élevés, l'un païen et l'autre chrétien.

XXXV, 1. On dirait un nombre rabelaisien.
3-4. Astolphe ravage la contrée avant d'assiéger la capitale.

UNE SÉRIE DE SERMENTS

81

Poi che dell'arme la seconda eletta
Si diè al campion del popolo pagano,
Duo sacerdoti, l'un dell'una setta,
L'altro dell'altra, uscîr coi libri in mano.
In quel del nostro è la vita perfetta
Scritta di Cristo, e l'altro è l'Alcorano:
Con quel dell'Evangelio si fe' innante
L'Imperator; con l'altro, il re Agramante.

82

Giunto Carlo all'altar che statuito
I suoi gli aveano, al ciel levò le palme,
E disse: « O Dio, c'hai di morir patito
Per redimer da morte le nostr'alme;
O Donna, il cui valor fu sì gradito,
Che Dio prese da te l'umane salme,
E nove mesi fu nel tuo santo alvo,
Sempre serbando il fior virgineo salvo:

LXXXI, 1. **La seconda eletta,** le second choix. Renaud, dans un
premier choix, avait désigné avec quelles armes le combat aurait
lieu (une hache et un poignard'. Roger choisit maintenant la hache
et le poignard dont il veut se servir.

3. **Setta.** Ce mot, désignant aussi la religion chrétienne, ne
saurait être pris ici en mauvaise part. Il équivaut à *religione.* —

4. **Coi libri,** leurs livres. L'auteur va s'expliquer.

5-6. Construisez : *è scritta la vita perfetta* (sans tache) *di Cristo.*
C'est donc le Nouveau Testament.

7. **Con quel dello,** avec le prêtre qui tient.

LXXXII, 2. **I suoi,** ses soldats.

5. **Donna,** la Sainte Vierge, à laquelle les Italiens ont une dévotion particulière. — **Sì gradito** (*al cielo*).

6. **Salme.** *Salma* veut dire *fardeau* ou *dépouilles mortelles;*
ici, *corps.* Ce pluriel équivaut à un singulier.

8. **Serbando,** quoique vous eussiez conservé. La Sainte Vierge,
conçue sans péché, a conçu sans péché.

83

Siatemi testimoni, ch'io prometto
Per me e per ogni mia successïone,
Al re Agramante, ed a chi dopo eletto
Sarà al governo di sua regïone,
Dar venti some ogni anno d'oro schietto,
S'oggi qui riman vinto il mio campione ;
E ch'io prometto subito la triegua
Incominciar, che poi perpetua segua !

84

E se 'n ciò manco, subito s'accenda
La formidabil ira d'ambidui,
La qual me solo e i miei figliuoli offenda,
Non alcun altro che sia qui con nui ;
Sì che in brevissima ora si comprenda
Che sia il mancar della promessa a vui. »
Così dicendo, Carlo sul Vangelo
Tenea la mano, e gli occhi fissi al cielo.

85

Si levan quindi, e poi vanno all'altare
Che riccamente avean Pagani adorno ;
Ove giurò Agramante, ch'oltre al mare
Con l'esercito suo farà ritorno,

LXXXIII, 5. **Some**, charges. — **Schietto**, pur.
   8. **Segua**, continuera.
LXXXIV, 1. **In ciò**, à ce serment.
   2. **Ambidui**, Dieu et la Vierge.
   6. **Che sia**, ce que c'est, combien c'est une faute grave.
   7. **Vangelo**, l'Evangile. La voyelle initiale est tombée en italien, comme dans *lena*, *Lamagna*, et l'*io* de la fin s'est réduit à *o*,
comme dans *monastero* et d'autres mots. On trouve du reste aussi
la forme pleine, par exemple à la strophe 81.
   8. Ce serment est solennel.
LXXXV, 1. **Si levan**, s'éloignent. Le sujet de ce verbe, ce sont les
   deux souverains. Chacun jure sur l'autel de sa religion, mais en
   présence de l'autre.

Ed a Carlo daria tributo pare,
Se restasse Ruggier vinto quel giorno;
E perpetua tra lor triegua saria,
Coi patti ch'avea Carlo detti pria.

86

E similmente con parlar non basso,
Chiamando in testimonio il gran Maumette,
Sul libro che in man tiene il suo Papasso,
Ciò che detto ha, tutto osservar promette.
Poi del campo si partono a gran passo,
E tra i suoi l'uno e l'altro si rimette.
Poi quel par di campioni a giurar venne;
E 'l giuramento lor questo contenne :

87

Ruggier promette, se della tenzone
Il suo Re viene o manda a disturbarlo,
Che nè suo guerrier più, nè suo barone
Esser mai vuol, ma darsi tutto a Carlo.

---

5. **Pare,** c'est-à-dire de vingt charges d'or pur.
8. **Coi patti,** aux conditions.

LXXXVI, 2. **Maumette,** Mahomet, qui, dans les poëmes du moyen âge, est considéré comme une divinité de la religion qu'il a fondée.

3. **Papasso,** péjoratif, prêtre d'une fausse religion. Les catholiques italiens ont longtemps employé ce mot pour désigner les prêtres de la religion grecque.

4. Agramant renouvelle sur le Coran le serment qu'il a d'abord seulement prononcé devant l'autel.

7. **Quel par di campioni,** Renaud et Roger.

LXXXVII, 1. **Della tenzone** dépend de *disturbarlo.*

2. **Viene o manda,** en personne ou par messager.

4. Ce serment prépare la conversion de Roger. Car Agramant viendra le *disturbar.*

Giura Rinaldo ancor, che se cagione
Sarà del suo Signor quindi levarlo,
Finchè non resti vinto egli o Ruggiero,
Si farà d'Agramante cavaliero.

La lutte s'engage et Roger se défend avec mollesse contre le frère de Bradamante.

CHANT XXXIX

Renaud au contraire attaque son adversaire avec ardeur, et les Sarrasins commencent à concevoir de l'inquiétude, quand la bonne fée Mélisse, prenant les traits de Rodomont, décide Agramant à rompre les engagements qu'il a pris. Agramant, croyant avoir avec lui le roi d'Alger, s'élance en avant suivi des siens, et une bataille générale s'engage, tandis que Mélisse disparaît. Renaud et Roger, fidèles à leur parole, suspendent leur duel, attendant de savoir lequel des deux rois a violé les traités. Le choc des deux armées est terrible. Marphise et Bradamante surtout font de larges vides dans les troupes d'Agramant. Ce dernier ne peut savoir ce qu'est devenu Rodomont. Marsile et Sobrin, respectueux des accords, ne prennent pas part à la lutte. Aussi Agramant est-il complètement écrasé.

Cependant, en Afrique, Astolphe remporte de nouveaux succès dans le royaume même d'Agramant. Il fait prisonnier le brave guerrier sarrasin Bucifar et force le roi Bronzard, auquel Agramant avait confié la garde de son royaume, à se jeter dans Biserte. Bronzard, pour ravoir Bucifar, délivre le brave Dudon, fils d'Ogier le Danois, prisonnier depuis longtemps à Biserte. Astolphe, se rappelant que saint Jean lui a

---

5. **Cagione**, faute.

7. **Finchè non**, avant que.

8. Les engagements pris sont donc les mêmes, pour les champions comme pour les souverains.

ordonné d'enlever la Provence et Aigues-Mortes aux Sarrasins, choisit dans sa nombreuse armée les hommes les plus propres au service de la mer ; puis, remplissant ses deux mains de feuilles de toute espèce, il les jette dans les flots où elles se transforment en vaisseaux. Il met Dudon à la tête de cette flotte improvisée.

Tandis que cette escadre est encore dans le port de Biserte attendant un vent favorable, un navire aborde. C'est celui qui apportait en Afrique les prisonniers de Rodomont. Ils sont aussitôt délivrés. Il y a là Brandimart, Sansonnet, Olivier et d'autres preux. Dudon s'informe auprès d'eux de l'état dans lequel ils ont laissé la France. Mais tout à coup une grande rumeur se fait entendre. Elle est causée par un homme qui, seul et nu, armé d'un énorme bâton, a attaqué le camp chrétien. Pendant que les paladins accourus le considèrent, arrive Fleur-de-Lis qui tombe dans les bras de Brandimart. Elle reconnaît Roland dans ce fou terrible, et les autres chevaliers, le reconnaissant aussi à sa suite, pleurent attendris par ce spectacle navrant. Astolphe leur dit que le moment est venu de guérir le comte d'Angers, et tous, l'entourant, essaient de s'emparer de lui.

ROLAND TERRASSÉ ET GUÉRI

48

Orlando che si vide fare il cerchio,
Menò il baston da disperato e folle ;
Et a Dudon, che si facea coperchio
Al capo dello scudo, ed entrar volle,

XLVIII, 1. **Si**, autour de lui. — **fare il cerchio**, former le cercle.
2. **Da disperato**, en désespéré, sens très fréquent de la préposition *da*.
3. **Et.** Remarquer cette forme latine.
4. **Entrar** (dans le cercle), s'avancer.

Fe' sentir ch' era grave di soperchio ;
E se non che Olivier col brando tolle
Parte del colpo, avria il bastone ingiusto
Rotto lo scudo, l' elmo, il capo e il busto.

49

Lo scudo roppe solo, e su l'elmetto
Tempestò sì, che Dudon cadde in terra.
Menò la spada a un tempo Sansonetto,
E del baston più di duo braccia afferra
Con valor tal, che tutto il taglia netto.
Brandimarte, ch' addosso se gli serra,
Gli cinge i fianchi quanto può con ambe
Le braccia, e Astolfo il piglia nelle gambe.

50

Scuotesi Orlando, e lungi dieci passi
Da sè l' Inglese fe' cader riverso :
Non fa però che Brandimarte il lassi,
Che con più forza l'hà preso a traverso.
Ad Olivier, che troppo innanzi fassi,
Menò un pugno sì duro e sì perverso,

---

5. **Di soperchio,** = soperchiamente. Nous disons aussi : lourd
de reste.

6-7. **Tolle parte,** amortit.

7. **Ingiusto,** parce que Dudon voulait s'emparer de Roland pour
son bien.

XLIX, 1. **Roppe.** Le sujet est *bastone.*

3. **Menò la spada,** fit jouer son épée.

4. **Afferra,** attrape (avec son épée).

5. Le bâton de Roland se trouve donc raccourci de deux brasses.
C'est un premier résultat.

6. **Gli,** à Roland.

8. **Nelle gambe.** Il est plaisant de voir ces paladins réduits à
user de si peu de cérémonie envers l'illustre Roland.

L, 2. **L'Inglese,** Astolphe. — **Riverso,** à la renverse.

4. **A traverso,** par le milieu du corps.

5. **Innanzi fassi,** s'avance.

6. **Menò un pugno,** il donna un coup de poing.

Che lo fe' cader pallido ed esangue,
E dal naso e dagli occhi uscirgli il sangue.

51

E se non era l'elmo più che buono
Ch'avea Olivier, l'avria quel pugno ucciso :
Cadde però, come se fatto dono
Avesse dello spirto al Paradiso.
Dudone e Astolfo che levati sono,
Benchè Dudone abbia gonfiato il viso,
E Sansonetto che'l bel colpo ha fatto,
Addosso a Orlando son tutti in un tratto.

52

Dudon con gran vigor dietro l' abbraccia,
Pur tentando col piè farlo cadere :
Astolfo e gli altri gli han prese le braccia,
Nè lo puon tutti insieme anco tenere.
Chi ha visto toro a cui si dia la caccia,
E ch' alle orecchie abbia le zanne fiere,
Correr mugliando, e trarre ovunque corre
I cani seco, e non potersi sciorre ;

53

Immagini ch'Orlando fosse tale,
Che tutti quei guerrier seco traea.

LI, 1. **Più che buono**. Cette excellence des armes est bien sou-.
vent utile aux chevaliers du *Roland furieux*. Les commentateurs
font observer qu'Arioste oublie qu'Olivier avait perdu ses armes
(V. la 53e oct. du XXXVe ch.).

3-4. **Come se...** tout comme s'il était mort.

5. **Levati sono**, se sont relevés.

7. **'l bel colpo** ; quand il a coupé deux brasses du bâton.

LII, 2. **Pur**, aussi, en même temps. Il veut lui donner le croc-en-
jambe, *dargli il gambetto*.

6. **Zanne**, dents (des chiens, comme il résulte du v. 8).

LIII, 1. **Immagini**, 3e pers. sing. du subjonctif. Le sujet est *Chi
ha visto* de l'octave précédente.

In quel tempo Olivier di terra sale,
Là dove steso il gran pugno l'avea;
E visto che così si potea male
Far di lui quel ch' Astolfo far volea,
Si pensò un modo et ad effetto il messe,
Di far cader Orlando, e gli successe.

54

Si fe' quivi arrecar più d'una fune,
E con nodi correnti adattò presto ;
Ed alle gambe ed alle braccia alcune
Fe' porre al Conte, ed a traverso il resto.
Di quelle i capi poi partì in comune,
E li diede a tenere a quello e a questo.
Per quella via che maniscalco atterra
Cavallo o bue, fu tratto Orlando in terra.

55

Come egli è in terra, gli son tutti addosso,
E gli legan più forte e piedi e mani.
Assai di qua di là s'è Orlando scosso ;
Ma sono i suoi risforzi tutti vani.

---

3. **Di terra sale**, se relève vivement.
5. **Visto**, ablatif absolu.
7. **Si pensò**, il imagina.
LIV, 1. **Più d'una**, plusieurs ; se dit aussi en français.
2. **Correnti**, coulants. Aujourd'hui on dit d'ordinaire *scorsoi*.
4. **A traverso** (du corps).
5. **I capi**, les bouts. — **Partì in comune**. Ces mots sont expliqués par le vers suivant.
8. **Cavallo o bue**. Roland furieux est une bête ; ses amis sont forcés de recourir aux procédés dont on se sert avec les bêtes.
LV, 2. **Più forte**. Cette prise de Roland est d'un naturel parfait.
3. **S'è scosso** ; équivaut à un présent.
4. **Risforzi**, efforts réitérés. C'est la vraie leçon, celle des éditions de 1516 et 1532. *Rinforzi*, que donnent certaines éditions, est une leçon fautive.

Comanda Astolfo che sia quindi mosso,
Che dice voler far che si risani.
Dudon, ch'è grande, il leva in su le schene,
E porta al mar sopra l'estreme arene.

56

Lo fa lavar Astolfo sette volte,
E sette volte sotto acqua l'attuffa ;
Sì che dal viso e dalle membra stolte
Leva la brutta ruggine e la muffa :
Poi con cert' erbe, a questo effetto colte,
La bocca chiuder fa, che soffia e buffa ;
Chè non volea ch'avesse altro meato
Onde spirar, che per lo naso, il fiato.

57

Aveasi Astolfo apparecchiato il vaso,
In che il senno d'Orlando era rinchiuso ;
E quello in modo appropinquogli al naso,
Che nel tirar che fece il fiato in suso,

---

5. **Comanda Astolfo.** Astolphe commande, car il va être le
médecin de cette maladie morale.

7. **Schene,** *schiene.*

8. **Al mar.** C'est l'ordre donné par Astolphe, on va voir pourquoi.

LVI, 1. **Sette volte.** Ce nombre consacré montre qu'il ne s'agit
pas seulement d'un nettoyage, mais aussi d'une purification.

3. **Stolte,** = *dello stolto.*

4. **Ruggine e muffa,** proprement : rouille et moisissure, ici
les souillures quelconques.

6. **Buffa** est plus fort que **soffia.**

7-8. Nous allons voir pourquoi.

8. **Fiato,** respiration.

LVII, 1. **Aveasi.** On voit, pour peu qu'on réfléchise, que ce **si**
n'est pas plus explétif que la plupart de ceux qu'on prétend tels.

4. **Nel tirar il fiato in suso,** en aspirant.

Tutto il vôtò. Maraviglioso caso !
Chè ritornò la mente al primier uso ;
E ne' suoi bei discorsi l'intelletto
Rivenne, più che mai lucido e netto.

58

Come chi da noioso e grave sonno,
Ove o veder abbominevol forme
Di mostri che non son, nè ch'esser ponno,
O gli par cosa far strana ed enorme,
Ancor si maraviglia, poi che donno
È fatto de' suoi sensi, e che non dorme ;
Così poi che fu Orlando d' error tratto,
Restò maraviglioso e stupefatto.

59

E Brandimarte, e il fratel d'Alda bella,
E quel che 'l senno in capo gli ridusse,
Pur pensando riguarda e non favella,
Com'egli quivi, e quando si condusse.

---

5. **Il**, le vase.

6. **Chè** correspond au latin *nempe*. — **Al primier uso**, à son état primitif, dans lequel Roland pouvait s'en servir.

7. **Bei discorsi**, propos sensés.

LVIII, 1. Roland recouvrant la raison est comparé à un homme qui s'éveille d'un cauchemar.

2. **O veder...**, première espèce de cauchemars, ceux où nous nous croyons menacés par des monstres. Suppléez *gli par* du v. 4.

4. **O gli par far...** deuxième espèce, ceux où il nous semble accomplir des choses extraordinaires. — **Enorme**, au sens étymologique, en dehors de la loi, monstrueux.

5. **Ancor poi che**, encore après que. — **Donno**, *signore*.

6. Hendiadyn.

8. **Maraviglioso**, étonné ; = ici *maravigliato*.

LIX, 1. **Il fratel d'Alda**, Olivier.

2. Ce vers désigne Astolphe.

3. **Pur pensando**, tout en réfléchissant, bien qu'il s'interroge, se rattache au vers 4. — **Riguarda** a pour sujet Roland et pour complément les vers 1 et 2. — **Non favella** motive le *pur* qui précède *pensando*. Il y a quelque embarras dans la construction. Mais l'état d'hébètement de Roland est bien rendu.

4. **Si condusse**, est venu.

Girava gli occhi in questa parte e in quella
Nè sapea imaginar dove si fusse ;
Si maraviglia che nudo si vede,
E tante funi ha dalle spalle al piede.

60

Poi disse, come già disse Sileno
A quei che lo legàr nel cavo speco :
Solvite me, con viso sì sereno,
Con guardo sì men dell'usato bieco,
Che fu slegàto, e de' panni ch'avieno
Fatti arrecar participaron seco ;
Consolandolo tutti del dolore,
Che lo premea, di quel passato errore.

61

Poi che fu all'esser primo ritornato
Orlando più che mai saggio e virile,
D'amor si trovò insieme liberato ;
Sì che colei che sì bella e gentile
Gli parve dianzi, e ch'avea tanto amato,
Non stima più, se non per cosa vile.
Ogni suo studio, ogni disio rivolse
A racquistar quanto già Amor gli tolse.

5-8. Tout est pour Roland sujet d'étonnement, d'abord le lieu, et ensuite l'état dans lequel il se trouve.

LX, 1. **Già**, dans l'Eglogue VI de Virgile, au v. 24. Silène, qui s'est endormi ivre, est lié par de jeunes bergers et la nymphe Eglé. A son réveil, il rit du tour qu'on lui a joué, et dit aux assistants : *Solvite me*.

4. **Sì men dell'usato bieco**, mot-à-mot tellement moins hagard que son regard habituel (de fou). *Bieco* exprime très bien le regard de côté, en dessous, des insensés.

6. **Participaron seco**, ils lui distribuèrent.

8. **Errore**. Ce mot désigne la folie de Roland ; mais il ajoute cette idée que cette folie était le châtiment d'une faute.

LXI, 4. **Colei**, Angélique. Ce mot est complément de *non stima* (v. 6).

8. Les guérisons de folie, par voie naturelle ou surnaturelle, ne sont pas rares dans les romans chevaleresques. Mais, dans la guérison de Roland, Arioste doit peu à ses devanciers et beaucoup à lui-même.

Le jour suivant, tandis qu'Astolphe et Roland mettent le
siège devant Biserte, Dudon vole avec sa flotte vers la Provence. Il rencontre pendant la nuit la flotte d'Agramant qui
s'était embarqué à Arles et revenait en Afrique, sur des navires en mauvais état, avec les débris de son armée. Le roi
païen ignorait absolument l'existence de cette escadre créée
par miracle. Les chrétiens s'approchent des vaisseaux sarrasins, et dès qu'ils ont reconnu, à leur langage, la nationalité
de ceux qui les montent, ils jettent leurs grappins sur les
navires ennemis et les accrochent.

UN COMBAT NAVAL

81

Nell' arrivar che i gran navili fênno
(Spirando il vento a' lor desir secondo),
Nei Saracin con tale impeto dênno,
Che molti legni ne cacciaro al fondo :
Poi cominciaro oprar le mani e il senno,
E ferro e fuoco e sassi di gran pondo
Tirar con tanta e sì fiera tempesta,
Che mai non ebbe il mar simile a questa.

82

Quei di Dudone, a cui possanza e ardire
Più del solito è lor dato di sopra

LXXXI, 1. Pour cette bataille navale, l'auteur s'est inspiré du
chant III de la Pharsale, et aussi, ainsi qu'il résulte du prélude du
chant suivant, d'une victoire remportée par Hippolyte d'Este sur
les Vénitiens. — I gran navili (des chrétiens). — Fênno, *fecero.*
     3. Dênno, *diedero.* Nous avons déjà vu cette forme archaïque
rimant avec la forme archaïque *fênno,* comme ici.
     5. Le mani, des soldats ; il senno, des chefs.
     7. Tirar, lancer.
LXXXII, 2. Lor fait double emploi avec a cui du vers précédent.
     — Di sopra, d'en haut, du ciel.

(Chè venuto era il tempo di punire
I Saracin di più d'una mal'opra),
Sanno appresso e lontan sì ben ferire,
Che non trova Agramante ove si copra.
Gli cade sopra un nembo di saette ;
Da lato ha spade e graffi e picche e accette.

83

D'alto cader sente gran sassi e gravi,
Da macchine cacciati e da tormenti ;
E prore e poppe fracassar di navi,
Ed aprire usci al mar larghi e patenti :
E 'l maggior danno è degl' incendj pravi,
A nascer presti, ad ammorzarsi lenti.
La sfortunata ciurma si vuol tòrre
Del gran periglio, e via più ognor vi corre.

84

Altri, che'l ferro e l'inimico caccia,
Nel mar si getta, e vi s'affoga e resta ;
Altri, che muove a tempo piedi e braccia,
Va per salvarsi o in quella barca o in questa ;

---

5. **Appresso e lontan**, de près et de loin.
6. **Ove si copra**, où se mettre à l'abri.
7. **Sopra**, s'oppose à *da lato* du vers suivant.
8. **Graffi**, des crocs.

LXXXIII, 2. **Tormenti**, machines pour lancer. C'est le mot latin *tormentum*.
4. **Usci**, des voies.
7. **Ciurma**, proprement les forçats d'une galère, en français *chiourme* ; ici : bande armée. Il s'agit des Sarrasins.

LXXXIV, 1. Remarquer que les vers 1 et 3 de cette octave et les deux octaves suivantes commencent par le mot **Altri**. L'auteur va énumérer les différents genres de mort des Sarrasins. — **Che**, à l'accusatif.
3. Un autre qui sait nager, Tel est le sens de la périphrase.

12.

Ma quella, grave oltre il dover lo scaccia,
E la man, per salir troppo molesta
Fa restare attaccata nella sponda :
Ritorna il resto a far sanguigna l'onda.

85

Altri, che spera in mar salvar la vita,
O perderlavi almen con minor pena,
Poichè notando non ritrova aïta,
E mancar sente l'animo e la lena,
Alla vorace fiamma ch' ha fuggita,
La tema di annegarsi anco rimena :
S'abbraccia a un legno ch'arde e per timore
Ch' ha di due morti, in ambe se ne muore.

86

Altri, per tema di spiedo o d' accetta
Che vede appresso, al mar ricorre invano,
Perchè dietro gli vien pietra o saetta
Che non lo lascia andar troppo lontano.

---

5. **Quella**, en tant que déterminé par *grave*, c'est la barque elle-même ; en tant que sujet du verbe *fa* (v. 7), ce sont les gens qui se trouvent dans cette barque. — **Oltre il dover**, outre mesure. Nous disons familièrement : J'en ai plus que mon *dû*, c'est-à-dire que ce qui me revient.

6. **Salir**, monter (dans la barque). — **Troppo molesta**, à ceux qui s'y trouvent déjà.

7. **Attaccata.** Lucain (ch. iii), dans l'épisode des jumeaux marseillais, dit de la main de l'un d'eux : *nisu, quo prenderat, hæsit.*

LXXXV, 1. **Altri**, complément direct de *rimena* (v. 6).

3. **Aïta**, *aiuto*. Nous avons déjà vu cette forme.

5. **Alla fiamma**, complément indirect de *rimena*.

6. **La tema**, sujet de la phrase. Celle-ci, malgré la place inusitée occupée par le sujet et les compléments, demeure d'une clarté parfaite.

8. **Due et ambe** ne sont pas ici synonymes : la peur des deux morts auxquelles il a été exposé successivement (*due*) le fait mourir de ces deux morts à la fois (*ambe*).

Ma saria forse, mentre che diletta
Il mio cantar, consiglio utile e sano
Di finirlo, piuttosto che seguire
Tanto, che v' annoiasse il troppo dire.

CHANT XL

Agramant et Sobrin parviennent à se sauver dans une barque.

Devant Biserte, cependant, Astolphe prépare un assaut par mer et par terre. Tandis que Sansonnet attaque la ville avec ceux des navires que Dudon n'avait pas emmenés, Roland, Olivier, Brandimart donnent l'assaut par terre. Une échelle est posée. Brandimart y monte le premier. Mais l'échelle se rompt sous le poids de ceux qui le suivent, et le paladin s'élance seul dans la ville, y accomplissant des exploits analogues à ceux de Rodomont dans Paris, tandis qu'au dehors les chrétiens craignent pour sa vie.

BISERTE PRISE D'ASSAUT

27

Per tutto 'l campo alto rumor si spande
Di voce in voce, e 'l mormorio e 'l bisbiglio.
La vaga Fama intorno si fa grande,
E narra, ed accrescendo va il periglio.

LXXXVI, 8. **V'annoiasse.** Une des façons habituelles de l'auteur de terminer ses chants. Le récit de cette bataille ne sera achevé qu'au début du chant suivant. C'est encore un procédé familier à Arioste que de mettre une narration à cheval sur deux chants. Ils sont ainsi en quelque sorte soudés l'un à l'autre.

XXVII, 2. **Bisbiglio**, chuchotement.

　　3. **Vaga** = *vagante* ; errante.

　　4. **Accrescendo**, grandissant (actif) ; c'est une adaptation du *vires acquirit eundo* (*Enéide*, IV, 175). — **Il periglio**, que court Brandimart.

Ove era Orlando (perchè da più bande
Si dava assalto) ove d'Otone il figlio,
Ove Olivier, quella volando venne,
Senza posar mai le veloci penne.

28

Questi guerrier, e più di tutti Orlando,
Ch'amano Brandimarte e l'hanno in pregio,
Udendo che, se van troppo indugiando,
Perderanno un compagno così egregio,
Piglian le scale e qua e là montando,
Mostrano a gara animo altiero e regio,
Con sì audace sembiante e sì gagliardo
Che i nemici tremar fan con lo sguardo.

29

Come nel mar che per tempesta freme,
Assaglion l'acque il temerario legno,
Ch'or dalla prora, or dalle parti estreme
Cercano entrar con rabbia e con isdegno;
Il pallido nocchier sospira e geme,
Ch'aiutar deve, e non ha cor nè ingegno;
Una onda viene alfin ch'occupa il tutto,
E dove quella entrò, segue ogni flutto :

---

5. **Da più bande**, de plusieurs côtés.
6. **Il figlio d'Otone**, Astolphe, fils d'Othon, roi d'Angleterre.
8. **Veloci penne.** C'est la traduction du *pernicibus alis* de Virgile, ibid., v. 180.

XXVIII, 6. **A gara**, à l'envi. *Gara* signifie *dispute* (c'est en ce sens que nous l'avons vu ch. I, VIII, v. 1), puis *rivalité, émulation*. Sous le titre de *gara d'onore*, les Italiens ont un équivalent approximatif de notre Concours général des lycées.
7. **Sembiante**, air, allure.
8. Cf. *Jérusal. dél.* III, LII, où Renaud, voulant venger Dudon prince de Consa, effraie les ennemis par son aspect, bien qu'ils se soient retirés au dedans des murs.

XXIX, 1. Encore une comparaison qui occupe toute une octave.
6. **Ch'aiutar deve**, lui qui devrait porter secours.
8. **Ogni flutto**, tous les flots.

30

Così di poi ch'ebbono presi i muri
Questi tre primi, fu sì largo il passo,
Che gli altri ormai seguir ponno sicuri,
Che mille scale hanno fermate al basso.
Aveano intanto gli arïeti duri
Rotto in più lochi, e con sì gran fracasso,
Che si poteva in più che in una parte
Soccorrer l'animoso Brandimarte.

31

Con quel furor che'l Re de' fiumi altiero,
Quando rompe talvolta argini e sponde,
E che nei campi Ocnei s'apre il sentiero,
E i grassi solchi e le biade feconde,
E con le sue capanne il gregge intiero,
E coi cani i pastor porta nell' onde;

XXX, 2. **Questi tre.** Ce sont les trois guerriers dont il a été question à l'octave 27, savoir Roland, Astolphe et Olivier. — **Primi,** les premiers, avant les autres.

3. **Ponno,** *possono.*

5. **Arïeti,** béliers.

6. **Rotto,** entamé les murs. — **Con sì gran fracasso,** en y faisant des dégâts tels.

XXXI, 1. **'l Re de' fiumi.** Il s'agit du Pô, élevé à cette dignité par Virgile, *Géorg.,* I, 482 : *Fluviorum rex Eridanus.*

2. Ferrare, la patrie de l'auteur, est particulièrement exposée aux inondations du Pô, qui passe à quelques kilomètres seulement au nord de la ville. On voit combien, chez Arioste, se fondent ensemble les souvenirs classiques et les observations personnelles.

3. **Campi Ocnei,** les plaines de Mantoue, ainsi appelées parce qu'Ocnus, fils de la prophétesse Manto, passe pour le fondateur de Mantoue qui aurait reçu le nom de sa mère. Mantoue est située sur le Mincio, et non sur le Pô. Mais, quand le Pô déborde, les deux fleuves refluant couvrent les campagnes situées entre eux près de leur jonction.

5. Virgile, *Géorg.,* I, 483 : *Cum stabulis armenta tulit.* Le passage de Virgile est encore présent à l'esprit de l'Arioste.

Guizzano i pesci agli olmi in su la cima
Ove solean volar gli augelli in prima :

32

Con quel furor l'impetuosa gente,
Là dove avea in più parti il muro rotto,
Entrò col ferro e con la face ardente
A distruggere il popol mal condotto.
Omicidio, rapina, e man violente
Nel sangue e nell' aver, trasse di botto
La ricca e trionfal città a ruina,
Che fu di tutta l'Africa regina.

33

D'uomini morti pieno era per tutto,
E delle innumerabili ferite
Fatto era un stagno più scuro e più brutto
Di quel che cinge la città di Dite.
Di casa in casa un lungo incendio indutto
Ardea palagi, portici e meschite.
Di pianti e d'urli e di battuti petti
Suonano i vôti e depredati tetti.

---

7. **Guizzano**, frétillent.

7-8. Cf. Ovide, *Métam.* I, 296 : *Hic summa piscem deprendit in ulmo;* et Horace, *Odes,* I, II : *Piscium et summa genus hæsit ulmo, Nota quæ sedes fuerat columbis.*

XXXII, 4. **Mal condotto**, en piteux état.

6. **Trasse**, grammaticalement, ne se rapporte qu'au dernier sujet exprimé. En fait, ce mot équivaut à *trassero.*

8. **Regina.** Boiardo dit de Biserte, II, I, 19 :

        Era in quel tempo gran terra Biserta.

Ainsi, c'était une sorte de Troie musulmane qui succombait. Depuis l'établissement du protectorat français en Tunisie, on a compris l'importance de cette position.

XXXIII, 1. **Pieno** est du genre neutre.

4. Souvenir dantesque,

5. **Indutto**, propagé.

6. **Meschite**, mosquées.

7. L'auteur énumère les différentes expressions de la douleur. Cf. ch. XVI, octave 21.

34

I vincitori uscir delle funeste
Porte vedeansi di gran preda onusti,
Chi con bei vasi e chi con ricche veste,
Chi con rapiti argenti a' Dei vetusti :
Chi traea i figli, e chi le madri meste.
Fur fatti stupri e mille altri atti ingiusti,
Dei quali Orlando una gran parte intese,
Nè lo potè vietar, nè 'l Duca inglese.

Bucifar est tué par Olivier ; Bronzard se donne lui-même la mort.

Agramant voit de loin le terrible incendie qui dévore la ville. Dans son désespoir, il veut se tuer ; mais Sobrin l'en empêche et le réconforte. Une tempête qui s'élève les force à chercher un refuge dans une petite île déserte. Ils y trouvent Gradasse qui, parti d'Arles la veille, a dû s'y réfugier aussi. Le roi de Séricane apprend avec peine la prise de Biserte, et quels sont les guerriers qui l'ont détruite (a). Il s'offre pour aller combattre Roland seul à seul. Mais Agramant et Sobrin veulent participer à cet honneur, et les trois guerriers décident enfin que Roland sera invité à venir, accompagné de deux chevaliers chrétiens, se mesurer avec eux

---

XXXIV, 2. **Di gran preda onusti**. Ces chrétiens sont aussi pillards que des condottieri. Il est vrai que ce sont des chrétiens d'Ethiopie.

4. **Vetusti**, antiques, dont les statues étaient depuis longtemps honorées à Biserte.

5. **Traea** (prisonniers).

6. Cf. la note du v. 2. Au chant XXXIII, octave 102, Arioste dit de Senape qu'il observe presque notre religion (*serva quasi nostra Fede*). Ses sujets s'en écartent beaucoup.

8. **Nè lo potè vietar**. La discipline laissait à désirer. Les deux chefs, dont l'un est redevenu le plus sage des chrétiens, et dont l'autre est monté jusqu'au ciel, réprouvaient ces violences sur les personnes, et s'y seraient opposés, s'ils l'avaient pu ; quant au pillage, ils l'avaient bel et bien ordonné d'avance (11e oct. de ce même chant).

a. Il y a ici une invraisemblance. Comment Sobrin a-t-il pu, de a mer, reconnaître les guerriers chrétiens, et surtout savoir que Roland avait recouvré la raison ?

dans l'île de Lipaduse, située entre la Sicile et l'Afrique. Le
messager fait diligence et arrive à Biserte. Roland accepte
le défi avec la plus grande joie. Il choisit pour seconds le
fidèle Brandimart et Olivier, son beau-frère.

L'auteur revient à Roger, qui, par suite de la félonie d'A-
gramant, a dû interrompre son duel avec Renaud. Tous les
renseignements qu'il recueille avec soin lui apprennent que
c'est Agramant qui a violé sa parole. Il pourrait abandonner
ce prince parjure ; mais il craint que, s'il l'abandonne dans
sa mauvaise fortune, il ne soit accusé de lâcheté, et il résout
de le suivre en Afrique. N'ayant trouvé aucun vaisseau à
Arles, il arrive à Marseille pour s'y embarquer. Dudon venait justement d'y aborder avec sa flotte victorieuse et les
prisonniers qu'il avait faits. A la vue des chefs sarrasins captifs, Roger entreprend de les délivrer. Voyant le carnage qu'il
fait autour de lui, Dudon s'avance seul à sa rencontre, et,
après s'être dit leurs noms, les deux guerriers en viennent
aux mains. Roger, qui sait que Dudon est le cousin de Bradamante, ménage son adversaire pour ne pas offenser sa
dame.

CHANT XLI

Dudon, s'apercevant que Roger épargne sa vie, lui demande de cesser le combat. Roger y consent à condition que
les sept rois captifs seront remis en liberté. Sur un vaisseau
que Dudon lui laisse choisir, il s'embarque pour l'Afrique
avec les sept rois et essuie une tempête furieuse. A la vue
d'un écueil contre lequel le vaisseau menace de se briser, les
passagers se jettent dans la chaloupe, et Roger, abandonnant
ses armes sur le navire, en fait autant. Sous le poids, la
chaloupe s'enfonce dans les flots, et, tandis que les autres se
noient, Roger nage vers l'écueil. De son côté, le navire,
abandonné à lui-même, est poussé par le vent près de
Biserte.

Roland, qui se promenait sur le rivage, l'aperçoit. Il l'a-
borde avec ses amis et est tout heureux d'y trouver le bon
cheval Frontin, l'armure de Roger et Balisarde, son excel-

lente épée. Gardant l'épée pour lui, il donne l'armure à Olivier et Frontin à Brandimart. Les trois guerriers, magnifiquement équipés, s'embarquent et arrivent à l'île de Lipaduse, où Agramant et ses deux seconds abordent le même jour. Brandimart se rend auprès du roi sarrasin et lui offre la paix s'il consent à se faire chrétien. Agramant refuse d'un ton altier, et le lendemain, dès l'aube, le combat s'engage entre les six paladins.

Remettant à plus tard le récit de cette lutte, l'auteur revient à Roger qu'il a laissé en danger de se noyer.

ROGER SE FAIT CHRÉTIEN

47

Il giovinetto con piedi e con braccia
Percotendo venìa l'orribil onde.
Il vento e la tempesta gli minaccia :
Ma più la coscïenzia lo confonde.
Teme che Cristo ora vendetta faccia;
Che, poichè battezzar nell'acque monde,
Quando ebbe tempo, sì poco gli calse,
Or si battezzi in queste amare e salse.

48

Gli ritornano a mente le promesse
Che tante volte alla sua donna fece;

XLVII, 1. **Il giovinetto**, Roger.

3. **Gli**. Ce complément indirect avec *minacciare* est peu usité.

4. **Lo confonde più**, l'agite davantage.

6. **Acque monde**, les ondes pures (des baptistères).

7. **Gli calse**, il s'est soucié, du verbe *calere*, être à cœur. Le vieux verbe français *chaloir* n'est plus usité qu'à la 3ᵉ pers. de l'ind. prés. : Point ne m'en *chaut*.

8. **Amare e salse**. Trop d'esprit. Roger avait autre chose à faire qu'à aiguiser cette pointe d'un goût douteux.

XLVIII, 2. **Sua donna**, Bradamante.

Quel che giurato avea quando si messe
Contra Rinaldo e nulla satisfece.
A Dio, ch' ivi punir non lo volesse,
Pentito disse quattro volte e diece;
E fece voto di core e di fede
D'esser Cristian, se ponea in terra il piede :

49

E mai più non pigliar spada nè lancia
Contra ai Fedeli in aiuto de'Mori;
Ma che ritorneria subito in Francia,
E a Carlo renderia debiti onori;   .
Nè Bradamante più terrebbe a ciancia,
E verria a fine onesto dei suo'amori.
Miracol fu, che sentì al fin del voto
Crescersi forza, e agevolarsi il nuoto.

50

Cresce la forza e l'animo indefesso :
Ruggier percuote l'onde e le respinge,
L'onde che seguon l'una all'altra presso,
Di che una il leva, un'altra lo sospinge.
Così montando e discendendo spesso
Con gran travaglio, alfin l'arena attinge;

---

3. **Si messe contra**, s'avança, se battit contre.
4. **E nulla satisfece**, sans satisfaire à rien.
5. **Ivi**, en ce moment.
6. **Diece**. Nous avons déjà remarqué cette forme féminine de
dieci.
7. **Di core e di fede**, hendyadin : d'un cœur plein de foi.
XLIX, 5. **Terrebbe a ciancia**, se jouerait de, tiendrait en suspens. *Ciancia* veut dire badinage, sornette.
6. Cette périphrase veut dire : Et se marierait avec Bradamante.
7. **Miracol fu che**. Un miracle se produisit grâce auquel; par
l'effet d'un miracle...
8. **Agevolarsi**, devenir facile.
L, 4. **Lo sospinge**, le pousse avec force.
6. **L'arena**, le sable (du rivage), le rivage.

E dalla parte onde s'inchina il colle
Più verso il mar, esce bagnato e molle.

51

Fur tutti gli altri, che nel mar sì diéro,
Vinti dall'onde e alfin restâr nell'acque.
Nel solitario scoglio uscì Ruggiero,
Come all'alta Bontà divina piacque.
Poi che fu sopra il monte inculto e fiero
Sicur dal mar, nuovo timor gli nacque
D'avere esilio in sì stretto confine,
E di morirvi di disagio alfine.

52

Ma pur col core indomito, e costante
Di patir quanto è in ciel di lui prescritto,
Pei duri sassi l'intrepide piante
Mosse, poggiando inver la cima al dritto.
Non era cento passi andato innante,
Che vide d'anni e d'astinenzie afflitto

---

7. **Il colle**, le rocher.

8. **Bagnato e molle**. Le premier mot désigne la cause ; le second, l'effet.

LI, 2. **Onde, acque**. Ces deux mots ne sont pas synonymes ; *acque*, c'est l'élément ; *onde*, c'est l'élément en furie, les flots.

6. **Sicur**. Ce mot prépare **timor**, qui s'oppose à lui.

8. **Morirvi di disagio**, y mourir de privations. Olympe abandonnée exprime les mêmes craintes avec les mêmes mots X, XXVIII, 5 : *Di disagio morrò*.

LII, 1. **Indomito**. Le courage de Roger ne se dément pas au milieu des épreuves. Cf. oct. 50, v. 1 : *l'animo indefesso*, et deux lignes plus bas : *l'intrepide piante*. — **Costante di**, résolu à.

2. **Prescritto**. N'oublions pas que Roger a été élevé dans la religion musulmane.

4. **Al dritto**, *a destra*.

6. **Afflitto**, affaissé.

Uom ch'avea d'eremita abito e segno,
Di molta reverenzia e d'onor degno ; ·

53

Che, come gli fu presso « Saulo, Saulo, »
Gridò, « perchè persegui la mia Fede ?
(Come allor il Signor disse a san Paulo,
Che'l colpo salutifero gli diede).
Passar credesti il mar, nè pagar naulo,
E defraudare altrui della mercede.
Vedi che Dio, c'ha lunga man, ti giunge,
Quando tu gli pensasti esser più lunge. »

54

E seguitò il santissimo Eremita,
Il qual la notte innanzi avuto avea
In vision da Dio, che con sua aita
Allo scoglio Ruggier giunger dovea :
E di lui tutta la passata vita,
E la futura, e ancor la morte rea,

---

7. **Segno**, les marques extérieures, l'air.

8. Ce n'est pas toujours le cas pour les ermites des romans d'aventures. Quelques-uns sont sujets à caution, comme celui qu'on a vu au début du *Roland furieux*.

LIII, 1. **Saulo**. Saul ou Saül était le nom que les parents de saint Paul, qui étaient juifs, lui avaient donné à la circoncision.

3. **Allor**, en ce temps-là, jadis. Le fait se passa sur le chemin de Damas.

5. **Naulo**, de fret, ton passage. Ce mot a deux autres formes : *nolo*, et *navolo*, qui indique l'étymologie. C'est proprement le prix payé pour le transport des marchandises sur les navires. Cf. le français *noliser*.

6. **Altrui** ici désigne Dieu. — **Della mercede**, du prix qui lui revenait.

7. **Lunga man**. Nous disons : avoir le bras long.

LIV, 1. **Seguitò**, continua à parler, poursuivit, sens très fréquent de ce verbe.

3. **Sua** (de Dieu).

5. **Lui**, (Roger).

6. **Morte rea**. Roger devait mourir victime d'une trahison.

Figli e nipoti ed ogni discendente
Gli avea Dio rivelato interamente.

55

Seguitò l'Eremita riprendendo
Prima Ruggiero : e alfin poi confortollo.
Lo riprendea ch'era ito differendo
Sotto il soave giogo a porre il collo;
E quel che dovea far, libero essendo,
Mentre Cristo pregando a sè chiamollo,
Fatto avea poi con poca grazia, quando
Venir con sferza il vide minacciando.

56

Poi confortollo che non niega il cielo,
Tardi o per tempo, Cristo a chi gliel chiede;
E di quegli operari del Vangelo
Narrò, che tutti ebbono ugual mercede.
Con caritade e con devoto zelo
Lo venne ammaestrando nella Fede
Verso la cella sua con lento passo,
Ch'era cavata a mezzo il duro sasso.

---

8. Le lecteur tremble en apprenant que Dieu a fait ces révéla-
tions au saint ermite, qui, du reste, n'abusera pas de son savoir et
se contentera de sept octaves (LXI-LXVII).

LV, 3. **Ito**; du verbe défectif *ire*.

4. **Il soave giogo** (de la religion du Christ) : *Jugum meum
dulce et suave est*.

5. **Dovea**, aurait dû.

7. **Poi**, au sein des flots. — **Grazia**, mérite.

LVI, 1. **Niega**, refuse, sens qu'a souvent le latin *negare*. Le sujet
est *Cristo* du vers suivant.

2. **Tardi o per tempo**, littéralement, tard ou tôt; tôt ou tard.

3. **Operari del Vangelo**. On sait que ces ouvriers étaient
arrivés à des heures différentes.

6-7. Construisez : *Venne. ammaestrandolo, verso*.

8. **A mezzo il**, au milieu du.

57

Di sopra siede alla devota cella
Una piccola chiesa, che risponde
All'Oriente, assai comoda e bella;
Di sotto un bosco scende sin all'onde,
Di lauri e di ginepri e di mortella,
E di palme fruttifere e feconde,
Che riga sempre una liquida fonte,
Che mormorando cade giù dal monte.

58

Eran degli anni ormai presso a quaranta,
Che sullo scoglio il fraticel si messe;
Ch'a menar vita solitaria e santa
Luogo opportuno il Salvator gli elesse.
Di frutte còlte or d'una or d'altra pianta,
E d'acqua pura la sua vita resse,
Che valida e robusta e senz'affanno
Era venuta all'ottantesimo anno.

LVII, 1. Joignez *di sopra alla.*

2-3. **Che risponde all'Oriente**, tournée vers l'orient, comme
la plupart des églises ou chapelles.

4. **Un bosco scende**. Arioste excelle à esquisser en quelques
traits un frais paysage.

LVIII, 1. **Degli** ne se traduit pas en français. Pour se rendre
compte de ce génitif, qu'on compare cette manière de dire : en
fait de vaches, nous en avons cinq. — **Ormai**, à ce moment,
alors.

2. **Fraticel**. Ce diminutif, marque d'humilité, se dit plus particulièrement des frères *mineurs* ou franciscains, disciples du *Po-
verello* d'Assise.

4. **Luogo**, attribut : comme un lieu.

6. **La sua vita resse**. Ce *passato remoto* équivaut à un imparfait : il entretenait, soutenait sa vie. Cf. la locution latine *tole-
rare vitam.*

7. **Affanno** ; ici : infirmités.

59

Dentro la cella il vecchio accese il fuoco,
E la mensa ingombrò di vari frutti,
Ove si ricreò Ruggiero un poco,
Poscia ch'i panni e i capelli ebbe asciutti.
Imparò poi più ad agio in questo loco
Di nostra Fede i gran misteri tutti;
Ed alla pura fonte ebbe battesmo
Il dì seguente dal vecchio medesmo.

60

Secondo il luogo, assai contento stava
Quivi Ruggier; chè'l buon servo di Dio
Fra pochi giorni intenzïon gli dava
Di rimandarlo ove più avea disio.
Di molte cose intanto ragionava
Con lui sovente, or al regno di Dio,
Or alli propri casi appertinenti,
Or del suo sangue alle future genti.

Après sept octaves où l'auteur nous fait encore subir, par
la bouche de l'ermite, qui sait l'avenir, quelques prédictions

---

LIX, 1. **Accese il fuoco**, pour que Roger pût se sécher (v. 4).

2. **Ingombrò**, chargea, couvrit, et non encombra, qui est le
sens propre du mot. C'est du reste une question de point de vue.
Les mets encombrent une table pour qui n'a pas faim ; ils la couvrent
pour qui a bon appétit, et tel devait être le cas de Roger.

3. **Si ricreò**, reprit des forces, conséquence du v. 2.

4. **Asciutti**, conséquence du v. 1. Remarquer le naturel de cette
petite scène. Roger mange, mais d'abord il se sèche.

5. **Più ad agio**. Il est certain qu'au moment où il sortait des
ondes il aurait médiocrement goûté un catéchisme un peu développé.

LX, 1. **Secondo il luogo**, eu égard au lieu, autant que le lieu le
permettait.

3. **Intenzïon gli dava**, lui manifestait son intention.

4. **Ove più avea disio**, auprès de Bradamante.

7. **Appertinenti**, relatives.

8. Construisez : alle future genti del suo sangue.

relatives à la maison d'Este, et nous donne l'étymologie de son nom (ᵃ), nous voyons enfin commencer le Combat des Six.

Ce combat n'est point un triple duel; c'est une mêlée féroce qui rappelle, en plus grand, la lutte de Roger et de Marphise contre Rodomont et Mandricard (Chant XXVI). Chaque combattant change continuellement d'adversaire, selon qu'il est à pied ou à cheval, selon qu'il doit se défendre lui-même, ou que, momentanément libre, il peut porter secours à l'un des siens en danger. L'attention se concentre surtout sur Roland et Gradasse. Ce dernier, blessé par son adversaire, lui assène un tel coup que le cheval de Roland, effrayé, emporte au loin son cavalier. Gradasse en profite pour dégager Agramant serré de près par Brandimart, et il blesse à mort, d'un coup de Durandal, le meilleur ami de Roland.

CHANT XLII

A la vue de Brandimart déjà tout pâle, Roland est saisi d'une colère aussi grande que celle d'Achille en présence du corps de Patrocle, que celle des soldats ferrarais lorsque, tout récemment, ils virent leur duc Alphonse blessé.

FIN DU COMBAT DES SIX

6

Ma perch'io vo' concludere, vi dico
Che nessun'altra quell'ira pareggia,

α. *Este hic domini.* Soyez ici les maîtres, aurait dit Charlemagne en remettant au fils de Roger, pour lui et ses descendants, les terres qu'il devait gouverner. Le premier de ces trois mots serait l'origine du nom d'Este.

VI, 1. **Concludere,** tirer une conclusion. L'Arioste vient de citer deux cas analogues au cas de Roland, celui d'Achille devant le corps de Patrocle, celui des Ferrarais devant leur duc blessé. Il va conclure, et, en concluant, reprendre le fil de son récit.

Quando Signor, parente, o sozio antico
Dinanzi agli occhi ingiurïar ti veggia.
Dunque è ben dritto, per sì caro amico,
Che subit'ira il cor d'Orlando feggia;
Che dell'orribil colpo che gli diede
Il re Gradasso, morto in terra il vede.

7

Qual nomade pastor, che vedut'abbia
Fuggir strisciando l'orrido serpente
Che il figliuol, che giocava nella sabbia,
Ucciso gli ha col venenoso dente,
Stringe il baston con collera e con rabbia;
Tal la spada, d'ogn'altra più tagliente,
Stringe con ira il Cavalier d'Anglante :
Il primo che trovò, fu il re Agramante,

8

Che sanguinoso, e della spada privo,
Con mezzo scudo, e con l'elmo disciolto,
E ferito in più parti ch'io non scrivo,
S'era di man di Brandimarte tolto,

---

3. **Signor**, un maître. — **Sozio antico**, un ancien ami.

4. Cf. la colère de Roland avec celle de Soliman, quand Argillan lui a tué son page Lesbin (*Jérus. dél.*, IX, 85 et suiv.).

6. **Feggia**, (de *fiedere*). *ferisca*. Ce mot est employé par Dante (*Enfer*, XV, 39 et XVIII, 75).

7. **Gli**, comme **il** du vers suivant désigne Brandimart.

VII, 2. **Strisciando**, en rampant.

5. **Stringe**, saisit, empoigne. Le sens propre de *stringere* est *serrer*.

6. Il s'agit de Balisarde, l'épée de Roger, qu'il avait trouvée sur le vaisseau échoué près de Biserte (ch. XLI).

8. **Trovò**, il rencontra (en *le cherchant*), alla trouver, attaqua. Cf. deux strophes plus bas.

VIII, 2. **Disciolto**, délacé.

Come di piè all'astor sparvier mal vivo,
A cui lasciò alla coda, invido o stolto;
Orlando giunse, e messe il colpo giusto
Ove il capo si termina col busto.

9

Sciolto era l'elmo, e disarmato il collo,
Sì che lo tagliò netto come un giunco.
Cadde e diè nel sabbion l'ultimo crollo
Del regnator di Libia il grave tronco.
Corse lo spirto all'acque, onde tirollo
Caron nel legno suo col graffio adunco.
Orlando sopra lui non si ritarda,
Ma trova il Serican con Balisarda.

10

Come vide Gradasso d'Agramante
Cadere il busto dal capo diviso;
Quel che accaduto mai non gli era innante,

---

5. **Di piè**, des serres. — **Mal vivo**, à moitié mort.

6. Vers sujet à controverse. Tel qu'il est donné ici, on l'explique de la façon suivante : à la queue, c'est-à-dire à la poursuite duquel autour (déjà en possession de sa proie), l'épervier, par jalousie, ou sottise, s'est élancé (*lasciò*). On a conjecturé et imprimé :

A cui lasciò *la* coda, *invito* o stolto,

auquel autour l'épervier, malgré lui ou par sottise, a laissé sa queue. Dans cette leçon c'est l'épervier qui est attaqué.

IX, 1. **Disarmato**, à découvert.

2. Vers emprunté à Boiardo, II, xix, 33 :

E come un giunco lo tagliò di netto.

3. **Crollo**, secousse.

5. **All' acque** (du fleuve infernal). Souvenir classique, comme Caron au vers suivant. Ces souvenirs avaient du reste déjà été utilisés par Dante, *Enfer*, chant iii.

8. **Trova**, va trouver, attaque. Cf. octave vii, v. 8. — **Il Serican**, Gradasso.

X, 3. Nul n'oserait douter de la bravoure de Gradasso. Toutefois ce grand cœur a eu une faiblesse. Au chant XXXIII, il a volé Bayard à Renaud, et, chose plus grave, il s'est félicité, à l'octave xciv, de l'avoir conquis sans coup férir.

Tremò nel core, e si smarrì nel viso :
E all'arrivar del Cavalier d'Anglante,
Presago del suo mal, parve conquiso.
Per schermo suo, partito alcun non prese,
Quando il colpo mortal sopra gli scese.

11

Orlando lo ferì nel destro fianco
Sotto l'ultima costa; e il ferro immerso
Nel ventre, un palmo uscì dal lato manco,
Di sangue sin all'elsa tutto asperso.
Mostrò ben che di man fu del più franco
E del miglior guerrier dell'universo
Il colpo ch'un Signor condusse a morte,
Di cui non era in Paganìa il più forte.

12

Di tal vittoria non troppo gioioso,
Presto di sella il Paladin si getta;
E col viso turbato e lagrimoso
A Brandimarte suo corre a gran fretta.

---

4. **Si smarrì nel viso**, mot-à-mot, il perdit contenance dans son visage; le trouble se répandit sur son visage. *Smarrirsi* c'est s'égarer au propre, ou au figuré comme ici.

6. **Conquiso**, vaincu. C'est l'effet pour la cause.

XI, 3. **Manco**. Ce mot rapproché de *destro* du premier vers, nous montre que Gradasse est pourfendu.

4. **Elsa**, garde.

5. **Mostrò**. Le sujet de ce verbe est *il colpo* (v. 7). — **Franco**, intrépide.

8. **Paganìa**, le monde païen, de même que nous disons la *chrétienté* pour l'ensemble des chrétiens.

XII, 2. Roland peut le faire sans imprudence. Car Sobrin, le seul des champions païens qui soit encore vivant, est grièvement blessé.

4. **Suo**, son cher

Gli vede intorno il campo sanguinoso :
L'elmo, che par ch'aperto abbia un'accetta,
Se fosse stato fral più che di scorza,
Difeso non l'avria con minor forza.

13

Orlando l'elmo gli levò dal viso,
E ritrovò che'l capo sino al naso
Fra l'uno e l'altro ciglio era diviso :
Ma pur gli è tanto spirto anco rimaso,
Che de' suoi falli al Re del Paradiso
Può domandar perdono anzi l'occaso ;
E confortar il Conte, che le gote
Sparge di pianto, a paziƐnzia puote ;

14

E dirgli : « Orlando, fa che ti raccordi
Di me nell'orazion tue grate a Dio :

---

6. Tant l'entaille est nette!

7-8. Pour saisir le raisonnement, renversez-en les termes : son casque (tel qu'il était) ne l'a pas défendu avec *plus* de force que s'il avait été plus fragile qu'une écorce. — **Fral**, *fragile*.

XIII, 3. L'entaille n'était pas seulement bien nette, mais aussi bien placée. Ces blessures terribles ont, dans leur horreur, quelque chose de drôle. Le vaillant et rude Ercilla s'en amuse quelquefois dans son *Araucana*.

4. **Tanto spirto**. Nous avons vu (ch. XXX, octave LXVI) que les paladins avaient la vie dure.

6. **Anzi l'occaso**, avant la mort, moment où la vie se couche, comme le soleil le soir.

7-8. L'affection réciproque des deux amis est touchante.

XIV, 1. **Fa che**, fais en sorte de.

2. **Grate a Dio**, parce que Roland est, nous l'avons vu, le plus sage des chrétiens. La recommandation de Brandimart à Roland est une idée chrétienne. Il y a des idées chrétiennes dans le poème ; mais elles sont clairsemées.

Nè men ti raccomando la mia Fiordi,... »
Ma dir non potè ligi : e qui finio.
E voci e suoni d'Angeli concordi
Tosto in aria s'udìr, che l'alma uscío ;
La qual disciolta dal corporeo velo,
Fra dolce melodia salì nel cielo.

Roland dégage Olivier dont le pied, qui a été pris sous
son cheval, est à moitié brisé, et fait recueillir et panser
Sobrin.

Tandis que Bradamante se lamente et accuse Roger, Renaud, après avoir cherché partout Angélique, confesse à
Maugis son amour pour elle. Celui-ci, évoquant les démons,
apprend que Renaud est amoureux parce qu'il a bu à la fontaine de l'Amour et ne peut être guéri qu'en buvant à celle
de la Haine. Il apprend aussi qu'Angélique a épousé Médor,
et, pour que Renaud renonce à son amour, il lui révèle la
chose. Renaud, pris au contraire d'une jalouse rage, veut se
rendre aussitôt en Orient, et il en obtient la permission de
Charlemagne en déclarant qu'il veut reprendre à Gradasse
le cheval que ce roi lui a volé. Il se met en route et arrive
dans la forêt des Ardennes.

---

3. **Fiordi**... expliqué au v. suivant.

On lit chez un de nos mauvais poètes, à propos de la mort d'un
héros :

> « Ma femme et mes enfants aie en recommanda.... »
> Il ne put achever, car la mort l'en garda (empêcha).

Le pauvre auteur, qui croyait, sans doute, imiter Arioste, ne s'est
pas aperçu qu'il gâtait tout en substituant son lourd mot de *recommandation* au doux nom d'une femme aimée.

4. **Finio**, arch., *fini*.

5. **Voci e suoni.** Les anges chantent en s'accompagnant sur
des instruments, ainsi qu'on le voit dans une infinité de tableaux.

6. Joignez **tosto** et **che**, aussitôt que. — **Uscío**, voyez la note
du v. 4.

7. **Disciolta**, dégagée.

RENAUD ATTAQUÉ PAR LA JALOUSIE

46

Poi che fu dentro a molte miglia andato
Il Paladin pel bosco avventuroso,
Da ville e da castella allontanato,
Ove aspro era più il luogo e periglioso,
Tutto in un tratto vide il ciel turbato,
Sparito il Sol tra nuvoli nascoso,
Ed uscir fuor d'una caverna oscura
Un strano mostro in femminil figura.

47

Mill'occhi in capo avea senza palpebre;
Non può serrarli, e non credo che dorma :
Non men che gli occhi, avea l'orecchie crebre;
Avea, in loco di crin, serpi a gran torma.
Fuor delle dïaboliche tenébre,
Nel mondo uscì la spaventevol forma.
Un fiero e maggior serpe ha per la coda,
Che pel petto si gira, e che l'annoda.

XLVI, 2. **Avventuroso**, où l'on trouve des aventures, comme
dans la forêt calédonienne (IV, LVI).

3. **Ville**, villages.

4. **Più** s'applique aux deux adjectifs.

5-6. Arioste ne néglige pas le cadre.

8. **Un strano mostro**. Ce monstre est la Jalousie. Cf. notamment, pour cet emploi de l'allégorie, fréquent dans la poésie italienne, les monstres de l'île d'Alcine (chant VI). Dans le *Mambriano* (IV, 36-61), Roland est assailli par un monstre non moins
terrible. — **Figura**, = *sembianza*.

XLVII, 2. Car une âme jalouse est toujours en éveil.

3. **Crebre**, = *spesse, numerose*. C'est un mot latin déjà employé
par Dante, *Parad.*, XIX, 69 :

Di che facei quistion cotanto crebra.

4. **A gran torma**, en foule.

7. **Maggior**, que ceux dont il est question au v. 4.

8. **Pel petto**, la poitrine du monstre.

48

Quel ch'a Rinaldo in mille e mille imprese
Più non avvenne mai, quivi gli avviene ;
Chè come vede il mostro ch'all'offese
Se gli apparecchia, e ch'a trovar lo viene,
Tanta paura, quanta mai non scese
In altri forse, gli entra nelle vene ;
Ma pur l'usato ardir simula e finge,
E con trepida man la spada stringe.

49

S'acconcia il mostro in guisa al fiero assalto,
Che si può dir che sia mastro di guerra :
Vibra il serpente venenoso in alto,
E poi contra Rinaldo si disserra :
Di qua di là gli vien sopra a gran salto;
Rinaldo contra lui vaneggia ed erra :
Colpi a dritto e a riverso tira assai ;
Ma non ne tira alcun che fera mai.

XLVIII, 1-2. C'est à peu près ce qui est dit, dans le Combat des Six, de Gradasse se voyant attaquer par Roland (octave x, 3-4).

3-4. **All' offese se gli apparecchia,** = *s'apparecchia ad offenderlo.*

7. **Usato,** ordinaire. *Ce mot veut dire aussi :* qui a déjà servi. *Vestiti usati,* des habits, non usés, mais que l'on a déjà portés; *libri usati,* livres d'occasion.

XLIX, 1. **S'acconcia,** se prépare. — **In guisa ;** joignez ces mots à **che** du vers suivant.

3. **Il serpente.** Il s'agit du serpent qui lui sert de queue.

4. **Si disserra,** il s'élance (en se détendant). Cette opération semble en contradiction avec celle du vers précédent, si on ne se rappelle ce qui a été dit plus haut, à savoir que le monstre s'appuie sur le début et le milieu de sa queue, dont l'extrémité lui remonte autour du corps. Il peut donc tout ensemble menacer de l'extrémité et s'élancer au moyen du reste.

6. **Vaneggia,** frappe à faux, parce qu'il frappe au hasard (*erra*).

7. Renaud frappe des coups droits et de revers.

50

Il mostro al petto il serpe ora gli appicca,
Che sotto l'arme e sin nel cor l'agghiaccia :
Ora per la visiera glielo ficca,
E fa ch'erra pel collo e per la faccia.
Rinaldo dall'impresa si dispicca,
E quanto può con sproni il destrier caccia :
Ma la Furia infernal già non par zoppa,
Che spicca un salto, e gli è subito in groppa.

51

Vada attraverso, al dritto, ove si voglia,
Sempre ha con lui la maledetta peste :
Nè sa modo trovar che se ne scioglia,
Benchè 'l destrier di calcitrar non reste.
Triema a Rinaldo il cor come una foglia :
Non ch' altrimente il serpe lo moleste;
Ma tanto orror ne sente e tanto schivo,
Che stride e geme, e duolsi ch'egli è vivo.

52

Nel più tristo sentier, nel peggior calle
Scorrendo va, nel più intricato bosco,

L, 1. **Il serpe**. Il s'agit toujours de la queue.
5. **Dall'impresa si dispicca**, se dégage de la lutte.
8. **Spicca un salto**, fait un bond. — **In groppa**. Cf. Horace, *Odes*, III, I, 40 :

> Post equitem sedet atra cura,

vers traduit par Boileau :

> Le chagrin monte en croupe et galope avec lui.

LI, 2. **La peste**. Ce mot désigne le monstre lui-même, comme (XIV, XLI, 6) le mot *morbo* désigne une troupe de brigands.
4. **Calcitrar**, lancer des ruades. C'est ce qu'a fait Bayard attaqué par l'oiseau monstre (XXXIII, LXXXVII).
7. **Schivo**, substantif, dégoût = *schifo*. Cf. XVII, LVI, 2.
8. **Egli**, lui-même, Renaud. Il voudrait être mort.
LII, 1. **Tristo**, affreux.

Ove ha più asprezza il balzo, ove la valle
È più spinosa, ov'è l'aer più fosco;
Così sperando torsi dalle spalle
Quel brutto, abbominoso, orrido tosco;
E ne saria mal capitato forse,
Se tosto non giungea chi lo soccorse.

Ce secours inattendu est apporté à Renaud par un chevalier, autre personnage allégorique qui représente le Dédain.
Il le débarrasse du monstre, puis l'amène à la fontaine de la
Haine où il le fait boire, et ainsi Renaud est affranchi de son
amour pour Angélique.

Néanmoins, il tient à ravoir Bayard et il se met en route
vers l'Orient. Arrivé à Bâle, il apprend que le Combat des
Six doit avoir lieu, et, désirant se trouver en cette occasion
près de Roland, il passe le Rhin, les Alpes, le Pô. Au coucher du soleil, un chevalier l'invite courtoisement à se reposer chez lui. Renaud accepte et arrive dans un palais
somptueux où des statues représentent les grandes dames de
la maison d'Este. Après le repas, l'hôte invite Renaud à
boire dans une coupe enchantée qui fixe ceux qui y boivent
sur la fidélité de leur femme. Renaud, qui est marié, s'y refuse avec prudence.

CHANT XLIII

Le chevalier raconte à Renaud l'histoire de la coupe; puis,
comme Renaud manifeste l'intention de se reposer, il lui
propose de le faire conduire dans une barque; il pourra
ainsi, tout en dormant, poursuivre son voyage et gagner du
temps. Renaud y consent avec joie et s'endort dès qu'il est
entré dans la barque. Celle-ci descend le Pô. A son réveil,

---

3. Là où la pente est le plus rude.

6. **Tosco**, syncope de *tossico*, poison. Cf. le mot *peste* à l'octave
précédente.

7. Et la chose aurait peut-être eu une issue funeste.

Renaud lie conversation avec un batelier qui lui raconte une autre histoire, également digne de Boccace, celle du petit chien qui secoue des pierreries. Arrivé près de Ravenne, Renaud prend congé des bateliers, et, continuant son voyage, il parvient enfin à Ostie où il s'embarque pour l'île de Lipaduse. Il y arrive au moment où le combat vient de finir, et apprend avec peine la mort de Brandimart.

Cependant la nouvelle de la victoire de Roland a passé les mers. Astolphe et Sansonnet se décident à aller informer Fleur-de-Lis du malheur qui la frappe. Celle-ci a déjà eu pendant la nuit un songe de mauvais augure.

DÉSESPOIR DE FLEUR-DE-LIS

157

Tosto ch'entraro, e ch'ella loro il viso
Vide di gaudio in tal vittoria privo,
Senz'altro annunzio sa, senz'altro avviso,
Che Brandimarte suo non è più vivo.
Di ciò le resta il cor così conquiso,
E così gli occhi hanno la luce a schivo,
E così ogn'altro senso se le serra,
Che come morta andar si lascia in terra.

158

Al tornar dello spirto, ella alle chiome
Caccia le mani ; ed alle belle gote,

CLVII, 1. Cf., comme exemples de douleur conjugale, la douleur d'Halcyone (*Métam.*, XI), et celle d'Argia (*Thébaïde*, XII). — **Entraro**, Astolphe et Sansonnet.

3. **Sa**. C'est la voix du cœur qui parle.

5. **Conquiso**, saisi.

6. **Hanno a schivo**, prennent en dégoût, ont en haine.

8. Cf., dans la *Chanson de Roland* (v. 3705), la belle Aude apprenant la mort de Roland.

CLVIII, 1. **Al tornar dello spirto**, quand elle reprend ses esprits.

2. **Caccia**, elle porte (avec vivacité).

Indarno ripetendo il caro nome,
Fa danno ed onta più che far lor puote:
Straccia i capelli e sparge; e grida come
Donna talor che'l demon rio percuote,
O come s'ode che già a suon di corno
Ménade corse, ed aggirossi intorno.

159

Or questo or quel pregando va, che pòrto
Le sia un coltel, sì che nel cor si fêra:
Or correr vuol là dove il legno in porto
Dei duo Signor defunti arrivato era,
E dell'uno e dell'altro così morto
Far crudo strazio, e vendetta acra e fiera:
Or vuol passare il mare, e cercar tanto,
Che possa al suo signor morire accanto.

160

« Deh perchè, Brandimarte, ti lasciai
Senza me andare a tanta impresa? (disse)
Vedendoti partir, non fu più mai
Che Fiordiligi tua non ti seguisse.

---

4. **Fa danno ed onta**, meurtrit et outrage.

6. **Talor**, parfois, comme cela arrive quand.....

7. **S'ode**. L'Arioste a pu voir son premier objet de comparaison; il a seulement lu le second.

8. **Ménade**, le singulier pour le pluriel. — **Aggirossi intorno**, et tourna sur elle-même.

CLIX, 2. **Un coltel**. La douleur de Fleur-de-Lis est tout ensemble sincère et théâtrale. Cela arrive quelquefois; c'est presque la règle chez Shakspeare.

3-4. **Il legno dei duo Signor**, le navire qui porte le corps des deux guerriers païens morts, savoir Agramant et Gradasse.

5-6. Voilà un sentiment à la fois populaire et mauvais. Mais, dans les passions extrêmes, les grands agissent comme les petits, qui souvent alors agissent comme des bêtes.

7. **Passare il mare**. N'oublions pas que Brandimart a été tué dans l'île de Lipaduse, et que Fleur-de-Lis est à Biserte.

8. **Morire accanto**. Voici un sentiment plus noble. Du reste ce désir sera réalisé.

CLX, 3. **Non fu più mai**, il ne s'est jamais produit une autre fois, c'est la seule fois que...

T'avrei giovato, s' io veniva, assai ;
Ch'avrei tenute in te le luci fisse :
E se Gradasso avessi dietro avuto,
Con un sol grido io t'avrei dato aiuto ;

161

O forse esser potrei stata sì presta,
Ch'entrando in mezzo, il colpo t'avrei tolto :
Fatto scudo t'avrei con la mia testa ;
Chè morendo io, non era il danno molto.
Ogni modo io morrò ; nè fia di questa
Dolente morte alcun profitto côlto ;
Chè, quando io fossi morta in tua difesa,
Non potrei meglio aver la vita spesa.

162

Se pur ad aiutarti i duri fati
Avessi avuti e tutto il cielo avverso,
Gli ultimi baci almeno io t'avrei dati,
Almen t'avrei di pianto il viso asperso ;
E prima che con gli Angeli beati
Fosse lo spirto al suo Fattor converso,
Detto gli avrei : Va in pace, e là m'aspetta :
Ch'ovunque sei, son per seguirti in fretta.

---

5. **Veniva,** *fossi venuta.*
6. **Luci,** yeux.
7. C'est en effet par derrière que Gradasso a frappé Brandimart,
occupé à lutter contre Agramant (XLI, xcix).
CLXI, 2. **Il colpo t'avrei tolto,** j'aurais reçu le coup qui t'était
destiné.
5. **Ogni modo io morrò,** de toute façon il faut que je meure.
Fleur-de-Lis a le sentiment qu'elle ne pourra vivre sans son cher
Brandimart.
5-6. **Fia côlto,** sera retiré.
9. **Chè** équivaut à *mentre che,* tandis que.
CLXII, 1. **Duri,** cruels, contraires, hostiles. C'est la même idée qui
est exprimée au v. suivant par le mot *avverso.*
4. **Pianto,** ici *larmes,* comme l'indique le mot *asperso.*
6. **Lo spirto,** ton âme. — **Converso,** retournée.
8. Cette strophe est parfaite comme sentiment et comme forme.

163

È questo, Brandimarte, è questo il regno,
Di che pigliar lo scettro ora dovevi?
Or così teco a Dammogire io vegno?
Così nel real seggio mi ricevi?
Ah Fortuna crudel, quanto disegno
Mi rompi! oh che speranze oggi mi levi!
Deh, che cesso io, poic'ho perduto questo
Tanto mio ben, ch'io non perdo anco il resto? »

164

Questo ed altro dicendo, in lei risorse
Il furor con tanto impeto e la rabbia,
Ch'a stracciare il bel crin di nuovo corse,
Come il bel crin tutta la colpa n'abbia.
Le mani insieme si percosse e morse;
Nel sen si cacció l'ugne e nelle labbia.
Ma torno a Orlando ed a' compagni, intanto
Ch'ella si strugge e si consuma in pianto.

CLXIII, 1. **Il regno.** Peu avant de prendre part au Combat des
Six, Brandimart avait appris de son précepteur Bardin que, son
père le roi Monodant étant mort, il était appelé à prendre la couronne.

3. **Dammogire,** capitale du royaume de Monodant.

4. Fleur-de-Lis, par une association d'idées naturelle, se figure
ce qui se serait passé sans la mort de Brandimart.

7. **Che cesso,** pourquoi tardé-je?

8. **Il resto,** les autres biens, et notamment la vie. Remarquer
que la douleur de Fleur-de-Lis est devenue plus calme en s'exprimant. Elle va reprendre sa violence dès qu'elle cessera de parler.

CLXIV, 1. **Dicendo** ; non : en disant, mais : dès qu'elle eut dit. Les
accès de rage auxquels elle va se livrer ne sauraient être rigou-
reusement contemporains des plaintes si touchantes qu'elle vient
d'exhaler. V. la note précédente.

4. **Come,** comme si.

5-6. Cela rappelle les accès de fureur de sœur Gudule dans *Notre-
Dame-de-Paris* ou de Triboulet dans *Le Roi s'amuse.*

7. L'auteur nous ramène à Lipaduse.

Roland, cherchant pour ensevelir Brandimart un lieu convenable, fait voile vers la Sicile et aborde près d'Agrigente. Le soir venu, des torches s'allument, des lamentations se font entendre. Roland, qui a donné tous les ordres, s'avance vers le corps de Brandimart. A son arrivée, les cris redoublent.

FUNÉRAILLES DE BRANDIMART

169

Levossi, al ritornar del Paladino,
Maggiore il grido, e raddoppiossi il pianto.
Orlando, fatto al corpo più vicino,
Senza parlar stette a mirarlo alquanto,
Pallido come côlto al mattutino
È da sera il ligustro o il molle acanto ;
E dopo un gran sospir, tenendo fisse
Sempre le luci in lui, così gli disse :

170

« O forte, o caro, o mio fedel compagno,
Che qui sei morto, e so che vivi in cielo,
E d'una vita v'hai fatto guadagno,
Che non ti può mai tòr caldo nè gielo,

CLXIX, 1. Les funérailles de Brandimart rappellent, *mutandis mutatis*, celles de Pallas, au XI° livre de l'*Énéide*.
　1-2. *Énéide*, XI, 36-38 :

　　Ut vero Æneas foribus sese intulit altis,
　　Ingentem gemitum tunsis ad sidera tollunt
　　Pectoribus, mæstoque immugit regia luctu.

　4. Attitude éloquente.
　5. **Pallido.** Il s'agit du corps de Brandimart.
　6. **Ligustro,** troène, arbrisseau dont les fleurs sont très blanches ; *Alba ligustra cadunt,* a dit Virgile dans sa 2° églogue.
CLXX, 1. Roland prononce un discours, comme Enée et Evandre dans Virgile. Comparer cet extrait au précédent, le langage de l'amitié à celui de l'amour.
　2. **E so che,** bien que, je le sais.
　3. **Vi,** au ciel.

Perdonami, sebben vedi ch' io piagno ;
Perchè d'esser rimàso mi querelo,
E ch'a tanta letizia io non son teco ;
Non già perchè quaggiù tu non sia meco.

171

Solo senza te son ; nè cosa in terra
Senza te posso aver più, che mi piaccia.
Se teco era in tempesta e teco in guerra,
Perchè non anco in ozio ed in bonaccia ?
Ben grande è 'l mio fallir, poichè mi serra
Di questo fango uscir per la tua traccia.
Se negli affanni teco fui, perch'ora
Non sono a parte del guadagno ancora ?

172

Tu guadagnato, e perdita ho fatto io :
Sol tu all'acquisto, io non son solo al danno.
Partecipe fatto è del dolor mio
L'Italia, il regno franco e l'alemanno.

5-8. Le sens est : Pardonne-moi mes plaintes. Elles viennent de
ce que je ne suis pas avec toi là-haut, et non de ce que tu n'es
plus avec moi ici-bas. Remarquer le *ton religieux* de ce discours,
et combien le neveu de Charlemagne se relève depuis qu'il est
rentré dans son naturel.

CLXXI, 1-2. Simple et tendre.

4. Suppléez *sono*.

5. **Mi serra**, il m'empêche. Le sujet est *il mio fallir*.

7-8. Ce n'est pas tout à fait la même idée qu'aux vers 3 et 4.
Tout à l'heure, Roland disait : « Pourquoi n'es-tu pas à mes côtés
(sur la terre) ? » Il dit maintenant : « Pourquoi ne suis-je pas aux
tiens (au ciel) ? » On conçoit ce désir de repos chez un paladin
dont la vie est aussi rude que glorieuse.

CLXXII, 1-2. Transition habile.

4. **L'Italia, il regno franco e l'alemanno**. Voilà bien toute
la république chrétienne au temps d'Arioste ; mais, au temps de
Charlemagne, le *regno franco* la comprenait tout entière.

Oh quanto, quanto il mio Signore e zio,
Oh quanto i Paladin da doler s'hanno !
Quanto l'Imperio e la cristiana Chiesa,
Che perduto han la sua maggior difesa !

173

Oh quanto si torrà, per la tua morte,
Di terrore a' nimici e di spavento !
Oh quanto Paganìa sarà più forte !
Quanto animo n'avrà, quanto ardimento !
Oh come star ne dee la tua consorte !
Sin qui ne veggo il pianto, e'l grido sento :
So che m'accusa, e forse odio mi porta,
Chè per me teco ogni sua speme è morta.

174

Ma, Fiordiligi, almen resti un conforto
A noi che siam di Brandimarte privi ;
Ch'invidiar lui con tanta gloria morto
Denno tutti i guerrier ch'oggi son vivi !
Quei Decj, e quel nel roman Foro absorto,
Quel sì lodato Codro dagli Argivi,

---

5. **Signore e zio**, Charlemagne.
6. **Da doler s'hanno**, *hanno da dolersi*.
7. La patrie, la religion sont en deuil. Le ton, de tendre qu'il était, devient noble et grand. Tout à l'heure, c'est l'ami seul qui parlait. Maintenant, c'est le premier champion de l'empire et de la foi.

CLXXIII, 1. **Si torrà**, sora enlevé.
6. **Sin qui**, d'ici. N'oublions pas que Fleur-de-Lis est à Biserte. Ce vers est très beau ; l'amitié comprend l'amour.
8. **Teco**, en toi, en ta personne.

CLXXIV, 4. **Denno**, *debbono*.
5. **Quei Decj**, Decius père et fils qui se firent tuer volontairement comme victimes expiatoires pour donner la victoire aux Romains. — **Quel nel roman...** Curtius, qui, également dans un but patriotique, se précipite tout armé dans le gouffre qui s'était ouvert au milieu du Forum.
6. Codrus, dernier roi d'Athènes, qui, dans une guerre contre les Spartiates, se fit tuer parce que l'oracle avait dit que la victoire appartiendrait à la nation dont le roi perdrait la vie.

Non con più altrui profitto e più suo onore
A morte si donâr, del tuo signore. »

175

Queste parole ed altre dicea Orlando.
Intanto i bigi, i bianchi, i neri frati,
E tutti gli altri chierci, seguitando
Andavan con lungo ordine accoppiati,
Per l'alma del defunto Dio pregando,
Che gli donasse requie tra'beati.
Lumi innanzi e per mezzo e d'ogn' intorno ·
Mutata aver parean la notte in giorno.

176

Levan la bara, ed a portarla fôro
Messi a vicenda Conti e cavalieri.
Purpurea seta la copria, che d'oro
E di gran perle avea compassi altieri :
Di non men bello e signoril lavoro
Avean gemmati e splendidi origlieri ;
E giacea quivi il cavalier con vesta
Di color pare, e d'un lavor contesta.

---

8. Il est permis de trouver Roland un peu trop érudit ; mais il est
certain qu'il est éloquent.

CLXXV, 1. **Queste parole ed altre.** Cf. CLXIV : *Questo ed altro
dicendo.* Cette formule équivaut au latin : *hæc atque talia.*

2. Les funérailles proprement dites commencent. Elles ont ceci
d'intéressant qu'elles nous apprennent comment on enterrait les
grands personnages en Italie à l'époque où vivait l'auteur. — **Bigi.**
gris. L'adjectif français *bis* désigne la couleur brune : pain bis. Ce
n'est, on le voit, qu'une question de nuances. — **Frati,** moines.

3. **Chierci,** *chierici.*

4. **Accoppiati,** deux à deux.

7. **Lumi,** des torches.

CLXXVI. 2. **A vicenda.** Chaque grand personnage veut avoir
l'honneur de porter Brandimart.

4. **Compassi altieri,** de riches broderies.

6. **Avean,** ils avaient, on portait.

7. **Quivi,** sur ces oreillers.

8. **E d'un lavor contesta,** et de même travail.

177

Trecento agli altri eran passati innanti,
De'più poveri tolti della terra,
Parimente vestiti tutti quanti
Di panni negri, e lunghi sin a terra.
Cento paggi seguian sopra altrettanti
Grossi cavalli, e tutti buoni a guerra;
E i cavalli coi paggi ivano il suolo
Radendo col lor abito di duolo.

178

Molte bandiere innanzi, e molte dietro,
Che di diverse insegne eran dipinte,
Spiegate accompagnavano il feretro;
Le quai già tolte a mille schiere vinte,
E guadagnate a Cesare ed a Pietro
Avean le forze ch'or giaceano estinte.
Scudi v'erano molti, che di degni
Guerrier, a chi fur tolti, aveano i segni.

CLXXVII, 1. Au début du cortège s'avançaient...

2. **Poveri.** Aujourd'hui encore, à Marseille et ailleurs, on fait souvent aller les pauvres aux enterrements, en leur distribuant une modeste aumône.

5. **Altrettanti**, autant de, c'est-à-dire : sur cent.

7-8. **Il suolo radendo.** Cf. v. 4.; *sin a terra*. Les Italiens et les Espagnols affectionnent ces robes traînantes dans les cérémonies religieuses.

CLXXVIII, 1. On portait les drapeaux et les boucliers que Brandimart avait enlevés à l'eunemi.

2. **Insegne**, armoiries.

3. **Spiegate**, déployées.

4. **Tolte.** Joignez ce mot à *avean* du v. 6, ainsi que *guadagnate* du v. 5.

5. **Cesare, Pietro**; l'empereur, le pape. Remarquez que a ne veut pas dire ici *sur*, mais *pour*.

6. **Le forze...** Ces mots, qui sont le sujet de la phrase, désignent Brandimart.

179

Venian cento e cent'altri a diversi usi
Dell'esequie ordinati; ed avean questi,
Come anco il resto, accesi torchi; e chiusi,
Più che vestiti, eran di nere vesti.
Poi seguia Orlando, e ad or ad or suffusi
Di lacrime avea gli occhi, e rossi e mesti;
Nè più lieto di lui Rinaldo venne:
Il piè Olivier, che rotto avea, ritenne.

180

Lungo sarà s'io vi vo'dire in versi
Le cerimonie, e raccontarvi tutti
I dispensati manti oscuri e persi,
Gli accesi torchi che vi furon strutti.
Quindi alla chiesa cattedral conversi,
Dovunque andàr, non lasciaro occhi asciutti;
Sì bel, sì buon, sì giovene, a pietade
Mosse ogni sesso, ogni ordine, ogni etade.

CLXXIX, 1. **Usi**, offices.

2. **Ordinati**, employés, préposés.

3. **Accesi torchi**. Quand arrive le corps de Pallas, les Arca-
diens saisissent des torches (*Enéide*, XI, 143-144) :

> Funereas rapuere faces : lucet via longo
> Ordine flammarum, et late discriminat agros.

3-4. **Chiusi più che vestiti**, à cause de la longueur de leurs
robes. On dirait des cagoules de confréries. V. plus haut. On a
conjecturé, non sans vraisemblance, que beaucoup de détails de
ces funérailles étaient empruntés à celles du duc Hercule Ier.

8. L'auteur explique l'absence d'Olivier.

CLXXX. 3. **Dispensati**, distribués. — **Persi**, d'un rouge très
foncé. Ce mot est souvent employé par Dante.

4. **Strutti**, consumés.

6. **Occhi**, s'applique aux yeux de ceux qui voient passer le cortège.

7-8. Remarquer le parallélisme des qualités de Brandimart (v. 7)
et des divers groupements qui le plaignent (v. 8).

181

Fu pòsto in chiesa ; e poi che dalle donne
Di lacrime e di pianti inutil opra,
E che dai sacerdoti ebbe eleisonne,
E gli altri santi detti avuto sopra,
In una arca il serbâr su due colonne :
E quella vuole Orlando che si copra
Di ricco drappo d'ôr, sinchè repòsto
In un sepulcro sia di maggior costo.

Ce monument plus somptueux, Roland en fait faire le plan ; mais c'est Fleur-de-Lis qui en surveille l'exécution. Puis elle se fait bâtir une petite cellule auprès du mausolée, et là, à côté de celui qu'elle aima tant, elle ne tarde pas à finir ses jours, minée par la douleur et épuisée par les pratiques austères qu'elle s'impose.

Roland et Renaud quittent la Sicile, emmenant avec eux Olivier dont la blessure a pris un caractère grave. Le pilote leur conseille d'avoir recours à un saint ermite, qui est précisément celui qui a baptisé Roger. Ils se font conduire sur son rocher. L'ermite se met en prières ; Olivier est guéri. Témoin de ce miracle, Sobrin se convertit et est guéri également. Roger se trouvait encore auprès de l'ermite. Les paladins le reconnaissent, et, heureux de retrouver chrétien un paladin aussi accompli, se lient avec lui d'amitié.

CLXXXI, 1. **Donne.** Ces femmes sont les *prefiche*, les pleureuses, que l'on trouve encore dans certaines villes du midi de la France.

2. Suppléez le mot *ebbe* du v. 3, et les mots *avuto sopra* du v. 4.

4. **Detti,** prières.

5. **Arca** veut dire proprement coffre de bois. Ce mot désigne aussi, comme ici, une enveloppe de pierre ou de marbre, à forme de cercueil généralement, dans laquelle le cercueil est placé. C'est en ce sens qu'est pris le mot quand on parle de l'*arca* de Saint-Dominique à Bologne. Nicolas dell'Arca est ainsi nommé parce qu'il a travaillé aux sculptures de ce sarcophage. — **Su due colonne.** Le corps de Brandimart est placé en l'air, comme les corps des Scaliger à Vérone. On trouve ces sépultures aériennes dans toute la région. L'arca de Saint-Dominique était d'abord sur des colonnes.

CHANT XLIV

L'AMITIÉ FLEURIT LOIN DES COURS

1

Spesso in poveri alberghi e in picciol tetti,
Nelle calamitadi e nei disagi,
Meglio s'aggiungon d'amicizia i petti,
Che fra ricchezze invidïose ed agi
Delle piene d'insidie e di sospetti
Corti regali e splendidi palagi,
Ove la caritade è in tutto estinta,
Nè si vede amicizia se non finta.

2

Quindi avvien che tra Principi e Signori
Patti e convenzïon sono sì frali.
Fan lega oggi Re, Papi e Imperatori;
Doman saran nimici capitali :
Perchè, qual l'apparenze esteriori,
Non hanno i cor, non han gli animi tali;
Chè, non mirando al torto più ch'al dritto,
Attendon solamente al lor profitto.

I, 1. Nous avons déjà observé qu'Arioste, au début de ses chants,
développe quelque lieu commun se rattachant à ce qui précède et
préparant ce qui suit.

2. **Calamitadi**, forme archaïque.

4. **Agi**, au pluriel, aises, aisance, luxe.

8. Jugement sévère. Le lieu commun est évidemment relevé par
des souvenirs personnels.

II, 1-4. L'auteur vise la ligue de Cambrai, où rois, papes et empereurs se montrèrent si versatiles.

5. **Qual** dépend de *tali* (v. 6).

7-8. Arioste est contemporain de Machiavel. Il n'en est que plus
hardi à lui ici de censurer non pas seulement les courtisans, mais
les rois, les papes, les empereurs.

3

Questi, quantunque d'amicizia poco
Sieno capaci, perchè non sta quella
Ove per cose gravi, ove per giuoco
Mai senza finzïon non si favella;
Pur, se talor gli ha tratti in umil loco
Insieme una fortuna acerba e fella,
In poco tempo vengono a notizia
(Quel che in molto non fêr) dell'amicizia.

4

Il santo vecchierel nella sua stanza
Giunger gli ospiti suoi con nodo forte
Ad amor vero meglio ebbe possanza,
Ch'altri non avria fatto in real corte..
Fu questo poi di tal perseveranza,
Che non si sciolse mai fino alla morte.
Il vecchio li trovò tutti benigni,
Candidi più nel cor, che di fuor cigni.

III, 1. A **quantunque,** qui annonce la protase, s'oppose *Pur* (v. 5),
qui ouvre l'apodose.

3. **Ove,** dans les lieux où. — **Per,** qu'il s'agisse de.

5. **Se talor,** si parfois, s'il arrive que.

8. **In molto,** en beaucoup d'années. — **Fêr,** fecero.

IV, 1. Des considérations générales, l'auteur revient avec aisance au
cas particulier qui a motivé sa petite dissertation. — **Vecchierel,**
diminutif affectueux.

2. **Giunger,** unir, dépend de *ebbe possanza* (v. 3).

3. **Meglio.** Joignez ce mot à *che* du v. suivant. — **Ebbe possanza,** parvint.

5. **Questo** (*nodo*).

7. **Benigni,** pleins de bonté.

8. Ce vers surprend d'abord, à cause de la comparaison, quand
on songe que Roland et Renaud, tous deux mariés, ont poursuivi
si longtemps la belle Angélique. Mais l'auteur s'inquiète peu de
ces vétilles. Il aime ses héros parce qu'ils ont le cœur sincère et
loyal, et ne ressemblent pas aux hypocrites qui l'entourent.

5

Trovolli tutti amabili e cortesi,
Non della iniquità ch'io v'ho dipinta
Di quei che mai non escono palesi,
Ma sempre van con apparenza finta.
Di quanto s'eran per addietro offesi
Ogni memoria fu tra loro estinta :
E, se d'un ventre fossero e d'un seme,
Non si potriano amar più tutti insieme.

Renaud surtout se montre affectueux vis-à-vis de Roger.
Car il sait qu'il a sauvé du feu son frère Richardet et délivré ses cousins des mains des Mayençais. L'ermite décide le
fils d'Aymon à promettre au nouveau chrétien sa sœur Bradamante, et les paladins approuvent ce projet d'union. (Malheureusement, au même moment, Aymon promettait sa fille
à Léon, fils de l'empereur grec Constantin.) Roland rend à
Roger ses armes et Frontin ; puis, après avoir reçu la béné-
diction de l'ermite, tous les guerriers s'embarquent pour la
France et arrivent à Marseille. Ils y rencontrent Astolphe,
qui, ayant renvoyé chez eux les Nubiens, venait d'arriver en
Provence, où, docile aux recommandations de saint Jean, il
avait rendu la liberté à l'hippogriffe. Tous se mettent en
route vers Paris.

UNE ARRIVÉE TRIOMPHALE

27

Carlo avea di Sicilia avuto avviso
Dei duo Re morti, e di Sobrino preso,
E ch'era stato Brandimarte ucciso ;
Poi di Ruggiero avea non meno inteso :

V, 3. **Mai non escono palesi**, ne se présentent jamais à découvert.
   7. Et s'ils avaient eu même mère (*ventre*) et même père (*seme*).
XXVII, 2. **Morti** est attribut, ainsi que **preso** : de la mort des
deux rois (Agramant et Gradasse).
   4. **Non meno**, également, aussi.

E ne stava col cor lieto e col viso
D'aver gittato intollerabil peso,
Che gli fu sopra gli omeri sì greve,
Che starà un pezzo pria che si rileve.

28

Per onorar costor, ch'eran sostegno
Del santo Imperio e la maggior colonna,
Carlo mandò la nobiltà del regno
Ad incontrarli fin sopra la Sonna.
Egli uscì poi col suo drappel più degno
Di Re e di Duci, e con la propria donna,
Fuor delle mura, in compagnia di belle
E ben ornate e nobili donzelle.

29

L'Imperator con chiara e lieta fronte,
I Paladini e gli amici e i parenti,
La nobiltà, la plebe fanno al Conte
Ed agli altri d'amor segni evidenti :
Gridar s'ode Mongrana e Chiaramonte.
Sì tosto non finîr gli abbracciamenti,
Rinaldo e Orlando insieme ed Oliviero
Al Signor loro appresentâr Ruggiero ;

---

6. **D'aver gittato**, de s'être débarrassé de. En fait, on l'a débarrassé. — **Peso** s'applique à Roger.

XXVIII, 2. **Santo Imperio**, le Saint Empire Romain Germanique.

4. **Sonna**, Saône.

5. **Drappel**, entourage. — **Degno**, glorieux, brillant.

7. **Delle mura** (de Paris).

8. **Ben ornate**. Arioste, quand il parle de nobles dames, n'oublie jamais de nous dire qu'elles sont magnifiquement parées, ainsi que l'étaient celles de la cour du duc Alphonse.

XXIX, 3. **Fanno**, donnent. — **Conte**, Roland.

5. **Mongrana e Chiaramonte**, Mongraine et Clermont, noms des maisons auxquelles appartenaient Roland et Renaud.

30

E gli narrâr che di Ruggier di Risa
Era figliuol, di virtù uguale al padre.
Se sia animoso e forte, ed a che guisa
Sappia ferir, san dir le nostre squadre.
Con Bradamante in questo vien Marfisa,
Le due compagne nobili e leggiadre.
Ad abbracciar Ruggier vien la sorella :
Con più rispetto sta l'altra donzella.

31

L'Imperator Ruggier fa risalire,
Ch'era per riverenzia sceso a piede,
E lo fa a par a par seco venire ;
E di ciò ch'a onorarlo si richiede
Un punto sol non lassa preterire.
Ben sapea che tornato era alla Fede ;
Chè tosto che i guerrier furo all'asciutto,
Certificato avean Carlo del tutto.

32

Con pompa trïonfal, con festa grande
Tornaro insieme dentro alla cittade,

XXX, 2. **Figliuol,** diminutif affectueux, = *figlio.*
    4. **Le nostre squadre,** nos escadrons, nos troupes. L'auteur passe, sans s'en douter, au style direct. On voit que les trois parrains remplissent consciencieusement leurs fonctions.
    5. **In questo,** à ce moment.
    6. **Leggiadre,** charmantes.
    7-8. Joli sujet de tableau. — **Rispetto,** réserve.
XXXI, 1. **Risalire,** remonter à cheval.
    3. **A par a par,** à ses côtés.
    5. **Un punto sol...** Il ne néglige absolument rien de ce qui...
    7. **All'asciutto,** débarqués, proprement : au sec.
    7.-8. Il résulte de là qu'ils s'étaient fait précéder par des coureurs.
XXXII, 1. **Con pompa trionfal.** L'auteur va s'inspirer sans doute de quelque retour triomphal du duc de Ferrare dans sa capitale.
    2. **Cittade,** Paris.

Che di frondi verdeggia e di ghirlande :
Coperte a panni son tutte le strade ;
Nembo d'erbe e di fior d'alto si spande,
E sopra e intorno ai vincitori cade,
Che da veroni e da finestre amene
Donne e donzelle gittano a man piene.

33

Al volgersi dei canti in vari lochi
Trovano archi e trofei subito fatti,
Che di Biserta le ruine e i fochi
Mostran dipinti, ed altri degni fatti :
Altrove palchi con diversi giuochi,
E spettacoli e mimi e scenici atti;
Ed è per tutti i canti il titol vero
Scritto : Ai liberatori dell'Impero.

34

Fra il suon d'argute trombe, e di canore
Pifare, e d'ogni musica armonia,
Fra riso e plauso, giubilo e favore
Del popolo ch'a pena vi capia,
Smontò al palazzo il magno Imperatore,
Ove più giorni quella compagnia

---

4. **A panni**, de tapis.
7. **Veroni**, terrasses.
XXXIII, 1. **Al volgersi dei canti**, mot-à-mot, au tournant des coins ; aux croisements des rues.
3. **I fochi**, l'embrasement.
4. **Degni**, glorieux, d'éclat.
5. **Palchi**, des estrades.
6. **Scenici atti**, des représentations dramatiques.
7. **Vero**, non menteur, mérité.
XXXIV, 2. **Pifare** (la forme ordinaire est *piffero*), fifres.
3. **Favore**, contentement.
4. **Vi capia**, y tenait. Ce verbe, neutre ici, est actif XIII, xxxvii, 4 (voir nos extraits). Il en est de même de notre verbe *tenir*. On dit : ce verre tient un demi-setier ; et : un demi-setier tient dans ce verre.

> Con torniamenti, personaggi e farse,
> Danze e conviti attese a dilettarse.

Il semble que le poème soit fini. Mais l'auteur renoue l'action de façon à mettre au tout premier plan Roger et Bradamante, ancêtres de la maison d'Este. Renaud ayant fait connaître à son père les engagements qu'il a pris avec Roger au sujet de sa sœur, Aymon est fort irrité qu'il ait disposé de Bradamante sans le consulter. Sa femme Béatrix est encore plus irritée; car elle veut à toute force que sa fille soit impératrice d'Orient. Bradamante, qui n'ose pas combattre les désirs de ses parents, s'afflige et se lamente. Roger n'est pas moins agité. Il forme le projet d'aller détrôner l'empereur et son fils Léon, de mettre leur couronne sur sa tête, et de se rendre ainsi, aux yeux mêmes des parents de Bradamante, digne d'être son époux. Bradamante de son côté envoie une de ses femmes assurer Roger de sa constance; puis elle va trouver Charlemagne et obtient de lui qu'il ordonne qu'aucun chevalier ne puisse obtenir sa main sans l'avoir au préalable vaincue en combat singulier. Irrités de cette démarche, Aymon et sa femme enferment leur fille dans un château fort entre Perpignan et Carcassonne.

Cependant Roger, désireux d'exécuter son projet, change d'armure, prend un écu portant comme insigne une licorne blanche et n'emmène avec lui qu'un écuyer auquel il défend de révéler qui il est; se dirigeant vers l'est, il parvient près de Belgrade que Constantin voulait reprendre aux Bulgares, à la tête d'une armée quatre fois plus nombreuse. Il arrive au moment où Léon vient de tuer le roi des Bulgares, qui, désormais sans chef, prennent la fuite. Roger les ramène au combat, tue le neveu de l'Empereur, repousse les Grecs. Léon, en le voyant accomplir des prodiges, est saisi d'admiration et, sans le connaître, s'éprend d'une vive amitié pour lui. Les Grecs sont complètement défaits et les Bulgares offrent la royauté à celui qui leur a donné la victoire. Mais Roger leur répond qu'il veut d'abord donner la mort à Léon et il s'élance tout seul à sa poursuite. Il arrive enfin dans une ville où il s'arrête pour prendre du repos.

---

7. **Personaggi**, mascarades.
8. **Attese a**, s'appliqua à.

CHANT XLV

Le seigneur de cette ville est Ungiard, sujet fidèle de Constantin. Apprenant que le chevalier qui y a passé la journée et doit s'y reposer la nuit est celui-là même qui a mis en déroute l'armée de son prince, il le fait saisir dans son lit et le remet à l'Empereur. Théodora, sœur de Constantin, dont Roger a tué le fils dans la bataille, obtient de l'Empereur qu'on lui livre le prisonnier qu'elle se dispose à faire périr dans les tortures. Elle le fait aussitôt charger de chaînes et jeter au fond d'une tour ténébreuse.

Cependant Charlemagne avait publié un ban déclarant que la main de Bradamante serait donnée à celui qui pourrait lutter contre elle pendant une journée. Aymon et Béatrix, n'osant résister aux ordres de leur souverain, ramènent Bradamante à la cour. Celle-ci se désole en se demandant ce que Roger est devenu et quelles sont ses intentions. Combien sa douleur serait plus amère si elle savait qu'au fond d'un cachot il attend la mort cruelle qu'on lui prépare !

LÉON DÉLIVRE ROGER

41

La crudeltà ch'usa l'iniqua vecchia
Contro il buon cavalier che preso tiene,
E che di dargli morte s'apparecchia
Con nuovi strazii e non usate pene,
La superna Bontà fa ch'all'orecchia
Del cortese figliuol di Cesar viene;

XLI, 1. **Ch'usa**, dont use, qu'exerce. — **L'iniqua vecchia**, Théodora, sœur de Constantin. L'Arioste ne semble pas aimer beaucoup les vieilles femmes. Il leur donne en général des rôles ingrats.
4. **Nuovi**, inouïs. Le latin *novus* a aussi ce sens. — **Strazii**, tortures.

E che gli mette in cor come l'aiute,
E non lasci perir tanta virtute.

42

Il cortese Leon, che Ruggiero ama
(Non che sappi però che Ruggier sia),
Mosso da quel valor ch'unico chiama,
E che gli par che soprumano sia,
Molto fra sè discorre, ordisce e trama,
E di salvarlo alfin trova la via,
In guisa che da lui la zia crudele
Offesa non si tenga e si querele.

43

Parlò in segreto a chi tenea la chiave
Della prigione; e che volea, gli disse,
Vedere il cavalier pria che sì grave
Sentenzia, contra lui data, seguisse.

---

5. **La superna Bontà**, la bonté d'en haut, Dieu.
6. **Viene**. Le sujet est *la crudeltà* (v. 1).
7. **Gli mette in cor come**, lui inspire le désir de.
8. **Virtute**, courage. C'est la seule vertu que Léon ait pu constater dans Roger.

XLII, **2**. Roger est, pour Léon, le Chevalier à la licorne.
3. **Chiama**, déclare, proclame.
4. Mot-à-mot : et dont il lui paraît qu'elle est; qui lui paraît.
5. **Fra sè discorre**, discourt en lui-même, réfléchit, se consulte.
7. **Lui**, Léon.

XLIII, 1. **Chi tenea la chiave**. C'est le même personnage qui sera désigné tout à l'heure sous le nom de *castellano*, le concierge, ou plutôt le geôlier, puisqu'il s'agit d'une prison. Le projet de Léon est facilité par l'usage de visiter les prisonniers, fort recommandé par la piété, au temps où les prisons étaient sordidement tenues.
2. Construisez : *e gli disse che volea*.
4. **Seguisse**, fût exécutée.

Giunta la notte, un suo fedel seco áve
Audace e forte, ed atto a zuffe e a risse;
E fa che'l castellan, senz'altrui dire
Ch'egli fosse Leon, gli viene aprire.

44

Il castellan, senza ch'alcun de' sui
Seco abbia, occultamente Leon mena
Col compagno alla torre ove ha colui
Che si serba all'estrema d'ogni pena.
Giunti là dentro, gettano amendui
Al castellan, che volge lor la schena
Per aprir lo sportello, al collo un laccio,
E subito gli dan l'ultimo spaccio.

45

Apron la cataratta, onde sospeso
Al canape, ivi a tal bisogno posto,
Leon si cala, e in mano ha un torchio acceso,
Là dove era Ruggier dal Sol nascosto.

---

5. **áve**, archaïque == *ha;* il a, il vient accompagné de.

7. **Senz'altrui dire.** Léon prend ses précautions. On va voir qu'il les prend bien.

XLIV, 3. **Ha,** il tient prisonnier.

4. **Estrema,** la plus rigoureuse.

7. **Sportello,** guichet. Se dit aussi de la portière d'une voiture.

8. **L'ultimo spaccio,** le dernier congé. Ils lui donnent sa feuille de route, l'expédient dans l'autre monde. On n'agit pas avec plus de désinvolture. Ce geôlier n'est pour rien dans l'emprisonnement de Roger. Il exerce son métier, et même avec obligeance. Mais il gêne ; Léon le tue, et son acte magnanime n'est entaché d'aucune souillure ; car la vie de la canaille est sans valeur pour les chevaliers. Attale, dans Corneille, délivre Nicomède par un moyen analogue.

XLV. 1. **Cataratta,** trappe. C'est par une trappe que, dans le château de Ferrare, on entre dans les cachots où le châtelain, Nicolas III, fit enfermer, avant de les faire exécuter (1425), sa femme, Parisina Malatesta, et son fils naturel Hugues, qui l'avait séduite. Byron a tiré un poème de cet événement.

2. **Canape,** corde.

3. **Si cala,** se laisse descendre.

4. **Dal Sol nascosto,** privé de la clarté du soleil, mot-à-mot, caché du soleil.

Tutto legato, e s'una grata steso
Lo trova, all'acqua un palmo e men discosto.
L'avria in un mese, e in termine più corto,
Per sè, senz'altro aiuto, il luogo morto.

46

Leon Ruggier con gran pietade abbraccia,
E dice : « Cavalier, la tua virtute
Indissolubilmente a te m'allaccia
Di voluntaria eterna servitute,
E vuol che più il tuo ben che'l mio mi piaccia,
Nè curi per la tua la mia salute,
E che la tua amicizia al padre e a quanti
Parenti io m'abbia al mondo, io metta innanti.

47

Io son Leon, acciò tu intenda, figlio
Di Costantin, che vengo a darti aiuto,
Come vedi, in persona, con periglio
(Se mai dal padre mio sarà saputo)
D'esser cacciato, o con turbato ciglio
Perpetuamente esser da lui veduto;

---

5. **Grata**, grille.

6. **Un palmo e men**, d'un palme et même moins. Le palme est l'étendue de la main. Tous ces raffinements de cruauté font penser aux *puits* et aux *plombs* de Venise.

8. **Morto**, au sens actif, tué.

XLVI, 1. On trouve, dans le roman intitulé *La Conqueste de Charlemagne*, une histoire analogue à celle de l'emprisonnement et de la délivrance de Roger.

7. **Amicizia**, complément de *metta innanti* (v. 8).

8. **M'abbia**. *Mi* est explétif. Dans le midi de la France on se sert souvent de *me* explétif. On attribue à un Toulousain le propos suivant : Je me prends une pomme, je me la pèle et je me la mange.

XLVII, 1. **intenda**, saches.

4. **Se sarà saputo**, si la chose est sue.

5. **Con ciglio turbato**, mot-à-mot, avec un œil troublé ; d'un œil irrité.

Chè, per la gente la qual rotta e morta
Da te gli fu a Belgrado, odio ti porta. »

48

E seguitò, più cose altre dicendo
Da farlo ritornar da morte a vita ;
E lo vien tuttavolta disciogliendo.
Ruggier gli dice : « Io v'ho grazia infinita ;
E questa vita, ch'or mi date, intendo
Che sempre mai vi sia restituïta
Che la vogliate rïavere, ed ogni
Volta che per voi spenderla bisogni. »

49

Ruggier fu tratto di quel loco oscuro,
E in vece sua morto il guardian rimase ;
Nè conosciuto egli nè gli altri furo.
Leon menò Ruggiero alle sue case,
Ove a star seco tacito e sicuro
Per quattro o per sei dì gli persüase ;
Chè riaver l'arme e'l destrier gagliardo
Gli faria intanto, che gli tolse Ungiardo.

---

7. **La gente**, le monde, les troupes. — **Morta**, tué. Cf. octave
XLV, v. 8. et la note.

XLVIII. 1. **Più**, plusieurs.

2. **Da (farlo)**, propres à, capables de (le faire).

3. **Vien disciogliendo**. Le verbe *venire* accompagné du gé-
rondif des verbes, marque qu'une action s'accomplit au moment
même, comme, en anglais, le verbe *to be* suivi du participe présent : *he is untying*.

6-7. **Sempre mai che**, toutes les fois que.

7. **Vogliate**. Traduire par un futur ; de même *bisogni*, au vers
suivant.

8. Roger s'engage beaucoup ; il s'en apercevra par la suite.

XLIX, 3. **Egli**, Roger ; **gli altri**, Léon et son compagnon.

4. **Alle sue case** ; le pluriel, parce que la demeure d'un prince
royal se compose de plusieurs bâtiments.

7. **Destrier gagliardo**, Frontin.

50

Ruggier fuggito, il suo guardian strozzato
Si trova il giorno, e aperta la prigione.
Chi quel, chi questo pensa che sia stato :
Ne parla ognun; nè però alcun s'appone.
Ben di tutti gli altri uomini pensato
Piuttosto si saria, che di Leone;
Chè pare a molti ch'avria causa avuto
Di farne strazio, e non di dargli aiuto.

51

Riman di tanta cortesia Ruggiero
Confuso sì, sì pien di maraviglia,
E tramutato sì da quel pensiero
Che quivi tratto l'avea tante miglia,
Che, mettendo il secondo col primiero,
Nè a questo quel, nè questo a quel simiglia.
Il primo tutto era odio, ira e veneno;
Di pietade è il secondo e d'amor pieno.

52

Molto la notte e molto il giorno pensa,
D'altro non cura ed altro non disia
Che dall'obbligazion che gli avea immensa,
Sciòrsi con pari e maggior cortesia.
Gli par, se tutta sua vita dispensa
In lui servire, o breve o lunga sia,
E se si espone a mille morti certe,
Non gli può tanto far, che più non merte.

L, 4. **S'appone**, devine. Cf. XIII, xxxiv, 3.
  8. **Farne strazio**, le massacrer.
LI, 3. **Quel pensiero**..., le désir de donner la mort à Léon.
  5. Que, si l'on met à côté, pour les comparer, le Roger d'aujour-
d'hui (**secondo**) et le Roger d'autrefois (**primiero**).
  7. **Veneno**, venin, au figuré.
  8. **Pietade**, affection.
LII, 4. **Sciòrsi**, s'acquitter. — **Maggior cortesia**. l'action de
Roger lui coûtera en effet davantage.
  8. **Non merte** (*non merti*). Le sujet de ce verbe est Léon.

Une occasion se présente bientôt à Roger de montrer sa reconnaissance. La proclamation de Charlemagne relative à Bradamante est parvenue en Orient. Léon, qui se sent incapable de lutter contre la guerrière, imagine de faire combattre à sa place le chevalier inconnu. Il insiste tellement que Roger, qui ne peut rien lui refuser, accepte, quoique la mort dans l'âme. On voit en effet combien sa situation est poignante. Il va donner lui-même à son rival celle qu'il aime (ª).

Léon et Roger arrivent à Paris et Charles ordonne que le combat aura lieu le lendemain. Roger demande qu'il se livre à pied; car il ne veut pas être reconnu à son cheval Frontin. Résolu à se défendre seulement, il prend une autre épée que Balisarde et même en émousse le tranchant. Puis il revêt l'armure de Léon. Le moment venu, Bradamante, qui croit se battre contre Léon, celui à cause duquel on lui ravit son Roger, se précipite avec violence contre son adversaire.

DUEL DE ROGER ET DE BRADAMANTE

74

Quando di taglio la donzella, quando
Mena di punta; e tutta intenta mira
Ove cacciar tra ferro e ferro il brando,

---

a. Roger est beaucoup plus intéressant que le Sigurd scandinave ou le Siegfried des *Niebelungen*, car il aime celle qu'il conquiert pour un ami. Seulement, ne porte-t-il pas au delà du vraisemblable sa reconnaissance envers Léon?

LXXIV, 1. Ce duel est intéressant pour deux motifs. D'abord, on voit aux prises les deux protagonistes du poème. Ensuite, la situation des deux combattants n'est pas la même. Bradamante, croyant avoir affaire à Léon, l'attaque avec énergie et même avec colère. Roger, qui sait qu'il se bat contre son amante, se défend de son mieux, pour acquitter sa dette de reconnaissance envers Léon, mais se défend seulement, ne voulant pas blesser l'être qu'il aime le plus au monde.

1-2. **Taglio, punta** ; taille, estoc. Nous avons déjà vu ces expressions dans le duel de Roger et de Mandricard (ch. XXX).

2-3. **Mira ove**, regarde, cherche, où (elle pourra).

3. **Tra ferro e ferro**, entre fer et fer, dans un défaut de l'armure.

Sì che si sfoghi e disacerbi l'ira.
Or da un lato, or da un altro il va tentando;
Quando di qua, quando di là s'aggira;
E si rode e si duol che non le avvegna
Mai fatta alcuna cosa che disegna.

75

Come chi assedia una città che forte
Sia di buon fianchi e di muraglia grossa,
Spesso l'assalta, or vuol batter le porte,
Or l'alte torri, or atturar la fossa;
E pone indarno le sue genti a morte,
Nè via sa ritrovar, ch' entrar vi possa :
Così molto s'affanna e si travaglia,
Nè può la donna aprir piastra nè maglia.

76

.Quando allo scudo e quando al buono elmetto,
Quando all'osbergo fa gittar scintille
Con colpi ch'alle braccia, al capo, al petto
Mena dritti e riversi, e mille e mille,

---

4. **Si sfoghi**, elle se soulage. Dans une grande douleur ou une grande colère, on se soulage par des larmes, des paroles, des coups. — **Disacerbi**, rende moins amère, moins violente.

5. **Va tentando**. V. la note sur l'octave XLVIII, v. 3.

7. **Si rode**, se ronge, se désespère.

7-8. **Che non...** de ne pouvoir exécuter rien de ce qu'elle tente.

LXXV, 2. **Fianchi**, retranchements.

4. **Atturar**, combler.

5. **Pone a morte**, fait tuer.

6. L'Arioste a imité une comparaison de Virgile, au livre V de l'*Enéide* (v. 439-442), à propos du combat au ceste d'Entelle et de Darès :

> Ille, velut celsam oppugnat qui molibus urbem,
> Aut montana sedet circum castella sub armis,
> Nunc hos, nunc illos aditus, omnemque pererrat
> Arte locum, et variis assultibus irritus urget.

LXXVI, 1-2. **Quando, quando**, tantôt, tantôt,

E spessi più che sul sonante tetto
La grandine far soglia delle ville.
Ruggier sta su l'avviso, e si difende
Con gran destrezza, e lei mai non offende :

77

Or si ferma, or volteggia, or si ritira,
E con la man spesso accompagna il piede.
Porge or lo scudo, ed or la spada gira
Ove girar la man nimica vede.
O lei non fere, o se la fere, mira
Ferirla in parte ove men nuocer crede.
La donna, prima che quel dì s'inchine,
Brama di dare alla battaglia fine.

78

Si ricordò del bando, e si ravvide
Del suo periglio, se non era presta ;
Che se in un dì non prende e non uccide
Il suo domandator, presa ella resta.

---

6. **Grandine.** Virgile dit, dans le combat du ceste, à propos
d'Entelle (v. 457-460).

> Nunc dextra ingeminans ictus, nunc ille sinistra,
> Nec mora, nec requies : quam multa grandine nimbi
> Culminibus crepitant, sic densis ictibus heros
> Creber utraque manu pulsat versatque Dareta.

— **Ville,** maisons de campagne.

7. **Su l'avviso,** sur ses gardes.

LXXVII, 1. La strophe précédente nous fait connaître les attaques
de Bradamante ; celle-ci est consacrée aux parades de Roger. —
— **Volteggia,** tourne sur lui-même.

2. Les mouvements de ses bras suivent ceux de ses pieds.

7-8. Car le combat ne doit durer qu'un jour, d'après les conditions
fixées par Charlemagne dans son *bando* (V. ce qui suit).

LXXVIII, 2. **Se non era presta,** si elle ne se hâtait pas.

3. **E** = *o.*

4. **Presa,** en ce sens que, comme une prisonnière, elle sera à la
disposition de son vainqueur.

Era già presso ai termini d'Alcide
Per attuffar nel mar Febo la testa,
Quand'ella cominciò di sua possanza
A diffidarsi, e perder la speranza.

79

Quanto mancò più la speranza, crebbe
Tanto più l'ira, e raddoppiò le botte;
Chè pur quell'arme rompere vorrebbe,
Ch'in tutto un dì non avea ancora rotte :
Come colui ch'al lavorio che debbe
Sia stato lento, e già vegga esser notte,
S'affretta indarno, si travaglia e stanca,
Finchè la forza a un tempo e il dì gli manca.

80

O misera donzella, se costui
Tu conoscessi, a cui dar morte brami;
Se lo sapessi esser Ruggier, da cui
Della tua vita pendono gli stami :
So ben ch'uccider te, prima che lui,
Vorresti; chè di te so che più l'ami :

4-5. **Domandator**, prétendant. — Cf. l'expression juridique
française le *demandeur*. — **Termini d'Alcide**, les colonnes d'Hercule (le détroit de Gibraltar), où le soleil se couche pour l'Europe.

6. **Febo.** Dans les détails du *Roland furieux*, les souvenirs classiques sont innombrables.

LXXIX, 3. **Pur**, pourtant, enfin. Ce mot traduit une pensée de
Bradamante.

5. **Lavorio che debbe.** Cette expression se trouve dans Horace, *Epîtres*, I, ı, 21 :

diesque
Longa videtur opus debentibus.

8. Vers spirituel.

LXXX, 1. Cf. ce combat, et les réflexions qu'il inspire au poète, avec
le combat de Tancrède contre Clorinde qu'il n'a pas encore re-
connue (*Jérus. déliv.* XII, oct. 51 et suivantes).

4. **Stami**, fils.

E quando lui Ruggiero esser saprai,
Di questi colpi ancor, so, ti dorrai.

81

Carlo e molt' altri seco, che Leone
Esser costui credeansi, e non Ruggiero,
Veduto come in arme, al paragone
Di Bradamante, forte era e leggiero,
E, senza offender lei, con che ragione
Difender si sapea, mutan pensiero,
E dicon : « Ben convengono amendui;
Ch'egli è di lei ben degno, ella di lui. »

82

Poi che Febo nel mar tutt'è nascoso,
Carlo, fatta partir quella battaglia,
Giudica che la donna per suo sposo
Prenda Leon, nè ricusarlo vaglia.
Ruggier, senza pigliar quivi riposo,
Senz'elmo trarsi, o allegerirsi maglia,
Sopra un picciol ronzin torna in gran fretta
Ai padiglioni ove Leon l'aspetta.

---

8. Cf. *Jérus. dél.* XII, oct. 59, v. 3-4 :

> Gli occhi tuoi pagheran (se in vita resti)
> Di quel sangue ogni stilla un mar di pianto.

LXXXI, 3-4. **Al paragone di**, en se mesurant avec ; *paragone* veut dire comparaison. *Reggere al paragone*, supporter la comparaison ; *pietra di paragone*, pierre de touche.

5. **Ragione**, art, adresse.

6. **Mutan pensiero.** Les Francs se méfiaient auparavant de la valeur de ce Grec.

LXXXII, 2. **Fatta partir quella battaglia**, ayant fait séparer ces combattants. A la différence de notre participe *fait*, *fatta* n'est pas nécessairement invariable devant un infinitif.

4. **Nè vaglia**, et ne puisse être admise à.

6. Roger ne veut pas être reconnu en se désarmant.

7. **Un picciol ronzin.** Roger n'avait pas amené Frontin qui l'aurait fait reconnaître aussitôt.

Léon embrasse Roger (qu'il ne connaît que comme le chevalier à la licorne), et le remercie avec effusion. Mais Roger, en proie à un trouble indicible, se retire dans son pavillon ; puis, la nuit venue, il part sur Frontin et s'engage dans une épaisse forêt où il veut se laisser mourir de faim.

Bradamante, qui n'est pas moins désespérée, songe, elle aussi, à se donner la mort. Mais Marphise vient à son secours. Elle va trouver Charlemagne et affirme que Bradamante n'est plus libre, qu'elle a donné, en sa présence, sa foi à Roger ; qu'elle ne saurait donc appartenir à un autre. Aymon proteste. Mais la cour se divise sur la question. Renaud et Roland soutiennent Marphise ; la plupart sont de son avis ; quelques-uns toutefois tiennent pour Léon, que l'on croit avoir triomphé de Bradamante. Charlemagne est fort embarrassé. Alors Marphise ouvre un nouvel avis : que Léon et Roger se battent. Bradamante sera le prix du vainqueur. Léon, prévenu, accepte la proposition. Car, avec l'aide du chevalier à la licorne, il ne redoute pas plus Roger qu'il n'a redouté Bradamante. Mais il se repent bientôt d'avoir accepté ; car le chevalier à la licorne a disparu. Il se met aussitôt à sa recherche avec tous ses serviteurs.

CHANT XLVI

Arrivé au terme de son poème, l'Arioste, comparant son œuvre à un long voyage sur mer, énumère les nombreux amis qui viennent sur le rivage saluer son retour. (Vittoria Colonna, Berni, Vida, l'Arétin, Bembo, Bern, Tasso, Pic de la Mirandole, Sannazar, etc.)

La fée Mélisse, qui tient à sauver Roger, va trouver Léon et lui apprend qu'il peut sauver la vie au plus digne des chrétiens. Léon, pressentant que ce chevalier est celui qu'il cherche, accompagne la bonne fée dans la forêt où elle le mène. Ils y trouvent Roger, qui, n'ayant pas voulu prendre de nourriture depuis trois jours, est étendu à terre exténué, songeant à l'outrage dont il s'est rendu coupable envers Bradamante. Léon lui demande la cause de ses peines, et il parle avec tant d'éloquence (car, en sa qualité de Grec, il est beau

parleur), et aussi d'amitié, qu'il finit par lui arracher le secret de son nom et de son amour. Léon, en apprenant que
le chevalier qui lui a prêté l'appui de son bras est Roger
lui-même, demeure émerveillé par tant de générosité, et
veut lui montrer qu'il a, lui aussi, une grande âme.

NOBLES PAROLES DE LÉON

40

E dice : « Se quel dì, Ruggier, ch'offeso
Fu il campo mio dal valor tuo stupendo,
Ancorch'io t'avea in odio, avessi inteso
Che tu fossi Ruggier, come ora intendo ;
Così la tua virtù m'avrebbe preso,
Come fece anco allor non lo sapendo ;
E così spinto dal cor l'odio, e tosto
Questo amor, ch'io ti porto, v'avria posto.

41

Che prima il nome di Ruggiero odiassi,
Ch'io sapessi che tu fossi Ruggiero,
Non negherò ; ma ch'or più innanzi passi
L'odio ch'io t'ebbi, l'esca del pensiero !
E se, quando di carcere io ti trassi,
N'avessi, come or n'ho, saputo il vero,
Il medesimo avrei fatto anco allora,
Ch'a benefizio tuo son per far ora.

XL, 1. **Dice.** Le sujet est Léon. — **Offeso**, malmené.
   5. **Così**, aussi bien. — **Preso**, captivé, séduit.
   8. **Vi**, dans mon cœur.
XLI, 1. **Che**, dépend de *non negherò* (v. 3).
   2. **Ch** (e), dépend de *prima* (v. 1).
   3. **Più innanzi passi**, persiste.
   6. **N** (e), de la chose ; ne se traduit pas.
   8. **Son per far**, je veux, je vais faire ; locution très usitée.

42

E s'allor volentier fatto l'avrei,
Ch'io non t'era, come or sono, obbligato;
Quant'or più farlo debbo, che sarei,
Non lo facendo, il più d'ogn'altro ingrato?
Poichè, negando il tuo voler, ti sei
Privo d'ogni tuo bene, e a me l'hai dato.
Ma te lo rendo; e più contento sono
Renderlo a te, ch'aver io avuto il dono.

43

Molto più a te, ch'a me, costei conviensi,
La qual, bench'io per li suoi merit'ami,
Non è però, s'altri l'avrà, ch'io pensi,
Come tu, al viver mio romper li stami.
Non vo' che la tua morte mi dispensi,
Che possa, sciolto ch'ella avrà i legami
Che son del matrimonio ora fra voi,
Per legittima moglie averla io poi.

44

Non che di lei, ma restar privo voglio
Di ciò c'ho al mondo, e della vita appresso,

XLII, 1-4. Raisonnement à fortiori.

5. **Negando il tuo voler**, en reniant ton désir, en en faisant le sacrifice.

6. **Privo**, *privato*.

8. On voit que Léon sait manier la parole.

XLIII, 1. **Costei**, Bradamante.

3. **Non è però ch'io pensi**, je ne pense pas pourtant. L'amour de Léon est moins profond.

4. **Romper li stami**, briser les fils (de ma vie). Cf., pour le mot *stami*, XLV, LXXX, 4.

5. **Mi dispensi**, soit pour moi une autorisation, une *dispense* de mariage, comme il est dit dans le langage ecclésiastique.

6. **Sciolto ch'ella avrà**, quand elle (ta mort) aura brisé.

6-7. Construisez : *i legami del matrimonio che son ora fra voi.*

Prima che s'oda mai ch'abbia cordoglio
Per mia cagion tal cavaliero oppresso.
Della tua diffidenzia ben mi doglio;
Chè tu che puoi, non men che di te stesso,
Di me dispor, piuttosto abbi voluto
Morir di duol, che da me avere aiuto. »

45

Queste parole ed altre soggiungendo,
Che tutte saria lungo riferire,
E sempre le ragion redargüendo
Ch'in contrario Ruggier li potea dire,
Fe' tanto, ch'alfin disse : « Io mi ti rendo,
E contento sarò di non morire.
Ma quando ti sciorrò l'obbligo mai?
Chè due volte la vita dato m'hai. »

Roger, reconstitué par un repas savoureux que Mélisse a
eu la précaution d'apporter et par un court séjour dans une
abbaye, se rend avec Léon et la fée à la cour de Charles.
Une délégation des Bulgares vient d'y arriver pour lui offrir
la couronne. Léon présente à Charlemagne le chevalier qui
a lutté contre Bradamante et qui, dit-il, doit l'épouser. Roger
ayant à ce moment sa visière baissée, Marphise se présente
pour soutenir contre ce chevalier inconnu la cause de son
frère. Mais Roger lève sa visière, et tous l'embrassent. Léon
raconte alors la noble conduite de Roger à son égard et insiste auprès d'Aymon qui promet enfin à Roger la main de

XLIV, 1. **Oppresso**, mis fin aux jours de.
　5. **Ben** peut se traduire par *toutefois*, et exprime la nuance suivante : s'il y a pourtant une chose dont j'aie à me plaindre, c'est
que tu aies manqué envers moi de confiance.
XLV, 2. C'est un procédé habituel de l'auteur, quand il fait parler
un personnage, de dire qu'il ne donne qu'un résumé de ses paroles.
　3. **Redarguendo**, rétorquant.
　5. **Disse.** Le sujet est Roger.
　7. **Ti sciorrò l'obbligo**, te paierai-je ma dette (de reconnaissance) ?

Bradamante. Celle-ci, à cette nouvelle, est transportée de joie.

Les noces de la vierge guerrière et du nouveau roi des Bulgares sont célébrées avec une magnificence royale, au milieu d'un énorme concours d'étrangers. La bonne fée Mélisse, qui songe à tout, place le lit nuptial au milieu d'un riche pavillon qu'elle fait venir de Constantinople par son art magique. Ce pavillon a jadis été brodé par Cassandre qui, douée de l'esprit prophétique, y a représenté par avance l'histoire de la maison d'Este et surtout la vie du cardinal Hippolyte à laquelle sont consacrées douze octaves. Les jeux les plus variés embellissent la fête, et Roger s'y signale par sa valeur.

Le dernier jour des noces, au moment où commence le banquet royal, un chevalier à la mine altière se présente, vêtu d'une armure noire. C'est Rodomont, le seul des rois africains qui ne soit pas reparti pour l'Afrique. L'année d'inaction qu'il s'est imposée après avoir été battu par Bradamante est écoulée, et il vient défier Roger, auquel il reproche insolemment d'avoir trahi son roi. Roger relève le défi, et, au milieu de l'émotion de l'assistance, et surtout de Bradamante, le duel commence.

D'abord les lances volent en éclats. Les champions saisissent leurs épées, et Roger parvient à percer en plusieurs endroits les armes du païen.

FIN DU DUEL DE ROGER ET DE RODOMONT

121

Quando si vide in tante parti rosse
Il Pagan l'arme, e non poter schivare

CXXI, 1. Le duel que Roger soutient contre Rodomont, et qui termine le poème, rappelle celui qu'il a soutenu contre Mandricard, au chant XXX, mais n'est pas une redite. Outre qu'il est encore plus féroce, les moyens employés, les phases du combat ne sont pas les mêmes. Il semble que l'auteur ait voulu rivaliser avec lui-même, comme il l'a fait pour les combats de Roger et de Roland contre l'orque. Il a été imité par le Tasse, dans le combat de Raymond contre Argant (*Jérus. dél.*, ch. VII), et plus encore dans celui de Tancrède contre le même Argant (ch. XIX).

2. **Il Pagan**, Rodomont. — **Schivare**, éviter.

Che la più parte di quelle percosse
Non gli andasse la carne a ritrovare :
A maggior rabbia, a più furor si mosse,
Ch'a mezzo il verno il tempestoso mare :
Getta lo scudo, e a tutto suo potere
Su l'elmo di Ruggiero a due man fere.

122

Con quella estrema forza che percuote
La macchina ch'in Po sta su due navi,
E levata con uomini e con ruote
Cader si lascia sulle aguzze travi;
Fere il Pagan Ruggier, quanto più puote,
Con ambe man sopra ogni peso gravi.
Giova l'elmo incantato; chè senza esso,
Lui col cavallo avria in un colpo fesso.

123

Ruggiero andò due volte a capo chino,
E per cadere e braccia e gambe aperse.
Raddoppia il fiero colpo il Saracino,
Chè quel non abbia tempo a rïaverse;
Poi vien col terzo ancor : ma il brando fino
Sì lungo martellar più non sofferse;

4. **Ritrovare**, atteindre.
5. **Si mosse**, il se porta, s'abandonna.
7-8. Mandricard fait la même chose dans son duel avec Roger. Voir XXX, LX, et la note.
CXXII, 3. **Ruote**, rouages.
4. **Aguzze travi**, poutres pointues, pilotis.
6. **Sopra ogni peso gravi**, plus lourds que tous les poids connus.
7. **Giova**, rend un grand service (à Roger).
8. **Avria**, Le sujet est Rodomont.
CXXIII, 1-2. Au chant XXVI, oct. CXVII, Roger a déjà reçu de Rodomont un coup qui produit un effet analogue.
4. **Quel**, Roger. — **Riaverse**, se remettre.
5. **Fino**. Ce mot n'est pas une simple épithète de nature. Il s'oppose à *martellar* du v. suivant. L'épée se brise, parce que, étant fine, elle n'était pas destinée à servir de **marteau**.

Che volò in pezzi, ed al crudel Pagano
Disarmata lasciò di sè la mano.

124

Rodomonte per questo non s'arresta,
Ma s'avventa a Ruggier che nulla sente;
In tal modo intronata avea la testa,
In tal modo offuscata avea la mente.
Ma ben dal sonno il Saracin lo desta,
Gli cinge il collo col braccio possente;
È con tal nodo e tanta forza afferra,
Che dall'arcion lo svelle, e caccia a terra.

125

Non fu in terra sì tosto, che risorse,
Via più che d'ira, di vergogna pieno;
Però che a Bradamante gli occhi torse,
E turbar vide il bel viso sereno.
Ella al cader di lui rimase in forse,
E fu la vita sua per venir meno.

---

8. **Di sè**, d'elle-même. Situation : Roger a son épée, Rodomont n'a qu'un tronçon de la sienne. Les deux champions sont encore à cheval.

CXXIV, 1. **Per questo,** à cause de ce fait qu'il est presque désarmé.

2. **S'avventa a,** il s'élance sur. — **Che nulla sente,** privé de sentiment.

3. **In tal modo,** tant. — **Intronata,** étourdie (comme par le tonnerre).

5. Mais le Sarrasin sait bien l'éveiller.

8. **Caccia,** jette avec violence, précipite. Situation : Roger est à terre, Rodomont à cheval. Chaque octave marque un progrès de l'action.

CXXV, 1. **Risorse,** Roger.

3. **A,** vers.

5. **In forse,** en suspens, dans l'incertitude, l'inquiétude.

6. **Fu per,** fut sur le point de. — **Venir meno,** disparaître, l'abandonner. Les mots **la vita sua** marquent qu'il s'agit de plus que d'un simple évanouissement ; *venir meno* isolément veut dire s'évanouir, tomber en défaillance. Ce coup d'œil jeté par Roger et l'auteur sur Bradamante forme un intermède intéressant.

Ruggier, ad emendar presto quell'onta,
Stringe la spada, e col Pagan s'affronta.

126

'Quel gli urta il destrier contra, ma Ruggiero
Lo cansa accortamente, e si ritira;
E, nel passare, al fren piglia il destriero
Con la man manca, e intorno lo raggira;
E con la destra intanto al cavaliero
Ferire il fianco o il ventre o il petto mira;
E di due punte fe' sentirgli angoscia,
L'una nel fianco, l'altra nella coscia.

127

Rodomonte, ch'in mano ancor tenea·
Il pome e l'elsa della spada rotta,
Ruggier su l'elmo in guisa percotea,
Che lo potea stordire all'altra botta.
Ma Ruggier, ch'a ragion vincer dovea,
Gli prese il braccio, e tirò tanto allotta,
Aggiungendo alla destra l'altra mano,
Che fuor di sella alfin trasse il Pagano.

---

7. **Quell'onta ;** d'avoir été jeté à terre.
CXXVI, 1. **Gli urta contra,** pousse contre lui (de façon à le heurter).
  2. **Cansa accortamente,** évite avec adresse.
  4. **Intorno lo raggira,** le fait tourner autour de lui.
  6. **Mira,** vise, cherche à.
  7. **Punte,** coups de pointe.
  8. **Nella coscia.** Ce coup est important, comme on va le voir.
CXXVII. 3. **Percotea.** Cet imparfait, amené par la rime, équivaut à un prétérit.
  4. **All'altra botta,** d'un autre coup, s'il avait donné un autre coup.
  5. **A ragion,** légitimement, parce qu'il avait le bon droit.
  7. **Alla destra,** qui ne lâche pas l'épée.
  8. Situation : les deux adversaires sont à pied.

128

Sua forza o sua destrezza vuol chè cada
Il Pagan sì, ch'a Ruggier resti al paro;
Vo' dir che cadde in piè; chè per la spada
Ruggiero averne il meglio giudicaro.
Ruggier cerca il pagan tenere a bada
Lungi da sè, nè di accostarsi ha caro :
Per lui non fa lasciar venirsi addosso
Un corpo così grande e così grosso.

129

E insanguinargli pur tuttavia il fianco
Vede e la coscia e l'altre sue ferite.
Spera che venga a poco a poco manco,
Sì che alfin gli abbia a dar vinta la lite.
L'elsa e 'l pome avea in mano il Pagan anco
E con tutte le forze insieme unite
Da sè scagliolli, e sì Ruggier percosse,
Che stordito ne fu più che mai fosse.

CXXVIII, 1-2. **Cada sì**, tombe de telle façon ; va être expliqué au vers 3.

2. **Resti al paro**, demeure au pair, reste l'égal de.

3. **Chè**. L'auteur va corriger l'expression **al paro**. Roger et Rodomont sont tous deux debout ; en ce sens, ils ont des chances égales. Mais, en ce qui concerne l'épée (*per la spada*), Roger a l'avantage. C'est l'avis de la galerie (*giudicaro*, v. 4).

4. **Giudicaro**. Nouvelle suspension dans le récit qui ramène l'attention sur les spectateurs. L'Arioste n'oublie pas le cadre.

5. **Tenere a bada**, amuser, faire perdre du temps.

6. **Ha caro di**, tient à.

7. **Per lui non fa**, il n'est pas de son intérêt.

8. La taille de Rodomont compensant la perte de son épée fait que les deux adversaires ont encore les chances égales.

CXXIX, 3. **Venga manco**, il s'affaiblira.

4. **Dar vinta la lite**, abandonner la victoire, donner cause gagnée.

7. **Da sè scagliolli**. Voici Rodomont complètement désarmé.

8. **Più che mai fosse**, plus que jamais.

130

Nella guancia dell'elmo e nella spalla
Fu Ruggier côlto; e sì quel colpo sente,
Che tutto ne vacilla e ne traballa,
E ritto si sostien difficilmente.
Il Pagan vuole entrar; ma il piè gli falla,
Che per la coscia offesa era impotente :
E 'l volersi affrettar più del potere
Con un ginocchio in terra il fa cadere.

131

Ruggier non perde il tempo, e di grand' urto
Lo percuote nel petto e nella faccia;
E sopra gli martella, e tien sì curto,
Che con la mano in terra anco lo caccia.
Ma tanto fa il Pagan, ch'egli è risurto;
Si stringe con Ruggier sì, che l'abbraccia.
L'uno e l'altro s'aggira e scuote e preme,
Arte aggiungendo alle sue forze estreme.

132

Di forze a Rodomonte una gran parte
La coscia e 'l fianco aperto aveano tolto.
Ruggiero avea destrezza, avea grand'arte,
Era alla lotta esercitato molto :

CXXX, 2. **Côlto**, atteint.
   3. **Traballa**, chancelle.
   5. **Entrar**, s'approcher de lui.
   6. Joignez **coscia** et **offesa**.
   8. Cela devient un combat de gladiateurs.
CXXXI, 1. **Di grand' urto**, le singulier pour le pluriel.
   3. **Tien sì curto**, le serre de si près.
   6. **Si stringe con**, s'attache à.
   7. Le combat dégénère en lutte (voir l'oct. suivante, v. 4), et les trois verbes expriment trois des principaux mouvements qu'on fait dans une lutte.
CXXXII, 1-4. Roger a maintenant l'avantage, et l'auteur nous en donne les raisons.

Sente il vantaggio suo, nè se ne parte;
E d'onde il sangue uscir vede più sciolto,
E dove più ferito il Pagan vede,
Pon braccia e petto, e l'uno e l'altro piede.

133

Rodomonte, pien d'ira e di dispetto,
Ruggier nel collo e nelle spalle prende :
Or lo tira, or lo spinge, or sopra il petto
Sollevato da terra lo sospende;
Quinci e quindi lo ruota, e lo tien stretto,
E per farlo cader molto contende.
Ruggier sta in sè raccolto, e mette in opra
Senno e valor, per rimaner di sopra.

134

Tanto le prese andò mutando il franco
E buon Ruggier, che Rodomonte cinse;
Calcògli il petto sul sinistro fianco,
E con tutta sua forza ivi lo strinse.
La gamba destra a un tempo innanzi al manco
Ginocchio e all'altro attraversógli e spinse;
E dalla terra in alto sollevollo,
E con la testa in giù steso tornollo.

---

5. **Nè se ne parte**, et il en profite.
6. **Più sciolto**, plus abondant; mot-à-mot, plus liquéfié.
8. Roger vise par ces passes à élargir les blessures de Rodomont.
CXXXIII, 1 et suiv. Nous assistons à toutes les phases d'une lutte corps à corps.
3. **Il petto**, sa poitrine à lui, Rodomont.
6. **Molto contende**, fait de grands efforts.
7. Roger, qui sait qu'il a avantage à gagner du temps, laisse Rodomont épuiser ses forces en se tenant d'abord sur la défensive.
8. **Rimaner di sopra**, conserver sa supériorité.
CXXXIV, 1. **Le prese**, ses étreintes.
2. **Cinse**, entoura de ses bras.
3. **Calcògli il petto**, il appuya sa poitrine sur lui.
5-6. Il lui donne le croc-en-jambe.
8. Ceux qui ont assisté à des luttes peuvent se rendre compte de la précision avec laquelle est décrit ce coup.

135

Del capo e delle schene Rodomonte
La terra impresse, e tal fu la percossa,
Che dalle piaghe sue, come da fonte,
Lungi andò il sangue a far la terra rossa.
Ruggier c'ha la Fortuna per la fronte,
Perchè levarsi il Saracin non possa,
L'una man col pugnal gli ha sopra gli occhi,
L'altra alla gola, al ventre gli ha i ginocchi.

136

Come talvolta, ove si cava l'oro
Là tra' Pannoni o nelle mine ibere,
Se improvvisa ruina su coloro
Che vi condusse empia avarizia, fere,
Ne restano sì oppressi, che può il loro
Spirto appena, onde uscire, adito avere;
Così fu il Saracin non meno oppresso
Dal vincitor, tosto ch'in terra messo.

137

Alla vista dell'elmo gli appresenta
La punta del pugnal ch'avea già tratto;

CXXXV, 5. Roger, à qui la fortune sourit. On sait que la fortune
étant chauve par derrière, c'est seulement quand elle présente le
front qu'on peut saisir l'occasion aux cheveux.

7. **Pugnal.** Nous avons vu, dans le combat de Marphise et de
Bradamante (chant XXXVI) que les chevaliers étaient armés
d'un poignard. Quant à l'épée de Roger, dont il n'a plus été question, il est probable qu'elle lui est échappée dans la lutte corps à
corps.

8. Ce tableau est énergique et saisissant.

CXXXVI, 1. Voir chant XI, xxxvi, dans le combat de Roland contre
l'orque, une autre comparaison empruntée à la vie des mineurs.

2. **Pannoni.** La Pannonie correspondait en partie à la Hongrie
actuelle. — **Ibere.** L'Ibérie est l'ancien nom de l'Espagne.

4. **Empia.** C'est l'habituelle invective poétique contre la soif de
l'or.

6. **Adito,** ici : une issue.

7. **Oppresso,** étouffé.

CXXXVII, 1. **Vista,** visière.

E che si renda, minacciando, tenta,
E di lasciarlo vivo gli fa patto.
Ma quel, che di morir manco paventa
Che di mostrar villade a un minimo atto,
Si torce e scuote, e per por lui di sotto
Mette ogni suo vigor, nè gli fa motto.

138

Come mastin sotto il feroce alano,
Che fissi i denti nella gola gli abbia,
Molto s'affanna e si dibatte invano
Con occhi ardenti e con spumose labbia,
E non può uscire al predator di mano,
Che vince di vigor, non già di rabbia;
Così falla al Pagano ogni pensiero
D'uscir di sotto al vincitor Ruggiero.

139

Pur si torce e dibatte sì, che viene
Ad espedirsi col braccio migliore;
E con la destra man che'l pugnal tiene,
Che trasse anch'egli in quel contrasto fuore,
Tenta ferir Ruggier sotto le rene.
Ma il giovene s'accorse dell'errore
In che potea cader per differire
Di far quell'empio Saracin morire.

---

3. **Tenta**, fait ses efforts pour que.
4. **Gli fa patto**, s'engage envers lui.
6. **A un minimo atto**, par un acte, un geste si petit qu'il soit
8. **Nè gli fa motto**, et ne lui répond pas une parole.
CXXXVIII, 1. **Alano**, chien féroce de race anglaise, dogue.
5. **Predator**, chien de proie. — **Di mano**, ici : des pattes, de l'étreinte.
7. **Falla ogni pensiero**, tout espoir s'évanouit.
CXXXIX, 1 et suiv. Rodomont meurt noblement.
2. **Col braccio migliore**, avec celui de ses bras qui a conservé le plus de vigueur.
6. **Errore**, faute.

140

E due e tre volte nell'orribil fronte
Alzando, più ch'alzar si possa, il braccio,
Il ferro del pugnale a Rodomonte
Tutto nascose, e si levò d'impaccio.
Alle squallide ripe d'Acheronte,
Sciolta dal corpo più freddo che ghiaccio,
Bestemmiando fuggì l'alma sdegnosa,
Che fu sì altiera al mondo e sì orgogliosa.

CXL, 1. Cf. avec cette dernière octave du poème la fin de l'*Enéide* où Enée tue Turnus :

Hoc dicens, ferrum adverso sub pectore condit
Fervidus. Ast illi solvuntur frigore membra,
Vitaque cum gemitu fugit indignata sub umbras.

6. **Più freddo che ghiaccio.** En voulant faire mieux que Virgile, l'Arioste sort de la vraisemblance. Le cadavre de Rodomont va se refroidir. Il n'est pas encore « plus froid que la glace ».

7. **Bestemmiando.** Rodomont meurt comme il a vécu, en blasphémant.

8. Ce n'est pas sans raison que l'auteur termine son poème comme Virgile a terminé le sien. Roger va être, pour la maison d'Este, ce qu'Enée fut pour Rome, le fondateur, l'ancêtre. Il importait de le mettre en relief, comme Virgile l'a fait pour Enée, par une dernière action d'éclat.

SATIRES

SATIRE I

A ANNIBALE MALEGUCCIO (a)

Da tutti gli altri amici, Annibal, odo,
  Fuor che da te, che sei per pigliar moglie ;
  Mi duol che 'l celi a me; che 'l facci, lodo.
Forse mel celi, perchè alle tue voglie
  Pensi che oppor mi debbia, come io danni,   5
  Non l'avendo tolta io, s'altri la toglie.
Se pensi di me questo, tu t'inganni.
  Ben che senza io ne sia, non però accuso
  Se Piero l' ha, Martin, Polo e Giovanni.
Mi duol di non l'avere ; e me ne iscuso   10
  Sopra vari accidenti, che lo effetto
  Sempre dal buon voler tennero escluso.

---

a. Cousin maternel de l'Arioste.
1. Les satires de l'Arioste sont écrites en *terzine*, comme la *Divine Comédie.* Maleguccio allait se marier. Comparer cette satire avec la satire de Boileau sur les femmes, et avec le *Corbaccio* de Boccace.
2 **Sei per,** tu es sur le point. *Essere per* indique qu'on a l'intention de faire une chose sous peu.
5. **Come io danni,** comme si je blâmais.
6. **Non l'avendo tolta io.** L'Arioste tenait son union secrète pour ne pas perdre le revenu de ses bénéfices ecclésiastiques.
9. Noms quelconques, comme nous disons Pierre ou Paul.
11. **Vari accidenti.** L'auteur est quelque peu embarrassé.
12. **Escluso,** séparé, éloigné de ; qui empêchèrent l'effet de suivre l'intention.

Ma fui di parer sempre, e così detto
  L'ho più volte, che senza moglie a lato
  Non puote uomo in bontade esser perfetto.   15

L'homme ne doit donc pas rester célibataire ; et même il
importe qu'il ne tarde pas trop à se marier, de peur de laisser sans appui, en mourant, des enfants encore au berceau.
Ne fais pas, dit Arioste à son cousin, comme tels de nos
gentilshommes qui ne se sont pas mariés étant jeunes, de
peur de diviser leur patrimoine, et qui, sur le tard, épousent
des villageoises ou leurs servantes.

Cugin, fai bene a tôr moglier ; ma ascolta!   73
  Pensaci prima ; non varrà poi dire
  Di no, s'avrai di sì detto una volta.   75
In questo il mio consiglio proferire
  Ti vuò, e mostrar, se ben non lo richiedi,
  Quel che tu dèi cercar, quel che fuggire.
Tu ti ridi di me forse, e non vedi
  Come io ti possa consigliar, ch'avuto   80
  Non ho in tal nodo mai collo, nè piedi.
Non hai, quando dui giocano, veduto
  Che quel che sta a vedere, ha meglio spesso
  Ciò che s'ha a far, che 'l giocator, saputo ?
Se tu vedi che tocchi, o vada appresso   85
  Il segno il mio parer, dàgli il consenso ;
  Se no, reputal sciocco, e me con esso.
Ma prima ch'io ti mostri altro compenso,
  T'avrei da dir, che se amorosa face

14-15. Voilà un argument qui compte.
74-75. **Dire di no, di sì,** dire non, oui.
77. **Vuò,** *voglio.*
81. Qui ne me suis jamais marié.
83. **Sta a vedere,** regarde (debout derrière les joueurs).
85-86. **Tocchi il segno,** touche le but, soit juste.
88. **Compenso,** remède, expédient ; ici : avis.
89. **T'avrei da dir,** je dois te dire.

Ti fa pigliar moglier, che segui il senso.   90
Ogni virtude è in lei, s'ella ti piace.   91

Assure-toi que ta future femme appartient à une famille honnête. Ne vise ni à une grosse dot, ni à des titres ; les femmes dotées ou titrées ont des prétentions coûteuses et n'admettent pas la contradiction :

Una che ti sia ugual, teco si giunga (ᴺ).

Ne la prends ni trop belle, ni trop laide. Evite surtout les sottes.

Sia piacevol, cortese, sia d'ogni atto   181
   Di superbia nimica, sia gioconda,
   Non mesta mai, non mai col ciglio attratto.
Sia vergognosa, ascolti, e non risponda
   Per te, dove tu sia, nè cessi mai,   185
   Nè mai stia in ozio : sia polita e monda.
Di dieci anni o di dodici, se fai
   Per mio consiglio, sia di te minore ;
   Di pare, o di più età non la tôr mai :
Perchè passando, come fa, il migliore   190
   Tempo e i begli anni in lor, prima che in noi,
   Ti parria vecchia, essendo anco tu in fiore.

---

a. Un proverbe italien veut même qu'on prenne femme dans son propre pays : *Moglie e buoi siano dei paesi tuoi.*

90. **Il senso,** ton inclination.

91. Arioste n'est donc pas pour les mariages dits de raison, qui sont souvent déraisonnables.

181. Suppléez, avant **sia** : Que ta femme. — **Piacevole,** affable.

182. **Gioconda,** d'humeur gaie.

184. **Vergognosa,** pleine de réserve.

185. **Cessi** (de travailler).

186. **Polita** et **monda** sont à peu près synonymes ; toutefois *polita* (*pulita*) veut dire *propre* ; *monda* désigne plutôt l'effet extérieur qui résulte de cette propreté, et que nous exprimons par le mot *proprette.*

190-191. **Il migliore tempo,** la jeunesse, prise au sens large du latin *juventus.*

Però vorrei che 'l sposo avesse i suoi
   Trent'anni ; quella età che 'l furor cessa
   Presto al voler, presto al pentirsi poi.   195
Tema Dio, ma che udir più d'una messa
   Voglia il dì non mi piace, e vuò che basti
   S'una o due volte l'anno si confessa.   198

Que ta femme se contente de la figure que Dieu lui a
faite, et ne répande pas sur son visage toute la malpropreté
des fards :

      Nè sappia far la tua bianco nè rosso,
      Ma sia del filo e de la tela dotta (ᵃ).

L'auteur, après avoir indiqué à son cousin quelle femme
il doit prendre, lui donne quelques conseils sur la manière
dont, une fois marié, il devra se comporter envers elle :

. . . . amala con quello   253
   Amor che vuoi ch'ella ami te ; aggradisci,
   E ciò che fa per te paiati bello.   255
Se pur tal volta errasse, l'ammonisci
   Senza ira, con amor ; e sia assai pena,
   Che la facci arrossir senza por lisci.
Meglio con la man dolce si raffrena,
   Che con forza il cavallo, e meglio i cani   260
   Le lusinghe fan tuoi, che la catena.

---

a. Cela rappelle la simple et noble épitaphe d'une dame romaine
que l'on trouve dans le *Corpus inscriptionum latinarum : Domi man-
sit, lanam fecit.*

194. **Furor,** ardeur amoureuse.

195. Le tout jeune homme est *amata relinquere pernix,* a dit Horace (*Art. Poét.* 165).

196-198. Arioste veut une femme religieuse, mais dont la dévotion
ne soit pas outrée.

257. **Sia assai pena,** que ce soit une peine suffisante.

258. **Senza por lisci,** sans qu'elle se mette du fard. L'Arioste a
encore en tête ce qu'il a dit plus haut au sujet des femmes qui se
fardent.

Questi animal che son molto più umani,
   Corregger non si den sempre con sdegno,
   Nè al mio parer, mai con menar di mani.
Ch'ella ti sia compagna abbi disegno,   265
   Non, come comperata per tua serva,
   Reputa avere in lei dominìo e regno.
Cerca di soddisfarle, ove proterva
   Non sia la sua domanda ; e compiacendo,
   Quanto più amica puoi te la conserva.   270
Che tu la lasci far, non ti commendo,
   Senza saputa tua, ciò ch'ella vuole :
   Che mostri non fidarti, anco riprendo :
Ire a conviti e pubbliche carole
   Non le vietar, nè a li suoi tempi a chiese,   275
   Dove ridur la nobiltà si suole.   276

D'une façon générale, guide ta femme ; mais garde-toi de
la blesser par une surveillance injurieuse. Puis, quand tu
auras fait ton devoir, laisse faire aux dieux.

---

262. **Questi animal**(*i*). Il s'agit des femmes. Xénophon dans ses
Economiques, a tracé d'une manière exquise le tableau d'un ménage où un mari forme doucement sa femme à ses devoirs de
ménagère.
264. L'auteur partage l'avis du Monsieur Robert du *Médecin malgré
lui*.
268. **Ove**, quand; **proterva**, arrogante.
275. **A li suoi tempi**, aux moments qui lui conviendront.
276. **Ridursi**, se rendre. — Tout ce passage est d'une réelle élévation.

SATIRE II

A ALESSANDRO ARIOSTO (ᵃ) ET A
LODOVICO DA BAGNO (ᵇ)

Io desidero intendere da voi,
  Alessandro fratel, compar mio Bagno,
  S'in corte è ricordanza più di noi;
Se più il Signor mi accusa ; se compagno
  Per me si lieva, e dice la cagione,   5
  Perchè, partendo gli altri, io qui rimagno.
O tutti dotti nella adulazione
  (L'arte che più tra noi si studia e cole)
  L'aiutate a biasmarmi oltra ragione.
Pazzo chi al suo Signor contraddir vuole,   10
  Se ben dicesse ch'ha veduto il giorno
  Pieno di stelle, e a mezza notte il sole.

---

a. Un frère du poète, plus jeune que lui de dix-huit ans (v. 221-222).
b. Ami de l'Arioste.

1. Le début ressemble, pour la forme, aux deux premiers vers de l'épître d'Horace à Julius Florus :

> Juli Flore, quibus terrarum militet oris
> Claudius Augusti privignus, scire laboro.
> *(Ep. I, III.)*

Mais, pour le fond, la satire de l'Arioste rappelle la VIIᵉ épître du premier livre. La situation a quelque analogie. Mécène s'étant plaint de l'absence prolongée d'Horace, celui-ci y revendique sa liberté avec mesure, mais avec fermeté, comme l'Arioste va le faire. Mais il y a plus d'une différence. Le cardinal Hippolyte n'a pas l'élévation de sentiment de Mécène. L'Arioste se trouve en présence d'une disgrâce, et non, comme Horace, d'un mouvement de mauvaise humeur. Aussi, tandis qu'Horace s'adresse directement à Mécène, notre auteur se contente d'épancher son chagrin dans le sein de son frère et dans celui de son ami.

3. **Corte**, du cardinal Hippolyte (*il signor* du v. 4), qui se trouvait alors en Hongrie où le poète avait refusé de le suivre.

5. **Per me**, pour me défendre.

7. **O**, ou si.

11-12. Quand le seigneur dirait les choses les plus absurdes.

O ch'egli lodi, o voglia altrui far scorno,
  Di varie voci subito un concento
  S'ode accordar di quanti n'ha d'intorno.   15
E chi non ha per umiltà ardimento
  La bocca aprir, con tutto il viso applaude,
  E par che voglia dire : « Anch'io consento. »
Ma se in altro biasmarmi, almen dar laude
  Dovete, che volendo io rimanere,   20
  Lo dissi a viso aperto e non con fraude.
Dissi molte ragioni, e tutte vere,
  Delle quali per sè sola ciascuna
  Essermi dovea degna di tenere.
Prima la vita, a cui poche o nessuna   25
  Cosa ho da preferir ; che far più breve
  Non voglio, che 'l ciel voglia, o la fortuna.
Ogni alterazïone, ancor che leve,
  Ch'avesse il mal ch'io sento, o ne morrei,
  O il Valentino e il Postumo errar deve.   30
Oltra che 'l dicano essi, io meglio i miei
  Casi di ogni altro intendo ; e quai compensi
  Mi siano utili so, so quai son rei.
So mia natura come mal conviensi
  Co' freddi verni ; e costà sotto il polo   35
  Gli avete voi, più che in Italia, intensi.

---

17. **Con tutto il viso applaude**, jolie expression Plus amer encore dans son ironie, La Bruyère demandera aux courtisans, non pas de dire à un grand qu'il a tort, mais d'oser penser qu'il peut n'avoir pas raison.

19. **In altro**, sur d'autres points.

21. **A viso aperto.** Il y a quelque chose de touchant dans cette hardiesse probablement exagérée après coup.

24. Construisez : **dovea esser degna di tenermi**, devait être suffisante pour me retenir (à Ferrare).

25. **La vita**, l'intérêt de mon existence ; cela va être expliqué.

28. **Alterazione**, altération (en mal), aggravation.

30. **Valentino, Postumo**, deux médecins.

32. **Casi**, état. — **Compensi**, remèdes.

34. Construisez : **So come mia natura.**

35. **Sotto il polo.** Il y a loin de la Hongrie au pôle. Mais la peur du froid déplace les degrés de latitude.

E non mi nocerebbe il freddo solo--
  Ma il caldo de le stufe, ch'ho sì infesto,
  Che più che da la peste me gl'involo.
Nè il verno altrove s'abita in cotesto   40
  Paese; vi si mangia, giuoca e bee,
  E vi si dorme e vi si fa anco il resto.
Che quindi vien, come sorbir si dee
  L'aria, che tien sempre in travaglio il fiato
  Delle montagne prossime Rifee ?   45
Dal vapor, che dal stomaco elevato
  Fa catarro alla testa e cala al petto,
  Mi rimarrei una notte soffocato :
E il vin fumoso, a me vie più interdetto
  Che 'l tosco, costì a inviti si tracanna,   50
  E sacrilegio è non ber molto e schietto.
Tutti li cibi son con pepe e canna
  Di amomo, e d'altri aromati, che tutti,
  Come nocivi, il medico mi danna.   54

---

38. **Stufe**. *Stufa* veut dire poêle, puis, comme ici, pièce chauffée par un poêle. Au xvii° siècle, le mot poêle désignait aussi la pièce. Descartes dans son *Discours de la méthode* dit qu'il passa plusieurs mois en Allemagne dans un poêle.

40. **Il verno**, pendant l'hiver. — **Cotesto,** démonstratif de la 2° pers. : ce (pays) où vous êtes.

42. **Vi si fa anco il resto**, Sous-entendu rabelaisien. C'est du reste une calomnie.

43. **Che**. On attendrait *chi* : celui qui arrive d'ici, de l'Italie.

45. **Rifee**, Riphées. Les monts Riphées étaient une chaine de montagnes fabuleuses que les anciens considéraient comme l'extrême limite du nord.

48. **Mi**, explétif.

49. **Il vin fumoso**. La Hongrie a des vins capiteux, le Tokay par exemple.

50. **Tosco** = *tossico*, poison. L'auteur suivait un régime. — **Costì**, dans ce lieu-là, en Hongrie. — **A inviti si tracanna**, on vous le fait avaler même malgré vous. A *tracannare*, s'opposent *sorsare*, *centellare*, boire à petits coups.

51. **Schietto**, pur, sec comme nous disons. C'est un des innombrables brocards décochés par les classiques italiens à la soif des Allemands.

54. **Mi danna**, me défend. Nous voulons croire à la santé débile d'Arioste. Il nous semble toutefois un peu précautionneux.

On m'objectera, dit Arioste, que je pourrais, pour ma nourriture, mettre à contribution les gens du cardinal, ou me faire faire une cuisine particulière. Mais je ne veux pas incommoder autrui par la première combinaison, et je ne suis pas assez riche pour la seconde.

> Io per la mala servitude mia   85
>   Non ho dal Cardinale ancora tanto,
>   Ch'io possa fare in corte l'osteria.
> Apollo, tua mercè, tua mercè santo
>   Collegio delle Muse, io non possiedo
>   Tanto per voi, ch'io possa farmi un manto.   90
> — Oh! il Signor t'ha dato ; — Io vel concedo,
>   Tanto che fatto m'ho più d'un mantello ;
>   Ma che m'abbia per voi dato non credo.   93

Je puis bien le répéter, puisqu'il l'a dit lui-même.

> Non vuol che laude sua da me composta   97
>   Per opra degna di mercè si pona ;
>   Di mercè degno è l'ir correndo in posta.
> A chi nel barco e in villa il segue dona :   100
>   A chi lo veste e spoglia, o pona i fiaschi
>   Nel pozzo per la sera in fresco a nona;

---

85. **Mala** a toute sa force : maudite.
88. Le premier **tua mercè** s'adresse à Apollon, le second au collège des Muses.
90. **Per voi**, à cause de vous.
91. Le poète se fait faire une objection par Apollon et les Muses.
92. **Mantello** équivaut à *manto* du v. 90. Il n'y a aucune intention dans ce diminutif.
93. **Per voi** porte le poids de la pensée : mais que ce soit à cause de vous que......
93. **Si pona per**, soit considéré comme ; *pona* pour *ponga*.
100. **Barco**, corruption de *parco*, parc. Ce parc, formé de vastes prairies situées entre le Pô et Ferrare, était un lieu de plaisance appartenant à la famille d'Este.
101 et suiv. Voilà les services de domestique qui sont plus prisés que des éloges en vers ! — **Pona**. Cf. v. 98.
102. **A nona**, à la neuvième heure du jour, à trois heures de l'après-midi.

Vegghi la notte, in sin che i Bergamaschi
    Si levino a far chiodi, sì che spesso
    Col torchio in mano addormentato caschi.   105
S'io l'ho con laude ne' miei versi messo,
    Dice ch'io l'ho fatto a piacere e in ozio ;
    Più grato fora essergli stato appresso.
E se in cancelleria m'ha fatto sozio
    A Milan del Constabil, sì ch'ho il terzo   110
    Di quel che al notar vien d'ogni negozio,
Gli è, perchè alcuna volta io sprono e sferzo
    Mutando bestie e guide, e corro in fretta
    Per monti e balze, e con la morte scherzo.
Fa a mio senno, Maron, tuoi versi getta   115
    Con la lira in un cesso, e un arte impara,
    Se beneficii vuoi, che sia più accetta.
Ma tosto che n'hai, pensa che la cara
    Tua libertà non meno abbi perduta,
    Che se giocata te l'avessi a zara ;   120

---

108. **Fora**, aurait été.

109-111. L'Arioste jouissait du tiers des revenus de la chancellerie archiépiscopale de Milan, qui s'élevait environ à cent écus par an, et ce par un contrat de société avec un certain Constabile, noble ferrarais.

112. **Gli è**, c'est.

112-114. L'auteur fait allusion aux divers voyages qu'il dut faire à Rome pour les intérêts du cardinal.

115. **A mio senno**, suivant mon conseil. — **Maron**. André Marone, de Brescia, poète improvisateur, au service du duc de Ferrare. Arioste parle de lui dans son *Roland furieux* (III, 56), où, jouant sur la conformité du nom de ce poète et de celui de Virgile, il dit à propos du cardinal :

> La cui fiorita età vuol il Ciel giusto
> Ch'abbia un Maron, come un altro ebbe Augusto.

116. **Cesso**. Cela rappelle le mot d'Alceste au sujet des vers d'Oronte.

117. **Accetta**, goûtée.

118. **N'** (e), des bénéfices.

120. **Te** est explétif. — **Zara**, jeu de dés déjà connu à l'époque de Dante (*Purgat.* VI, 1).

E che mai più (se bene alla canuta
   Età vivi, e viva egli di Nestorre)
   Questa condizïon non ti si muta.

E se disegni mai tal nodo sciorre,
   Buon patto avrai, se con amore e pace   125
   Quel che t'ha dato, si vorrà ritorre.

A me, per esser stato contumace
   Di non voler Agria veder nè Buda,
   Che si ritoglia il suo sì non mi spiace,

(Se ben le miglior penne, ch'avea in muda   130
   Rimesse tutte, mi tarpasse), come
   Che da l'amor e grazia sua mi escluda;

Che senza fede e senza amor mi nome,
   E che dimostri con parole e cenni,
   Che in odio e che in dispetto abbia il mio nome. 135

E questo fu cagion ch'io mi ritenni
   Di non gli comparire innanzi mai,
   Dal dì che indarno ad escusar mi venni.

Ruggier, se a la progenie tua mi fai

121-122. Quand même toi et ton protecteur (*egli*) vous vivriez autant que Nestor.

123. **Ti**, pour toi.

125. **Buon patto avrai**, ce sera encore un marché avantageux pour toi, tu auras de la chance si.....

126. **Si ritorre**, retirer à lui, reprendre.

127. **Contumace**, récalcitrant, désobéissant.

128. **Agria**, **Buda**, Agram, Bude, deux villes de Hongrie.

129. **Sì non mi spiace**, cela m'est moins désagréable ; ces mots sont complétés par le *come* du v. 131 et ce qui le suit.

130. **Muda**, mue et lieu où la mue s'opère.

131. **Tarpasse**. *Tarpare* veut dire rogner, couper les bouts de.....

132. Ariosto a donc été plus sensible à la défaveur elle-même qu'à ses conséquences. C'est cette manière d'envisager les choses qui explique les vers 125-126.

133. Ce vers et les deux qui suivent nous donneraient déjà une idée défavorable du cardinal. Mais on a malheureusement à lui reprocher des faits autrement graves. V. notre préface.

136. **Questo**, cette attitude, ces propos (du cardinal).

139. **Ruggier**. L'auteur fait un retour amer sur les éloges qu'il a donnés à la famille d'Este en mettant au premier plan, dans son *Roland furieux*, leur prétendu ancêtre Roger.

Sì poco grato, e nulla mi prevaglio   140
    Che li alti gesti e tuo valor cantai,
Che debbo fare io qui ? poich'io non vaglio
    Smembrar sulla forcina in aria starne,
    Nè so a sparvier, nè a can metter guinzaglio.
Non feci mai tai cose, e non so farne :   145
    A li usatti, a li spron (perch'io son grande)
    Non mi posso adattar, per porne o trarne.
Io non ho molto gusto di vivande,
    Che scalco io sia; fui degno essere al mondo
    Quando viveano gli uomini di ghiande.   150
Non vuo' il conto di man tòrre à Gismondo :
    Andar più a Roma in posta non accade
    A placar la grand'ira di Secondo.
E quando accadesse anco in questa etade,
    Col mal, ch'ebbe principio allora forse,   155
    Non si convien più correr per le strade.
Se far cotai servigi, e raro torse
    Di sua presenza dè chi d'oro ha sete,
    E stargli come Artofilace all'Orse,

---

140. **E nulla mi prevaglio**, et si je ne retire aucun profit de...
143. Comme l'écuyer tranchant.
144. Comme le veneur. — **Guinzaglio**, laisse.
145. Il semble résulter de ce passage qu'on eût voulu le voir rendre, et qu'on lui avait sans doute demandé, ce genre de services. Cela jette un jour singulier sur la situation des poètes de cour à cette époque.
146. **Usatti**, bottes. On dit aujourd'hui plutôt *stivali*. — **Grande**, de taille élevée.
147. **Porne o trarne,** en mettre ou en ôter (à un autre).
149. **Che io sia,** de façon à pouvoir être.
151. **Gismondo.** probablement le majordome du cardinal.
152. **Non accade**, il ne convient pas.
153. **Secondo**, *Giulio secondo*, le pape Jules II, auquel l'auteur avait été envoyé comme ambassadeur deux fois, par le duc Alphonse et le cardinal Hippolyte.
155. **Col mal.** Toujours cette maudite santé.
156. **Non si convien più.** je ne dois plus.
158. **Dè**, *deve*.
159. **Come...**, aussi près qu'Artophylax l'est des Ourses.

Più tosto che arricchir, voglio quïete :   160
   Più tosto che occuparmi in altra cura
   Sì, che inondar lasci il mio studio a Lete ;
Il qual, se al corpo non può dar pastura,
   Lo dà a la mente con si nobil esca,
   Che merta di non star senza cultura.   165
Fa che la povertà meno m'incresca,
   E fa che la ricchezza sì non ami,
   Che di mia libertá per suo amor esca.
Quel ch'io non spero aver, fa ch'io non brami,
   Che nè sdegno nè invidia mi consumi,   170
   Perchè Marone o Celio il Signor chiami ;
Ch'io non aspetto a mezza estate i lumi,
   Per esser col Signor veduto a cena,
   Ch'io non lascio accecarmi in questi fumi ;
Ch'io vado solo e a piedi ove mi mena   175
   Il mio bisogno : e quando io vo a cavallo,
   Le bisacce gli attacco su la schiena.
E credo che sia questo minor fallo,
   Che di farmi pagar, s'io raccomando
   Al Principe la causa d'un vassallo,   180
O mover liti in beneficii, quando
   Ragion non v'abbia, e facciami i pievani
   Ad offrir pensïon venir pregando.

---

162. **Lete**, le Léthé, fleuve de l'oubli.

163. **Il qual** (*studio*). L'auteur va faire un bel éloge de l'étude, des
travaux littéraires. Cf. le fameux passage du *Pro Archia* de Cicéron.

166. **Fa**, le sujet est **lo studio**.

171. Nous connaissons Marone. **Celio** Calcagnini était un autre lit-
térateur attaché à la cour du cardinal. — **Chiami**, fait venir à
lui, mande ; le sujet est **il Signor**.

172. **Che** dépend toujours de **fa**.

177. **Le bisacce**, le bissac, qui se met à l'arçon de derrière de la
selle, pour porter des effets ou des vivres. Il vit sans cérémonie.

178. **Questo**, ce manquement aux usages distingués.

179. **Farmi pagar**. C'est le pot-de-vin, qui malheureusement est de
tous les temps, comme les capitulations de conscience.

181. **In beneficii**, à propos de bénéfices.

182. **Ragion non v'abbia**, on a tort. — **Pievani**, préposés de cures.

Anco fa che al ciel levo ambe le mani,
   Ch'abito in casa mia comodamente,   185
   Voglia tra cittadini o tra villani :
E che nei ben paterni il rimanente
   Del viver mio, senza imparar nova arte,
   Posso, e senza rossor, far, di mia gente.
Ma perchè cinque soldi da pagarte   190
   Tu che noti, non ho, rimetter voglio
   La mia favola al loco, onde si parte.
Aver cagion di non venir, mi doglio ;
   Detto ho la prima, e s' io vo' l'altre dire,
   Nè questo basterá, nè un altro foglio.   195
Pur ne dirò anco un'altra : chè patire
   Non debbo, che, levato ogni sostegno,
   Casa nostra in ruina abbia a venire.
De' cinque che noi siam, Carlo è nel regno
   Onde cacciaro i Turchi il mio Cleandro,   200
   E di starvi alcun tempo fa disegno :
Galasso vuol ne la città di Evandro

---

184. L'étude me rend pieux.

186. **Voglia**, que ce soit. En prose, on dirait *vuol.*

187. **Il rimanente**. Joignez ces mots à **far** du vers 189 : passer le restant.

189. Joignez : **senza rossor di mia gente.** Ce vers est embarrassé.

190-193. Allusion à un passage de l'*Ercolano* de Varchi. Celui qui s'écartait de son sujet et ne pouvait pas y revenir devait payer cinq sous.

196. **Un'altra.** La nouvelle raison que l'auteur va invoquer, c'est qu'il est chef de famille.

198. **Casa nostra.** Remarquer l'absence d'article.

199. **Cinque**, cinq (fils).

200. Arioste fait allusion à un passage de sa comédie des *Suppositi*, Cléandre, qui se trouvait à Otrante, en fut chassé par l'arrivée des Turcs qui s'emparèrent de la ville. Le royaume en question est donc le royaume de Naples.

202. **La città di Evandro** Rome.

Por la camicia sopra la guarnaccia :
E tu sei col Signore ito, Alessandro.
Ecci Gabriel, ma che vuoi tu ch'ei faccia ?　　205
Che da fanciullo la sua mala sorte
Lo impedì delli piedi e delle braccia.
Egli non fu nè in piazza mai, nè in corte ;
Ed a chi vuol ben reggère una casa,
Questo si può comprendere che importe.　　210
A la quinta sorella che è rimasa,
Era bisogno apparecchiar la dote,
Che le siam debitori, or che si accasa.
L'età di nostra madre mi percuote
Di pietà il cor, che da tutti in un tratto　　215
Senza infamia lasciata esser non puote.
Io son de' dieci il primo, e vecchio fatto
Di quaranta quattro anni, e il capo calvo
Da un tempo in qua sotto il cuffiotto appiatto.
La vita che mi avanza, me la salvo　　220
Meglio ch'io so : ma tu, che diciotto anni
Dopo me l'indugiasti a uscir de l'alvo,

---

203. **Mettre** le rochet (mot-à-mot la chemise) sur la simarre, se faire
prélat ou chanoine, parce que les prélats et les chanoines, dans
les cérémonies religieuses, portaient, au-dessus de la simarrre, le
rochet (*roccetto*), sorte de chemise de lin ornée de dentelles.
204. **Signore**, le cardinal Hippolyte. — **Alessandro**. Ce frère de
l'auteur, très homme du monde, après avoir beaucoup voyagé,
mourut prêtre à Ferrare.
205. **Gabriel**. Cet autre frère continua la *Scolastica* et écrivit un
petit volume de vers latins. Les deux vers qui suivent nous apprennent qu'il était impotent.
211. **Quinta**, la cinquième (des filles).
213. **Si accasa**, elle se marie.
214. **Madre**. Arioste n'oublie aucun membre de sa famille. Tout ce
passage lui fait le plus grand honneur. Le ton est simple, digne
d'un honnête homme.
217. **Dieci**. La famille comprenait donc cinq garçons et cinq filles.
218. Ce vers fixe la date de la satire.
219. **Cuffiotto**, bonnet, calotte, comme en portent les gens chauves
pour masquer (**appiatto**) leur calvitie. Arioste fut chauve de bonne
heure ; Horace blanchit prématurément (*praecanus*).
220-221. Nous nous en sommes déjà aperçus.
221-222. Ces vers fixent l'âge d'Alexandre.

Gli Ongari a veder torna e gli Alamanni;
  Per freddo e caldo segui il Signor nostro,
  Servi per amendue, rifa' i miei danni.   225
Il qual se vuol di calamo ed inchiostro
  Di me servirsi, e non mi tor da bomba,
  Digli : « Signore, il mio fratello è vostro. »
Io stando qui farò con chiara tromba
  Il suo nome sonar forse tanto alto,   230
  Che tanto mai non si levò colomba.
A Filo, a Cento, in Arïano e a Calto
  Arriverei, ma non sin al Danubbio,
  Ch'io non ho piè gagliardi a sì gran salto.
Ma se a voglier di nuovo avessi al subbio   235
  I quindici anni che in servirlo ho spesi,
  Passar la Tana ancor non starei in dubbio.
Se avermi dato onde ogni quattro mesi
  Ho venticinque scudi, nè sì fermi
  Che molte volte non mi sien contesi,   240
Mi debbe incatenar, schiavo tenermi,
  Obbligarmi ch'io sudi e tremi senza
  Rispetto alcun, ch'io moia o ch'io m'infermi,
Non gli lasciate aver questa credenza.
  Ditegli che più tosto ch'esser servo   245
  Torrò la povertade in pazïenza.

---

225. **Rifa' i miei danni**, répare les pertes que j'ai faites.
226. **Il qual**, le cardinal Hippolyte, désigné au vers 224.
227. **Da bomba**, de chez moi. Le mot *bomba* dans certain jeu d'enfants désigne un lieu de départ et d'arrivée; d'où *tornare a bomba*, revenir à son premier propos.
229 231. On peut trouver qu'Arioste est de bonne composition. Son excuse est que l'intérêt de sa famille est en jeu.
232. Localités voisines de Ferrare.
234. **Gagliardi a sì gran salto**, assez forts pour faire un si grand saut.
235. **Voglier**, *volgere*. — **Subbio**, ensouple, cylindre de bois sur lequel les tisserands enroulent leur toile.
237. **La Tana**, le Tanaïs, le Don.
245. **Servo**. Plus haut (v. 241) il s'est servi des mots *incatenar, schiavo*. C'est une révolte de la dignité humaine.

Uno asino fu già, ch'ogni osso e nervo
  Mostrava di magrezza, e entrò pel rotto
  Del muro, ove di grano era uno acervo.
E tanto ne mangiò, che l'epa sotto   250
  Si fece più d'una gran botte grossa,
  Fin che fu sazio, e non però di botto.
Temendo poi che gli sien peste l'ossa,
  Si sforza di tornar dove entrato era,
  Ma par che 'l buco più capir nol possa.   255
Mentre s'affanna, e uscire indarno spera,
  Gli disse un topolino : « Se vuoi quinci
  Uscir : tratti, compar, quella panciera ;
A vomitar bisogna che cominci
  Ciò ch'hai nel corpo, e che ritorni macro.   260
  Altrimenti quel buco mai non vinci. »
Or conchiudendo dico, che se 'l sacro
  Cardinal comperato avermi stima
  Con li suoi doni, non mi è acerbo ed acro
Renderli, e tôr la libertà mia prima.   265

---

247. Horace, dans son épître VII, avait raconté la même fable. Arioste a substitué un âne au renard du poète latin (*vulpecula*) et un rat à la belette (*mustela*). Cette fable a été aussi racontée par Babrius et par La Fontaine (III, 17). Arioste insère volontiers des fables dans ses satires.

249. **Acervo**, tas.

250. **Epa**, panse.

252. **Di botto**, aussitôt. L'opération dura un certain temps.

253. **Peste**, meurtris (si on le surprend).

258. **Tratti** : ôte-toi (de *trarre*). — **Panciera**, cuirasse. L'âne a le ventre rebondi comme s'il portait une cuirasse.

260. **Ritorni macro**, redeviennes maigre : *Vous êtes maigre entrée, il faut maigre sortir*.

261. **Mai non vinci**, tu ne viendras jamais à bout de, tu ne pourras pas forcer.

263. **Comperato** ; comme on achète un esclave. Cf. la note du v. 245.

265. **Tôr**, reprendre. Cela rappelle le mot de Vultéius Ménas à l'avocat Philippe, toujours dans l'épître VII : *vitæ me redde priori*.

SATIRE III

Cette satire est adressée par Arioste à son frère Galasso. Il le charge de lui trouver à Rome un logement et de prendre certaines dispositions relatives à son futur séjour dans la cité papale. Il doit se rendre à Rome pour obtenir une bulle relative à un bénéfice ecclésiastique qu'un vieux prêtre de Milan veut résigner entre ses mains à sa mort.

Ce futur séjour à Rome est pour Arioste l'occasion d'attaquer le monde ecclésiastique, son goût de la bonne chère, les intrigues auxquelles il se livre par ambition, les sacrifices pécuniaires auxquels il se condamne pour s'élever. Tel qui pourrait jouir en paix du revenu de ses abbayes, vise à être cardinal, puis pape. Et pourquoi veut-il être pape? Pour enrichir les siens. Dans cette vue, il frappera sans pitié les adversaires qui le gêneront, livrera l'Italie à la France et à l'Espagne, lancera des excommunications, vendra des indulgences. Non, le haut clergé n'a jamais assez d'argent. Et qu'en résulte-t-il pour ceux qui le servent? Rien, que des économies faites aux dépens de leurs estomacs avant le succès du maître, et un congé en bonne forme quand ce succès est venu.

Il ne faut pas uniquement voir dans cette satire le développement de certains lieux communs déjà en faveur au moyen âge. Il faut songer qu'elle a été écrite à la veille de la Réforme qu'elle explique partiellement en éclairant une de ses faces.

SATIRE IV

A ANNIBALE MALEGUCCIO. (ᵃ)

Poi che, Annibale, intendere vuoi come
La fo col duca Alfonso, e s'io mi sento
Più grave, o men, de le mutate some;

---

a. Cousin maternel de l'auteur auquel est déjà adressée la satire I.
2. **La fo**, je passe ma vie, je me trouve.
3. **De le mutate some**, d'avoir changé de fardeau. C'est le pluriel pour le singulier. Arioste était passé du service du cardinal Hippolyte à celui du duc Alphonse.

Perchè s'anco di questo mi lamento,
    Tu mi dirai ch'ho il guidalesco rotto,   5
    O ch'io son di natura un rozzon lento ;
Senza molto pensar dirò di botto
    Che un peso e l'altro ugualmente mi spiace,
    E fora meglio a nessun esser sotto.   9

Il est certain, ajoute l'auteur, que si, au lieu d'avoir tant
de frères et sœurs, j'avais été fils unique,

La pazzia non avrei de le ranocchie   19
    Fatta già mai, d'ir procacciando a cui   20
    Scoprirmi il capo e piegar le ginocchie.
Ma poi che figliolo unico non fui,
    Nè mai fu troppo a' miei Mercurio amico,
    E viver son sforzato a spese altrui ;
Meglio è, s'appresso il Duca mi nutrico,   25
    Che andare a questo e a quel dell'umil volgo
    Accattandomi il pan come mendico.
So ben che dal parer dei più mi tolgo,
    Che 'l stare in corte stimano grandezza ;
    Ch'io pel contrario a servitù rivolgo.   30

---

5. **Guidalesco.** C'est la plaie que le bât ou la selle finit par produire sur le garrot des bêtes de somme ou du cheval. La rupture
de cette plaie, douloureuse pour l'animal, le rend difficile à mener.
6. **Rozzon,** augmentatif de *rozza*, rosse.
9. **Fora,** poétique : il serait.
19. **Le ranocchie,** les grenouilles qui demandèrent un roi.
20. **A cui,** un homme devant lequel je dusse.
22. Arioste était l'aîné de dix enfants.
23. Mercure était le dieu des voleurs et des marchands qui, parfois,
volent aussi à leur manière. L'auteur veut dire que ses ancêtres
n'ont été ni voleurs, ni marchands, ce qui les aurait enrichis.
24. **A spese altrui.** Un poète, quand il n'avait pas de fortune, ne
pouvait guère vivre alors que dans la domesticité d'un grand.
26. **Umil volgo** ne désigne pas seulement ici le bas peuple, mais
en général tous ceux qui, comparés au duc, sont des humbles.
27. **Accattandomi,** empruntant, ou plutôt : me faisant donner.
28. **Mi tolgo,** je m'écarte.
30. **Ch** (e), chose que (il s'agit du séjour à la cour). — **A servitù ri-**
volgo, je ramène à la servitude, je considère comme esclavage.

Stiaci volentier dunque chi la apprezza !
   Fuor n'uscirò ben io, s'un dì il figliuolo
   Di Maia vorrà usarmi gentilezza.
Non si adatta una sella o un basto solo
   Ad ogni dosso ; ad un non par che l'abbia,   35
   All'altro stringe e preme e gli dà duolo.
Mal può durare il rosignuolo in gabbia :
   Più vi sta il cardellino, e più il fanello ;
   La rondine in un dì vi muor di rabbia.
Chi brama onor di sprone o di cappello,   40
   Serva re, duca, cardinale o Papa ;
   Io no, che poco curo questo e quello.
In casa mia mi sa meglio una rapa
   Ch'io cuoca, e cotta su 'n stecco m'inforco,
   E mondo e spargo poi di aceto e sapa,   45
Che all'altrui mensa tordo, starna o porco
   Selvaggio ; e così sotto una vil coltre,
   Come di seta o d'oro, ben mi corco.
E più mi piace di posar le poltre
   Membra, che di vantarle che a li Sciti   50

32-33. **Il figliuolo di Maia,** Mercure, qui procure la richesse.
V. la note du v. 23.

34. **Una,** une selle unique.

38. **Più vi sta,** y reste plus longtemps (sans mourir). — **E più il fanello,** et plus encore la linotte.

39. **Rondine,** hirondelle, du latin *hirundo,* avec aphérèse de la première syllabe.

40. **Di sprone o di cappello,** dans les armes ou dans l'Eglise.

42. **Io no,** énergique : moi pas. — Et pourtant il cède comme les autres à la nécessité. — **Questo** correspond à *cappello* et **quello** à *sprone.*

43. **Mi sa meglio,** a meilleur goût pour moi.

44. **Stecco,** brochette.

45. **Sapa,** raisiné.

46-47. **Porco selvaggio** = *cinghiale.*

48. Après **come** suppléez *sotto una coltre.*

49. **Poltre,** paresseux. L'augmentatif de *poltro, poltrone,* signifie également paresseux, puis mou, lâche à la besogne, lâche, poltron.

50. **Vantarle,** *le* se rapporte à *membra.*

Sien state, a gl'Indi, a li Etiopi, ed oltre.
Degli uomini son varii gli appetiti ;
  A chi piace la chierca, a chi la spada,
  A chi la patria, a chi li strani liti.
Chi vuole andare a torno, a torno vada ;   55
  Vegga Inghilterra, Ongheria, Francia e Spagna:
  A me piace abitar la mia contrada.
Visto ho Toscana, Lombardia, Romagna,
  Quel monte che divide, e quel che serra
  Italia, e un mare e l'altro che la bagna.   60
Questo mi basta : il resto de la terra,
  Senza mai pagar l'oste, andrò cercando
  Con Tolomeo, sia il mondo in pace o in guerra ;
E tutto il mar, senza far voti quando
  Lampeggi il ciel, sicuro in su le carte   65
  Verrò, più che su i legni, volteggiando.
Il servigio del Duca, da ogni parte
  Che ci sia buona, più mi piace in questa,
  Che dal nido natio raro si parte.
Per questo i studi miei poco molesta,   70

---

51. Arioste n'aimait pas les voyages, nous le savons déjà, surtout les voyages éloignés. C'est pour cela qu'il refusa de se rendre en Hongrie avec le cardinal (satire II).

52. Lieu commun ; *trahit sua quemque voluptas.*

53. **Chierca,** tonsure. On dit aussi *cherica* et *chierica.*

56. **Ongheria.** V. la note du v. 51.

57. La patrie est chère à tous les cœurs bien nés, et aussi à ceux qui aiment leurs aises, comme l'auteur.

59. Les Apennins et les Alpes.

60. La Méditerranée et l'Adriatique.

61. **Questo mi basta.** Bonhomie charmante.

62. **L'oste,** l'hôtelier. L'auteur n'aura jamais à le payer parce qu'il se contentera de voyager dans son cabinet, en regardant des cartes géographiques.

63. **Tolomeo.** Ptolémée, illustre géographe et astronome du II⁰ siècle de l'ère chrétienne.

64. **Far voti.** Cf. *Roland furieux*, XIX, XLVIII.

68. **In questa** (*parte*), me plaît surtout en ceci que.

69. **Si parte**, on a à partir, c'est-à-dire, j'ai à partir.

Nè mi toglie onde mai tutto partire
Non posso, perchè il cor sempre ci resta.
Parmi vederti qui ridere, e dire
   Che non amor di patria, nè di studi,
   Ma di donna, è cagion che non vogli ire.   75
Liberamente tel confesso : or chiudi
   La bocca, chè a difender la bugia
   Non volli prender mai spada nè scudi.
Del mio star qui qual la cagion si sia,
   Io ci sto volentier : ora nessuno   80
   Abbia a cor, più di me, la cura mia.
S'io fossi andato a Roma, dirà alcuno,
   A farmi uccellator de' benefici,
   Preso alla rete n'avrei già più d'uno.
Tanto più ch'ero degli antiqui amici   85
   Del Papa, innanzi che virtude o sorte
   Lo sublimasse al sommo degli uffici ;
E prima che gli aprissero le porte
   I Fiorentini, quando il suo Giuliano
   Si riparò ne la Feltresca corte ;   90

---

71. **Tutto.** Ce mot va être expliqué. Cf. le *non totus moriar* d'Horace.

72. **Il cor ci resta.** Nous savons qu'Arioste aimait beaucoup Ferrare. La présence de celle qu'il avait épousée secrètement était pour beaucoup dans cet attachement ; d'où l'expression tendre dont il se sert.

75. **Ma di donna.** Arioste l'a dit v. 72, mais à demi-mot. L'ami, moins discret, met les points sur les i, de par la volonté d'Arioste qui le fait parler.

79. **Qual,** quelle que.

80. **Ora nessuno,** que personne donc.

83. **Uccellator.** Les Latins se servaient dans le même sens des mots *auceps, aùcupari.*

86. **Del Papa.** Léon X, pape depuis mars 1513. Il appartenait à la famille des Médicis de Florence. — **Virtude o sorte,** légèrement irrévérencieux.

87. **Sublimasse,** élevât.

88-89. Donc même avant 1512, année où les Médicis furent rétablis à Florence par les armes de l'empereur et du pape Jules II.

89. **Suo,** son frère. Le pape Léon X s'appelait Jean.

90. **La Feltresca corte,** la cour d'Urbin.

Ove col formator del Cortigiano,
    Col Bembo e gli altri sacri al divo Apollo,
    Facea l'esilio suo men duro e strano :
E dopo ancor, quando levaro il collo
    Medici nella patria, e il gonfalone,   95
    Fuggendo del palazzo, ebbe il gran crollo ;
E fin che a Roma s'andò a far Leone,
    Io gli fui grato sempre, e in apparenza
    Mostrò amar più di me poche persone.
E più volte Legato, ed in Fiorenza   100
    Mi disse, che al bisogno mai non era
    Per far da me al fratel suo differenza.
Per questo parrà altrui cosa leggiera,
    Che stando io a Roma, già m'avesse posta
    La cresta dentro verde e di fuor nera.   105
A chi parrà così farò risposta
    Con uno esempio: leggilo, chè meno
    Leggerlo a te, che a me scriverlo, costa.
Una stagion fu già, che sì il terreno
    Arse, che 'l Sol di nuovo a Faetonte   110
    De' suoi corsier parea aver dato il freno ;

---

91. **Col...** avec l'auteur du *Cortigiano*, Baldassare Castiglione.
92. **Bembo**, le fameux cardinal cicéronien. Tout le reste du vers est une périphrase qui veut dire : les autres poètes.
94. **Levaro il collo**, redevinrent orgueilleux (après leur rentrée à Florence).
95. **Gonfalone** = *gonfaloniere*. Il s'appelait Pierre Soderini.
96. **Ebbe il gran crollo**, fit la grande culbute. Arioste, on le voit, traite la politique d'un ton bien détaché.
97. Jusqu'au moment où il alla à Rome prendre le nom de Léon (en devenant pape).
100. **Legato**, alors qu'il était Légat, charge correspondante à celle des préfets actuels.
101-102. **Non era per far**, il ne ferait pas.
103. **Leggiera**, facile.
104. **Stando io**, si j'avais séjourné.
105. Ce vers désigne le chapeau d'un évêque.
109. Voici encore une fable.
110-111. La tentative aussi audacieuse qu'infortunée de Phaéton est racontée au deuxième livre des *Métamorphoses* d'Ovide.

Secco ogni pozzo, secca era ogni fonte ;
    Li rivi e i stagni e i fiumi più famosi
    Tutti passar si potean senza ponte.
In quel tempo d'armenti e di lanosi   115
    Greggi, io non so s' i' dica ricco o grave,
    Era un pastor fra gli altri bisognosi,
Che poi che l'acqua per tutte le cave
    Cercò indarno, si volse a quel Signore,
    Che mai non suol fraudar chi in lui fede have : 120
Ed ebbe lume e ispirazion di core,
    Ch'indi lontano troveria, nel fondo
    Di certa valle, il desïato umore.
Con moglie e figli, e con ciò ch'avea al mondo,
    Là si condusse, e con gli ordigni suoi   125
    L'acqua trovò, nè molto andò profondo :
E non avendo con che attinger poi,
    Se non un vase picciolo ed angusto,
    Disse : « Che mio sia 'l primo non v'annoi.
Di mógliema il secondo, e 'l terzo è giusto   130
    Che sia de' figli, e il quarto, e fin che cessi
    L'ardente sete, onde è ciascuno adusto :
Li altri vo'ad un ad un che sien concessi,

---

115. **Armenti**, ce sont les troupeaux de bœufs, comme en latin *armenta*. — **Lanosi greggi**, ce sont les troupeaux de moutons (*greges*).
116. **Ricco o grave**, parce qu'à ce moment sa richesse constituait une charge, un fardeau.
119. **Quel Signore**, Dieu.
120. **Have**, archaïque, *ha*.
123. **Umore**, eau.
125. **Ordigni**, outils.
126. **Nè molto..**, sans avoir à creuser beaucoup.
127. **Attinger**, puiser ; se dit aussi au figuré pour des emprunts littéraires ou scientifiques.
129. **Non v'annoi**, ne soyez pas fâchés.
130. **Mógliema**, *mia moglie*.
131. Cela rappelle un peu les paroles du lion faisant le partage de la chasse dans La Fontaine (I, vi).

Secondo le fatiche, alli famigli
  Che meco in opra a fare il pozzo messi.   135
Poi su ciascuna bestia si consigli ;
  Che di quelle che a perderle è più danno,
  Innanzi a l'altre la cura si pigli. »
Con questa legge un dopo l'altro vanno
  A bere ; e per non essere i sezzai,   140
  Tutti più grandi i lor meriti fanno.
Questo una gaza, che già amata assai
  Fu dal padrone ed in delizie avuta,
  Vedendo ed ascoltando, gridò : « Guai !
Io non gli son parente, nè venuta   145
  A fare il pozzo ; nè di più guadagno
  Gli son per esser mai, ch'io gli sia suta :
Veggio che dietro a li altri mi rimagno ;
  Morrò di sete, quando non procacci
  Di trovar per mio scampo altro rigagno. »   150

Cette fable, cousin, te montre que Léon X doit faire passer avant moi beaucoup d'autres parents ou amis qui lui ont rendu ou disent lui avoir rendu des services. Ce n'est pas que le pape ait perdu toute souvenance de moi.

Ch'io non l'ho ritrovato, quando il piede   176
Gli baciai prima, di memoria privo.

---

135. **Messi** parfait, moins usité que *misi*, de *mettere*.
136. **Si consigli**, qu'on délibère.
140. **I sezzai**, *gli ultimi*.
141. **Più grandi fanno**, grandissent, exagèrent.
142. **Questo** dépend des deux gérondifs du v. 141.
147. **Suta**. *Suto* est une abréviation de *essuto* ou *issuto*, participes archaïques du verbe *essere*. Aujourd'hui ces formes sont remplacées par *stato* qui vient de *stare*.
149. **Quando non procacci**, si je ne cherche pas, si je ne m'ingénie pas à...
176-177. **Il piede gli baciai**. Cérémonial ordinaire ; on baise la mule du pape.

Piegossi a me da la beata sede ;
  La mano e poi le gote ambe mi prese,
  E il santo bacio in amendue mi diede.   180
Di mezzo quella bolla anco cortese
  Mi fu, de la quale ora il mio Bibbiena
  Espedito m' ha il resto alle mie spese.
Indi col seno e con la falda piena
  Di speme, ma di pioggia molle e brutto,   185
  La notte andai sin al Montone a cena.   186

Mais, ajoute Arioste, quand même le pape exaucerait tous
mes désirs, qu'importe, si mon ambition n'est jamais satisfaite ? La plupart visent à la fortune, aux honneurs, croyant
y trouver le repos. Or, pourvu qu'on possède une modeste
aisance, le bonheur est dans la vertu, dans l'honneur, et non
dans les honneurs. Cherchons à avoir l'estime de tous, et
non à nous revêtir d'habits superbes qui, si nous ne méri-
tons pas d'occuper les postes auxquels nous nous sommes
élevés par de mauvais moyens, sont comme des flambeaux
qui éclairent aux yeux d'un chacun la honte de nos actions!

SATIRE V

Cette satire, adressée à Sismondo Maleguccio, probablement le frère d'Annibale auquel sont adressées les satires I
et IV, est écrite de Castelnuovo, capitale de la Garfagnana,
région située dans les Apennins au nord de Lucques, dont

178-180. L'accueil fut donc courtois et même affectueux.
181. Il eut même la gracieuseté de m'accorder la moitié de la bulle,
  c'est-à-dire : il m'exempta de la moitié de la taxe exigée pour la
  bulle. Il s'agit de la bulle qui le faisait successeur de son oncle
  dans le bénéfice de Sainte Agathe. Il résulte de ce qui suit qu'il dut
  payer l'autre moitié (alle mie spese).
182. Il mio Bibbiena, mon ami le cardinal Bibbiena. C'est l'auteur de la Calandria, comédie licencieuse.
186. Al Montone, au Mouton, nom d'une hôtellerie. Le pape lui
  accorda donc infiniment moins qu'il n'avait espéré.

Arioste avait été nommé gouverneur en février 1522. Les premiers vers de la satire en fixent la date. C'est en février 1523 que l'auteur l'adressa à son cousin.

S'il ne lui a pas écrit plus tôt, c'est qu'il a failli mourir de rage de se voir si loin de Ferrare et surtout de celle qu'il aime. Qu'on lui pardonne cette faiblesse d'aimer à son âge! Il y a bien d'autres fautes plus graves que le vulgaire excuse, l'avarice, la fatuité, la prodigalité. Un tel charge le peuple d'impôts; un autre s'érige en tyran.

Loin des beaux jardins et parcs de Ferrare, comment pourrait-il cultiver les Muses? Quel triste pays que celui dont il est le gouverneur!

O stiami in ròcca, o voglia all'aria uscire,   145
   Accuse e liti sempre e gridi ascolto,
   Furti, omicidii, odii, vendette ed ire.
Sì che or con chiaro, or con turbato volto
   Convien che alcuno prieghi, alcun minacci,
   Altri condanni, altri ne mandi assolto,   150
Ch'ogni dì scriva ed empia fogli e spacci
   Al Duca, or per consiglio, or per aiuto,
   Sì che i ladron, ch' ho d'ogni intorno, scacci.
Dèi saper la licenzia in che è venuto
   Questo paese, poi che la Pantera,   155
   Indi il Leon l'ha fra gli artigli avuto.

---

145. **Stiami in ròcca**, que je me tienne dans le château.
149. **Prieghi** et les autres verbes qui dépendent de **convien** sont ici à la première pers. du sing.
153. Tout ce tableau est très vivant. Arioste est un bon fonctionnaire, qui fait de son mieux et au besoin demande des instructions complémentaires pour les cas difficiles. C'est de plus un honnête homme qui, dans un pays troublé, cherche à ramener la paix par un large esprit de conciliation et de justice. Mais c'est en outre un aimable épicurien que tout ce tracas agace sensiblement. Il sert loyalement le prince qui le paye, mais n'apprécie pas assez le bonheur de gagner enfin sa vie.
155. **La Pantera**. La République de Lucques, maîtresse de la Garfagnana avant le pape, avait dans ses armoiries une panthère.
156. **Il Leon**, Léon X. — **Fra gli artigli**; irrévérencieux.

Qui vanno gli assassini in sì gran schiera,
   Ch'un'altra, che per prenderli ci è posta,
   Non osa trar del sacco la bandiera.
Saggio chi dal castel poco si scosta ;   160
   Ben scrivo a chi più tocca, ma non torna,
   Secondo ch'io vorrei, mai la risposta.
Ogni terra in sè stessa alza le corna,
   Che sono ottantatrè, tutte partite
   Da la sedizïon che ci soggiorna.   165
Vedi or se Apollo, quando io ce lo invite,
   Vorrà venir, lasciando Delfo e Cinto,
   In queste grotte a sentir sempre lite.   168

Alors, pourquoi lui, Arioste, y est-il venu? C'est qu'il était
sans ressources et que le duc a voulu lui assurer de quoi
vivre. Il lui en est reconnaissant, mais il aurait désiré autre
chose, et sans doute, Arioste le dit du moins, ses administrés
auraient désiré un autre gouverneur que lui.

Or se di me a questi uomini dimande,   202
   Potrian dir che bisogno era di asprezza,
   Non di clemenza, a l'opre lor nefande.
Come nè in me, così nè contentezza   205
   È forse in lor ; io per me son quel gallo,
   Che la gemma ha trovata e non l'apprezza.

---

158. **Un' altra** (schiera). Ce sont les gendarmes.
159. **Del sacco**, du fourreau.
160. Il paraît qu'Arioste lui-même fut pris par les brigands, et généreusement remis en liberté par eux avec de grands témoignages
de respect.
161. **A chi più tocca**, le duc et ses ministres.
163. **Terra**, localité. — **Alza le corna**, fait la fière.
164. **Partite**, divisées.
167. **Delfo**, Delphes, ville de Béotie célèbre par l'oracle d'Apollon.
  — **Cinto**, le Cynthe, montagne de l'île de Délos où naquit Apollon.
168. **Grotte**, mot de dédain : dans ces cavernes.
202. **Questi uomini**, les administrés d'Arioste.
204. **Non di clemenza**. Arioste était un gouverneur indulgent.
206. **Per me**, à mes yeux.
207. Allusion à une fable bien connue : le Coq et la Perle (La Fontaine, I, xx).

Son come il Veneziano, a cui il cavallo
　Di Mauritania in eccellenzia buono
　Donato fu dal re di Portogallo ;　　　　　　　210
Il qual per aggradir il real dono,
　Non discernendo che mistier diversi
　Volger timoni e regger briglie sono,
Sopra vi salse, e cominciò a tenersi
　Con mani al legno, e co' sproni alla pancia,　215
　« Non vo' (seco dicea) che tu mi versi. »
Sente il cavallo pungersi, e si lancia ;
　E 'l buon nocchier più allora preme e stringe
　Lo sprone al fianco, aguzzo più che lancia ;
E di sangue la bocca e 'l fren gli tinge :　　　220
　Non sa il cavallo a chi ubbidir, o a questo
　Che 'l torna addietro, o a quel che l'urta e spinge :
Pur se ne sbriga in pochi salti presto ;
　Rimane in terra il cavalier, col fianco,
　Con la spalla e col capo rotto e pesto :　　　225
Tutto di polve e di paura bianco
　Si levò al fin, del re mal satisfatto,
　E lungamente poi se ne dolse anco.
Meglio avrebbe egli, ed io meglio avrei fatto,

---

208. Voici une autre fable racontée tout au long et que l'on pourrait intituler : le marin à cheval. Venise fut pendant des siècles la grande cité maritime de l'Italie. Comme la ville est coupée par d'innombrables canaux, on n'y trouve d'autres chevaux que les quatre chevaux de bronze doré placés au-dessus du portail de l'église Saint-Marc. Il suit de là qu'un Vénitien est à priori un homme de mer et pas du tout un homme de cheval. La fable va le montrer.

211. **Aggradir**, montrer qu'il appréciait.

216. **Versi**, jettes à terre.

221. **A chi ubbidir**. Recevant des indications contraires, le cheval croit avoir affaire à deux maîtres.

223. **Se ne sbriga**, expédie l'affaire, brusque la solution.

225. **Pesto**, meurtri.

226. L'auteur s'amuse, comme souvent.

227. **Mal satisfatto**, peu content.

229. **Egli**, le Vénitien. L'auteur, appliquant à son cas l'histoire qu'il vient de raconter, va faire marcher de front les deux conclusions.

Egl' il ben del cavallo, io del paese,   230
A dire: « O Re, o Signor, non ci son atto ;
Sie pur a un altro di tal don cortese. »   232

SATIRE VI

A BONAVENTURA PISTOFILO (ᵃ)

SECRÉTAIRE DU DUC ALPHONSE D'ESTE

Pistofilo, tu scrivi che se appresso
    Papa Clemente, ambasciator del Duca
    Per un anno o per dui voglio esser messo,
Ch'io te ne avvisi, acciò che tu conduca
    La pratica; e proporre anco non resti   5
    Qualche viva cagion che mi v'induca ;
Che lungamente sia stato di questi
    Medici amico, e conversar con loro
    Con gran dimestichezza mi vedesti,

---

231. **O Re**, c'est le Vénitien qui parle au roi de Portugal ; — **O Signor**, c'est Arioste qui s'adresse au duc de Ferrare.

232. **Pur**, donc. - **Sie cortese di**. Cf., pour cette expression, la satire IV, v. 181. Elle est encore souvent employée aujourd'hui dans la prose élégante.

a. Pistofilo de Pontremoli, secrétaire du duc Alphonse et ami de l'auteur, était un homme de lettres, aimant les antiquités, et notamment les médailles, dont il avait formé une très belle collection.

1. **Scrivi.** L'Arioste était alors gouverneur de la Garfagnana. V. la satire précédente.

2. **Clemente**, Clément VII, successeur d'Adrien VI, élu pape en 1523. Il s'appelait Jules de Médicis et appartenait, comme Léon X, à l'illustre famille florentine. C'était un fils naturel de Julien, tué à Florence, dans la conjuration des Pazzi, en 1478.

4. **Ch'io.** Ce *che* fait double emploi avec celui du premier vers.

5. **Non resti**, tu n'omets pas.

7. **Che**, à savoir que.

8. **Conversar con loro**, vivre dans leur société, comme en latin *conversari*.

9. **Dimestichezza**, familiarité. V. la satire IV.

Quando eran fuorusciti, e quando foro   10
    Rimessi in stato, e quando in sulle rosse
    Scarpe Leone ebbe la croce d'oro:
Che, oltre che a proposito assai fosse
    Del Duca, estimi che tirar a mio
    Utile e onor potrei gran pòste e grosse;   15
Chè più da un fiume grande che da un rio
    Posso sperar di prendere, s' io pesco.
    Or odi quanto a ciò ti rispondo io.
Io ti ringrazio prima, che più fresco
    Sia sempre il tuo desir in esaltarmi,   20
    E far di bue mi vogli un barbaresco.
Poi dico, che pel fuoco e che per l'armi,
    A servigio del Duca in Francia e 'n Spagna,
    E in India, non che a Roma, puoi mandarmi.
Ma per dirmi ch' onor vi si guadagna   25
    E facultà, ritrova altro zimbello,
    Se vuoi che l'augel caschi ne la ragna.

---

10. **Fuorusciti**, exilés. V. la satire IV.

11. **Rimessi in stato**, rétablis.

11-12. Les papes ont sur leur mule rouge une croix d'or que l'on baise.

13. **A proposito**, dans l'intérêt de, avantageux à.

15. **Gran pòste**, *grandi somme.*

16-17. Comparaison familière ; l'Arioste use souvent de ce genre de comparaisons.

18. Remarquez la marche naturelle, aisée de cette lettre en vers. L'auteur indique d'abord l'objet de la lettre de son correspondant ; il en résume ensuite les principaux arguments. Maintenant il va répondre à la proposition qu'on lui fait, en réfutant les raisons invoquées.

21. **Barbaresco**, un cheval berbère. C'est le cheval arabe, très agile, dont se sert notre cavalerie d'Afrique.

22. **Poi dico...** L'auteur a d'abord remercié affectueusement Pistofilo, comme il le devait. Mais il n'oublie pas que sa réponse sera communiquée au duc par le secrétaire, qui n'a pas fait sa proposition sans avoir sondé le duc au préalable, et il proteste de son dévouement. Il ne tient pas à être ambassadeur, mais il obéira s'il le faut, où que le duc l'envoie.

25. **Per dirmi**, quant à me dire.

26. **Facultà**, richesse. — **Zimbello**, appeau.

27. **Ragna**, filet ; exactement : toile d'araignée (*ragno* de *araneus*, par l'aphérèse de l'*a*).

Perchè quanto a l'onor, n'ho tutto quello
   Ch'io voglio : assai mi può parer ch'io veggio
   A più di sei levarmisi il cappello ;   30
Perchè san che talor col Duca seggio
   A mensa, e ne riporto qualche grazia,
   Se per me o per gli amici gli la chieggio.
E se, come d'onor mi truovo sazia
   La mente, avessi facultà a bastanza,   35
   Il mio desir si fermeria, ch'or spazia.
Sol tanta ne vorrei, che viver sanza
   Chiederne altrui mi fosse in libertade;
   Il che ottener mai più non ho speranza,
Poi che tanti mie' amici potestade   40
   Hanno avuto di farlo ; e pur rimaso
   Son sempre in servitude e in povertade.
Non vuo' più che colei, che fu del vaso
   Dell'incauto Epimeteo a fuggir lenta,
   Mi tiri come un bufalo pel naso.   45
Quella ruota dipinta mi sgomenta,
   Ch'ogni mastro di carte a un modo finge :
   Tanta concordia non cred' io che menta.

---

30. **A più di sei**, c'est-à-dire à un certain nombre.
31 et suiv. L'auteur sait que sa lettre sera lue par le duc. V. note
   du v. 22.
36. **Spazia**, court çà et là.
38. **Mi fosse in libertade**, je fusse en liberté (*mi* explétif), je
   pusse à mon gré.
39. **Il che**, chose que. Il en a, comme nous disons, fait son deuil.
40. Plainte discrète.
41. **Farlo**, c'est-à-dire, me mettre dans l'*aurea mediocritas* que je
   souhaitais.
43. **Vuo'**, *voglio*. — **Colei...**, l'espérance. L'espérance reste au
   fond du vase découvert imprudemment par Epiméthée, et dont
   sortirent tous les maux.
45. **Bufalo**, buffle. Nous dirions : un dindon.
46. **Ruota**, la roue de la fortune, peinte (*dipinta*) sur une des
   cartes du jeu des *minchiate*.
47. **Mastro di carte**, fabricant de cartes. — **Un modo**, de la
   même façon, d'une seule façon. *Un* a ici le sens latin.

Quel che le siede in cima si dipinge
    Uno asinello : ognun lo enigma intende,   50
    Senza che chiami a interpretarlo Sfinge ;
Vi si vede anco che ciascun che ascende
    Comincia a inasinir le prime membre,
    E resta umano quel che a dietro pende.
Fin che de la speranza mi rimembre,   55
    Che coi fior venne e con le prime foglie,
    E poi fuggì senza aspettar settembre ;
(Venne il dì che la Chiesa fu per moglìe
    Data a Leone, e che alle nozze vidi
    A tanti amici miei rosse le spoglie;   60
Venne a calende, e fuggì innanzi agl' idi:)
    Fin che me ne rimembre, esser non puote
    Che di promessa altrui mai più mi fidi.
La sciocca speme a le contrade ignote
    Salì del ciel quel dì che 'l Pastor santo   65
    La man mi strinse, e mi baciò le gote:
Ma fatte in pochi giorni poi di quanto
    Potea ottener le esperïenze prime,
    Quanto andò in alto, in giù tornò altrettanto.   69

---

49. Arioste va décrire la carte en question.
51. Légère confusion. Le sphinx proposait les énigmes, et n'en donnait pas la solution.
53. **Inasinir**, devenir âne. — **Le prime membre** (*membra*). C'est ce qu'en grammaire on appelle l'accusatif de la partie.
55. **Fin che**, tant que.
58. **Venne** a pour sujet **la speranza**. du v. 55. -- **Per moglie**. Le pape est l'époux spirituel de l'Eglise.
60. **Le spoglie**, les défroques, c'est-à-dire, les habits. Ils furent faits cardinaux.
61. Elle ne dura donc pas même un mois.
64-65. Joignez **a le contrade** et **del ciel**.
65. **Il Pastor Santo**, le pape (Léon X).
66. V. la satire IV.
69. Ceci rappelle les fameux vers de Claudien :

        Tolluntur in altum
    Ut lapsu graviore ruant.

Depuis lors, toutes mes espérances sont mortes. Et pourquoi, n'ayant rien obtenu d'un premier Médicis, compterais-je sur un second? Tu pourrais sans doute invoquer d'autres motifs, me montrer les avantages du séjour de Rome, les gens instruits que j'y rencontrerais, les ruines antiques que j'y pourrais visiter, les ouvrages que les bibliothèques m'offriraient en foule. Mais tout cela ne fait pas une chaussure à mon pied. Je ne vis réellement qu'à Ferrare.

> Da me stesso mi tol chi mi rimove   148
>   Dalla mia terra: e fuor non ne potrei
>   Viver contento, ancor che in grembo a Giove.   150
> E s'io non fossi d'ogni cinque o sei
>   Mesi stato uno a passeggiar fra il Domo
>   E le due statue de' marchesi miei,
> Da sì noiosa lontananza domo
>   Già sarei morto, o più di quelli macro,   155
>   Che stan bramando in purgatorio il pomo.
> Se pure ho da star fuor, mi fia nel sacro
>   Campo di Marte senza dubbio meno,
>   Che in questa fossa, abitar duro ed acro;
> Ma se 'l Signor vuol farmi grazia a pieno,   160
>   A sè mi chiami; e mai più non mi mandi
>   Più là d'Argenta, o più qua del Bondeno.   162

Si maintenant tu me demandes pourquoi j'aime tant mon nid, je ne te le dirai pas plus volontiers qu'à mon confesseur. (Il laisse entendre que c'est à cause de l'amour qu'il porte à celle qu'il avait épousée secrètement.)

---

151. **D'ogni cinque,** sur cinq.
153. **Due statue,** la statue de Nicolò d'Este et celle de Borso d'Este, sur la place du Dôme, à Ferrare.
154. **Domo,** dompté, vaincu.
155. **Quelli.** Ce sont les jaloux du *Purgatoire* de Dante (ch. XXII), condamnés au même supplice que Tantale.
158. **Campo di Marte,** le Champ de Mars, à Rome.
159. **Questa fossa,** la Garfagnana.
162. Deux localités voisines de Ferrare.

SATIRE VII

A PIETRO BEMBO

Bembo, io vorrei, com'è il comun desio
   De' solleciti padri, veder l'arti
   Che esaltan l'uom, tutte in Virginio mio.
E perchè di esse in te le miglior parti
   Veggio, e le più, di questo alcuna cura   5
   Per l'amicizia nostra vorrei darti.
Non creder però ch'esca di misura
   La mia domanda, ch'io voglia tu facci
   L'ufficio di Demetrio o di Musura,
(Non si danno a' par tuoi simili impacci,)   10

---

1. **Bembo.** Pierre Bembo, né à Venise, en 1470, mourut en 1547. Paul III le nomma cardinal en 1539. Ce fut un des hommes les plus lettrés de son temps et l'auteur de nombreux ouvrages. — Cette satire a été écrite en 1521. Car nous avons une lettre en prose d'Arioste à Bembo, ayant le même objet, qui date du 23 février 1521. — M. Antonio Cappelli (*Lettere di Lodovico Ariosto*, 3e éd.) imprime 1531, à la page 282, où il donne la lettre, et en parle dans sa préface (page XXXVIII) en l'attribuant à 1521. C'est cette dernière date qui, selon nous, est la vraie. Car la lettre suppose que Bembo réside à Padoue. Or, en 1531, il habitait Venise.

2-3. **L'arti** che esaltan l'uom, les belles lettres, qui élèvent l'homme au point de vue intellectuel et au point de vue moral.

3. **Virginio mio**, l'un des fils naturels d'Arioste. L'autre se nommait Jean-Baptiste. Virginio, étant né vers 1509, avait alors une douzaine d'années.

5. **Questo**, Virginio.

6. **Per**, au nom de.

7. **Non creder però**, ne va pas croire pourtant.

9. Demetrio Calcondila et Marco Musuro étaient deux illustres grammairiens de l'époque. Arioste ne demande pas à son ami de se transformer en précepteur.

10. **A' par tuoi**, Bembo, quoique n'étant pas encore cardinal, possédait dès lors une situation considérable. Il avait 51 ans. Il venait de se fixer à Padoue, où il comptait terminer ses jours, et sa maison y était le rendez-vous des lettrés. Il quitta Padoue en 1529, lorsque la République de Venise le chargea de continuer son histoire après la mort d'André Navagero, le nomma bibliothécaire de St-Marc et lui offrit un logement gratuit.

> Ma sol che pensi, e che discorri teco,
>   E saper dagli amici anco procacci,
> S'in Padova o in Vinegia è alcun buon Greco,
>   Buono in scïenza, e più in costumi, il quale
>   Voglia insegnarli, e in casa tener seco.   15
> Dottrina abbia e bontà, ma principale
>   Sia la bontà, chè non vi essendo questa,
>   Nè molto quella alla mia estima vale.
> So ben che la dottrina fia più presta
>   A lasciarsi truovar, che la bontade :   20
>   Sì mal l'una nell'altra oggi s'innesta!   21

En effet, les humanistes ont de mauvaises mœurs et même des tendances hérétiques. Ils s'affublent de noms païens comme si un nom emprunté à l'antiquité donnait le talent poétique. Tels devaient être les poètes que Platon excluait de sa république. Combien différents furent les premiers poètes, ceux qui civilisèrent les hommes et leur donnèrent des lois ! (a) Sans doute les poètes ne sont pas les seuls qu'on pourrait blâmer. Mais les défauts des poètes seuls me chagrinent. Quant à ceux des autres, je n'en perdrai ni le sommeil ni l'appétit.

> Ma per tornar là d'onde io mi son tolto,   130
>   Vorrei che a mio figliuolo un precettore
>   Trovassi, meno in questi vizii involto,
> Che nella propria lingua dell'autore

---

12. **Procacci**, cherches à (savoir).

13. **Padova**, Padoue, où Bembo réside. — **Vinegia**, *Venezia*, Venise, très voisine de Padoue, et où Bembo a sûrement des relations, d'autant qu'il en est originaire. — **Buon Greco**, comme Constantin Lascaris l'avait été pour Bembo.

15. **In casa tener seco**. Il s'agit évidemment d'un enfant. Donc la satire et la lettre sont bien de 1521, outre la raison invoquée plus haut.

18. Ce sentiment fait honneur à Arioste.

a. Tout ce passage serre de si près les vers 391-400 de l'Art poétique d'Horace qu'on peut dire qu'il en est traduit.

131. **Precettore**. Cf. la note du v. 15.

133. **Autore**, Homère. Les deux vers qui suivent désignent l'*Iliade* et l'*Odyssée*.

Gl'insegnasse d'intender ciò ch'Ulisse
    Sofferse a Troia, e poi nel lungo errore,   135
Ciò che Apollonio e Euripide già scrisse,
    Sofocle, e quel che dalle morse fronde
    Par che poeta in Ascra divenisse :
E quel che Galatea chiamò da l'onde ;
    Pindaro, e gli altri, a cui le Muse argive   140
    Donâr sì dolci lingue e sì faconde.
Già per me sa ciò che Virgilio scrive,
    Terenzio, Ovidio, Orazio, e le Plautine
    Scene ha vedute guaste, e a pena vive.
Omai può senza me per le latine   145
    Vestigie andare a Delfo, e della strada
    Che monta in Elicon vedere il fine.
Ma perchè meglio e più sicur vi vada,
    Desidero ch'egli abbia buone scorte,
    Che sien de la medesima contrada.   150
Non vuol la mia pigrizia, o la mia sorte,
    Che del tempio d'Apollo io gli apra in Delo,
    Come gli fei nel Palatin, le porte.
Ahi lasso ! quando ebbi al Pegaseo mèlo
    L' età disposta, che le fresche guancie   155
    Non si vedean ancor fiorir d'un pelo,

---

136. **Apollonio,** Apollonius de Rhodes, auteur des *Argonautiques.*
137. **E quel che...** Il s'agit d'Hésiode, natif d'Ascra en Béotie.
139. Théocrite.
142. Ce à quoi tient Arioste pour son fils, c'est que le précepteur que
    Bembo lui trouvera sache le grec. Car il a lui-même enseigné le
    latin à Virginio.
144. **E a pena vive.** Cf. la note du v. 15 ; et aussi, pour la forme,
    la satire attribuée à Voltaire : « J'ai vu ces maux, et je n'ai pas
    vingt ans. »
150. Qui soient du même pays que Delphes et l'Hélicon, c'est-à-dire,
    qui soient grecques.
152-153. Arioste veut dire qu'il ne peut pas initier son fils à la poésie
    grecque comme il l'a initié à la latine.
154-155. Quand j'eus l'âge favorable à la poésie. L'auteur va expli-
    quer pourquoi il ignore le grec.
155-156. De ce qui va suivre il résulte qu'Arioste avait alors quinze
    ans environ.

Mio padre mi cacciò con spiedi e lancie,
  Non che con sproni, a volger testi e chiose,
  E m'occupò cinque anni in quelle ciancie.
Ma poi che vide poco fruttuose   160
  L'opere e il tempo in van gittarsi, dopo
  Molto contrasto in libertà mi pose.
Passar venti anni io mi trovavo, ed uopo
  Aver di pedagogo ; chè a fatica
  Inteso avrei quel che tradusse Esopo.   165
Fortuna molto mi fu allora amica,
  Che mi offerse Gregorio da Spoleti,
  Che ragion vuol ch'io sempre benedica.
Tenea d'ambe le lingue i bei secreti,
  E potea giudicar se miglior tuba   170
  Ebbe il figliuol di Venere, o di Teti.
Ma allora non curai saper di Ecùba
  La rabbiosa ira, e come Ulisse a Reso
  La vita a un tempo e li cavalli ruba ;
Ch'io volea intender prima in che avea offeso   175

---

157. **Mi cacciò,** me poussa violemment. Il fut précipité dans le fatras des lois. Les mots qui suivent ne doivent pas être pris à la lettre. Ils signifient simplement : avec violence.

159. **Ciancie,** niaiseries.

160-161. Arioste n'avait aucun goût pour la chicane.

162. **Molto contrasto,** bien des discussions.

163. **Passar venti anni...** Ceci se passait donc en 1494 ou 1495.

165. **Quel che tradusse Esopo ;** Phèdre, auteur réputé facile.

167. **Gregorio da Spoleti,** Grégoire de Spolète, savant latiniste et helléniste de l'époque.

169. **Ambe le lingue :** le grec et le latin.

170-171. Et il pouvait juger si c'est le fils de Vénus (Enée) ou celui de Thétis (Achille), qui fut chanté par un meilleur poète ; il pouvait juger de la valeur relative de l'auteur de l'Enéide et de celui de l'Iliade.

172-175. Mais alors je ne me souciais pas d'Homère. Arioste fait allusion aux paroles d'Hécube, au chant XXIV de l'Iliade, et à l'expédition nocturne d'Ulysse et de Diomède, au chant X.

Enea Giunon, che 'l bel regno da lei
  Gli dovesse d'Esperia esser conteso ;
Chè 'l saper ne la lingua de li Achei
  Non mi reputo onor, s'io non intendo
  Prima il parlar de li Latini miei.   180
Mentre l'uno acquistando, e differendo
  Vo l'altro, l'occasion fuggì sdegnata,
  Poi che mi porge il crine, ed io nol prendo.
Mi fu Gregorio da la sfortunata
  Duchessa tolto, e dato a quel figliuolo,   185
  A chi avea il zio la signoria levata.
Di che vendetta, ma con suo gran duolo,
  Vide ella tosto, ahimè ! perchè del fallo
  Quel che peccò non fu punito solo.
Col zio il nipote (e fu poco intervallo)   190
  Del regno e dell'aver spogliati in tutto,
  Prigioni andàr sotto il dominio Gallo.
Gregorio a' prieghi d'Isabella indutto,
  Fu a seguire il discepolo là dove
  Lasciò, morendo, i cari amici in lutto.   195
Questa iattura, e l'altre cose nuove

176-177. Joignez **il bel regno d'Esperia**, le beau royaume d'Italie.
  Junon tenait pour les Grecs depuis que le Troyen Pàris lui avait
  préféré Vénus, mère d'Enée. *Enéide*, I. 36 :

.Eternum servans sub pectore vulnus.

180. **Li Latini miei**, parce que les Latins sont les ancêtres directs
  des Italiens.
181-182. **L'uno**, le latin ; **l'altro**, le grec.
183. On dit : saisir l'occasion aux cheveux.
185. **Duchessa**. Isabelle d'Aragon, veuve de Jean Galéas Sforza,
  dont le fils Francesco avait été dépossédé par son oncle Ludovic
  le More ; d'où le mot de *sfortunata*.
189. Quand Louis XII eut vaincu Ludovic le More, Francesco fut
  conduit à Lyon où il dut revêtir l'habit de bénédictin.
194. **Là dove**, en France où.
195. Grégoire mourut en France. Son élève Francesco y mourut
  aussi d'une chute de cheval.
196. **Iattura** (de Grégoire de Spolète).

Che in quei tempi successero, mi fero
Scordar Talia ed Euterpe e tutte nove.
Mi more il padre, e da Maria il pensiero
Dietro a Marta bisogna ch'io rivolga :   200
Ch'io muti in squarci ed in vacchette Omero ;
Truovi marito e modo che si tolga
Di casa una sorella, e un'altra appresso ;
E che l' eredità non se ne dolga ;
Coi piccioli fratelli, ai quai successo   205
Era in luogo di padre, far l'uffizio
Che debito e pietà m'avea commesso ;
A chi studio, a chi corte, a chi esercizio
Altro proporre ; e procurar non pieghi
Da le virtudi il molle animo al vizio.   210
Nè questo è sol che a li miei studii nieghi
Di più avanzarsi, e basti che la barca,
Perchè non torni a dietro, al lito leghi ;
Ma si truovò di tanti affanni carca
Allor la mente mia, ch'ebbi desire   215
Che la cocca al mio fil fesse la Parca.

---

198. **Tutte nove**, les neuf Muses.
199. Cf. avec le passage qui va suivre la fin de la satire II, où nous
voyons aussi Arioste soutien de famille.
201. **Squarci**, livres de compte. — **Vacchette**, journaux de dé-
pense. C'est à peu près la même chose.
203. **Di casa**, de la maison (paternelle).
204. **L'eredità**, le patrimoine (des Arioste).
207. **Debito e pietà**, le devoir et l'affection. — **Commesso**, confié, commis au sens du xviie siècle.
208. **A chi corte**. C'était une des carrières de l'époque, celle que
suivit Arioste lui-même. Il s'agit sans doute d'Alexandre (Voir satire II).
210. Remarquez ces préoccupations morales, méritoires chez ce père
de famille improvisé.
211. **Nieghi**, empêche, refuse à ; sens latin.
212-213. **Basti che...** suffise pour que j'attache la barque au rivage,
de peur qu'elle ne retourne en arrière.
214. **Affanni**, soucis.
216. **Fesse la cocca**, fît le nœud (à mon fil), terminât mes jours.
Fesse est poétique. Arioste était désespéré.

Quel, la cui dolce compagnia nutrire
   Solea i miei studi, e stimulando innanzi
   Con dolce emulazion solea far ire ;
Il mio parente, amico, fratello, anzi   220
   L'anima mia, non mezza no, ma intiera,
   Senza ch'alcuna parte me ne avanzi,
Morì Pandolfo poco dopo. Ah fera
   Scossa che avesti allor, stirpe Ariosta,
   Di ch'egli un ramo, e forse il più bello, era ! 225
In tanto onor, vivendo, t'avria posta,
   Ch'altra a quel, nè in Ferrara, nè in Bologna,
   Ond' hai l'antiqua origine, s'accosta.
Se la virtù dà onor, come vergogna
   Il vizio, si potea sperar da lui   230
   Tutto l'onor che buono animo agogna.
Alla morte del padre e delli dui
   Sì cari amici, aggiungi che dal giogo
   Del Cardinal da Este oppresso fui,
Che dalla creazione insino al rogo   235
   Di Giulio, e poi sette anni anco di Leo,

---

217. **Nutrire**, alimenter, soutenir.
220. **Fratello**, frère (au figuré). Il s'agit d'un cousin, Pandolfo di
    Malatesta Ariosti, du même âge que le poète, ayant lui aussi des
    goûts littéraires et donnant les plus grandes espérances. Il fut en-
    levé dans la fleur de l'âge à l'affection du poète.
221. C'est une correction du vers d'Horace parlant de Virgile : *Ani-*
    mœ dimidium meœ (*Odes*, I, III, 8).
224. **Stirpe Ariosta**, famille des Arioste, entendue au sens large,
    puisqu'il s'agit d'un cousin.
228. La famille des Arioste était une vieille famille noble de Bologne.
    Elle se transporta à Ferrare au début du xivᵉ siècle, à la suite de la
    belle Lippa, épousée in extremis, en 1317, par le marquis Obizzo III
    d'Este.
232. **Dui**. Ces deux amis sont ceux dont il vient d'être question :
    Grégoire de Spolète et le cousin Pandolfo.
233-234. Nous avons déjà vu que ce joug avait pesé lourdement sur
    les épaules d'Arioste.
235. **Creazione**, élévation au pontificat. — **Rogo**, mort. Donc de
    1503 à 1513.
236. Donc de 1513 à 1518.

Non mi lasciò fermar molto in un luogo ;
E di poeta cavallar mi feo.
   Vedi se per le balze e per le fosse
   Io potevo imparar greco o caldeo !   240
Mi maraviglio che di me non fosse
   Come di quel filosofo, a chi il sasso
   Ciò che innanzi sapea, dal capo scosse.
Bembo, io ti prego in somma, pria che 'l passo
   Chiuso gli sia, ch'al mio Virginio porga   245
   La tua prudenza guida, che in Parnasso,
Ove per tempo ir non sepp'io, lo scorga.   247

---

237. Nous savons que ces déplacements étaient fort désagréables au
    poëte.
238. **Cavallar**, courrier.
241-244. Allusion à ce qui arriva à un savant Athénien, qui, ayant
    reçu une pierre sur la tête, oublia tout ce qu'il avait appris.
247. **Per tempo**, de bonne heure. — **Scorga**, accompagne, escorte.

COMÉDIES

LA CASSARIA

PROLOGUE

Questa Commedia, ch'oggi recitatavi
Sarà, se nol sapete, è la Cassaria,
Ch'un'altra, già vent'anni passano,
Veder si fece sopra questi pulpiti,
Ed allora assai piacque a tutto il popolo;   5
Ma non ne riportò già degno premio,
Chè data in preda a gl'importuni ed avidi
Stampator fu, li quali laceraronla,
E di lei fér ciò che lor diede l'animo;

---

1. **Recitatavi**, représentée devant vous. Cf. le sens du mot latin *recitare*, qui servait pour les lectures publiques. — Ce vers se termine par un groupement sdrucciolique. Tous les vers des comédies d'Arioste se terminent par un mot *sdrucciolo* ou un groupement *sdrucciolique*.
2. **Cassaria**. Le nom de la pièce vient d'une cassette qui y joue un rôle important. C'est une dénomination forgée sur l'*Aulularia* de Plaute.
3. **Un'altra**, sous une autre forme. Elle était originairement en prose. — **Vent'anni passano**. La *Cassaria* en prose fut représentée dans le carnaval de 1509. Le remaniement en vers et le prologue datent donc de 1530 environ.
4. **Sopra questi pulpiti**, à Ferrare même.
6. Il résulte du passage qui va suivre que, la propriété littéraire étant alors mal établie, la pièce en prose fut imprimée au détriment de l'auteur par des libraires peu scrupuleux ; et, de plus, que ces impressions déshonnêtes furent également fautives.
9. Et firent d'elle ce qui leur plut.

E poi per le botteghe e per li pubblici   10
Mercati a chi ne volse la venderono
Per poco prezzo ; e in modo la trattarono,
Che più non parea quella che a principio
Esser solea. Se ne dolse ella, e fecene
Con l'autor suo più volte querimonia ;   15
Il qual mosso a pietà delle miserie
Di lei, non volle alfin patir che andassino
Più troppo in lunga. A sè chiamolla, e fecela
Più bella che mai fosse, e rinnovatala
Ila sì che forse alcuno che già in pratica   20
L'ha avuta, non la saprebbe, incontrandosi
In lei, così di botto riconoscere.
Oh se potesse a voi questo medesimo
Far, donne, ch'egli ha fatto alla sua favola ;
Farvi più che mai belle e rinnovandovi   25
Tutte nel fior di vostra età rimettervi !
Non dico a voi che siete belle e giovani,
E non avete bisogno di accrescere
Vostre bellezze, nè che gli anni tornino
Addietro, ch'or nel più bel fior si trovano,   30
Che sian per esser mai : così conoscerli
Sappiate e ben goder prima che passino !
Ma mi rivolgo e dico a quelle ch'essere

---

14. **Ella**, la comédie personnifiée.
17. **Andassino** (*le miserie*).
19. **Più bella**. Elle est maintenant en vers.
20-21. **In pratica l'ha avuta**, l'a connue.
23. L'auteur vient de dire qu'il a remis à neuf sa comédie. Oh ! dit-
il, comme je voudrais pouvoir en faire autant aux vieilles dames
et aux vieux messieurs ! Telle est l'idée simple, mais plaisante
qui, agrémentée de quelques traits de satire, va lui fournir tout le
reste de son prologue.
24. **Donne**. Il s'adresse d'abord aux dames, en homme bien élevé.
27. La pilule sera dure à avaler pour l'auditoire. Arioste va mettre
la jeunesse de son côté.
32. C'est le *carpe diem* d'Horace.

Vorrìan più belle ancor, nè si contentano
Delle bellezze lor. Che pagherebbono,   35
S'augumentarle e migliorar potessino?
Che pagherian molt'altre ch'io non nomino?
Le quai non però dico che non sieno
Belle ; ben dico che potrebbon essere
Più belle assai. E s'elle hanno giudizio   40
E specchio in casa, dovrian pur conoscere
Ch'io dico il vero : chè se ne ritrovano
Infinite di lor più belle ; e i bossoli,
E pezze di Levante, che continua-
mente portano seco, poco giovano.   45
Chè se la bocca o il naso, grande o picciolo
Hanno più del dovere, o i denti lividi,
O torti o rari o lunghi fuora d'ordine,
O gli occhi mal composti, o l'altre simili
Parti in che la bellezza suol consistere,   50
Mutar non li potrà mai lor industria.
Che pagheriano quelle? A quelle volgomi
Che soleano esser sì belle, quando erano
In fiore i lor begli anni ; quelli sedici

---

34. **Più belle**. Remarquez que l'auteur ne dit pas : moins laides. Il est courtois, même dans la satire.

37. L'auteur désigne à mots couverts les femmes franchement laides.

38. Il se corrige aussitôt, car le terrain est glissant. Ce n'est du reste qu'une concession apparente, comme le montre le mot *assai* au v. 40.

40. **Giudizio**, du jugement, ou plutôt, puisqu'il s'agit de beauté, du goût.

43. **Infinite**. Arioste enfonce le poignard, élargit la plaie. — **Bossoli**, boîtes de buis (contenant du fard ou de la poudre de riz).

44. **E pezze di Levante**, et autres onguents orientaux. — Remarquez le mot **continuamente** à cheval sur deux vers. On en trouve plus d'un exemple dans les comédies d'Arioste.

45. **Giovano**, servent.

47. **Del dovere**, qu'il ne faudrait.

52. **A quelle volgomi**. Il vient de dire leur fait aux laides. Il va s'amuser à présent aux dépens de celles qui *furent* belles.

54. **Sedici (anni)**. L'auteur va répéter les exclamations que ces belles d'antan s'adressent souvent en elles-mêmes. C'est une pitié impitoyable.

O quelli venti. O dolce età, o memoria   55
Crudel, come quest'anni se ne volano !
Di quelle io parlo che nello increscevole
Quaranta sono entrate, o pur camminano
Tuttavia innanzi. O vita nostra labile !
Oh come passa, oh come in precipizio   60
Veggiamo la bellezza ire e la grazia !
Nè modo ritroviam che la ricuperi ;
Nè per mettersi bianco, nè per mettersi
Rosso, si farà mai che gli anni tornino ;
Nè per lavorar acque che distendano   65
Le pelli ; nè, se le tirassin gli argani,
Si potrà giammai far che si nascondano
Le maladette crespe che sì affaldano
Il viso. .   .   .   .

.   .   .   .
Voglio dir due parole ancor ai giovani ;   70
E dir le voglio a quei di corte massima-
mente, li quali han così desiderio
D'esser belli e galanti, come l'abbiano
Le donne ; e con ragion, chè ben conoscono   80
Che in corte senza la beltà e la grazia,
Nè mai favor nè mai ricchezze acquistano.
Altri per altri effetti esser vorrebbono
Belli : l'intenzïon perchè lo bramino
Così, non vo' cercar. Ma tollerabili   85
Simili volontà sono ne' giovani

---

58. **Quaranta.** Notre romancier Balzac était plus indulgent.
62. Et à cela pas do remède. L'auteur va distribuer los derniers
coups de fouet.
65. **Lavorar**, préparer avec peine.
66. **Gli argani.** Des treuils eux-mêmes seraient impuissants.
69. Arioste en a assez dit sur les femmes. Il va passer aux hommes.
Il s'adresse d'abord aux jeunes. Les vieux auront leur tour.
77. **Quei di corte**, les courtisans (jeunes). — **Massimamente.**
Cf. la fin de la note du v. 44.
83. **Per altri effetti**, dans d'autres intentions.
86. **Volontà**, désirs.

Più che ne' vecchi : e pur non meno studiano
Alcuni vecchi, più che ponno, d'essere
Belli e puliti. E quanto si fa debole
Più loro il corpo (chè saran decrepiti.   90
Se pochi giorni ancora al mondo vivono),
Tanto più fresco e più ardito si sentono
E più arrogante il libidinoso animo.
Hanno i discorsi, i pensieri medesimi,
Le medesime voglie e i desiderii   95
Medesimi che ancor fanciulli avevano.
Così parlan d'amor, così si vantano
Di far gran fatti. Non men si profumano,
Che si facesson mai; non meno sfoggiano
Con frappe e con ricami ; e per nascondere   100
L'età, dal mento e dal capo si svellono
Li peli bianchi. Alcuni se li tingono :
Chi li fa neri e chi biondi; ma varii
E divisati in due o tre dì ritornano.
Altri i capei canuti, altri il calvizio   105
Sotto il cuffiotto appiatta. Altri con zazzere
Posticce studia di mostrarsi giovane.
Altri il giorno due volte si fa radere.
Ma poco giova che l'etade neghino,

---

87. **Ne' vecchi**. Arioste a gardé les vieux beaux pour la bonne bouche.

89. **Puliti**, élégants.

90. **Decrepiti**. Ariosto frappe comme un sourd, à l'instar de Bourdaloue.

93. **Libidinoso**, plein d'idées amoureuses.

96. **Fanciulli**, tout jeunes gens. C'est l'âge que les Latins désignaient par le mot de *adolescentulus*.

98. **Di far gran fatti**, d'avoir de grands succès en amour.

99. **Sfoggiano**, ils s'habillent magnifiquement.

100. **Frappe**, découpures dans l'habit, franges.

101-102. **Si svellono li peli bianchi**. Cela ne peut durer qu'un temps. Ils passent vite dans la catégorie qui va être indiquée.

103-104. **Varii**, différents de ce qu'on les avait faits par la teinture.; **Divisati**, différents entre eux.

106. **Cufflotto**, calotte. — **Zazzere**, longues chevelures.

109. **Neghino**, désavouent.

Quando il viso gli accusa e mostra il numero 110
Degli anni a quelle pieghe che s'aggirano
Intorno a gli occhi ; a gli occhi che le fodere
Riversan di scarlatto e sempre piangono;
O a li denti che crollano o che mancano
Loro in gran parte e forse mancherebbono   115
Tutti, se con legami e con moll'opera
Per forza in bocca non li ritenessino.
Che pagheriano questi se 'l medesimo
Fosse lor fatto, che alla sua Commedia
Ha l'autor fatto ? Parrebbe lor picciola   120
Mercede ogni tesoro, ogni gran premio.
Ma, s'avesse l'autor della Commedia
Poter di fare alle donne ed a gli uomini
Questo servizio, il quale alla sua favola
V'ho detto ch'egli ha fatto (chè accresciutole 125
Ha le bellezze, e tutta rinnovatala),
Senz'altro pagamento o altro premio
Lo farebbe a voi, donne ; chè desidera
Non men farvi piacer, che a sè medesimo.
Ma molte cose si trovano facili   130
A far per uno che sono impossibili
A far per alcun altro. Se in suo arbitrio
Fosse di fare più belli e più giovani

---

111. **Quelle pieghe**. C'est la patte d'oie.
112-113. A lours yeux qui détruisent (en les fondant) les bordures (proprement les fourreaux) de teinture écarlate dont on les avait entourés.
117. Si les vieux beaux ne sont pas contents de leur paquet, c'est qu'ils sont vraiment difficiles.
119. L'auteur reparle de sa comédie dont il n'a plus été question depuis longtemps.
122. Ici commence la dernière partie. L'auteur va prendre congé du public, et surtout des dames, sur des paroles affectueuses qui feront passer la satire.
125-126. Arioste insiste sur ce fait qu'il a retravaillé sa comédie avec soin.
127. L'auteur devient de plus en plus courtois.
132. **In suo arbitrio,** à sa discrétion, en son pouvoir.

Uomini e donne come le sue favole,
Avria sè stesso già fatto sì giovane, 135
Sì bello e grazïoso, che piaciutovi
Forse saria non men ch'egli desideri
Che v'abbia da piacer la sua Cassaria.
Ma se questo non può far a suo utile,
Che non lo possa fare avete a credere 140
A vostro ancora. Se potesse, dicovi
Da parte sua che vel faria di grazia.

L'action se passe à Sybaris. Un riche marchand de cette ville, Crisobolo, devant partir pour l'île de Procida, a remis les clés de sa maison à son fidèle esclave Nebbia; car il se méfie de son fils Erofilo. Il a raison de se méfier : car Erofilo s'est épris de l'une des deux jeunes esclaves amenées par un certain Lucramo, marchand d'esclaves. Son ami Caridoro, fils du capitaine de justice, s'est épris de l'autre. Ils voudraient bien les lui acheter; mais ils n'ont pas d'argent. Or Lucramo entend vendre les deux jeunes filles aussi cher que possible; et, comme la ville de Sybaris n'a pas répondu à ses espérances, il exhale amèrement sa déception dans un monologue.

UNE VILLE DE MAUVAIS CHALANDS

Lucramo.

Quando si sente lodar troppo e mettere,
Come si dice, in ciel beltà di femmina,

---

135. En s'englobant dans sa satire contre les vieux, Arioste désarme la mauvaise humeur et panse les plaies.
139. **Utile**, avantage.
140. **Avete a**, vous devez. *Avoir à* a aussi en français ce sens d'obligation.
141. **A vostro** (*utile*).
142. **Di grazia**, gratuitement, sans rémunération. Cette idée a déjà été exprimée au v. 127.
1-2. **Mettere in ciel**, porter aux nues.

O liberalitade d'alcun prencipe,
O santità di frate, o gran pecunia
Di mercatante, o bello e buono vivere   5
Che sia in una cittade, o cose simili,
Non si potrebbe mai fallir a credere
Poco ; e talvolta credere il contrario
Di quel ch'apporta la fama, è stato utile.
Non si potrebbe anco fallir a credere   10
Più di quel che si sente, se dar biasimo
Odi ad alcuno che di latrocinio
O d'avarizia sia imputato, o dicasi
Che giuntator, che baro, che falsario
O che traditor sia : perchè li vizii   15
Sempremai, praticando, si ritrovano
Maggiori ; e le virtudi e le lodevoli
Cose buone, minor di quel che 'l pubblico
Grido ne porta. Non saprei già rendere
Di ciò la causa ; ma l'esperïenze   20
Fatte dell'uno e dell'altro mi mòveno
A dir così. Son di presente in pratica
Dell'uno più che dell'altro e diròvvilo.
A questi giorni, trovandomi a Genova,
E quivi molte e molte volte avendo la   25
Mia mercanzia (di che la più fallibile

---

3. Souvenir personnel de l'auteur,
4. **Frate**, moine.
8. **Póco**. Lucramo est d'avis qu'il faut en rabattre. Il va être plus
   radical.
10. S'il faut diminuer quand il s'agit d'éloges, il faut grossir quand
   il s'agit de blâmes.
13. **Imputato**, accusé.
16. **Praticando**, par la pratique, à l'épreuve.
19. Lucramo est donc un pessimiste. Ces réflexions philosophiques
   qu'Arioste met dans la bouche de ses personnages sont un des
   charmes de ses comédies.
21. **Dell'uno e dell'altro**, des éloges et des blâmes. — **Mòveno**
   = *muovono*.
23. **Dell'uno**, à savoir des éloges exagérés.
26. **Mia mercanzia**, mes esclaves. — **Fallibile**, aléatoire.

Non è nel mondo) possuta ben vendere,
E sopra tutte le spese pigliarmene
Cento fiorini, sentii dir che a Sibari,
Più ch'in luogo del mondo, si prezzavano   30
D'ogni sorta piaceri, ... —

. . . .
E che i più ricchi e più spendenti giovani   33
V'eran, ch' in altra città che si nomini.
Io me ne venni, mosso dalla pubblica   35
Opinïone, in questa terra ; e giuntoci
Mi rallegrai, ch'udii che gentiluomini
E la più parte conti si chiamavano,
E l'un con l'altro parlando, si davano
Titolo di signor. Fra me medesimo   40
Dicevo : — Nell'altre città suol esserne
Uno e nessuno in molte. Or, se tal numero
N'è qui, ci debbon senza dubbio correre
Per le strade i danari e l'oro piovere. —
Ma non ci fui stato tre dì, che d'essere   45
Venuto mi pentii ; chè, fuor che titoli
E vanti e fumi, ostentazioni e favole,
Ci so veder poc'altro di magnifico.

---

28. **Sopra**, outre, en défalquant.
33. **I più ricchi**, ce superlatif va recevoir au vers suivant un régime qui conviendrait à un comparatif.
36. **Terra**, pays, localité, ville.
38. **Si chiamavano**, étaient appelés, portaient le titre de.
40. **Signor.** Cette appellation est devenue banale et correspond à notre *monsieur.* Les appellations de politesse se prodiguent davantage à mesure que la société devient plus démocratique. L'Anglais dit *you*, l'Allemand, *Sie*, l'Espagnol, *usted* à des gens qu'on aurait tutoyés il y a trois cents ans et même moins.
42. **Uno** (*signor*).
44. On voit que certaines métaphores appartiennent à plusieurs langues. Il y en a beaucoup de communes au français et à l'italien.
46. **Fuor che**, excepté.
48. **So**, je puis. Nous dirions : je ne saurais y voir. — Toutes ces attaques de Lucramo contre Sybaris sont une satire de Ferrare par l'Arioste. C'est ce qui rend ce morceau intéressant et le rendait plus intéressant encore pour les auditeurs ferrarais.

Tutto ciò c'hanno in adornarsi spendono,
Polirsi, profumarsi come femmine,　　　　　50
E pascer mule e paggi che lor trottino
Tutto dì dietro, mentre essi avvolgendosi
Di qua e di là, le vie e le piazze scorreno
Più che ignuna civetta dimenandosi,
E facendo più gesti che una scimia.　　　　55
Par lor che col vestir di drappo ed abiti
Galanti, foggie e pompe, far si debbiano
Stimar dagli altri quel ch'essi si stimano,
E generosi e splendidi e grandi uomini.
E veramente sono come scatole　　　　　60
Nuove, di fuor dipinte e dentro vacue.
Forse crederà alcuno che se prodighi
Sono in ornar sè stessi, che poi facciano
Alle lor donne usar la parsimonia;
E ch'elle stando in casa e affaticandosi　　65
E industrïando, cerchino rimettere
Quel che i mariti o che i figli consumano
In questa ambizïon sciocca e ridicola.
Anzi, mogli e mariti truovi unanimi,
E figlie e madri, al danno e al precipizio　70
Delle lor case. Lasciamo ir che vogliano
Le donne nòve veste e nòve cuffie,
Come anco l'altre in altre terre vogliono;

---

51. **Mule e paggi.** Les laquais sont montés sur les mules.
53. **Scorreno,** *scorrono.* Cf. *mòveno* au v. 21.
54. **Ignuna,** *alcuna.* — **Civetta.** La chouette fait des signes avec
la tête pour attirer les petits oiseaux. Au figuré, *civetta* veut dire
coquette.
57. **Foggie e pompe,** sorte d'hendiadyn : leurs somptueux habits
à la mode.
61. **Usar,** pratiquer.
66. **Industriando,** s'ingéniant.
69. **Anzi,** tout au contraire.
70. **Precipizio,** l'effondrement.
71. **Lasciamo ir,** passons sur ce fait. C'est une concession.
72. **Lucramo** tolèrerait la couturière et la modiste.

Non troveresti in questa terra femmina,
Della quale il marito non sia artefice,   75
Che sappia mutar passo. Uscir si sdegnano
Di casa a piedi, nè passar pur vogliono
La strada se non hanno al culo il dondolo
Della carretta ; e le carrette vogliono
Tutte dorate e che di drappi sieno   80
Coperte e gran corsieri che le tirino ;
E due donzelle e una donna da camera,
E staffieri e ragazzi che accompagnino.
E in tal pazzia, non men de' ricchi, i poveri
Fan loro isforzi, e in guisa l'arco tirano   85
Che non avanza un carlino per spendere
In appetito mai strasordinario.
E di qui avvien, se ûn forestiero capita
In questa terra, che trova rarissimo
Chi a casa sua lo inviti, ed usi i termini   90
Di cortesia ch'in altre terre s'usano.
Chi vien di fuore, e chi non sa la pratica

---

75. Si son mari n'est pas artisan.
76. **Mutar passo,** marcher, aller à pied. — L'équipage était le
luxe qui tenait le plus à cœur aux Italiens nobles ou présumés
tels. A une heure donnée, chaque jour, tout le grand monde se
rencontrait en carrosse sur la promenade de la ville. Quand la
mère du grand poète Leopardi réforma sa maison, la main haute,
pour la sauver d'une ruine imminente, elle ne se décida pas à
sacrifier l'équipage.
77. **Pur,** même.
78. **Al culo,** sous elles. Les Italiens sont moins collet monté que
nous. Ils vont même parfois un peu loin. — **Dondolo,** balance-
ment, bercement.
79. **Carretta,** voiture.
82. **Donzelle,** demoiselles d'honneur.
86. **Carlino,** monnaie d'argent jadis usitée dans le royaume de
Naples, la Sicile et la Toscane.
87. **In appetito,** pour satisfaire un désir. — **Mai** doit être rattaché
à **avanza** du vers précédent.
88. **Capita,** arrive par hasard.
90. **Usi i termini,** use des procédés.
92. **La pratica,** la manière dont ils usent.

.Di questo lor sì limitato vivere,
Fa giudizio che sieno avari, e ingannasi.
Più tosto giudicar li dovria prodighi,   95
Disordinati e di poca prudenzia ;
Chè se fossino avari, dariano opera
A mercanzie, all'altre arti che fan gli uomini
Ricchi. Ma questi ogni esercizio stimano
Vile, nè voglion che sia detto nobile   100
Se non chi senza industria vive in ozio.
Nè questo basta. Bisogna che simile-
mente suo padre sia stato e suo avolo
A grattarsi la pancia. Vedi erronea
Usanza! Vedi opinïon fantastica!   105
Vedi che disciplina, che bello ordine
D'una savia città che voglia accrescere
In istato ! A sua posta. Che ? Da metterla
Ho per ragion? Viva pur e governisi
Come le par. Se non ci fosse il proprio   110
Mio interesse, n'avrei quella medesima
Cura c' hanno li vescovi dell'anime
Che fur da Cristo lor date in custodia.   113

.   .   .   .

(Acte I, Scène V.)

Pour décider les jeunes gens à mettre la main à la poche,
Lucramo feint de vouloir partir le lendemain. Les deux
amoureux sont au désespoir. Mais Volpino, serviteur d'Erofilo, bien qu'il ne croie pas au départ de Lucramo, leur pro-

---

93. **Vivere**, moyens.
94. **Che sieno avari**, qu'ils sont attachés à l'argent. *Avaro* a en
     italien le sens large qu'il a en latin. Voyez le vers 97.
101. **Grattarsi la pancia**, se frotter le ventre, ne rien faire.
104-105. **Vedi erronea usanza.** Tour encore très usité aujour-
     d'hui : « Voyez quelle coutume extravagante ! »
108. **A sua posta**, à son gré ; tant pis pour elle.
109. **Per ragion**, dans l'état où elle devrait être.
112-113. **Li vescovi**; quand ils ressemblent au cardinal Hippolyte.

pose un moyen de s'emparer sans bourse délier d'Eulalia et de Corisca, les esclaves qu'ils convoitent. Fulcio, le serviteur de Caridoro, assiste à l'entretien.

UN PLAN DE CAMPAGNE.

VOLPINO, FULCIO, CARIDORO ET EROFILO

VOLPINO

. . . . Volendovi
Governar a mio modo, vi vo' mettere,
Prima che siamo a domani, a te Eulalia
In braccio, a te Corisca ; e questo Lucramo
Sì arrogante, tosar come una pecora.   5

CARIDORO

O Volpino dabbene !

EROFILO

Dabbenissimo !

VOLPINO

Ma dimmi : hai tu apparecchiate le forbici,
Ch' i' dissi, da tosar ?

EROFILO

Che forbici hammi tu
Detto ?

---

1. Nous ne donnons ni le début ni la fin de la scène, qui est un peu longue, mais seulement l'essentiel. Le numérotage des vers ne se rapporte donc qu'à notre extrait.
2. **A mio modo**, à ma façon, à mon idée. — **Vo'**, *voglio*.
3. **Domani.** Lucramo a annoncé qu'il partirait le lendemain. — **A te.** Il s'adresse à Erofilo.
4. **A te.** Il s'adresse à Caridoro.
5. **Tosar**, *tondre*, c'est-à-dire *tromper, duper*.
7. **Forbici**, ciseaux (à tondre) *da tosar*, au v. suiv.).
8. Erofilo, qui ne comprend pas le style imagé de son serviteur, lui demande de quels ciseaux à tondre il parle.

VOLPINO

Non ti dissi io che facessi opera
D'aver in man le chiavi della camera   10
Di tuo padre ?

EROFILO

L'ho avute.

VOLPINO

E si mandassino
Fuor tutti i servi di casa, e più il Nebbia
Degli altri?

EROFILO

Tutto è fatto.

VOLPINO

Ecco le forbici
Ch'io domandavo. Or attendi ed ascoltami.
Ho ritrovato in questa terra un giovene   15
Cauto, sufficïente ed al proposito
Nostro, col quale ebbi stretta amicizia
Mentre che con tuo padre io stavo a Napoli,
Dove era, ed è d'un di quei gentiluomini
Servo. Ora suo padrone qui mandato lo   20
Ha per certe faccende, e ritornarsene
Deve domani. Pur ier giunse, e statoci
Mai più non è.

EROFILO

Che m'appartiene intendere
Cotesto ?

9. **Facessi opera**, fisses en sorte.
12. **Più il Nebbia**, parce que Nebbia est l'esclave de confiance de Crisobolo.
15. **Un giovene**. Il s'agit de Trappola qui, dans la liste des personnages, est qualifié de *baro*, fripon.
21-23. Tous les renseignements que Volpino va donner ont un but : celui de démontrer que Trappola n'est pas connu à Sybaris, et, le coup fait, n'y sera pas retrouvé. Erofilo n'y voit qu'un bavardage déplacé ; d'où sa question.

VOLPINO

Tel dirò. Ascoltami. Vogliolo
Vestir co' panni di tuo padre, mettergli   25
Giubbone e calze e berretta e pantoffole,
Ed una veste lunga e tutto l'abito
Di mercatante. Egli ha buona presenzia.
Acconcerollo in modo, che vedendolo
Ognun l'avrà per uomo di gran traffico.   30
Così vestito andrà a trovar Lucramo.
Gli daremo la cassa che in deposito
Quei litiganti fiorentini diedero
A tuo padre, stivata di finissimi
Filati d'oro.

EROFILO

E che n'ha a far?

VOLPINO

Che a Lucramo   35
La porti, glila lasci pegno, e facciasi
Dar Eulalia.

EROFILO

La lasci in mano a Lucramo?

VOLPINO

A Lucramo.

EROFILO

Al ruffiano !

---

26. **Giubbone,** pourpoint.
27. **Lunga.** La longueur et l'ampleur des vêtements, qui sont des obstacles au travail manuel, ont toujours été considérés comme des marques d'une supériorité sociale.
28. **Buona presenzia,** belle apparence.
30. **Per uomo...,** pour un grand négociant.
34. **Stivata,** bourrée.
36. **Pegno,** comme gage.
38. **Ruffiano,** ruffian, marchand d'esclaves.

VOLPINO

Al ruffiano. Odimi
Un poco. Vo' che dia la cassa a Lucramo
O sia al ruffian, come ti par lo nomina ;   40
E che gli dica che pegno lasciargli la
Vuol per un giorno o dui, finchè gli numeri
Il prezzo, il qual mostrerà di concludere
Con lui.

EROFILO

T' ho ben inteso. Come diavolo,
Che la lasci a un ruffiano ?

VOLPINO

E che la femmina   45
Si faccia dar. Voglio che andiam poi subito...

EROFILO

Parla pur d'altro. In mano a un baro, a un perfido,
Al maggior ladroncel del mondo, mettere
Roba di tanta valuta ?

VOLPINO

A me lasciane
La cura. Ascolta !

EROFILO

È di troppo pericolo.   50

---

40. **Come ti par...**, donne-lui le nom que tu voudras, peu importe le nom.

42. **Numeri**, compte.

43. **Mostrerà di**, fera semblant (parce qu'il n'a pas l'intention de payer). — **Concludere**, arrêter, fixer.

47. **Parla pur d'altro**, parle-moi donc d'autre chose, d'un autre moyen.

49. **Roba**, une chose, un objet, mot d'un sens très général et fort employé dans le langage familier.

VOLPINO

Non è, se ascolti. Si potrà poi facile-
mente...

EROFILO

Che facilmente ?

VOLPINO

Se stai tacito,
Te lo dirò. Gli è di bisogno, Erofilo,
Qualunque vuol...

EROFILO

Deh che ciance, che favole
Son queste che avviluppi ?

VOLPINO

Non volendomi   55
Udir, tuo danno ! Ben io pazzo...

CARIDORO

Lascialo
Dir.

EROFILO

Dica.

VOLPINO

A travagliarmi in voler utile
Far a chi non lo vuol. Mi mangi il cancaro
Se più...

---

52. **Se stai tacito.** Volpino commence à être impatienté par les in-
terruptions d'Erofilo, qui, n'admettant pas le principe de son plan,
à savoir la remise de la cassette à Lucramo, ne veut pas le lui
laisser développer.

55. **Avviluppi,** tu brouilles, entremêles. Nous disons en français :
Qu'est-ce que vous me brouillez là ?

56. **Tuo danno,** tant pis pour toi.

57. **A travagliarmi** dépend de *Ben io pazzo* du v. 56. Volpino
achève la phrase qu'il a commencée.

58. **Mi mangi il cancaro,** que le cancer me dévore ! Cette locution équivaut à notre : La peste m'étouffe, si...

CARIDORO

Non ti partir, Volpino! Ascoltalo
Un poco, tu.

EROFILO

Che vuoi tu dir ? Ascoltoti.   60

VOLPINO

Quel ch' io vo' dir? Tu mi preghi e mi stimuli
E tutto il dì consumi, ch' io m' industrii
E trovi modo ch' abbi questa giovane.
Io n' ho trovati cento, e mai trovatone
Uno non ho che ti piaccia. Un difficile   65
Ti pare, un altro di troppo pericolo,
Quel lungo, quel scoperto. Chi può intenderti ?
Vorresti e non vorresti. Tu desideri,
E non sai che. Non si può far, Erofilo,
Credilo a me, mai cosa memorabile   70
Senza fatica e senza gran pericolo.
Che pensi tu con tuoi sospiri e lagrime
Poter piegar questo ruffiano a dartila ?

EROFILO

Pur mi parrebbe gran sciocchezza a mettere
Cosa di tanta valuta a pericolo   75
Sì manifesto. Non sai che duo milia
Ducati, e credo più, i filati vagliono
Che sono in quella cassa, e che in deposito
A mio padre fûr dati ? Che se fossero
Nostri, mi disporrei forse più facile-   80

64-65. Joignez *mai non ho.* — **Un** (*modo*).
67. **Scoperto**, découvert, c'est-à-dire trop facile à découvrir.
70. **Cosa memorabile.** Volpino (de *volpe*, renard) est un maitre en
    fourberie et il a la fierté de son métier.
72. **Che pensi tu**, penserais-tu par hasard ?
74. **Pur.** (Non, mais), toutefois.
80. **Mi disporrei**, je me résignerais.

mente di porli a rischio. Sarien forbici
Da tosar noi coteste, e non la pecora
Che detto m'hai.

VOLPINO

Mi stimi tu sì, Erofilo,
Di poco ingegno ch'io volessi perdere
Cosa di tanto prezzo, e apparecchiatomi 85
Non abbia come riaverla subito?
Lasciane a me la cura. Io sto a pericolo
Più di te. Quando i miei disegni avessino
Mal esito, di che poco mi dubito,
Tu non ne sentiresti altra molestia 90
Che di parole; io tormenti gravissimi
Nella persona; o mi farebbe in carcere
Morir di fame.

EROFILO

E che via c'è, ponendola
In mano di costui, poi di levargliela,
Se li denari prima non appaiono 95
Delli quali sai ben ch'abbiam penuria?
Ma se pria che i filati si riabbiano,
Torna mio padre, o se 'l ruffian, partendosi
Questa notte (chè qui tutto è il pericolo),
Se gli porta con lui; dimmi, a che termine 100
Ci ritroviamo?

81. **Forbici.** Erofilo retourne contre Volpino la comparaison dont il
s'est servi plus haut.
88. **Quando**, si.
89. **Di che poco mi dubito**, ce que je ne crains guère.
92. **Mi farebbe.** Le sujet n'est pas exprimé. Mais tous com-
prennent qu'il s'agit de Crisobolo, père d'Erofilo.
99. **Chè qui**, car là.
100. **A che termine...**, dans quels beaux draps nous nous trouve-
rons !

VOLPINO

S'averai pazienzia
D'udirmi, troverai che buono ed ottimo
Disegno è il mio : e che c' è modo facile
Che questa notte ancora si riabbiano.

EROFILO

Orsù, t' ascolto. Di'.

VOLPINO

                    Tosto che data la   105
Cassa abbia il nostro mercatante a Lucramo,
E che posta in sua man abbia la giovane,
Voglio che al capitano di giustizia,
Al padre di costui, tu vada e faccigli
Querela, che di casa tua rubatati   110
Sia stata questa cassa e che t' immagini
Che sia stato un ruffiano il quale t'abita
Vicino.

EROFILO

    Intendo.

VOLPINO

        Egli è cosa credibile,
Poich'è ruffiano, che ladro possa essere ;
E tu lo pregherai che farti grazia   115
Voglia che 'l suo bargello venga, e cerchigli
La casa. Caridoro favorevole
Ti sarà appresso il padre, e farà muovere
Immantinente il bargello.

---

101. **Si riabbiano** (*i filati*).
106. **Il nostro mercatante**, le faux marchand, Trappola.
107. **Abbia.** Le sujet de ce second *abbia* est Lucramo.
108. **Capitano di giustizia**, qui est le père de Caridoro, comme
    Volpino va le rappeler au v. suivant.
114. La moralité des marchands d'esclaves était peu estimée.
115. **Farti grazia**, t'accorder.
116. **Bargello**, barisel, chef des archers de justice.
117-118. **Favorevole ti sarà**, agira en ta faveur.

CARIDORO

Gli è facile
Cosa cotesta. Io verrò, bisognandoci,   120
Anco in persona.

VOLPINO

Gli sarem sì subito
Addosso, che la cassa trovaremovi,
Che non avrà di porla altrove spazio.
Esso dirà ch' un mercatante datagli
L'ha in pegno, sinchè gli paghi una femmina 125
Che gli ha venduta. Chi gli vorrà credere,
Che per cosa che appena val, mettiamola,
Cento ducati, debba per duo milia
Avergli dati pegni? Or, ritrovandogli
Il furto in casa, sarà senza dubbio   130
Preso per ladro e strascinato in carcere.
E se dipoi lo impicchino e lo squartino,
Che v'abbiam noi a far? Per le tristizie
Sue, in ogni modo, e questo e peggio merita.

EROFILO

Ben, per dio! Oh bel disegno! E può succedere. 135

VOLPINO

Tu, Caridoro, preso che sia Lucramo,
Essendo l'uom che sei, per te medesimo
Potrai fornir tutto il tuo desiderio.

---

120. **Bisognandoci**, au besoin, s'il le faut.
122. **Vi**, dans la maison de Lucramo désigné au vers précédent
par *gli*.
123. **Spazio**, temps.
127. **Mettiamola**, admettons, disons.
130. **Furto**, aux yeux du capitaine de justice.
133. **Che v'abbiam...** Qu'y pouvons-nous faire? — **Tristizie**, scé-
lératesses.
136. **Preso che sia Lucramo**, quand Lucramo sera pris.
138. **Fornir**, satisfaire.

Parla al bargello e con esso lui ordina
Che ti faccia condur tosto la giovane,   140
Che sia cacciato quel ghiottone in carcere.
Vada poi come vuol la cosa, o impicchinlo
O lo lascino ancor. Se campa, Lucramo
Avrà sempre di grazia di lasciarte la
In dono, se te gli mostrerai d'essere   145
Con tuo padre e con gli altri favorevole.

CARIDORO

Per dio, Volpino, una corona meriti.

FULCIO

Anzi una bella mitra.

VOLPINO

Non può, Fulcio,
Alle tue dignitadi ognuno ascendere.   149

. . . .

(Acte II, Scène III).

Fulcio a raison d'émettre des doutes sur le succès du plan
combiné par Volpino. Il est vrai que Trappola, en remettant la cassette à Lucramo, obtient qu'on lui cède Eulalia.
Mais il est rencontré par les serviteurs mêmes d'Erofilo légèrement avinés, qui, croyant agir dans l'intérêt de leur jeune

---

140. **La giovane**. Il s'agit de Corisca, aimée de Caridoro, qui, après
le prétendu achat d'Eulalia, se trouvera encore dans la maison de
Lucramo.

141. **Ghiottone**. Ce mot ne signifie pas seulement glouton, mais
souvent aussi, comme ici, fripon, vaurien.

143. **O lo lascino ancor**, ou même qu'on le relâche. — **Campa**,
se tire d'affaire.

144. **Avrà di grazia**, il sera tout heureux.

146. **Con**, vis-à-vis de.

148. Fulcio n'a pas parlé pendant que Volpino développait son plan.
Rival de Volpino en fourberie, il ajoute, d'un ton goguenard, à
l'éloge de Caridoro : « Et même une belle mitre », laissant dans le
doute s'il s'agit d'une mitre d'évêque ou d'un bonnet d'âne. C'est
cette seconde interprétation que Volpino donne à ses paroles, et il
riposte du tac au tac.

maître, lui enlèvent la belle esclave après l'avoir rossé.
D'autre part, Crisobolo, qui a renoncé à son voyage, réapparaît à l'improviste. Volpino parvient bien à lui faire croire
que Lucramo lui a volé la cassette et à l'amener à faire lui-même chez ce dernier une probante perquisition. Mais Lucramo proteste avec toute l'énergie que le sentiment de son
bon droit lui inspire. De plus, en voyant Trappola affublé de
ses propres habits, Crisobolo se doute qu'il a été joué et finit
par savoir toute la vérité. L'armée des fraudeurs est en
déroute et Volpino surtout en mauvaise posture, quand
Fulcio vient généreusement au secours de son rival en friponnerie et des deux amoureux désolés. Effrayant tour à
tour Lucramo en lui représentant l'issue douteuse d'un
procès contre un homme puissant, et Crisobolo en lui montrant le scandale qui résulterait pour lui d'un procès où il
aurait tort, il décide le second à lui remettre la somme
nécessaire pour désintéresser le premier en lui payant le
prix des deux jeunes filles, ce qui comble de joie les deux
amants.

I SUPPOSITI

Les *Suppositi*, c'est-à-dire les substitués, datent de 1509. La pièce, originairement en prose, fut postérieurement mise en vers par Arioste, comme il arriva pour la *Cassaria*.

Un riche marchand de Catane, Filogono, mécontent de la conduite de son fils Erostrato, l'a fait partir de chez lui en lui disant d'aller étudier où il voudrait. Erostrato est venu à Ferrare, où se passe l'action. Là, devenu amoureux de Polinesta, fille de Damonio, il a eu l'idée, pour se rapprocher de celle qu'il aime, de changer d'état civil avec son serviteur Dulippo. Dulippo, sous le nom d'Erostrato, s'est mis à suivre les cours de l'Université et Erostrato, sous celui de Dulippo, s'est fait admettre comme domestique dans la maison de Damonio. Ce dernier, qui ignore l'intrigue amoureuse des deux jeunes gens, car Polinesta aime le faux Dulippo, songe à marier sa fille. Un vieux docteur en droit nommé Cleandro se présente comme prétendant. Ayant perdu jadis, son fils que les Turcs lui ont enlevé lors de la prise d'Otrante, il désirerait un héritier. Comme son savoir l'a rendu fort riche, Damonio, malgré son âge, le voit de bon œil. Pour retarder cet hymen qu'il redoute, le faux Dulippo (Erostrato) fait demander la fille en mariage par le faux Erostrato (Dulippo). Mais comme Damonio ne saurait donner sa fille à un jeune homme étranger, dont les engagements pécuniaires ne seraient du reste pas valables à cause de son âge, le faux Erostrato imagine un moyen de se trouver un père. Il persuade à un Siennois de passage à Ferrare que, le duc Hercule étant fort irrité contre les Siennois qui ont maltraité ses ambassadeurs, il court à Ferrare les plus grands dangers, et que le plus sûr pour lui est de se faire passer pour son père à lui faux Erostrato, que l'on sait être Sici-

lien. Le Siennois accepte. C'est là la troisième substitution.
Il y a déjà un faux Erostrato, un faux Dulippo : le Siennois
devient un faux Filogono.

Mais voilà que le vrai Filogono, désireux de revoir son
fils, arrive de Catane avec son serviteur Lizio. Ne connais-
sant pas Ferrare, il se fait conduire par un Ferrarais obli-
geant à la maison d'Erostrato, ou du moins de celui qui est
connu sous ce nom. Le Ferrarais ayant frappé doucement à
la porte, on ne répond pas. Lizio frappe alors avec violence
et Dalio, le cuisinier du faux Erostrato, apparaît.

UN PÈRE MAL REÇU (Acte IV, scène IV.)

FILOGONO, LE FERRARAIS, LIZIO, DALIO

DALIO

Che furia è questa ? Ci volete rompere
Le nostre porte ?

FILOGONO

Per dio, credevamoci
Che voi dormissi, e destar volevamovi.
Erostrato che fa?

DALIO

Non è in casa.

FILOGONO

Aprici.

DALIO

Se pensier fate d'alloggiar, mutatelo;   5
Ch'abbiamo un altro forestiero ch' occupa
Tutte le stanze, e non ci capirebbono
Tanti.

---

3. **Dormissi**, forme populaire, pour *dormiste*, imparfait du subjonctif.
4. **Aprici**. Désormais certain qu'il a affaire à un serviteur, Filogono le tutoie franchement.
5. **Pensier fate**, avez l'idée.

FILOGONO

Sufficïente ed onorevole
Servitor certo ! È chi ci è ?

DALIO

Ci è Filogono.

FILOGONO

Filogono?

DALIO

Filogono, di Erostrato   10
Padre, giunto pur dianzi di Sicilia.

FILOGONO

Ci sarà poi che aperto avrai l' uscio. Aprici,
Se ti piace !

DALIO

L'aprirvi mi fia facile ;
Ma non ci sarà luogo per voi, dicovi;
Chè le stanze son piene.

FILOGONO

Chi ci è ?

DALIO

Avetemi   15
Inteso ? Ci è, dico, il padre di Erostrato,
Filogono, venuto di Catanea.

FILOGONO

Quando ci venne, se non ora?

---

8. Filogono approuve l'intérêt que ce serviteur porte à son maître.
9. **Certo !** assurément ; voilà certes un serviteur... — **Filogono.**
   Dalio parle du Siennois.
10. C'est la situation d'Amphitryon parlant à Mercure-Sosie, dans
    Plaute, Molière ou Kleist.
12. **Ci sarà poi che...** Il y sera après que..., c'est-à-dire quand je
    serai entré.
15. Filogono ne peut en croire ses oreilles.

DALIO

Debbono
Essere due ore o più che smontò all' Angelo,
Dove sono anco i cavalli; ed Erostrato   20
V'andò, e lo menò qui.

FILOGONO

Vedi che bestia!
Vuol dileggiarmi.

DALIO

Anzi voi me, pigliandovi
Piacer di farmi star quivi a rispondervi;
Nè posso far le cose che m'importano.

FILOGONO

Costui per certo è imbriaco.

LE FERRARAIS

Ne ha l' aria.   25
Vedete come è rosso?

FILOGONO

Che Filogono
È cotesto di chi tu parli?

DALIO

Un nobile
Gentiluomo e da ben, padre di Erostrato.

FILOGONO

E dove è?

_____

19. **All'Angelo**, nom d'une hôtellerie où le Siennois a remisé ses
chevaux et ses bagages.
22. **Dileggiarmi**, se moquer de moi. — **Anzi voi me**, c'est vous
au contraire qui vous moquez de moi.
24. **Le cose...** ma cuisine.
26. **Rosso.** Il est rouge de colère. Mais le Ferrarais croit que c'est
pour avoir trop bu. — **Che Filogono**, quel Filogono?

DALIO

Gli è qui in casa.

FILOGONO

Non potrebbesi

Veder ?

DALIO

Sì, mi cred' io.

FILOGONO

Deh va, domandane.   30

DALIO

Così farò.

FILOGONO

Non so quel ch' io m'immagini.

LIZIO

Padrone, il mondo è grande. Debbono essere
Altri Erostrati ancora, altri Filogoni,
Altre Ferrare e Sicilie e Catanee.
Forse non è la Ferrara ove studia   35
Vostro figliuolo, questa. Un altro Erostrato
Figliuol d'un altro Filogon debbe essere.
Credete a me.

FILOGONO

Non so ch' io m'abbia a credere,
Se non che tu sia pazzo e quell' altro ebrio.

LIZIO

Guardate, uomo da ben, un loco in cambio   40
Voi non togliate d'alcuno altro.

---

30. **Domandane**, informe-toi à son sujet, va le chercher.
32 et suiv. Lizio, comme les esprits bornés, s'explique tout.
39. **Tu**, Lizio.
40. **Uomo da ben**, brave homme. Ces mots s'adressent au Ferrarais qui s'est peut-être trompé.

LE FERRARAIS

Aiutimi

Domeneddio! Non credete ch' Erostrato
Cognoschi, e ch' io non sappi ancora ove abita?
Io ce lo vidi entrar pur ier. Ma eccovi
Chi ve ne può chiarir; chè non ha l'aria,　　　45
Come quel ch' era alla finestra, d'ebrio.

SCÈNE V

Les mêmes et LE SIENNOIS. [1]

1. Dans les éditions italiennes, on suit l'ordre inverse et l'on dit *Sanese e detti.*

LE SIENNOIS

Mi domandate, gentiluomo?

FILOGONO

Intendere

Vorrei donde voi siate?

LE SIENNOIS

Di Sicilia

Sono.

FILOGONO

E di che cittade?

LE SIENNOIS

Di Catanea.

FILOGONO

Il nome vostro?

41-42. **Aiutimi Domeneddio.** Simple exclamation : Allons donc!
44. **Pur ier,** hier encore.
45. **Chi.** C'est le Siennois, le faux Filogono, appelé par le cuisinier.

LE SIENNOIS

Mi chiamo Filogono.

FILOGONO

E che esercizio fate ?

LE SIENNOIS

          Il mio esercizio   5

É mercatante.

FILOGONO

      E che mercanzia aveteci

Voi arrecata ?

LE SIENNOIS

     Nessuna. Venutoci

Son per vedere un mio figliuol che studia

In questa terra ; chè due anni passano

Che più nol vidi.

FILOGONO

     Come è il nome ?

LE SIÉNNOIS

          Erostrato.   10

FILOGONO

Erostrato è vostro figliuolo ?

LE SIENNOIS

        Erostrato

È mio figliuolo.

FILOGONO

E voi siete Filogono ?

---

4. **Mi chiamo Filogono.** Filogono, pour continuer notre comparaison, ne se trouve plus en présence de Mercure, mais de Jupiter lui-même. Voir la note du v. 10 de la scène précédente.

5. **Esercizio**, métier.

10. On voit que le Siennois joue bien le rôle qu'il s'est engagé à jouer.

LE SIENNOIS

Sì, sono.

FILOGONO

E mercatante di Catanea?

LE SIENNOIS

E che bisogna tanto replicarvelo?
Non vi direi bugia.

FILOGONO

       Anzi espressissima-   15
mente la dici; e sei un baro e un pessimo
Uomo.

LE SIENNOIS

    Avete gran torto a dirmi ingiuria.

FILOGONO

Oltra il dirla, saria più dritto a fartela,
Uomo sfacciato, che vuoi farmi credere
Che tu sia quel che non sei.

LE SIENNOIS

         Son Filogono,   20
Come ho detto. S'io non fussi, credetemi,
Che non ve lo direi.

FILOGONO

      O Dio, che audacia!
Che viso invetrïato! Tu, Filogono
Sei di Catanea?

LE SIENNOIS

    Ormai dovreste intendermi.
Che vi maravigliate?

---

15. Le mot de **bugia** révolte Filogono : « C'est trop fort ! »
18. Tu mériterais plutôt des coups que des injures.
23. **Invetriato**, effronté.

FILOGONO

               Meravigliomi   25

Come in un uomo tanta improntitudine

Trovar si possa e sì nuova insolenzia.

Nè tu nè la natura, la qual nascere

Ti fece al mondo, ti potria far essere

Quel che son io, ribaldo, temerario,   30

Aggiuntator che sei.

DALIO

             Non fia ch'io tolleri

Che al padre del padron tu dica ingiuria.

Se non ti lievi da quest'uscio, bestia

Pazza, ti caccierò per fino al manico

Questo schidone nella pancia. Misero   35

Te, se si ritrovasse ora qui Erostrato!

Tornate in casa, signore, e lasciatelo

Che gracchi quanto vuol, gridi e farnetichi.

SCÈNE VI

FILOGONO, LIZIO ET LE FERRARAIS

FILOGONO

Lizio, che te ne par ?

LIZIO

             Che può parermene,

Se non mal? Mai non m' è piaciuto, a dirvi la

---

27. **Nuova**, inouïe.

31. **Aggiuntator**, faiseur de dupes. Ces injures motivent l'inter-
     vention du cuisinier qui arrive en brandissant une broche pour
     prendre la défense de celui qu'il croit le père de son maître.

35-36. **Misero te**, malheur à toi.

37. **Signore**. Il s'adresse au Siennois.

38. **Gracchi**, croasse ; **Farnetichi**, extravague.

Verità, questo nome Ferrara. Eccovi
Che ben gli effetti secondo il nome escono.

LE FERRARAIS

Hai torto a dir mal della nostra patria.   5
Che colpa n' ha questa città? Non senti tu
All' idioma, al parlar, che non debb'essere
Ferrarese costui che vi fa ingiuria?

LIZIO

Tutti n'avete colpa ; ma più debbesi
Dare a li vostri rettori, che simili   10
Barerie nella terra lor comportano.

LE FERRARAIS

Che san di questo li rettori? Credi tu
Che intendino ogni cosa ?

LIZIO

                              Anzi, che intendino
Poco e mal volentier, credo, e non voglino
Guardar se non dove guadagno veggono;   15
E le orecchie più aperte aver dovrebbono,
Che le taverne gli usci la domenica.

---

3. **Ferrara** ; probablement parce qu'il y entendait résonner le mot
   ferro. N'oublions pas que la comédie non seulement se passe,
   mais aussi est représentée à Ferrare.
8. **Costui**, le cuisinier. L'acteur qui jouait ce rôle devait sans doute,
   au contraire, exagérer les intonations populaires de Ferrare.
10. **Rettori**. Le public aime beaucoup ces allusions aux choses
   locales. C'est ce qui explique le succès de nos pièces-revues. A la
   scène III du même acte, l'auteur, par la bouche de Filogono, a
   attaqué les tracasseries de la douane ferraraise.
11. **Comportano**, supportent.
13. Lizio est étranger, comme son maître. Leurs critiques ne découvrent pas l'auteur qui défend mollement son pays par la bouche
   du Ferrarais.
17. Que ne le sont, le dimanche, les portes des tavernes.

FILOGONO

Parla dei pari tuoi, bestia!

LIZIO

Una coppia.
Sarem, se Dio non ci aiuta, di bestie.

FILOGONO

Che farem?

LIZIO

Lodarei che noi cercassimo 20
Di ritrovare in altra parte Erostrato.

LE FERRARAIS

Io vi farò compagnia di buonissima
Voglia. O alle scuole il troveremo, o al circulo
In vescovato.

FILOGONO

Io sono stanco. Vogliolo
Più tosto aspettar qui. Forza è che capiti 25
Qui finalmente.

LIZIO

Padrone, io mi dubito
Che troverà egli ancora un altro Erostrato.

LE FERRARAIS

Eccovel là. Ma dove va? Aspettatemi.
Ch'io gli vo' dir che voi siate qui. Erostrato,
Erostrato, o Erostrato, volgetevi! 30

---

18. Filogono craint que ces propos ne blessent le Ferrarais.
19. **Bestie.** C'est une réplique à l'appellation de *bestia,* que son maître lui a donnée au v. 18.
20. **Lodarei** (*loderei*), je trouverais bon, je serais d'avis.
25. **Capiti,** arrive.
27. **Un'altro Erostrato**; ceci prépare ce qui va suivre.
30. **Dulippo,** qui a reconnu le père de son maître, voudrait bien s'éclipser. Les appels réitérés du Ferrarais l'en empêchent.

SCÈNE VII

Les mêmes, le faux EROSTRATO, DALIO, et d'autres
SERVITEURS.

LE FAUX EROSTRATO

(Io non mi posso, insomma, più nascondere.
Bisogna far un buon viso, un buon animo ;
Altramente...)

LE FERRARAIS

O Erostrato, Filogono
Vostro padre è venuto di Sicilia.

LE FAUX EROSTRATO

Cotesto non m'è nuovo. Ben veduto lo   5
Ho, e son con lui stato un pezzo.

LE FERRARAIS

È possibile ?
Per quel che dice, non par che veduto vi
Abbia già ancora.

LE FAUX EROSTRATO

E voi dove parlato gli
Avete, e quando ?

LE FERRARAIS

Eccovelo, vedetelo.
Par che nol conosciate. Ecco, Filogono,   10
Eccovi il caro figliuol vostro Erostrato.

---

2. **Un buon viso,** bonne contenance.
5. **Cotesto...** Je le sais. Décidé à mentir, il parle du Siennois
   comme de son père.
7. **Dice** (Filogono, le vrai).

FILOGONO

Erostrato cotesto? Non è Erostrato
Mio figliuol così fatto... Mi par essere
Dulippo. Egli è Dulippo.

LIZIO

Chi ne dubita?

LE FAUX EROSTRATO

Chi è quest'uomo?

FILOGONO

Oh, tu sei sì onorevole   .   15
Di vesti! Tu pari un dottor... Che pratica
È questa?

LE FAUX EROSTRATO

A chi parla quest' uom?

FILOGONO

Dio, aiutami!
Non mi conosci tu?

LE FAUX EROSTRATO

Non ho in memoria
D'avervi mai più veduto.

FILOGONO

Odi, Lizio?
Vedi a che noi siam giunti! Questo perfido,   20
Questo ribaldo finge non cognoscermi!

---

14. **Dulippo.** Dulippo a été élevé dans la maison de Filogono. Il est
donc bien connu de celui-ci et de Lizio.
15. **Chi è quest'uomo?** Dulippo fait semblant de ne pas reconnaître son maître.
15-16. **Onorevole di vesti.** Dulippo est habillé comme un étu-
diant.
16. **Pratica.** Quel *manége* est ceci? dirait Molière.

LE FAUX EROSTRATO

Gentiluom, voi m'avete preso in cambio.

LIZIO

Non vi diss' io ch' éramo in Ferrara ? Eccovi
La fè del vostro Dulippo, che simula
Di non vi aver mai veduto. Attaccatogli   25
Ha il suo mal questa città.

FILOGONO

        Taci, bestia !

LE FAUX EROSTRATO

Non ho nome Dulippo. Domandatene
Chi voi volete; chè dal grande al picciolo
Mi cognoscono tutti. Domandatene
Costui che è qui con voi. Come mi nomino?

LE FERRARAIS

V'ho sempre cognosciuto per Erostrato
Di Catanea, ed Erostrato vi nomina
Chi vi cognosce.

LIZIO

      Ormai dovreste accorgervi,
Padron, che siam tra bari. Questo giovene,
Che nostra guida e scôrta dovrebb' essere,   35
S'accorda con Dulippo, e vuol che Erostrato
Egli sia, e crede farlo anche a noi credere.

LE FERRARAIS

A torto ti lamenti di me, Lizio.
Costui non seppi mai ch' altro che Erostrato

---

22. **Preso in cambio**, confondu avec quelque autre.
25. **Attaccato**, attaché, passé.
26. **Il suo mal**, la fourberie.
27. **Domandatene**. Interrogez sur ce point.
36. **S'accorda**, s'entend.

Fusse, e dal dì che giunse di Sicilia,   40
Ho sentito che tutti così il chiamano.

LE FAUX EROSTRATO

E che? Potresti altrimenti cognoscermi
Che per quello ch' io sono ? E che? Mi debbono
Dir altro nome che 'l mio proprio, Erostrato?
Ma ben son stolto che sto a udir le favole   45
Di questo vecchio.

FILOGONO

                    Ah fuggitivo, ah pessimo
Ribaldo ! A questo, a questo modo, perfido,
Si raccoglie il padron? C' hai tu di Erostrato
Fatto, assassino, poichè 'l suo nome occupi ?

DALIO

Anche qui abbaia questo cane ? E io tollero   50
Che così dica al mio padrone ingiuria ?

LE FAUX EROSTRATO

Ritorna in casa. A chi dico io? Che diavolo
Vuoi far di quel pestel da salsa ?

DALIO

                    Rompere
Voglio il capo a questo vecchio farnetico.

LE FAUX EROSTRATO

E tu, pon giù quel sasso. Ritornatevi   55
In casa tutti. Abbiasi riverenzia
E rispetto all' età, più che ai suoi meriti.

---

48. **Si raccoglie**, on reçoit, tu reçois.
52. **A chi dico io** ? A qui parlé-je ? Veux-tu m'obéir ?
53. **Pestel da salsa**, pilon à sauce. Dalio est encore arrivé armé
  d'un ustensile de cuisine.
55. **E tu** : un autre serviteur du faux Erostrato. Dulippo est obligé
  de renier son vieux maître. Mais au fond il lui est attaché et ne
  veut pas qu'on lui fasse de mal.

Filogono ne sait plus à quel saint se vouer. Il se décide à aller trouver un avocat, maître Cleandro, que lui indique le Ferrarais, pour que l'homme de loi établisse qu'il est le vrai et le seul Filogono. Dans les explications qu'il fournit au savant jurisconsulte sur son serviteur qui vient de le renier, Cleandro voit peu à peu la preuve que Dulippo n'est autre que le fils qu'il a perdu. Tout heureux d'avoir retrouvé son héritier, il n'a plus de raison de s'en créer un en se mariant avec la fille de Damonio. D'autre part celui-ci, apprenant coup sur coup que le prétendu Dulippo aime sa fille et en est aimé, et qu'il est le fils d'un riche marchand de Catane, consent à lui donner Polinesta en mariage, et tout finit pour le mieux.

A travers la pièce s'agite, sans grand intérêt pour l'action, un personnage dont nous n'avons pas parlé, le parasite Pasifilo, qui promène à droite et à gauche sa voracité et ses bavardages. C'est un souvenir peu heureux de la comédie latine dans une pièce que l'auteur a su rendre intéressante en plaçant l'action à Ferrare même.

FIN

TABLE

TABLE 359

SATIRES

COMÉDIES

BIBLIOTHÈQUE NATIONALE R.F. IMPRIMÉS

Paris. — E. Kapp, imprimeur, 83, rue du Bac.

BIBLIOTHEQUE NATIONALE DE FRANCE

3 7502 01391751 5

www.ingramcontent.com/pod-product-compliance
Lightning Source LLC
Chambersburg PA
CBHW050740030726
47505CB00002B/340